LE CONSEILLER D'ÉTAT

DU MÊME AUTEUR
CHEZ LE MÊME ÉDITEUR

Azazel
Le Gambit turc
Léviathan
La Mort d'Achille
Missions spéciales

Boris Akounine

LE CONSEILLER D'ÉTAT

Traduction de Paul Lequesne

Roman

PRESSES DE LA CITÉ

Titre original : *Statskij Sovietnik*

ISBN 2-258-05784-1

Prologue

Du côté gauche, les fenêtres étaient aveuglées par d'épaisses taies de givre et de neige fondante. Le vent projetait de lourds flocons mous et collants contre les vitres agitées d'une vibration plaintive, il secouait la lourde carcasse du wagon sans jamais perdre espoir de réussir à pousser le train tout entier hors des rails trop glissants et de l'entraîner, roulant tel un grand boudin noir, dans la vaste plaine blanche, par-delà la rivière gelée, par-delà les champs déserts, droit vers la forêt lointaine dont la masse sombre et confuse se dessinait à la jonction du ciel et de la terre.

On pouvait observer tout ce triste paysage par les fenêtres de droite, remarquablement nettes et transparentes quant à elles, mais qu'y avait-il là de bien intéressant à voir ? Rien que la neige, rien que le sifflement de brigand que lançait le vent, rien qu'un ciel bas et sale, en un mot les ténèbres, le froid et la mort.

A l'intérieur, en revanche, dans la voiture-salon ministérielle, c'était épatant : douce pénombre nuée de bleu par la soie azurée d'un abat-jour, crépitement des bûches derrière la porte dorée du poêle, tintement cadencé de la cuillère contre le verre. Un cabinet de travail de taille modeste mais excellemment équipé, avec table de réunion, fauteuils de cuir, carte de l'empire affichée à la cloison, et qui filait à la vitesse de cinquante verstes à l'heure à travers la tourmente de neige, la solitude et l'hostilité d'un petit matin d'hiver.

Dans un des fauteuils, un plaid écossais remonté jusqu'au menton, sommeillait un vieillard au visage mâle et autoritaire. Même en son sommeil, ses sourcils froncés, blanchis par l'âge, lui conféraient un air bourru, un pli sévère s'inscrivait à la commissure de ses lèvres, tandis que ses paupières ridées s'agitaient à chaque instant d'un tressaillement nerveux. Le disque oscillant de lumière que diffusait la lampe tira un instant de l'ombre une main vigoureuse reposant sur un accoudoir d'acajou et arracha un éclat à l'anneau de diamant qui ornait son petit doigt.

Sur la table, juste sous l'abat-jour, s'étageait une pile de journaux. Au sommet : une publication clandestine imprimée à Zurich, *La Volonté du peuple*, une édition toute fraîche, datée de l'avant-veille. Sur la page ouverte, un article marqué d'un trait furieux de crayon rouge :

UN BOURREAU SOUSTRAIT À SON CHÂTIMENT

La rédaction vient d'apprendre de source très sûre que l'aide de camp de l'empereur, le général Khrapov, relevé jeudi dernier des fonctions de sous-secrétaire d'Etat aux Affaires intérieures et de commandant du Corps spécial de gendarmerie, devrait être dans un avenir proche nommé gouverneur général de Sibérie et rallier aussitôt son nouveau lieu d'affectation.

Les causes de cette mutation ne sont que trop évidentes. Le tsar tient à sauver Khrapov de la vengeance populaire en offrant pour un temps à son chien de

garde un refuge éloigné de la capitale. Mais le jugement prononcé par notre parti contre ce satrape sanguinaire reste en vigueur. En ayant donné l'ordre cruel d'infliger le fouet à la détenue politique Polina Ivantsova, Khrapov s'est placé en dehors des lois de l'humanité. Il ne saurait demeurer en vie. Le bourreau a par deux fois réussi à échapper à ses justiciers, mais il est de toute manière condamné.
Par la même source, nous avons été informés que le portefeuille de ministre de l'Intérieur lui avait déjà été promis. Sa nomination en Sibérie n'est qu'une mesure provisoire destinée à soustraire Khrapov au glaive vengeur de la colère du peuple. Les sbires du tsar comptent entre-temps découvrir et anéantir notre Groupe de Combat, chargé de mettre à exécution la sentence rendue contre le bourreau. Quand tout danger serait écarté, Khrapov rentrerait triomphalement à Saint-Pétersbourg pour y devenir le tout-puissant favori du régime.
Cela ne sera pas ! Les vies sacrifiées de nos camarades appellent à la vengeance.
Incapable de supporter l'infamie qu'on lui avait infligée, Ivantsova s'est pendue dans son cachot. Elle avait tout juste 17 ans.
L'étudiante Skokova, âgée de 22 ans, a tiré sur le satrape, a manqué sa cible et a été mise à mort.
Notre camarade du Groupe de Combat, dont le nom sera tenu secret, a été tué par un éclat de sa propre bombe, tandis que Khrapov, encore une fois, s'en sortait sain et sauf.
Ce n'est rien, Votre Haute Excellence, tant va la cruche à l'eau qu'à la fin elle se casse. Notre Groupe de Combat saura vous débusquer jusqu'en Sibérie.
Bon voyage !

La locomotive poussa un soudain rugissement d'alarme, d'abord prolongé, puis ponctué de brefs coups de sifflet : « Ou-ou-ouh ! Ouh ! Ouh ! Ouh ! »

Les lèvres du dormeur eurent un frémissement inquiet et laissèrent filtrer une plainte assourdie. Ses yeux s'ouvrirent, coururent, perplexes, à gauche, sur les vitres blanches, à droite sur les vitres noires, et son regard alors se rasséréna, devint réfléchi, pénétrant. Le vieillard austère rabattit son plaid (lequel dissimulait une veste de velours, une chemise blanche et une cravate noire), esquissa une moue de ses lèvres sèches, puis agita une clochette.

Un moment après, la porte qui donnait sur le vestibule s'effaçait et, rajustant son ceinturon, un lieutenant-colonel, vêtu d'un uniforme bleu de gendarme, orné d'aiguillettes blanches, faisait crânement irruption dans le compartiment.

— Je vous souhaite le bonjour, Votre Haute Excellence !

— On a passé Tver ? demanda le général d'une voix pâteuse, sans répondre à la salutation.

— En effet, Ivan Fiodorovitch. Nous arrivons à Kline.

— Comment ça, à Kline ? s'emporta l'autre, resté assis. Déjà ? Pourquoi ne m'as-tu pas réveillé plus tôt ? Tu dormais ?

L'officier frotta sa joue encore chiffonnée.

— En aucune façon. J'ai vu que vous étiez assoupi. Je me suis dit : laissons Ivan Fiodorovitch prendre au moins un peu de repos. Ce n'est rien, vous avez tout le temps de faire un brin de toilette, de vous habiller et de prendre le thé. Il y a encore une bonne heure de route avant Moscou.

Le train ralentissait l'allure, se préparant à freiner. Dehors, des lumières défilaient, on commençait à distinguer quelques rares réverbères et des toits enneigés.

Le général bâilla.

— Fort bien, en ce cas qu'on apporte le samovar. Je crois qu'autrement je ne me réveillerai jamais.

Le gendarme salua militairement et sortit en refermant sans bruit la porte derrière lui.

Le vestibule était vivement éclairé. Il y régnait une odeur de liqueur et de fumée de cigare. Un autre officier était assis à un bureau, le menton appuyé sur sa main — cheveux d'un blond très pâle, visage rose, sourcils clairs et cils de porcelet. Il s'étira, fit craquer ses articulations et demanda au lieutenant-colonel :

— Alors, que se passe-t-il ?

— Il veut du thé. Je vais donner des ordres.

— A-ah, fit l'albinos d'une voix traînante avant de jeter un coup d'œil par la vitre. Où est-on ? A Kline ? Assieds-toi, Michel. Je m'en occupe. Je vais aller me dégourdir un peu les jambes. Par la même occasion, je vérifierai si ces gredins ne sont pas tous en train de roupiller.

Il se leva, rectifia sa tenue et, dans un tintement d'éperons, passa dans le troisième compartiment de la prodigieuse voiture-salon. Là, cependant, tout était d'une extrême simplicité : des chaises alignées le long des cloisons, des patères pour les manteaux, et dans un coin un guéridon supportant vaisselle et samovar. Deux robustes gaillards accoutrés du même complet en camelot et arborant d'identiques moustaches frisées (à ceci près que l'un les avait jaunes et l'autre rousses) étaient assis immobiles l'un en face de l'autre. Deux autres dormaient sur des chaises qu'on avait rapprochées.

A l'entrée du blondin, ceux qui étaient assis se levèrent d'un bond, mais l'officier porta un doigt à ses lèvres pour leur signifier qu'il était inutile de réveiller leurs camarades et, désignant le samovar, chuchota :

— Du thé pour Sa Haute Excellence. Ouf ! On étouffe ici. Je sors avaler une bouffée d'air.

Dans le tambour, deux gendarmes armés de carabines se campèrent devant lui au garde-à-vous. Le tambour n'était pas chauffé, et les factionnaires portaient capote, bonnet et cagoule.

— Bientôt la relève ? demanda l'officier en enfilant ses gants blancs, le regard scrutant le quai qui lentement émergeait de l'ombre.

— On vient juste de prendre notre poste, Votre Noblesse ! aboya le plus ancien des deux gardes. Maintenant, on en a pour jusqu'à Moscou.

— Bien, bien.

L'albinos poussa la lourde portière et un vent frais s'engouffra dans la voiture, chargé d'une odeur de neige et de mazout.

— Huit heures, et le ciel grisonne à peine, soupira l'officier sans s'adresser à personne, avant de descendre sur le marchepied.

Le train n'était pas encore immobile, ses freins grinçaient et crissaient encore que deux hommes se hâtaient déjà sur le quai en direction de la voiture-salon : l'un plutôt courtaud, l'autre grand et mince, arborant haut-de-forme et ample macfarlane du dernier chic.

— La voici, la voiture spéciale ! cria le premier (le surveillant de la station, à en juger par sa casquette) en se tournant vers son compagnon.

Celui-ci s'arrêta devant la portière ouverte et demanda à l'officier en retenant d'une main son haut-de-forme :

— Vous êtes M-modzalevski ? L'aide de camp de Sa Haute Ex-cellence ?

A la différence du cheminot, le bègue ne criait pas, cependant sa voix calme et sonore couvrait sans peine le hurlement du vent.

— Non, je suis le chef de son escorte, répondit le blondin en s'efforçant de mieux distinguer le visage du dandy.

Le visage en question était des plus remarquables : fin, sévère, orné de petites moustaches noires fort soignées, le front barré d'une ride verticale empreinte de résolution.

— Ah oui ! Le capitaine d'état-major von S-Seidliz... Parfait ! répliqua l'inconnu avec un hochement de tête satisfait.

Sur quoi, du reste, il se présenta à son tour : Fandorine, fonctionnaire chargé des missions spéciales auprès de Sa Très Haute Excellence le gouverneur général de Moscou.

— Je suppose que vous avez entendu parler de moi.

— Oui, monsieur le conseiller d'Etat, nous avons reçu un télégramme chiffré nous annonçant que c'est vous qui répondriez, à Moscou, de la sécurité d'Ivan Fiodorovitch, mais je pensais que vous nous retrouveriez à la gare. Montez, montez, autrement la neige va finir par remplir le tambour.

Le conseiller d'Etat, d'un signe de tête, prit congé du surveillant, escalada avec aisance les quelques marches assez raides et claqua la portière derrière lui. Aussitôt le vacarme s'éteignit pour n'être plus que rumeur.

— Vous êtes déjà sur le t-territoire du g-gouvernement de Moscou, expliqua le fonctionnaire en ôtant son haut-de-forme et en secouant la neige amassée sur le dessus.

Ce faisant, il révélait que ses cheveux étaient noirs mais que ses tempes, en dépit de sa jeunesse, étaient entièrement blanches.

— Ici commence, p-pour ainsi dire, ma juridiction. Le train va stationner à Kline au moins deux bonnes heures : la voie plus loin est bloquée par la neige, on est en train de déblayer. Nous aurons tout le temps de nous mettre d'accord sur tout et de nous répartir les rôles. Mais en p-premier lieu je dois voir Sa Haute Excellence, pour me p-présenter et lui transmettre un m-message urgent. Où puis-je me débarrasser ?

— Entrez dans le poste de garde, je vous prie, vous y trouverez un porte-manteau.

Von Seidliz conduisit le fonctionnaire d'abord dans le premier compartiment où veillaient les gardes du corps en civil, puis, quand Fandorine eut quitté son macfarlane et jeté sur la table son haut-de-forme mouillé, il l'entraîna dans le second.

— Michel, monsieur est le conseiller d'Etat Fandorine, expliqua le chef d'escorte au lieutenant-colonel. En personne. Porteur d'un message urgent pour Ivan Fiodorovitch.

Michel se leva.

— Modzalevski, aide de camp de Sa Haute Excellence. Puis-je jeter un coup d'œil à vos papiers ?

— B-bien entendu.

Le fonctionnaire tira de sa poche un carton plié en deux et le tendit à l'officier.

— C'est bien Fandorine, confirma le chef d'escorte. Le télégramme chiffré contenait son signalement, je me le rappelle en détail.

Modzalevski examina attentivement le cachet et la photographie, puis rendit le document à son propriétaire.

— Très bien, monsieur le conseiller d'Etat. Je vais vous annoncer.

Un instant plus tard le fonctionnaire était introduit dans le royaume de tapis moelleux, de lumière bleutée et d'acajou. Il entra et salua sans rien dire.

— Bonjour, monsieur Fandorine, gronda non sans bonhomie le général, qui avait eu le temps de troquer sa veste de velours pour une tunique militaire. Eraste Pétrovitch, c'est bien cela ?

— T-tout à fait exact, Votre Haute Excellence.

— Vous avez décidé d'accueillir votre protégé dans les lointaines marches de votre domaine ? Je loue votre zèle, encore que je considère tout ce remue-ménage comme parfaitement superflu. Premièrement, mon départ de Saint-Pétersbourg a été tenu secret, deuxièmement, ces messieurs les révolutionnaires ne m'inspirent aucune crainte, et troisièmement tout est dans la main de Dieu. Jusqu'à présent le Seigneur a préservé la vie de Khrapov, c'est donc qu'Il a encore besoin de Son vieux soldat.

Et le général, qui, on l'a compris, était ce même Khrapov, de se signer pieusement.

— J'ai p-pour Votre Haute Excellence un message ultra-urgent et t-totalement confidentiel, déclara le conseiller d'Etat d'un ton flegmatique en tournant la tête vers l'aide de camp. Excusez-moi, c-colonel, mais telles sont les instructions que j'ai reçues.

— Retire-toi, Micha, ordonna d'une voix amicale le nouveau gouverneur général de la Sibérie, que le journal étranger qualifiait de bourreau et de satrape. Le samovar, au fait, est-il prêt ? Sitôt que nous en aurons terminé avec cette affaire, je t'appellerai, nous prendrons un petit thé.

Et quand la porte se fut refermée sur l'aide de camp, il demanda :

— Eh bien, quels sont ces mystères que vous avez là ? Un télégramme du souverain ? Donnez.

Le fonctionnaire s'approcha tout près du vieillard assis, et il plongeait déjà la main dans la poche intérieure de sa veste de castorine quand ses yeux tombèrent sur le journal clandestin à l'article encadré de rouge. Le général surprit le regard du conseiller d'Etat et se renfrogna.

— Messieurs les nihilistes se refusent à lâcher Khrapov. Ils ont trouvé un « bourreau » ! Vous avez bien sans doute, Eraste Pétrovitch, entendu vous aussi votre content de sottises à mon sujet, n'est-ce pas ? Ne les croyez pas, ce ne sont qu'inventions de mauvaises langues, qui retournent à l'envers tous les faits ! Elle n'a pas été sauvagement fouettée en ma présence par des brutes de geôliers, c'est une calomnie ! (On voyait que la malheureuse histoire du suicide de la jeune Ivantsova avait gâté plus d'une pinte de sang à Sa Haute Excellence et continuait de le tarauder.) Je suis un honnête soldat, j'ai deux croix de Saint-Georges, pour Sébastopol et pour la seconde bataille de Plevna ! s'écria-t-il, s'échauffant soudain. Savez-vous bien que cette petite idiote, cette fillette mal élevée, je voulais la sauver du bagne ! Bon, je l'ai tutoyée, la belle affaire ! Mais je lui parlais en père ! J'ai un petit-fils de son âge ! Et elle, à moi, vieil homme, général et aide de camp de l'empereur, elle me flanque une gifle, devant les gardes, devant les autres détenus ! D'après la loi, cette misérable aurait encouru pour cela dix ans de travaux forcés ! J'ai ordonné, pour ma part, de seulement lui administrer une correction et de ne pas donner de suite à l'affaire. Non pas de la fustiger férocement, comme on l'a écrit ensuite dans les journaux, mais de lui coller une dizaine de coups cuisants, sans trop appuyer ! Et ce ne sont pas des geôliers qui en ont été chargés, mais une surveillante. Qui aurait pu imaginer que cette petite piquée d'Ivantsova irait mettre fin à ses jours ? Elle n'était pas de sang bleu, sapristi, c'était une vulgaire roturière, comment lui soupçonner de telles délicatesses de cœur ? ! (Le général esquissa un geste courroucé.) Maintenant je suis bon pour traîner ce boulet jusqu'à ma mort. Ensuite il a fallu qu'une autre idiote toute pareille me tire dessus. J'ai écrit à Sa Majesté pour qu'elle ne soit pas pendue, mais le souverain s'est montré inflexible. Il a tracé de sa propre main sur ma requête : « Qui lève le glaive sur mes fidèles serviteurs ne mérite aucune grâce. » (Khrapov cligna des paupières, visiblement ému, cependant qu'une larme sénile perlait à ses yeux.) Ils ont décidé de me traquer, comme un loup. Et pourtant j'ai cherché à faire pour le mieux... Je ne comprends pas ! Vous pourriez bien me saigner, je ne comprends pas !

Le gouverneur général écarta les mains, la mine affligée, mais l'homme aux cheveux bruns et tempes blanches auquel il s'adressait lui rétorqua tout à trac, cette fois-ci sans l'ombre d'un bégaiement :

— Comment pourriez-vous comprendre ce que sont l'honneur et la dignité humaine ? Peu importe que vous ne compreniez pas, ça servira toujours de leçon aux autres vaches de votre espèce !

Bouche bée, Ivan Fiodorovitch voulut se soulever de son fauteuil, mais le surprenant fonctionnaire avait déjà retiré la main de sous sa veste, et cette main ne brandissait nullement un télégramme mais un court poignard. La lame pénétra droit dans le cœur du général Khrapov, ses sourcils se haussèrent, sa bouche s'arrondit mais ne put articuler un mot. Ses doigts agrippèrent le bras du conseiller d'Etat, et de nouveau la bague en diamant dont on a déjà parlé lança un éclair. Puis la tête du gouverneur bascula en arrière, inerte, et sur son menton se mit à ruisseler un mince filet de sang écarlate.

Le meurtrier détacha avec dégoût les phalanges du mort crispées sur son poignet, puis il arracha d'un geste nerveux ses moustaches postiches et essuya ses tempes blanches, lesquelles aussitôt devinrent aussi noires que le reste de sa chevelure.

Ayant observé un instant derrière lui la porte close, l'homme marcha d'un pas décidé jusqu'à l'une des fenêtres aveugles qui donnaient sur les voies et tira sur la poignée, mais le châssis, soudé qu'il était par le gel, refusait de céder. Pareille circonstance, cependant, ne parut nullement embarrasser l'étrange conseiller d'Etat. Il empoigna l'étrier à deux mains et pesa dessus de tout son poids. Des veines saillirent sur son front, ses dents serrées grincèrent et — miracle ! — le châssis émit un crissement et consentit à descendre. Un flot de poussière de neige fouetta en plein visage l'auteur de ce tour de force, tandis que les rideaux battaient joyeusement au vent. Un mouvement leste, et le meurtrier s'élança par l'ouverture pour se dissoudre dans la grisaille de l'aube.

Le compartiment se trouva métamorphosé en un clin d'œil : le vent, ne croyant pas à son bonheur, entreprit de faire voler sur le tapis divers papiers importants, de tirailler les franges de la nappe, d'ébouriffer la tête chenue du général.

L'abat-jour bleu se mit à osciller furieusement, le disque de lumière qu'il projetait entama une danse endiablée sur la poitrine du mort, éclairant au passage le manche d'ivoire du poignard planté jusqu'à la garde, où se détachaient ces deux lettres gravées : GC.

Chapitre premier, où Fandorine se retrouve en état d'arrestation

La journée avait mal commencé. Eraste Pétrovitch s'était levé dès potron-minet, car il importait qu'il soit à huit heures et demie à la gare de Nikolaïev. Il s'était livré avec son valet de chambre japonais à une solide séance de gymnastique, ainsi qu'il le faisait chaque jour, avait bu du thé vert, et il était déjà en train de se raser, tout en pratiquant des exercices de respiration, quand le téléphone avait sonné. C'est ainsi que le conseiller d'Etat avait appris qu'il avait eu bien tort de se réveiller de si bon matin : le rapide en provenance de Saint-Pétersbourg était attendu avec deux heures de retard en raison d'abondantes chutes de neige qui avaient enseveli la voie.

Etant donné que toutes les instructions concernant la sécurité du visiteur arrivant de la capitale avaient déjà été données la veille, Eraste Pétrovitch avait mis un moment à trouver comment occuper ce loisir imprévu. Il avait eu un instant l'idée de se rendre à la gare en avance, mais y avait renoncé. A quoi bon rendre ses subordonnés nerveux ? On pouvait être sûr que le colonel Svertchinski, qui remplissait les fonctions de chef de la Direction régionale de la gendarmerie, avait exécuté point par point les ordres reçus : le quai n° 1, où le rapide devait arriver, était déjà investi par des agents en civil, une voiture blindée stationnait juste à l'entrée du quai, et les hommes d'escorte avaient été sélectionnés avec le plus grand soin. A n'en pas douter, il serait amplement suffisant de se pointer à la gare un quart d'heure avant, et encore, davantage pour observer la règle que dans l'intention de relever d'éventuelles négligences.

La mission que lui avait confiée Sa Très Haute Excellence Vladimir Andréiévitch était certes d'importance, mais elle ne présentait guère de difficultés. Accueillir le haut personnage, l'accompagner d'abord chez le prince pour déjeuner, puis à la résidence des monts Vorobeï — étroitement protégée — pour qu'il y prenne du repos, enfin le soir reconduire le frais émoulu gouverneur général de Sibérie au train de Tcheliabinsk, auquel serait déjà attelée la voiture ministérielle, voilà, à dire la vérité, tout ce dont il s'agissait.

L'unique question réellement délicate, qui tourmentait Eraste Pétrovitch depuis la veille, était la suivante : devrait-il tendre la main au général Khrapov, qui s'était déshonoré par un acte, sinon d'une bassesse, du moins d'une stupidité impardonnable ?

Du point de vue du service et de sa carrière, oui, bien entendu, il convenait de passer outre à ses sentiments personnels, d'autant plus que les initiés prédisaient à l'ex-chef des gendarmes un prompt retour aux cimes du pouvoir. Cependant c'est pour une tout autre raison que Fandorine avait d'abord résolu de ne pas se soustraire à ce *shake hand* : un hôte était un hôte, et il était impossible de l'offenser. Il lui suffirait de s'en tenir à son égard à un ton froid et ostensiblement officiel.

Pareille décision était juste et même irréprochable, et malgré tout le fonctionnaire, comme on dit, se sentait le cœur chiffonné. Et si finalement c'étaient bel et bien des considérations de carrière qui l'avaient influencé ?

Voilà pourquoi le retard inopiné du train n'avait pas laissé Eraste Pétrovitch très longtemps désemparé : il lui offrait un délai supplémentaire pour trancher son douloureux dilemme moral.

Fandorine avait demandé à Massa, son valet de chambre, de lui préparer un thé bien corsé, s'était confortablement installé dans un fauteuil, et avait entrepris de peser à nouveau tous les « pour » et les « contre », serrant et desserrant inconsciemment la main droite au fil de sa méditation.

Il n'eut pas l'occasion, cependant, de pousser celle-ci très loin, car le bruit d'un timbre vint encore l'interrompre, celui de la porte d'entrée cette fois-ci. Des éclats de voix lui parvinrent du vestibule, d'abord étouffés puis véhéments. Quelqu'un cherchait à toute force à pénétrer dans le bureau, mais Massa l'en empêchait et émettait des sons tenant à la fois du chuintement et du sifflement, qui témoignaient du caractère inflexible et de l'humeur belliqueuse de l'ancien sujet de l'empire du Japon.

— Massa, qui est là ? cria Eraste Pétrovitch en quittant le bureau pour le salon.

Il y découvrit des visiteurs inattendus : le lieutenant-colonel de gendarmerie Bourliaev, chef de la

Section de sécurité de Moscou, et avec lui deux messieurs vêtus de manteaux à carreaux, à l'évidence agents de la police secrète. Massa, bras écartés, barrait le passage au trio et ne dissimulait guère son intention de passer dans un très bref délai de la parole aux actes.

La mine embarrassée, Bourliaev ôta son bonnet et passa une main sur la dure brosse de ses cheveux poivre et sel

— *Pardon*, monsieur Fandorine, déclara-t-il d'une profonde voix de basse. Il y a là sûrement un malentendu, mais j'ai reçu une dépêche du Département de la police. (Il agita une feuille de papier.) On m'y informe que le général Khrapov, aide de camp de l'empereur, a été assassiné, que... euh... euh... que c'est vous qui l'avez tué... et que l'on doit sur-le-champ s'assurer de votre personne. Ils sont devenus complètement fous, mais un ordre est un ordre... Calmez donc votre Japonais, car j'ai entendu dire qu'il est fichtrement vif à se servir de ses pieds.

Au premier instant, Eraste Pétrovitch éprouva un absurde soulagement à l'idée que le problème du *shake hand* soit tombé de lui-même, et ce n'est qu'ensuite que tout le sens cauchemardesque des paroles qui venaient d'être prononcées s'abattit sur lui.

Les soupçons qui pesaient sur Fandorine ne se trouvèrent dissipés qu'après que le train retardé fut arrivé en gare. Jaillissant de la voiture ministérielle alors que le convoi roulait encore, un capitaine d'état-major du corps de gendarmerie, à la trop pâle pilosité, sauta sur le quai et, le visage tordu d'une grimace, vomissant d'atroces imprécations, s'élança vers l'endroit où, entouré d'agents de la Sûreté, se tenait le conseiller d'Etat qu'on avait arrêté. Cependant, après quelques enjambées, il ralentissait déjà le pas, puis s'immobilisa tout à fait. Battant des paupières, il se frappa du poing sur la cuisse.

— Ce n'est pas lui ! Il lui ressemble, mais ce n'est pas lui ! D'ailleurs, il ne lui ressemble même pas tant que ça ! Juste les moustaches et les tempes blanches, mais c'est bien tout ! bredouilla l'officier, abasourdi. Qui m'avez-vous amené ? Où est Fandorine ?

— Je vous assure, m-monsieur von Seidliz, que je suis bel et bien Fandorine, répondit le conseiller d'Etat avec une douceur exagérée, comme s'il s'adressait à un malade mental. (Puis, se tournant vers Bourliaev, il ajouta :) Piotr Ivanovitch, dites à vos gens qu'ils p-peuvent cesser de me tenir par les bras. Capitaine, où sont le lieutenant-colonel Modzalevski et les gardes du corps placés sous vos ordres ? Je dois tous les interroger et noter leurs dépositions.

— Les interroger ? Noter leurs dépositions ? ! s'écria Seidliz d'une voix sifflante en levant les deux poings au ciel. Au diable, vos dépositions ! Quoi, vous ne comprenez pas ? Il est mort, on l'a tué ! Mon Dieu, c'est la fin de tout, de tout ! Il faut courir, il faut mettre sur le pied de guerre la gendarmerie, la police ! Si je ne retrouve pas ce déguisé, ce salopard, ce... (Il s'étrangla et eut un hoquet convulsif.) Mais je le retrouverai, forcément je le retrouverai ! Je saurai me racheter ! Je retournerai ciel et terre ! Autrement je n'aurai plus qu'à me loger une balle dans la tête !

— Bien, fit Eraste Pétrovitch sans rien perdre de son calme. Je crois que j'interrogerai le capitaine un peu plus tard, quand il aura recouvré ses esprits. Pour l'instant commençons par les autres. Qu'on nous libère le b-bureau du chef de gare. Je prierai messieurs Svertchinski et Bourliaev de rester assister à l'enquête.

— Votre Excellence, et que faut-il faire du défunt ? s'enquit timidement le chef de train, qui jusqu'alors s'était tenu à respectable distance. Un personnage aussi important... Où doit-on le transporter ?

— Comment : « où » ? répliqua le conseiller d'Etat d'un ton surpris. Un f-fourgon mortuaire va arriver dans un instant, et à la morgue, pour autopsie !

— ... après quoi l'aide de camp Modzalevski, premier à s'être repris en main, a couru à la gare de « Kline-voyageurs » et expédié de là un télégramme au Département de p-police.

Le long rapport de Fandorine touchait à sa fin.

— Haut-de-forme, macfarlane et poignard ont été confiés au laboratoire pour y être expertisés. Khrapov est à la morgue. On a administré à Seidliz une piqûre de calmant.

Le silence tomba dans la pièce, on n'entendait plus que le tic-tac de l'horloge et le tremblement des vitres sous la pression du vent violent de février. Le gouverneur général de Moscou, le prince Vladimir Andréiévitch Dolgoroukoï, mordilla ses lèvres ridées d'un air pensif, tirailla ses longues moustaches teintes et se gratta derrière l'oreille, de telle sorte que sa perruque châtain glissa légèrement de côté. Eraste Pétrovitch avait rarement eu l'occasion de voir le tout-puissant maître de l'ancienne capitale dans un tel état de désarroi.

— Jamais la camarilla pétersbourgeoise ne me fera grâce de cela, déclara enfin Sa Très Haute Excellence d'un air chagrin. Ils se moqueront bien du fait que ce fichu Khrapov, le Seigneur l'accueille en Son royaume, n'avait pas encore atteint Moscou. Kline, n'est-ce pas, se trouve dans le même gouvernement... Qu'en dites-vous, Eraste Pétrovitch ? Il semble bien, n'est-ce pas, que ce soit la fin ?

Le conseiller d'Etat se contenta de répondre par un soupir.

Alors le prince se tourna vers l'homme en livrée qui attendait, campé devant la porte, un plateau d'argent entre les mains — plateau qui supportait diverses fioles et flacons, ainsi qu'un petit vase empli de pastilles à l'eucalyptus contre la toux. Le serviteur se nommait Frol Grigoriévitch Védichtchev, il occupait le modeste emploi de valet de chambre, mais le prince n'avait point de conseiller plus dévoué ni plus riche d'expérience que ce vieillard desséché au crâne chauve, aux favoris exubérants et aux lunettes à monture d'or et verres en cul de bouteille.

Au reste il n'était personne d'autre, dans le vaste cabinet de travail, que ces trois-là.

— Eh quoi, Frolouchka, demanda Dolgoroukoï d'une voix qui tressaillait, nous voilà bons pour la retraite, je ne me trompe pas ?... Mais sans honneurs ni faveurs. Au beau milieu du scandale...

— Vladimir Andréiévitch ! répondit le valet de chambre d'une voix éplorée. Mais au diable le service de l'Etat ! Grâce à Dieu, vous lui avez suffisamment donné, songez que vous marchez sur vos quatre-vingt-dix ans... Ne vous rongez donc point les sangs. Si le tsar vous tourne le dos, les Moscovites, eux, sauront prononcer votre éloge. Vingt-cinq longues années à se préoccuper de leur sort, vingt-cinq années à ne jamais dormir son saoul, ce n'est pas rien ! Nous partirons à Nice, profiter du soleil. Installés à une terrasse, nous nous remémorerons le bon temps passé, à nos âges que pourrait-on souhaiter de mieux...

Le prince sourit tristement :

— Je ne pourrai jamais, Frol, tu le sais bien. Je mourrai si je suis à la retraite, au bout de six mois je dépérirai. Je ne suis encore vaillant que parce que Moscou me soutient. Et si encore on me chassait pour une raison valable, mais là, n'est-ce pas ? ce sera pour rien du tout. L'ordre règne partout dans ma ville. C'est vexant...

Le plateau se mit à trembler entre les mains de Védichtchev, tandis que ses joues s'inondaient de larmes.

— Dieu est miséricordieux, monsieur, peut-être l'affaire se tassera-t-elle. Nous en avons connu d'autres, et le Seigneur nous est toujours venu en aide. Eraste Pétrovitch nous retrouvera le malfaisant qui a trucidé le général, et le souverain se radoucira.

— O-oh non, il ne se radoucira pas ! répliqua Dolgoroukoï d'une voix traînante. Il est question ici de la sécurité de l'Etat. Quand le pouvoir a peur, il n'épargne personne. Il lui faut inspirer de l'effroi à tout le monde, et d'abord à ses propres serviteurs. Afin que chacun ouvre l'œil et qu'on le craigne davantage encore que les assassins. Le crime a été commis sur mon territoire, c'est à moi d'en répondre. Je n'adresse à Dieu qu'une prière : celle de me permettre de dénicher le meurtrier au plus vite, par mes propres moyens. Au moins me retirerai-je sans déshonneur. J'ai joliment servi, et je terminerai en beauté.

Il tourna un regard empli d'espoir vers le fonctionnaire chargé des missions spéciales.

— Qu'en pensez-vous, Eraste Pétrovitch, saurez-vous découvrir ce fameux « GéCé » ?

Fandorine prit son temps pour répondre, et quand il parla enfin, ce fut d'une voix sourde et hésitante :

— Vladimir Andréiévitch, vous me connaissez, je n'aime p-pas faire de p-promesses en l'air. Nous n'avons même pas l'assurance que l'assassin, après avoir commis son forfait, ait gagné Moscou plutôt que Saint-Pétersbourg... Tout bien considéré, les actions du Groupe de Combat semblent bien dirigées depuis la capitale.

— Oui, oui, c'est vrai, opina le prince d'un ton défait. Qu'est-ce que je demande là, en effet ? Tout le Corps des gendarmes soutenu par le Département de police se révèle impuissant à capturer ces gredins, et moi je m'adresse à vous. La Russie est grande, le meurtrier a pu filer où bon lui chante... Du fond du cœur, je vous prie de me pardonner.

Vous savez, quand on est près de se noyer, on se raccrocherait au moindre fétu de paille. Et puis vous m'avez tiré si souvent des situations les plus désastreuses...

Le conseiller d'Etat toussota, quelque peu froissé de se voir comparé à un fétu, et prononça d'un air énigmatique :

— Et cependant...

— Quoi : « cependant » ? sursauta Védichtchev qui aussitôt posa son plateau, épongea d'un geste son visage éploré au moyen d'un immense mouchoir, et trottinant d'un pas vif vint se camper auprès du fonctionnaire. Y aurait-il une sorte d'espoir ?

— Et cependant, on peut essayer... acheva Fandorine d'un ton pensif. Et même, on doit. A dire vrai, j'avais moi-même l'intention de demander à Votre Très Haute Excellence de m'octroyer les pouvoirs nécessaires à pareille mission. L'assassin a usurpé mon nom, et ce faisant m'a lancé un défi. Sans parler même des instants ext-trêmement désagréables que j'ai été amené à vivre ce matin grâce à lui. En outre, j'incline tout de même à penser que le meurtrier, après Kline, a bel et bien dû gagner Moscou. D'ici au lieu du crime, il y a à peine une heure de trajet en train, nous n'aurions de toute manière pas eu le temps de réagir. Alors que dans le sens opposé, il faut neuf heures pour atteindre Saint-Pétersbourg, autrement dit l'homme serait encore en chemin à l'heure actuelle. Entre-temps toutes les gares intermédiaires ont été placées sous surveillance, la police des chemins de fer contrôle les passagers de tous les convois dans un rayon de trois cents verstes. Non, il n'a pas pu chercher refuge dans la capitale.

— Mais peut-être n'est-il nullement monté dans un train ? objecta le valet de chambre. Il aura enfourché un cheval et galopé tranquillement jusqu'à Zamoukhransk ou je ne sais où encore, pour s'y mettre au vert le temps que l'affaire se tasse un peu...

— Zamoukhransk est le dernier endroit où se t-tenir caché. Chacun s'y trouve exposé à la vue de tous. Il est bien plus facile de disparaître dans une grande ville où personne ne connaît personne, et où le réseau clandestin révolutionnaire est présent.

Le gouverneur général lança un regard scrutateur à Eraste Pétrovitch et ouvrit d'un coup sec le couvercle de sa tabatière, preuve qu'il venait de passer de l'état de désespoir à celui d'intense réflexion.

Le fonctionnaire attendit, tandis que le prince se garnissait les narines puis éternuait. Quand Védichtchev, au moyen du même mouchoir qui venait de lui servir à essuyer ses larmes, eut séché les yeux et le nez de son suzerain, celui-ci demanda :

— Et comment comptez-vous le retrouver s'il est ici, à Moscou, une ville où la population se compte en millions ? Je ne puis pas même soumettre la police et la gendarmerie à votre autorité, tout au plus les engager à vous prêter leur concours. Vous n'ignorez pas, mon cher ami, que ma demande concernant votre nomination au poste de grand maître de la police erre depuis trois mois dans les sphères supérieures. Vous voyez bien en quelle Babylone s'est transformée l'institution.

Par le terme de « Babylone », Sa Très Haute Excellence évoquait la situation chaotique qui régnait dans la seconde capitale depuis que le dernier grand maître de la police avait été démis de ses fonctions pour avoir interprété de manière trop littérale le concept de « fonds secrets extrabudgétaires ». Saint-Pétersbourg était le théâtre d'une interminable intrigue paperassière : un parti de courtisans hostiles au prince refusait absolument d'abandonner un poste-clef à une créature de Dolgoroukoï, mais ces malveillants n'étaient pas non plus assez puissants pour imposer leur propre protégé au gouverneur général. Et pendant ce temps l'immense cité vivait privée de son principal défenseur et gardien de la loi. Le grand maître de la police avait pour mission de diriger et d'unifier les actions de la police de sûreté, de la Direction régionale de la gendarmerie et de la Section de sécurité, or on assistait maintenant à une véritable foire d'empoigne : le lieutenant-colonel Bourliaev de la Sécurité et le colonel Svertchinski de la Gendarmerie passaient leur temps à rédiger des rapports où chacun dénigrait l'autre, et tous deux se plaignaient d'une seule voix de l'obstruction éhontée qu'ils rencontraient de la part de commissaires de police bien décidés à n'en faire qu'à leur tête.

— Certes, la situation n'est guère favorable pour mener des actions coordonnées, reconnut Fandorine, mais dans le c-cas présent, cette disjonction des organes judiciaires pourrait au contraire nous servir...

Un réseau de plis altérait soudain son front pur. Sa main, comme animée d'une volonté propre, alla chercher dans l'une de ses poches le chapelet de jade qui aidait le fonctionnaire à mieux se concentrer. Dolgoroukoï et Védichtchev, accoutumés aux manières fandoriniennes, écoutaient, retenant leur souffle, et l'expression des visages des deux vieillards était pareille à celle des enfants qui, au cirque, savent parfaitement que le haut-de-forme du magicien est vide et néanmoins ne doutent pas que l'habile bonhomme saura bientôt en extraire sous leurs yeux un lapin ou une colombe.

Or voici ce qu'Eraste Pétrovitch tira de son chapeau :

— Permettez-moi de vous demander d'où vient que le criminel a si brillamment réussi à mener à bien son plan ? commença-t-il, en ménageant une pause comme si en effet il attendait une réponse. C'est très simple : il était exactement informé de ce que très peu de personnes étaient censées savoir. Et d'un. Les mesures destinées à assurer la sécurité du général Khrapov lors de son passage dans le gouvernement de Moscou n'avaient été arrêtées qu'avant-hier au terme d'un conseil ne réunissant qu'un nombre extrêmement réduit de participants. Et de deux. Quelqu'un parmi eux, informé des moindres détails de notre plan, a livré celui-ci aux révolutionnaires, consciemment ou inconsciemment. Et de trois. Il suffit de découvrir qui est cette personne, et par elle nous remonterons jusqu'au Groupe de Combat et à l'exécuteur de l'attentat.

— Comment ça : « inconsciemment » ? demanda le gouverneur général en fronçant les sourcils. Bon, consciemment, je comprends. Il se trouve des traîtres même chez les serviteurs de l'Etat. On livre des secrets aux nihilistes, qui pour de l'argent, qui à l'instigation du démon. Mais inconsciemment... vous voulez dire en ayant perdu conscience ? Sous l'empire de la boisson ?

— Plutôt par imprudence, répondit Fandorine. Le plus souvent les choses se p-passent ainsi : un fonctionnaire se laisse aller à bavarder devant un proche, qui est lui-même lié à des terroristes. Son fils, sa fille, sa maîtresse. Mais cela ne rallonge jamais notre chaîne que d'un maillon.

— Bien. (Le prince puisa à nouveau dans sa tabatière.) Outre vous et moi, ne participaient avant-hier au conseil secret portant sur la venue d'Ivan Fiodorovitch (la terre soit douce au corps du pécheur) que Svertchinski et Bourliaev. Même la police n'y avait pas été conviée, conformément aux instructions reçues de Saint-Pétersbourg. Alors quoi ? Il faudrait soupçonner les chefs de la Direction des gendarmes et de la Section de sécurité ? C'est un peu fort ! A... a... atchoum !

— A vos souhaits ! intervint Védichtchev qui derechef s'empressa d'essuyer le nez de Sa Très Haute Excellence.

— Eh bien oui, eux aussi, déclara Eraste Pétrovitch d'un ton décidé. De plus, il conviendra d'établir qui d'autre, parmi les fonctionnaires de la Gendarmerie et de la Sécurité, était informé de tous les d-détails. Je suppose qu'on dénombrera au grand maximum trois ou quatre personnes, pas davantage.

Frol Grigoriévitch poussa un cri :

— Seigneur Dieu ! Mais ce sera pour vous un jeu d'enfant ! Cher Vladimir Andréiévitch, croyez-m'en, attendez un peu pour vous désespérer ! Si même c'est la fin de votre carrière, au moins vous partirez dans les formes, en beauté. On vous raccompagnera en vous tenant par vos blanches mains, et non avec un coup de pied au derrière ! Eraste Pétrovitch va nous débusquer ce Judas en deux coups de cuiller à pot. Il n'aura qu'à nous dire : « Et d'un, et de deux, et de trois », et terminé.

— Tout n'est pas si simple, protesta le conseiller d'Etat en secouant la tête. Certes, la Direction de la gendarmerie représente une première possibilité de fuite. Et la Section de sécurité une deuxième. Mais il en existe, hélas, une troisième, sur laquelle je ne suis pas en mesure d'enquêter. Le plan de mesures élaboré par nous pour assurer la protection de Khrapov a été communiqué pour approbation à Saint-Pétersbourg par télégramme chiffré. Celui-ci fournissait également un certain nombre de renseignements à mon sujet, en tant que personne responsable de la sécurité de notre visiteur : extrait de mes états de service, signalement, fiche des services secrets, etc. En un mot, tout ce qui est d'usage en pareil cas. Si Seidliz n'a conçu aucun doute sur l'identité du faux Fandorine, c'est qu'il était informé de manière extrêmement précise de tous mes signes particuliers et même de mon b-bégaiement... Si l'origine de la fuite se trouve à Saint-Pétersbourg, je doute de pouvoir faire quoi que ce soit. Comme on dit, je n'ai pas le bras assez long... Malgré tout, il existe deux chances sur trois pour que la piste conduise à Moscou. Et ainsi le plus probable est que l'assassin se cache quelque part ici. Nous allons chercher.

Au sortir du palais du gouverneur général, le fonctionnaire chargé des missions spéciales s'en fut tout droit à la Direction de la gendarmerie, rue Malaïa Nikitskaïa. Tandis qu'il roulait dans la voiture princière tapissée de velours bleu sombre, il réfléchit à la conduite à tenir à l'égard du colonel Svertchinski. Bien entendu, l'hypothèse que Stanislav Filippovitch, confident de longue date du prince et de Védichtchev, fût lié avec les révolutionnaires réclamait une certaine vivacité d'imagination, mais Dieu en avait généreusement pourvu le conseiller d'Etat, auquel une vie riche en aventures avait en outre infligé déjà bien des surprises autrement plus abracadabrantes.

Aussi, que pouvait-on dire de Stanislav Svertchinski, colonel du Corps spécial des gendarmes ?

Dissimulé, subtil, ambitieux, mais en même temps très prudent, il préférait se tenir dans l'ombre. Toujours rigoureux et même pointilleux dans le service. Il savait attendre son heure et cette fois-ci, cette heure semblait bien avoir sonné : il ne faisait pour l'instant qu'exercer les fonctions de chef de la Direction régionale de la gendarmerie, cependant, selon toute probabilité, il se trouverait confirmé dans ce titre, et alors s'ouvriraient à lui les plus séduisantes perspectives de carrière. Certes, aussi bien à Moscou qu'à Saint-Pétersbourg on savait que Svertchinski était un homme de « Volodia Soleil Rouge[1] ». Si Vladimir Andréiévitch abandonnait la tête de l'ancienne capitale pour partir à la retraite à Nice, le colonel pourrait fort bien n'être pas maintenu au poste envié qu'il occupait pour l'heure. Il s'ensuivait que la mort du général Khrapov était, pour la carrière de Stanislav Filippovitch, un événement plutôt fâcheux, sinon même catastrophique. En tout cas, c'est ainsi que les choses apparaissaient à première vue.

Le trajet entre la rue de Tver et la rue Malaïa Nikitskaïa était insignifiant, et n'eussent été le vent et la neige qui tombait à l'oblique, Fandorine eût préféré se balader à pied, tant il est vrai qu'on réfléchit mieux en marchant. Déjà la voiture tournait pour quitter le boulevard. Elle passa devant les grilles de fonte de l'hôtel du baron Evert-Kolokoltsev, dont une aile abritait les quartiers d'Eraste Pétrovitch, et deux cents pas plus loin, de la nappe de neige que soulevait la tempête, émergeait à son tour un bâtiment jaune pâle aux contours familiers, dont une guérite à rayures défendait l'accès.

Fandorine descendit et, retenant son haut-de-forme qui menaçait de s'envoler, escalada quatre à quatre les marches glissantes du perron. Dans le vestibule, un maréchal des logis-chef qu'il connaissait lui adressa un fier salut militaire et, sans attendre sa réponse, l'informa :

1. Un des surnoms donnés par la tradition au fondateur de Moscou et presque homonyme du gouverneur : Vladimir Dolgorouki.

— Il est dans son bureau. Il vous attend. Permettez, Votre Excellence, que je prenne votre pelisse et votre couvre-chef. Je vais les porter au vestiaire.

Eraste Pétrovitch remercia distraitement et, promenant son regard autour de lui, observa la disposition des lieux comme s'il la découvrait pour la première fois.

Un couloir avec une suite de portes toutes identiques, tapissées de toile cirée, d'ennuyeux murs bleu pâle rehaussés de la frise blanche réglementaire, à l'autre bout une salle de gymnastique. Etait-il possible que la haute trahison se dissimule en ces murs ?

Dans l'antichambre, il fut accueilli par l'officier de service, aide de camp du chef de la Direction, le lieutenant Smolianinov, un jeune homme au teint vermeil, aux yeux noirs et vifs, et à la fière moustache frisée.

— Je vous souhaite le bonjour, Eraste Pétrovitch ! lança le lieutenant d'un ton enjoué. Quel sale temps, hein !

— Oui, oui, opina le fonctionnaire. Je peux entrer ?

Et sans autre cérémonie, usant du droit que lui conférait son statut de collaborateur de longue date et aussi peut-être, dans un avenir proche, de supérieur direct, il pénétra dans le bureau.

— Eh bien, que se passe-t-il là-bas dans les hautes sphères ? lui demanda Svertchinski en se levant pour le saluer. Que devient Vladimir Andréiévitch ? Comment doit-on agir, que faut-il entreprendre ? C'est bien simple, je ne sais plus où est ma place.

Et, baissant la voix jusqu'à ne plus produire qu'un chuchotement inquiétant, il ajouta :

— Qu'en pensez-vous, il va être démis ?

— Ceci d-dépendra dans une certaine mesure de vous et de moi.

Fandorine se laissa tomber dans un fauteuil, le colonel s'assit en face de lui, et la conversation prit aussitôt un tour plus concret.

— Stanislav Filippovitch, je serai franc avec vous. Il y a parmi nous, ici, à la Direction de la gendarmerie, ou bien à la Section de sécurité, un t-traître.

— Un traître ?

Le colonel secoua si énergiquement la tête qu'il infligea quelque dommage à la raie idéale qui partageait sa chevelure bien lissée en deux parts symétriques.

— Oui, un traître ou un b-bavard, ce qui dans le cas présent revient exactement au même.

Et le fonctionnaire d'exposer à son interlocuteur le fruit de ses déductions.

Svertchinski l'écouta, tout en triturant sa moustache d'une main émue, et quand Fandorine en eut terminé, il posa une main sur son cœur et déclara d'un ton pénétré :

— Entièrement d'accord avec vous ! Vos raisonnements sont des plus convaincants et des plus justes. Mais je vous demanderai d'épargner vos soupçons à mes services. Notre mission, concernant la venue du général, était la plus élémentaire qui soit : fournir une escorte d'hommes en uniforme. Je n'ai même pris aucune mesure particulière : j'ai simplement donné ordre de tenir à disposition un demi-peloton de cavaliers, et l'affaire s'arrête là. Et je vous garantis, mon très estimé Eraste Pétrovitch, que de toute la Direction de la gendarmerie, seules deux personnes étaient informées du détail de l'opération : moi et le lieutenant Smolianinov. Celui-ci étant mon aide de camp, j'étais bien forcé de tout lui expliquer. Mais vous-même le connaissez bien, c'est un garçon responsable, débrouillard et doué de la plus noble tournure d'esprit, pas du tout du genre à commettre un sale coup. Quant à moi, j'ose espérer que ma discrétion vous est connue.

Eraste Pétrovitch hocha la tête avec diplomatie :

— C'est bien p-pourquoi je suis venu vous trouver en tout premier lieu et que je ne vous cache rien.

— Je vous l'assure, ce sont ou bien les Pétersbourgeois, ou bien les Gnezdnikoviens ! s'exclama le colonel en écarquillant ses beaux yeux de velours. (Par « Gnezdnikoviens », il désignait la Section de sécurité sise grand-rue Gnezdnikov.) Pour ce qui est des Pétersbourgeois, je ne puis rien dire, je ne dispose pas d'informations assez complètes, en revanche le lieutenant-colonel Bourliaev compte parmi ses auxiliaires une bonne part de racaille, anciens nihilistes et malfrats de tout poil. C'est là qu'il faudrait sonder. Bien entendu je n'aurai pas le front d'accuser Piotr Ivanovitch lui-même, Dieu m'en garde, mais son service de filatures avait la charge de pourvoir discrètement à la sécurité du général, par conséquent il lui a bien fallu donner des instructions, des explications, et cela devant un groupe d'individus parfaitement douteux. Très imprudent ! Par ailleurs...

Svertchinski hésita, comme s'il doutait qu'il valût la peine de continuer.

— Quoi ? demanda Fandorine en le regardant droit dans les yeux. Il y aurait une autre version possible que j'aurais négligée ? Parlez, Stanislav Filippovitch, parlez. Nous n'avons, vous et moi, rien à nous cacher.

— Par ailleurs, il y a aussi certains agents secrets que dans notre métier on désigne par le nom de « collaborateurs ». Autrement dit des membres de groupes révolutionnaires qui acceptent de collaborer avec la police.

— Des agents provocateurs ? s'exclama le conseiller d'Etat en fronçant les sourcils.

— Pas forcément provocateurs. Parfois juste informateurs. Sans eux il nous serait totalement impossible de travailler.

— Mais comment vos espions pourraient-ils être au courant des détails de l'accueil réservé à un visiteur secret, et cela jusqu'à disposer de mon signalement exact ? s'enquit Eraste Pétrovitch, tandis que ses sourcils se rapprochaient encore, telles deux flèches noires. Je ne comprends pas bien.

Le colonel était visiblement embarrassé. Ses joues se teintèrent de rouge, il se prit à tortiller ses moustaches avec une application redoublée puis répondit enfin en baissant la voix, sur le ton de la confidence :

— Des agents, il en est de toute espèce. Et les rapports qu'ont avec eux les officiers chargés de mission s'établissent également de manière très variée. Quelquefois sur la base de contacts strictement privés, sinon même... euh... intimes, si je puis dire. Enfin vous comprenez.

— Non ! répliqua vivement Fandorine en regardant son interlocuteur avec un certain effarement. Je ne comprends pas ni ne souhaite comprendre. Vous voulez dire que les hommes de la gendarmerie et de la Section de sécurité nouent, dans l'intérêt du service, des relations homosexuelles avec des agents ?

— Ah, mais pourquoi donc forcément homosexuelles ? ! s'écria Svertchinski en levant les bras au ciel. Nos « collaborateurs » comptent dans leurs rangs suffisamment de femmes. Vous savez bien avec quelle liberté la jeunesse révolutionnaire et pararévolutionnaire considère les questions de sexe.

— Oui, oui, admit le conseiller d'Etat quelque peu confus. Je l'ai plusieurs fois entendu dire. Je n'ai pas en effet une image très claire de l'activité de la p-police secrète. Je n'ai guère eu l'occasion jusqu'à présent de m'occuper de révolutionnaires, plutôt et surtout d'assassins, d'escrocs et d'espions étrangers. Cependant, Stanislav Filippovitch, vous faites manifestement allusion à quelqu'un parmi les officiers de la Sécurité. A qui ? Lequel d'entre eux, à votre avis, aurait des relations suspectes ?

Le colonel employa encore trente bonnes secondes à peindre sur sa physionomie tous les tourments d'un conflit moral, puis enfin, comme s'il décidait de se jeter à l'eau, il prononça dans un murmure :

— Eraste Pétrovitch, mon cher, il s'agit ici bien sûr d'une histoire d'ordre strictement privé, mais connaissant votre exceptionnel sens du devoir et votre largeur d'esprit, je ne me juge pas en droit de rien dissimuler, d'autant plus que l'affaire est d'une particulière importance, qui éclipse toute considération personnelle, par laquelle...

S'embrouillant ici quelque peu dans la grammaire, Svertchinski perdit le fil de sa pensée et reprit plus simplement :

— Je dispose d'informations selon lesquelles le lieutenant-colonel Bourliaev entretiendrait une liaison avec une certaine Diane — un pseudonyme bien entendu, comme en ont les agents secrets. Une personne très mystérieuse qui collabore avec les autorités de manière désintéressée, pour des motifs idéologiques, et qui en conséquence impose ses propres conditions. Par exemple, nous ignorons sa véritable identité ainsi que l'endroit où elle demeure : la seule adresse que nous ayons est celle d'un appartement clandestin que le Département loue à son intention. A en juger d'après les apparences, il s'agit d'une demoiselle ou d'une dame issue d'une excellente famille. Elle jouit d'un très large et très utile réseau de connaissances dans les milieux révolutionnaires de Moscou et de Saint-Pétersbourg, et rend à la police des services en vérité inestimables...

— Elle est la maîtresse de Bourliaev, et il aurait pu se laisser aller devant elle à des confidences ? coupa le fonctionnaire avec impatience. C'est à cela que vous faites allusion ?

Stanislav Filippovitch déboutonna son col raide et se rapprocha de Fandorine.

— Je... je ne suis pas sûr qu'elle soit sa maîtresse, mais je suis tenté de l'admettre. Je suis même très tenté. Et si c'est le cas, Bourliaev a fort bien pu lui en dire trop long. Vous comprenez, les agents doubles, qui plus est de pareille trempe, sont souvent imprévisibles. Un jour ils collaborent avec nous, le lendemain ils font marche arrière...

— Bon, j'en prends note.

Eraste Pétrovitch réfléchit un instant puis brusquement changea de sujet :

— Je suppose que Frol Grigoriévitch vous a téléphoné pour vous prier de me prêter entière assistance dans toute la mesure de vos moyens.

Svertchinski plaqua une main sur sa poitrine — manière de signifier qu'il ferait tout ce qui était en son pouvoir.

— Alors, écoutez ! J'ai besoin pour mener l'enquête d'un assistant débrouillard, qui soit aussi officier de liaison. Seriez-vous d'accord pour me prêter votre Smolianinov ?

Le conseiller d'Etat n'avait pas le sentiment d'être resté très longtemps à l'intérieur du bâtiment jaune pâle, guère plus d'une demi-heure, et pourtant, quand il ressortit dans la rue, la ville était méconnaissable. Le vent s'était lassé de chasser des nuages de poudre blanche par les rues tortueuses, la neige était retombée, formant d'épais amas friables sur les toits et la chaussée, et le ciel, qui semblait jusqu'alors totalement effacé, s'était éclairci comme par un coup de baguette magique. Il ne se révélait nullement bas et farineux, mais au contraire très haut, d'un bleu profond et radieux, et couronné, comme il se doit, d'un disque d'or, petit certes, mais brillant comme un sou neuf. Où qu'on se tournât, des dômes d'église s'élevaient au-dessus des maisons, telles des boules d'arbre de

Noël, la jeune neige chatoyait d'éclats irisés : Moscou venait d'exécuter son tour de passe-passe favori, se changeant de grenouille en princesse d'une beauté à vous couper le souffle.

Eraste Pétrovitch regarda autour de lui puis s'immobilisa, presque aveuglé par tant de scintillement.

— Quelle splendeur ! s'exclama le lieutenant Smolianinov.

Mais, honteux de cet excès d'enthousiasme, il jugea nécessaire d'ajouter aussitôt d'un ton condescendant :

— Vrai, sacrée métamorphose !... Où allons-nous maintenant, monsieur le conseiller d'Etat ?

— A la Section de sécurité. Le temps est en effet magnifique. Faisons donc q-quelques pas.

Fandorine renvoya la voiture aux écuries du gouverneur général, et cinq minutes plus tard le fonctionnaire chargé des missions spéciales et son compagnon aux joues vermeilles arpentaient le boulevard de Tver partout envahi de promeneurs que la soudaine amnistie déclarée par la nature semblait rendre comme fous, alors que les concierges commençaient à peine à déblayer les allées de la neige qui les recouvrait.

Eraste Pétrovitch surprenait constamment des regards posés sur lui, tantôt effrayés, tantôt compatissants, tantôt simplement empreints de curiosité, et il mit un moment à comprendre de quoi il retournait. Eh oui ! A côté de lui, légèrement en retrait, marchait au pas cadencé un jeune gaillard arborant capote bleue de gendarme, sabre et étui de revolver. Vu de loin, on pouvait penser que le monsieur d'allure respectable vêtu d'un manteau de fourrure et coiffé d'un haut-de-forme en peau de daim cheminait sous bonne garde. Deux étudiants ingénieurs qui les croisèrent et que Fandorine ne connaissait nullement adressèrent un signe de tête au « prisonnier » et jetèrent à l'« homme d'escorte » un regard chargé de haine et de mépris. Eraste Pétrovitch tourna la tête vers le lieutenant, mais celui-ci demeurait toujours aussi souriant et paraissait ne pas avoir remarqué l'hostilité des jeunes gens.

— Smolianinov, vous allez sans doute passer plusieurs jours avec moi. Laissez tomber l'uniforme, cela pourrait nuire à notre affaire. Habillez-vous en civil. Et à propos, il y a longtemps que je voulais vous d-demander... Comment se fait-il que vous vous soyez retrouvé dans le Corps des gendarmes ? Votre père, me semble-t-il, était pourtant conseiller privé, n'est-ce pas ? Vous pourriez servir dans la g-garde.

Le lieutenant prit la question comme une invite à réduire la distance que, par déférence, il observait. D'un bond il rattrapa le fonctionnaire, et les deux hommes, dès lors, marchèrent côte à côte.

— Mais qu'y a-t-il de bon dans la garde ? répondit Smolianinov sans se faire autrement prier. Ce ne sont que parades, beuveries et ennui. Alors que servir dans la gendarmerie est un pur plaisir. Missions secrètes, filature de dangereux criminels, parfois même échanges de coups de feu ! L'an dernier, un anarchiste s'était retranché dans une villa à Novoguireïevo, vous vous rappelez ? Il s'est défendu pendant trois heures entières, et a amoché deux des nôtres. Moi-même, j'ai manqué être touché, la balle est allée frapper tout près de ma joue. Un demi-pouce plus loin et je gardais une cicatrice.

Ces derniers mots furent prononcés sur un évident ton de regret : celui de l'occasion ratée.

— Mais vous n'êtes pas blessé par... l'attitude inamicale q-qu'on manifeste dans la société à l'égard des uniformes bleus, en particulier chez les gens de votre âge ?

Eraste Pétrovitch observa son compagnon avec un singulier intérêt, mais le regard du jeune homme ne trahit aucun trouble.

— Je n'y prête pas attention, parce que je sers la Russie et que j'ai la conscience nette. Quant aux préjugés contre les officiers du Corps des gendarmes, ils se dissiperont lorsque tout le monde aura compris combien nous travaillons à défendre l'Etat et les victimes de la violence. Vous savez bien que l'emblème assigné à notre Corps par l'empereur Nicolas Pavlovitch est le mouchoir blanc qui sert à essuyer les larmes des malheureux et des éprouvés.

Devant tant d'enthousiasme et de naïveté, le conseiller d'Etat ne put s'empêcher de jeter un nouveau coup d'œil au lieutenant, mais celui-ci poursuivait déjà avec une ferveur redoublée :

— On tient notre métier pour infamant parce qu'on le connaît mal. Et cependant, devenir officier des gendarmes n'a rien de très facile. D'abord, n'y sont reçus que des gentilshommes de vieux lignage, car nous sommes, nous, les premiers défenseurs du trône. Ensuite, ne sont sélectionnés que les plus méritants et les mieux instruits des officiers de l'armée, uniquement ceux qui ont achevé l'école parmi les meilleurs de leur promotion. Et encore faut-il que rien n'entache leurs états de service, et surtout, par Dieu, qu'ils n'aient aucune dette ! Un gendarme doit avoir les mains propres. Savez-vous combien d'examens j'ai dû passer ? Une horreur ! J'ai reçu la meilleure note pour une dissertation ayant pour sujet : « La Russie du XXe siècle », et néanmoins il m'a fallu patienter presque un an avant d'être admis aux cours, et attendre quatre mois encore à la fin du stage qu'un poste se libère. Il est vrai que c'est papa qui m'a fait entrer à la Direction du gouvernement de Moscou...

Smolianinov eût fort bien pu se dispenser de cette précision, et Eraste Pétrovitch apprécia à sa juste valeur l'honnêteté du jeune homme.

— Bon, et quel avenir attend la Russie au XXe siècle ? demanda Fandorine en considérant à la dérobée le défenseur du trône avec une sympathie manifeste.

— Le plus grand ! Il suffirait de détourner de la subversion la partie la plus éclairée de la société pour lui faire adopter au contraire un esprit constructif, et dans le même temps éduquer la partie la plus ignorante et cultiver progressivement chez elle les sentiments de dignité et de respect de soi-même. C'est le plus important ! Si on s'en abstient, la Russie connaîtra les épreuves les plus atroces...

Cependant Eraste Pétrovitch ne put savoir quelles épreuves, précisément, guettaient la Russie, car ils venaient déjà de tourner dans la grand-rue Gnezdnikov et devant eux se dessinait la façade verte du modeste bâtiment à un étage où siégeait la Section de sécurité du gouvernement de Moscou.

Pour qui n'était pas initié à la subtile intrication des diverses branches et rameaux de l'appareil d'Etat russe, il eût été malaisé de saisir en quoi consistait la différence entre la Section de sécurité et la Direction régionale de la gendarmerie. En principe, à la première incombait la tâche d'enquêter sur les criminels politiques, et à la seconde celle de les arrêter, mais comme dans les affaires secrètes ces deux tâches sont intimement liées, les deux services s'employaient à la même besogne : ils cherchaient à exterminer le fléau révolutionnaire par tous les moyens prévus ou non par la loi. Les gendarmes comme les agents de la Sécurité étaient tous gens sérieux, maintes fois contrôlés, admis à connaître les secrets les mieux gardés, cependant la Direction était subordonnée à l'état-major du Corps détaché des gendarmes, tandis que la Section dépendait du Département de police. La confusion était encore aggravée par le fait que les hauts responsables de la Section de sécurité comptaient fréquemment parmi les effectifs du Corps des gendarmes, et qu'inversement les diverses directions de la gendarmerie employaient non moins souvent des fonctionnaires civils issus du Département de police. A l'évidence une personne sage, expérimentée et ne nourrissant point une opinion trop flatteuse de la nature humaine avait en son temps réfléchi qu'un seul œil ne suffisait guère à garder et surveiller un empire aussi turbulent. Ce n'était pas sans raison, après tout, que Dieu avait octroyé aux hommes non pas une prunelle mais deux. Avec deux yeux, il était plus facile de repérer la sédition, et le risque était moindre de voir l'un des organes concevoir une idée exagérée de lui-même. C'est pourquoi une tradition bien établie voulait que les rapports entre les deux branches de la police secrète fussent empreints de jalousie et d'inimitié, chose qu'en haut lieu non seulement on tolérait, mais sans doute même on encourageait.

A Moscou, l'éternelle rivalité entre les deux services était en quelque mesure atténuée par un unique commandement : l'un et l'autre étaient soumis au grand maître de la police de la ville. Mais ici les occupants de la maison verte jouissaient d'un certain avantage : disposant d'un réseau d'agents plus puissant, ils étaient mieux informés que leurs collègues en uniforme bleu de la vie et des humeurs de la grande ville, or pour l'autorité rien n'est plus précieux qu'être bien renseigné. Pour preuve indirecte de cette relative prééminence de la Section de sécurité : la situation même de ses locaux, à proximité immédiate de la résidence du grand maître de la police, sise boulevard de Tver, les deux entrées de service communiquant par une cour fermée, alors que l'hôtel de la rue Malaïa Nikitskaïa en était distant d'un bon quart d'heure de marche rapide.

Néanmoins, Eraste Pétrovitch n'ignorait pas que la vacance prolongée du poste de chef de la police avait rompu le fragile équilibre entre Gendarmerie et Sécurité. Aussi les insinuations de Svertchinski portant sur le lieutenant-colonel Bourliaev et ses subordonnés étaient-elles à considérer avec une certaine part de prudence.

Fandorine poussa une fort quelconque porte d'entrée et se retrouva dans un vestibule assez sombre au plafond bas et lézardé. Sans s'attarder davantage, il adressa un signe de tête à un homme à la mine taciturne vêtu en civil qui lui répondit par un salut plein de déférence, puis s'engagea dans l'antique escalier à vis qui menait à l'étage. Smolianinov, retenant son sabre, lui emboîta bruyamment le pas.

En haut, l'atmosphère était toute différente : vaste couloir bien éclairé garni d'un long tapis, portes capitonnées de cuir à travers lesquelles s'entendait un crépitement affairé de machines à écrire, murs ornés de gravures de bon ton représentant des vues du vieux Moscou.

Le lieutenant des gendarmes s'aventurait visiblement pour la première fois en territoire ennemi et il regardait autour de lui avec une curiosité non dissimulée.

— Attendez-moi ici, lui dit Eraste Pétrovitch en lui désignant une rangée de chaises tandis que lui-même pénétrait dans le bureau du commandant.

— Heureux de vous revoir en bonne forme !

Le lieutenant-colonel avait bondi de derrière sa table et se précipitait avec un entrain exagéré pour serrer la main de son visiteur, bien que tous deux se fussent quittés à peine deux heures plus tôt et que le conseiller d'Etat n'eût alors pas donné le moindre motif d'inquiétude concernant sa santé.

Fandorine mit la nervosité de Bourliaev sur le compte de la gêne que ce dernier devait éprouver pour être venu tantôt l'arrêter. Cependant, comme toutes les excuses de rigueur avaient déjà été exprimées de manière fort prolixe à la gare, le fonctionnaire, jugeant la cause entendue, s'abstint de revenir sur ce fâcheux épisode et entra sur-le-champ dans le vif du sujet.

— Piotr Ivanovitch, vous m'avez exposé hier les mesures que vous préconisiez pour assurer la séccurité du général Khrapov lors de sa visite. J'ai approuvé vos suggestions. Pour autant qu'il m'en souvienne, vous vous proposiez de détacher douze agents à la gare pour accueillir notre hôte, quatre autres déguisés en cochers devaient suivre sa voiture dans la rue, et deux autres brigades encore, de sept hommes chacune, avaient pour rôle de patrouiller dans les alentours de la villa des monts Vorobeï.

— C'est exact, confirma prudemment Bourliaev, craignant qu'on ne lui tende un piège.

— Vos agents ont-ils été informés de l'identité de la p-personne attendue ?

— Uniquement les chefs de chacune des brigades, soit en tout quatre hommes, tous extrêmement sûrs.

— Bien.

Le conseiller d'Etat croisa les jambes, posa gants et haut-de-forme sur une chaise voisine et s'enquit d'une voix détachée :

— J'espère que vous n'aviez pas oublié de communiquer à ces quatre-là que la conduite générale des opérations de sécurité m'avait été confiée...

Le lieutenant-colonel demeura interdit :

— Ah ça, Eraste Pétrovitch ! Non, je ne l'avais pas jugé nécessaire. Quoi, j'aurais dû ? Pardonnez-moi.

— Comment, personne à part vous, parmi tous vos hommes, ne savait que j'étais chargé d'accueillir le général ? demanda Fandorine en se penchant brusquement en avant.

— Seuls mes plus proches adjoints étaient au courant : l'assesseur de collège Mylnikov et le fonctionnaire principal délégué aux missions, Zoubtsov, personne d'autre. Dans notre métier, il n'est pas d'usage de bavarder. Mylnikov, comme vous le savez, dirige le service des filatures, on ne pouvait le laisser dans l'ignorance. Quant à Sergueï Vitalievitch Zoubtsov, c'est le plus brillant de mes collaborateurs, c'est lui qui en son temps a élaboré le schéma de « Réception DPC ». On peut même dire que c'est sa fierté de professionnel.

— Comment, comment, quelle réception ? demanda Eraste Pétrovitch, l'air surpris.

— D-P-C. « De première classe ». C'est la terminologie que nous employons. Les surveillances discrètes auxquelles nous procédons sont classées par catégories en fonction du nombre d'agents impliqués. « Filature de deuxième classe », « Arrestation de troisième classe », etc. Il y a « Réception de première classe » quand il faut assurer la sécurité d'un personnage de premier rang. Ainsi, par exemple, il y a deux semaines, nous avons eu la visite de l'héritier de la couronne d'Autriche, François-Ferdinand. Là aussi, trente agents avaient été déployés : douze à la gare, quatre dans des fiacres, et deux fois sept autour de la résidence. Quant à la « Classe spéciale », elle est uniquement réservée à Sa Majesté impériale. Soixante agents sont alors au travail, auxquels vient encore s'ajouter la Brigade volante envoyée par Saint-Pétersbourg, sans compter la Sécurité du palais, la gendarmerie, etc.

— Je connais ce Mylnikov, déclara le fonctionnaire, pensif. Evrasti Pavlovitch, c'est bien ça ? Je l'ai vu à l'œuvre, il sait s'y prendre. Il a fait carrière en partant de très bas, n'est-ce pas ?

— Il a commencé comme simple sergent de ville. Peu instruit, mais intelligent, tenace, prompt à saisir l'occasion au vol. Ses hommes lui vouent un culte autant qu'à Dieu, et lui-même leur témoigne toujours du respect. Il vaut de l'or, je suis très content de lui.

— Il vaut de l'or, dites-vous ? releva Fandorine d'un ton dubitatif. Il m'est, q-quant à moi, venu aux oreilles que Mylnikov ne serait pas d'une honnêteté exemplaire. Il vivrait au-dessus de ses moyens et ferait même l'objet d'une enquête de service pour détournement de fonds publics.

Bourliaev répondit en baissant la voix pour adopter un ton plus intime :

— Eraste Pétrovitch, Mylnikov dispose à son entière discrétion de sommes non négligeables destinées à motiver ses agents. Comment il emploie cet argent, ce n'est pas mon problème. J'ai besoin, moi, que son service fasse du bon boulot, et cela, Evrasti Pavlovitch y pourvoit à merveille. Que demander de plus ?

Le fonctionnaire chargé des missions spéciales médita un instant l'opinion qui venait d'être exprimée et, visiblement, ne trouva rien à y redire.

— Bon, très bien. Et quelle sorte d'homme est Zoubtsov ? Je ne le connais presque pas. C'est à dire... je l'ai déjà rencontré, bien sûr, mais je n'ai jamais travaillé avec lui. J'ai gardé en mémoire qu'il s'agit d'un ancien révolutionnaire, est-ce bien vrai ?

— C'est parfaitement exact, répondit le chef de la Sécurité avec une évidente satisfaction. Cette histoire fait ma fierté. Il vous faut savoir que c'est moi qui ai procédé à l'arrestation de Sergueï Vitalievitch quand il était encore étudiant. Il m'a donné bien du fil à retordre : au début, il se comportait comme un vrai petit fauve. Je l'ai gardé un moment au cachot, au pain et à l'eau, je lui hurlais dessus, le menaçais du bagne. Pourtant ce n'est pas par la peur que je l'ai emporté, mais par la persuasion. J'ai vite constaté que c'était un garçon à l'esprit extrêmement délié, de ceux qui, par la tournure même de leur cerveau, ne sont guère enclins à la terreur ni autre action violente. Les bombes et les revolvers, c'est bon pour les obtus qui n'ont pas assez d'imagination pour voir qu'on ne défonce pas un mur à coups de tête. J'ai remarqué que mon Sergueï Vitalievitch aimait disserter sur les idées de parlementarisme, d'union des patriotes doués de bon sens, etc. C'était un vrai plaisir que de mener un interrogatoire avec lui, parfois même — le croirez-vous ? —, je passais la nuit entière au dépôt à l'écouter parler. Je me suis rendu compte qu'il portait un jugement critique sur les camarades de son groupe, qu'il était conscient de leur étroitesse d'esprit et de l'impasse où ils se trouvaient, qu'il cherchait, lui, une issue : comment remédier à l'injustice sociale sans pour autant faire voler le pays en éclats à coups de dynamite. Cela m'a beaucoup plu. Je me suis débrouillé pour obtenir que son affaire soit classée. Ses camarades, cela va de soi, l'ont soupçonné de trahison et lui ont tourné le dos. Il s'est alors senti terriblement blessé, puisque aussi bien il n'avait rien à se reprocher vis-à-vis d'eux. On peut dire que je suis resté son seul et unique ami. Nous nous retrouvions fréquemment, nous parlions de choses et d'autres, je lui racontais tout ce que je pouvais de mon travail, des difficultés que je rencontrais, de mes divers embarras. Eh bien devinez quoi ! Sergueï Vitalievitch a commencé à me donner des conseils : comment s'y prendre au mieux pour parler avec la jeunesse, comment distinguer un propagateur d'un terroriste, quels ouvrages lire en fait de littérature révolutionnaire, etc. Exclusivement des conseils précieux. Un jour, devant un verre de cognac, je lui ai dit : « Sergueï Vitalievitch, mon cher ami, je me suis attaché à vous au cours de tous ces mois, et cela me fait mal de vous voir tiraillé sans cesse entre deux vérités. Je comprends bien que vos nihilistes ont aussi leur vérité, mais à présent vous ne pouvez plus les rejoindre, la route vous est barrée. Aussi écoutez-moi, ralliez-vous donc à notre vérité, par Dieu ! elle n'en sera que mieux fondée. Je vois bien que vous êtes un authentique patriote de la terre russe, vous n'avez que faire de leurs histoires d'Internationale. Eh bien, je ne suis pas moins patriote que vous, unissons donc nos forces pour aider la Russie ! » Et que s'est-il passé ? Sergueï Vitalievitch a réfléchi un jour ou deux, a rédigé une lettre à ses anciens amis, pour leur dire que leurs chemins désormais se séparaient, puis a présenté une requête pour être enrôlé dans la police et placé sous mes ordres. A présent, il est mon bras droit, et il ira loin, vous verrez. En attendant, il est votre fervent admirateur. Il est tout bonnement amoureux de vous, parole d'honneur. Il ne parle que de vos prouesses de déduction. Parfois, j'en deviens carrément jaloux.

Le lieutenant-colonel partit d'un grand éclat de rire, très satisfait, à l'évidence, de s'être ainsi à la fois présenté sous un jour avantageux et d'avoir su habilement flatter son futur supérieur hiérarchique. Cependant, Fandorine, selon son éternelle habitude, aborda soudainement un tout autre sujet :

— Avez-vous entendu parler, Piotr Ivanovitch, d'une certaine d-dame répondant au nom de Diane ?

Bourliaev cessa de rire, son visage parut se pétrifier et l'expression qu'il affichait d'ordinaire, de franchise quelque peu brutale de soldat, s'effaça en partie. Son regard se fit attentif et prudent.

— Puis-je avoir la curiosité de savoir, monsieur le conseiller d'Etat, pourquoi vous vous intéressez à cette personne ?

— Vous le pouvez, répondit Fandorine, impassible. Je recherche l'origine de la fuite d'informations qui a livré aux terroristes notre plan de sécurité. J'ai pour l'instant réussi à établir qu'à part le Département de police, seuls vous, Mylnikov, Zoubtsov, Svertchinski et son officier d'ordonnance étaient au courant de tous les détails. Le colonel Svertchinski pense qu'une « c-collaboratrice » ayant pour nom de code Diane a pu être renseignée sur les mesures de protection adoptées. Vous la connaissez, n'est-ce pas ?

Bourliaev répondit avec une brusque animosité :

— Je la connais, oui. C'est une « collaboratrice » excellente, je ne le discute pas, mais Svertchinski a eu tort d'y faire allusion. C'est, comme on dit, l'hôpital qui se moque de la charité ! Si quelqu'un a pu bavarder devant elle, c'est plutôt lui. Elle le mène par le bout du nez !

— Comment ? Stanislav Filippovitch serait son amant ? ! s'exclama le fonctionnaire stupéfait, en se gardant *in extremis* d'ajouter « lui aussi ».

— Allez savoir ! grinça le lieutenant-colonel d'un ton toujours aussi acerbe. C'est après tout très possible !

Interloqué, Eraste Pétrovitch mit quelques instants à rassembler ses idées.

— Eh quoi, elle est si séduisante que ça, cette Diane ?

— Vraiment, je ne sais pas ! Je n'ai jamais vu son visage.

Piotr Ivanovitch accentua ce dernier mot, de telle sorte que la phrase entière avait une résonance ambiguë.

Le lieutenant-colonel en eut manifestement conscience, car il jugea nécessaire d'expliquer :

— Voyez-vous, Diane ne montre jamais son visage, à aucun d'entre nous. Toutes les entrevues ont lieu à l'appartement clandestin, dans la pénombre, et en plus elle porte un voile.

— Mais c'est inouï !

— Elle joue à l'héroïne romantique, grimaça Bourliaev. Je suis convaincu que Svertchinski ne l'a jamais vue non plus le visage découvert. Les autres parties du corps, c'est fort probable, mais notre Diane dissimule sa figure à la manière d'une odalisque turque. Telle est la stricte condition qu'elle pose pour collaborer. Elle menace, à la moindre velléité de notre part de lever son incognito, de mettre un terme à toute forme de coopération. Nous avons reçu une instruction spéciale du Département de police : ne risquer aucune tentative. Qu'elle fasse son intéressante, libre à elle, pourvu qu'elle nous fournisse des renseignements.

Eraste Pétrovitch, en comparant la manière dont Bourliaev et Svertchinski parlaient de l'énigmatique « collaboratrice », découvrit dans l'intonation et les termes employés par les deux officiers d'état-major les indices d'une indubitable similitude. Direction de la gendarmerie et Section de sécurité semblaient ne pas rivaliser seulement sur le plan de la carrière et du service.

— Vous savez quoi, Piotr Ivanovitch ? déclara Fandorine avec le plus grand sérieux. Vous m'avez intrigué avec votre m-mystérieuse Diane. Mettez-vous donc en contact avec elle et faites-lui savoir que je désire la rencontrer sur-le-champ.

Chapitre deuxième,
où un homme d'acier se repose

Sept cent quatre-vingt-deux, sept cent quatre-vingt-trois, sept cent quatre-vingt-quatre...

Le corps sec et musculeux, le visage immobile, les yeux d'un gris tranquille et le front barré d'un pli résolu, l'homme était étendu sur le parquet et comptait les battements de son cœur. Le compte allait tout seul, sans que sa pensée y prît part et sans qu'elle en fût même en rien incommodée. Quand l'homme était couché de la sorte, son rythme cardiaque correspondait exactement à celui d'une montre, il l'avait maintes fois vérifié. L'habitude prise depuis fort longtemps, depuis l'époque déjà du bagne, de prêter l'oreille, quand il se reposait, au fonctionnement de son propre moteur interne, avait si bien imprégné sa chair et son sang qu'il lui arrivait de se réveiller en pleine nuit avec un nombre à quatre chiffres en tête, et de prendre ainsi conscience qu'il n'avait pas cessé de compter même dans son sommeil.

Cette arithmétique n'était pas dénuée de sens, puisque aussi bien elle accoutumait le cœur à la discipline, trempait le caractère et la volonté, et surtout permettait en l'espace de quelque quinze minutes (ou neuf cents pulsations) de décontracter ses muscles et de restaurer ses forces aussi bien que trois heures de sommeil profond. L'homme avait été une fois contraint de se passer de dormir durant une assez longue période. Au bagne d'Akatouïskoïé, des droit commun avaient résolu de lui faire un sort. Durant le jour, ils craignaient de s'y aventurer, préférant agir à la faveur des ténèbres, et ils avaient attendu ainsi l'occasion de nombreuses nuits d'affilée.

Quant à l'habitude de coucher à la dure, Grine (c'est ainsi que l'appelaient ses camarades, personne à présent ne connaissant son véritable nom) l'avait acquise dès ses premières années d'adolescence quand il s'employait à éduquer son corps et cherchait à se désaccoutumer de tout ce qu'il considérait comme un « luxe », en incluant dans cette catégorie les usages nuisibles ou même simplement non nécessaires à la survie.

A travers la porte lui parvenaient des éclats de voix étouffés : les membres du Groupe de Combat discutaient avec fièvre des détails de l'opération qu'ils venaient de réussir. De temps à autre, le Bouvreuil, se laissant emporter, élevait un peu trop la voix, et les deux autres alors le réprimandaient dans un chuchotement. Ils croyaient Grine endormi. Mais il ne dormait pas. Il se reposait, comptait les pulsations de son cœur et pensait au vieillard qui, avant de mourir, s'était cramponné à son poignet. Sa peau se rappelait encore le contact des doigts noueux et brûlants. Cela l'empêchait de goûter la satisfaction du travail proprement réalisé, or l'homme aux yeux gris ne connaissait guère d'autre joie que celle du devoir accompli.

Grine savait qu'en anglais son surnom signifiait « vert », mais il avait une autre idée de sa couleur.

Tout sur terre possédait une teinte propre, tous les objets, toutes les idées, tous les gens, il en avait le sentiment depuis sa plus tendre enfance, c'était là une de ses singularités. Par exemple, le mot « terre » était ocre-brun, le mot « pomme » rose pâle, même s'il s'agissait d'une antonovka[1], « empire » était bordeaux, « père » violet foncé, « mère » cramoisi. Même les lettres de l'alphabet n'échappaient pas à la règle : « A » était pourpre, « B » jaune citron, « C » blond pâle. Grine n'essayait pas de comprendre pourquoi la résonance et le sens d'une chose, d'un phénomène ou d'un être prenaient pour lui telle couleur et non telle autre, il prenait simplement acte de cette information, et elle le trompait rarement, tout au moins en ce qui concernait les êtres humains. Le fait est que, selon une échelle établie initialement dans l'esprit de Grine, chaque couleur possédait également sa propre signification cachée. Le bleu représentait le doute et l'incertain, le blanc la joie, le rouge la tristesse, aussi le drapeau de la Russie prenait-il de la sorte un sens étrange : on y lisait et la tristesse et la joie, et cependant l'une et l'autre semblaient factices. Si une nouvelle connaissance trahissait quelque reflet bleuté, Grine, s'il ne traitait pas cette personne avec une ostensible méfiance, tout au moins l'observait avec attention et ne se mesurait à elle qu'avec une prudence toute particulière. Et dernier point encore : les êtres humains étaient les seuls de toute la Création à posséder la faculté de changer de couleur

1. Variété de pomme tardive à la peau jaune et brillante.

sous la pression de leurs actes, de leur environnement ou de leur âge.

Grine lui-même avait été autrefois couleur d'azur, autrement dit mou, tiède, informe. Puis, quand il avait décidé de se transformer, l'azur s'était estompé, peu à peu supplanté par une stricte et claire couleur de cendre. Avec le temps, les tons bleu ciel s'étaient résorbés, pour passer de l'état de dominante à celui de simple nuance, et Grine était devenu gris clair. Comme l'acier de Damas : aussi dur, souple, froid et insensible à la corrosion.

Sa métamorphose avait commencé en sa seizième année. Auparavant, Grine était un collégien ordinaire : il peignait des paysages à l'aquarelle, déclamait du Nekrassov et du Lermontov, tombait régulièrement amoureux. Non, c'est vrai, il se distinguait déjà alors de ses condisciples ne fût-ce que par le fait que ceux-ci étaient russes et lui non. Dans sa classe, personne ne s'amusait à le tourmenter ni à le traiter de « youpin », parce qu'on devinait chez le futur homme d'acier une grande puissance de concentration ainsi qu'une force tranquille, contrôlée, mais il n'avait pas d'amis et ne pouvait en avoir. Les autres lycéens séchaient les cours, s'ingéniaient à empêcher les professeurs de parler, copiaient sur des antisèches, alors que Grine était tenu d'obtenir 5/5 dans toutes les matières et de se conduire de la manière la plus exemplaire, car autrement il eût été exclu et son père ne l'eût pas supporté.

Il est probable que le jeune homme azuré eût brillamment achevé le lycée, pour devenir d'abord étudiant à l'université, puis médecin ou bien encore — pourquoi pas ? — artiste peintre, si le gouverneur général Tchirkov ne s'était un jour mis en tête que les Juifs avaient beaucoup trop proliféré dans la ville, et n'avait pris en conséquence des dispositions pour que fussent à nouveau relégués dans leurs schtetls d'origine les pharmaciens, dentistes et commerçants n'ayant pas permission de résider en dehors des limites des terres qui leur étaient assignées. Le père de Grine était pharmacien, et toute la famille se retrouva dans la petite ville du Sud que Grinberg l'aîné avait quittée bien des années plus tôt afin d'apprendre un métier qui ne salît pas les mains.

Le caractère de Grine était ainsi fait qu'il réagissait toujours à l'injustice haineuse et bornée par un élan d'indignation sincère, indignation qui, passant par différents stades — de la souffrance aiguë, physique, à la colère dévastatrice —, culminait en une soif insatiable de vengeance.

Des injustices, fruits de la haine et de la sottise, il n'en manquait pas autour de lui. Déjà auparavant elles tourmentaient l'adolescent, mais jusqu'à présent il avait réussi à faire semblant d'avoir des devoirs plus importants : justifier les espoirs de son père, apprendre un métier utile, comprendre et découvrir en soi ce pour quoi on était venu au monde. Mais cette fois-ci la stupidité haineuse avait fondu sur lui telle une locomotive soufflant des nuages de vapeur menaçants, l'avait culbuté au bas du remblai, et il lui était devenu impossible de résister à la voix de sa propre nature qui réclamait d'agir.

Toute cette année-là, Grine se trouva livré à lui-même. On pensait qu'il se préparait à passer le baccalauréat en candidat libre. Il lisait en effet beaucoup : Gibbon, Locke, Mill, Guizot. Il désirait comprendre pourquoi les hommes se tourmentaient les uns les autres, d'où provenait l'injustice et comment on pouvait au mieux y remédier. Les livres ne lui apportaient point directement la réponse à ces questions, mais si l'on réfléchissait comme il convenait, il était facile de la lire entre les lignes.

Pour ne pas croupir, pour ne pas être envahie d'algues et de lenticules, la société avait besoin d'une agitation, d'un secouement périodique, dont le nom était révolution. Les nations les plus avancées étaient celles qui étaient déjà passées par cette opération douloureuse mais nécessaire, et plus tôt elles l'avaient subie, mieux c'était. La classe sociale qui restait trop longtemps au sommet finissait par mourir comme une peau racornie, les pores du pays s'en trouvaient peu à peu obstrués et la société en proie à une suffocation grandissante qui engendrait absurdité et arbitraire. L'Etat se dégradait comme une maison mal entretenue, et si le processus de ruine allait trop loin, il devenait inutile de vouloir en étayer et rafistoler la structure vermoulue. Mieux valait y bouter le feu et édifier sur ses cendres un nouveau bâtiment solide et empli de lumière.

Les incendies, cependant, ne s'allumaient pas tout seuls. Il fallait des gens qui acceptent de se charger du rôle de l'allumette qui, en se consumant, donnait le départ de l'immense brasier. A la seule idée d'un tel destin, Grine avait le souffle coupé. Il était d'accord pour devenir allumette et être consumé, mais était bien conscient néanmoins qu'être d'accord ne suffisait guère.

Le rôle réclamait une volonté de fer, une force de titan, une pureté d'âme irréprochable.

De la volonté, il en était pourvu depuis sa naissance, il convenait juste de la développer. Aussi mit-il au point un programme d'entraînement complet pour vaincre ses propres faiblesses, ses principales ennemies. La peur du vide : il passait des heures la nuit à marcher en équilibre sur la rambarde du pont de chemin de fer, en s'obligeant à ne pas détourner les yeux de la surface noire et grasse des eaux. Le dégoût : il capturait dans les bois une vipère et regardait bien en face la hideuse gueule sifflante de la bête tandis que, tel un fouet, le corps souple et tacheté s'enroulait frénétiquement autour de son bras nu. La timidité : il se rendait régulièrement à la foire du chef-lieu de district et y chantait au son d'un orgue de Barbarie pendant que les badauds se tordaient de rire devant ce petit Juif à moitié fou qui, à l'évidence, n'avait pas plus de voix que d'oreille.

Acquérir une force herculéenne se révéla plus ardu. Grine jouissait par nature d'une santé solide, mais il était malhabile et médiocrement charpenté. Semaine après semaine, mois après mois, à raison de dix, douze, quatorze heures par jour, il s'employa à accroître sa puissance physique. Il suivit pour cela sa propre méthode, partageant ses muscles entre utiles et inutiles pour ne pas perdre de temps. Il commença par exercer ses doigts et continua jusqu'à être capable de tordre sans effort entre le pouce et l'index des pièces aussi bien de cinq que de trois kopecks. Puis il s'occupa de ses poings, martelant une planche d'un pouce d'épaisseur, sans craindre de meurtrir jusqu'au sang ses articulations, badigeonnant ses plaies de teinture d'iode avant de frapper à nouveau, jusqu'à ce que ses phalanges fussent entièrement couvertes de corne et que le bois se brisât du premier coup. Quand vint le tour des épaules, il se fit embaucher au moulin pour coltiner les sacs de cent vingt livres. Les muscles de l'abdomen et du bas du dos, il les développa au moyen de la gymnastique française. Ceux des jambes, grâce au vélocipède, n'allant jamais rouler qu'en montagne et redescendant chaque fois du sommet l'engin sur l'épaule.

Le plus difficile à acquérir restait la pureté morale. Grine s'était rapidement déshabitué du superflu quant à la nourriture et au confort quotidien, bien que sa mère versât des larmes lorsqu'il s'appliquait à s'endurcir au jeûne ou bien allait dormir sur le toit, à même la tôle, par les nuits pluvieuses d'octobre. Mais il ne parvenait en aucune façon à renoncer au plaisir physiologique. Rien n'y faisait, ni l'abstinence prolongée, ni les tractions cent fois répétées à la barre fixe — un modèle breveté importé d'Angleterre. Un jour il résolut de guérir le mal par le mal, de faire naître en lui-même un profond dégoût pour l'acte sexuel. Il s'en fut au chef-lieu de district et leva près de la gare la plus ignoble de toutes les putains qui arpentaient les lieux. Non seulement ce ne fut d'aucun effet, mais ses appétits s'en trouvèrent exacerbés. Il ne lui restait plus par conséquent qu'à s'en remettre à sa seule force de volonté.

Durant un an et quatre mois, Grine s'employa à se façonner de manière à accomplir sa métamorphose en allumette. Il ignorait encore où était la boîte contre laquelle le sort voulait qu'il fût frotté avant d'être consumé, mais il savait déjà qu'il y aurait forcément du sang versé et il s'y préparait avec méthode. Il apprit à tirer à la cible sans jamais manquer son coup. A douze pas, il transperçait un petit melon avec un couteau qu'il tirait de sa ceinture à la vitesse de l'éclair. Il s'était également plongé dans les manuels de chimie et avait mis au point un mélange détonant dont il avait lui-même inventé la formule.

Il suivait avec fébrilité la traque sans précédent à laquelle se livraient certains membres résolus du parti « la Volonté du Peuple » dans le but d'assassiner le tsar en personne. Celui-ci leur échappait toujours, une puissance mystérieuse semblait le protéger, qui chaque fois permettait au tyran d'être miraculeusement sauvé.

Grine attendait. Il commençait à deviner ce qu'était cette puissance prodigieuse, mais il craignait encore de croire à une chance aussi invraisemblable. Etait-il possible que l'Histoire l'eût choisi lui, Grigori Grinberg ? Tout compte fait, il n'était qu'un gamin, un parmi des centaines, sinon même des milliers de jeunes gens rêvant de connaître la brève existence d'une allumette embrasée.

L'attente prit fin un jour de mars, alors que la surface gelée de la rivière craquait et se bossuait sous la pression de la débâcle.

Grine s'était trompé. Ce n'était pas lui qu'avait choisi l'Histoire, mais un autre garçon plus vieux de quelques années. Il avait lancé une bombe qui avait fracassé les jambes de l'empereur en même temps qu'elle lui déchirait, à lui, la poitrine. Avant de mourir, il avait repris un instant connaissance, et comme on lui demandait son nom, avait répondu : « Je ne sais pas », puis s'en était allé, accablé des malédictions de ses contemporains, mais ayant mérité la reconnaissance éternelle des générations à venir.

La fortune avait fait miroiter à Grine un destin hors du commun et s'était joué de lui, mais elle ne le lâcha pas pour autant, elle ne desserra pas son étreinte de fer, au contraire elle le releva, perplexe et muet de désenchantement, et l'entraîna par un chemin détourné à la rencontre du but.

Le pogrom commença alors que le fils du pharmacien était absent du village. Saisi d'une curiosité avide, teintée de jalousie, il était parti pour deux jours à Kiev dans le vœu de connaître tous les détails du régicide que les journaux relataient de manière incohérente, ouvrant plus volontiers leurs colonnes à de longs épanchements progouvernementaux.

Le dimanche au matin, dans le bourg qu'habitaient les *goyim* de l'autre côté de la rivière, on entendit sonner le tocsin. Dépêché à Belotserkovsk par la communauté, le cabaretier Mitri Kouzmitch était revenu avec la confirmation que la rumeur était vraie : le tsar-empereur avait bel et bien été tué par des Juifs. Par conséquent on pouvait aller dérouiller les enfants d'Abraham, aucune sanction n'était à craindre.

Les habitants traversèrent en foule le pont de chemin de fer qui reliait les deux parties de la petite ville — l'orthodoxe et l'israélite. On marchait d'un pas tranquille, en procession, avec chants et bannières religieuses. Les représentants de la communauté juive — le rabbin, le directeur de l'école hébraïque et le syndic du marché —, qui s'étaient avancés à la rencontre du cortège, ne furent pas molestés, mais on ne s'arrêta pas non plus pour les entendre. On les fit simplement s'écarter et l'on s'éparpilla sans hâte dans les ruelles silencieuses dont les volets clos semblaient fixer sur les intrus comme autant de regards morts. On resta un long moment à mesurer ses forces : il manquait l'impulsion capable de libérer les cœurs.

Ce fut le même cabaretier qui prit l'initiative : il enfonça la porte de la taverne qui avait ouvert l'année précédente et saccagea tout l'établissement. Au bruit des meubles fracassés, la foule émergea de sa torpeur et entra dans le jeu.

Le résultat fut celui attendu : on incendia la synagogue, on pilla les chaumières, les uns furent passés à tabac, les autres traînés par leurs *payès* [1], et le soir, quand on eut découvert dans la cave du tavernier les quelques barriques de vin qui y

1. Longues mèches de cheveux que les juifs hassidiques laissent pousser à leurs tempes pour observer l'interdiction de tailler « les deux coins de la chevelure ».

étaient entreposées, certains jeunes gars finirent même par s'en prendre aux filles des youpins.

On se retira un peu avant la tombée de la nuit, en remportant ivrognes et ballots remplis de butin. Avant de se séparer, toute la communauté décida qu'on ne travaillerait pas le lendemain, parce que ce serait un péché que de travailler quand le peuple était accablé d'un tel malheur, et qu'on repasserait la rivière.

Quand Grine rentra ce soir-là, il ne reconnut pas la petite bourgade. Pas une porte qui fût encore intacte, plumes et duvet volaient en l'air au milieu d'une pesante odeur de fumée, et par les fenêtres s'échappaient des cris de femmes et des pleurs d'enfants

Ses parents étaient sains et saufs : ils étaient restés cachés tout ce temps dans leur cave bâtie en pierre, mais la maison n'était plus que ruine. Les auteurs du pogrom avaient davantage cassé qu'ils n'avaient pris, et avaient mis une hargne particulière à détruire les livres, déployant assez de zèle pour déchirer toutes les pages des cinq cents volumes que la famille possédait.

Le père de Grine offrait un spectacle intolérable, avec son visage livide et ses lèvres tremblantes. Il raconta que la pharmacie avait été mise à sac dès les premières heures parce qu'il s'y trouvait de l'alcool. Mais ce n'était pas le plus terrible. Le vieux *tsadik*[1] Belkine était mort, le crâne brisé, tandis que Hesse, la femme du cordonnier, parce qu'elle refusait de livrer sa fille, avait été frappée d'un coup de hache qui lui avait emporté la moitié du

1. Chef spirituel d'une communauté hassidique.

visage. La foule devait revenir le lendemain. On avait réuni neuf cent cinquante roubles qu'on était allés porter au lieutenant de police. Celui-ci avait accepté l'argent et déclaré qu'il irait chercher un détachement de l'armée, et il était parti en effet, mais jamais il ne reviendrait à temps pour le lendemain matin, en sorte qu'on serait contraints encore une fois de subir.

Grine écoutait, blêmissant, en proie à une atroce déception. Ainsi voilà à quoi le destin l'avait préparé ? Non pas à l'éclair aveuglant qui jaillirait de sous les roues d'un carrosse doré pour retentir sur toute la surface du globe, mais à une mort absurde sous les coups de bâton d'une populace avinée. Dans un trou perdu, pour des gens pitoyables qui ne l'intéressaient nullement, avec lesquels il n'avait rien de commun. Il ne comprenait même pas bien leur affreux patois, car chez lui on ne parlait toujours qu'en russe. Il trouvait leurs coutumes bizarres et ridicules, et lui-même était pour eux un étranger, le fils à demi fou d'un Juif qui ne voulait pas vivre à la manière des Juifs (et quel en était le résultat, je vous le demande ?).

Mais la stupidité et la méchanceté du monde réclamaient une riposte, et Grine savait qu'il n'avait pas le choix.

Au matin, les cloches sonnèrent à nouveau dans la bourgade et, quittant la place du marché, une foule dense, bien plus nombreuse que la veille, se mit en marche en direction du pont. Cette fois-ci personne ne chantait. Le vin de la taverne et l'alcool de la pharmacie laissaient bien des visages chiffonnés mais les mines étaient concentrées et pratiques. Beaucoup poussaient une charrette ou une brouette. En tête, portant une icône, s'avançait le plus gros notable, Mitri Kouzmitch, en chemise rouge et caftan neuf taillé dans du bon drap.

Une fois engagée sur le pont, la foule s'étira en un long ruban grisâtre. De grands glaçons spongieux flottaient sur la rivière, formant une même masse grise à la marche inexorable.

A l'autre extrémité du pont, un grand Juif se tenait campé entre les rails, le col du manteau relevé. Il gardait les mains dans les poches, le vent maussade ébouriffait sa tignasse noire qu'aucun chapeau ne dissimulait.

Quand les premiers du cortège se rapprochèrent, l'homme, sans prononcer une parole, dégagea sa main droite. Un lourd revolver y dessinait sa forme sombre.

Ceux de l'avant voulurent s'arrêter, mais les autres, derrière eux, ne voyant pas l'arme, se mirent à les pousser, et la foule ne ralentit pas son mouvement.

Alors l'homme brun tira en l'air, par-dessus les têtes. Dans l'air sonore du matin, la détonation retentit comme un coup de tonnerre dont l'écho de la rivière s'empara pour le répéter plusieurs fois : « Crrac ! Crrac ! Crrac ! »

Tout le monde, enfin, se figea sur place.

L'homme ne disait toujours rien. Son visage était grave et impassible, l'œil du canon s'était abaissé et regardait droit en face ceux qui se tenaient au premier rang.

Jouant énergiquement des coudes, Egorcha le charpentier, connu pour être un chenapan et un débauché, se fraya un passage. Il avait passé toute la journée de la veille allongé, ivre mort, il n'était pas encore allé casser du Juif et à présent il se languissait d'impatience.

— Allons, allons donc ! dit-il en ricanant tandis qu'il retroussait les manches de la guenille qui lui servait de sarrau. C'est rien, il tirera pas, il aura trop la pétoche !

Le revolver répliqua aussitôt à ces mots par une nouvelle détonation suivie d'un nuage de fumée.

Le charpentier poussa un cri et s'accroupit, une main crispée sur son épaule que la balle avait transpercée, puis l'arme aboya encore quatre fois à une cadence mesurée.

Le barillet étant vide, Grine tira de sa poche gauche une bombe artisanale. Mais il n'eut pas besoin de lancer celle-ci car il se produisit alors un miracle. Blessé au genou, Mitri Kouzmitch se prit à hurler d'une voix si atroce — « Oh, on m'a tué, on m'a tué, frères chrétiens ! » — que la foule tressaillit, recula de quelques pas, puis dans une bousculade générale retraversa le pont à toutes jambes en direction du bourg.

En regardant s'éloigner les fuyards, Grine sentit pour la première fois qu'il ne lui restait plus grand-chose de sa couleur azur, sa tonalité générale, jugea-t-il, avait viré au gris acier.

A la tombée du soir, le lieutenant de police arriva accompagné d'un peloton de la police montée, et constata que le calme régnait dans le village. Etonné, il eut une conversation avec les Juifs, à l'issue de laquelle il emmena le fils du pharmacien en prison.

Grigori Grinberg devint Grine à l'âge de vingt ans, au cours d'une énième tentative d'évasion. Il avait parcouru à pied près de mille cinq cents verstes quand, aux abords de Tobolsk, il fut pris dans une stupide rafle organisée contre les vagabonds. Contraint de décliner son identité, il se donna celle-là. Non pas en souvenir de son ancien nom, mais en l'honneur d'Ignati Grinévitski, le régicide.

Au mille huit centième battement de cœur, il sentit ses forces entièrement restaurées, et sans le moindre effort, sans même effleurer le sol de ses mains, il se remit debout. Rien ne pressait. C'était à présent le soir, et on avait encore toute la nuit devant soi.

Il ignorait combien de temps il devrait rester à Moscou. Deux ou trois semaines, sûrement pas moins. Jusqu'à ce qu'on ait rappelé les espions postés aux barrières de la ville et dans les gares. Grine ne s'inquiétait pas pour lui, il savait supporter l'attente. Huit mois de cellule en isolement, c'est une bonne école de patience. Mais les gars du groupe étaient jeunes et fougueux, cela leur serait difficile.

Il quitta la chambre et entra dans le salon où se trouvaient les trois autres.

— Pourquoi ne dors-tu pas ? demanda le Bouvreuil, le plus jeune de tous, d'un ton alarmé. C'est à cause de moi, c'est ça ? J'ai causé trop fort ?

Au sein du groupe, tout le monde se tutoyait sans considération d'âge ni de mérite révolutionnaire. On ne va pas se vouvoyer quand on sait que demain, dans une semaine ou dans un mois, on ira ensemble risquer sa vie. De toute la population terrestre, Grine ne tutoyait que ces trois-là : le Bouvreuil, Emélia et Rakhmet. Il y en avait eu d'autres, mais ils étaient à présent tous morts.

Le Bouvreuil avait la mine fraîche, ce qui se comprenait fort bien : le gamin n'avait pas été admis à participer au coup de main, bien qu'il eût supplié et pleuré de rage. Les deux autres montraient une figure alerte mais fatiguée, ce qui était également normal.

L'opération s'était déroulée plus facilement qu'on ne s'y attendait. La tempête y avait beaucoup contribué, surtout l'amoncellement de neige sur la voie ferrée, avant Kline, véritable cadeau du destin. Rakhmet et Emélia attendaient dans un traîneau à trois verstes de la gare. Le plan prévoyait que Grine sauterait par la fenêtre du train en marche et risquait par conséquent de se rompre les os. Ils seraient alors allés le ramasser. Ou bien l'escorte pouvait l'apercevoir au moment où il sautait et ouvrir le feu sur lui. En ce cas également, le traîneau eût été utile.

Mais les choses avaient tourné au mieux. Grine les avait tout simplement rejoints en courant le long des rails, sain et sauf. Il n'avait même pas souffert du froid : les trois verstes parcourues au pas de course l'avaient bien réchauffé.

Ils avaient contourné les terrains inondables de la Sestra, où des ouvriers déblayaient la voie. A la station suivante, ils avaient emprunté une vieille draisine abandonnée à bord de laquelle ils avaient roulé jusqu'à Moscou-Sortirovotchnaïa. Bien sûr, actionner un levier grippé par la rouille sur plus de cinquante verstes, et par-dessus le marché sous le vent et la neige qui vous frappent de plein fouet, n'a rien d'une partie de plaisir. Pas étonnant que les gars fussent à bout de forces, ils n'étaient pas de fer. Rakhmet avait été le premier à faiblir, avant qu'Emélia, un solide costaud pourtant, ne baissât les bras à son tour. Grine avait dû compter sur ses seules forces pour achever la seconde moitié du trajet.

— Grine, tu es comme le Dragon de la montagne[1] ! s'exclama Emélia, admiratif, en secouant sa tignasse couleur de lin. Tu te retires dans ta caverne une petite demi-heure, tu te débarrasses de tes vieilles écailles, tes têtes coupées repoussent, et te voilà comme neuf. Alors que moi, j'ai beau être bâti comme un taureau, je n'arrive encore pas à retrouver mon souffle,

Emélia était une bonne recrue. Robuste et posé, dénué de ces petites vanités qu'ont souvent les intellectuels. D'une belle couleur apaisante, dans les marron foncé. C'était lui qui avait choisi son surnom, en l'honneur de Pougatchov, alors qu'il s'appelait autrefois Nikifor Tiounine. Il sortait des rangs des ouvriers des arsenaux, c'était un vrai prolétaire. Epaules carrées, large face plantée d'un minuscule nez d'enfant, et où s'ouvraient de grands yeux ronds et débonnaires. Il était rare que la classe opprimée produisît des combattants solides et conscients, mais quand un gaillard de cette espèce se manifestait, on pouvait compter sur lui comme sur soi-même. Grine l'avait personnellement choisi parmi cinq candidats dépêchés par le Parti. C'était après que la Fouine eut

1. Créature légendaire que le preux Ilya Mouromets — héros de nombreuses épopées populaires — parvint à terrasser.

manqué son attentat à la bombe contre Khrapov, et laissé ainsi une place vacante au sein du Groupe de Combat. Grine avait mis à l'épreuve le sang-froid et la débrouillardise du petit nouveau et était demeuré satisfait.

Lors du coup de main d'Ekaterinograd, Emélia s'était comporté à merveille. Quand la calèche du gouverneur, à l'heure indiquée par la lettre (et effectivement sans escorte), s'était arrêtée devant le discret hôtel particulier de la rue Mikhelsonov, Grine s'était approché du gros homme qui peinait à s'extirper de la voiture et lui avait tiré deux coups de pistolet à bout portant. Puis, s'esquivant par un porche, il avait gagné en courant la rue voisine où Emélia l'attendait, déguisé en cocher de fiacre. Or par malchance, à cet instant même, l'inspecteur de quartier, accompagné de deux sergents de ville, passait devant le faux collignon. Les policiers venaient d'entendre au loin des coups de feu quand ils virent un homme débouler soudain d'une cour pour se précipiter tout droit entre leurs mains. Grine entre-temps s'était déjà débarrassé de son arme. Il renversa l'un d'un direct au menton, mais les deux autres l'agrippèrent par les bras tandis que leur compagnon, gisant à terre, s'époumonait dans son sifflet. L'affaire était en train de mal tourner, cependant le nouveau ne se démonta pas. Il descendit sans hâte de son siège et assena un pesant coup de poing sur la nuque d'un des agents, lequel s'affaissa aussitôt, permettant à Grine de se défaire de l'autre. Tous deux prirent la fuite aussi vite que le vent sous les coups de sifflet véhéments du policier.

Quand il regardait Emélia, il avait chaud au cœur. Il pensait : le peuple a d'autres aspirations que de rester couché bien au chaud. Certains sont plus fins et plus conscients, ils commencent déjà à s'éveiller. Par conséquent, les sacrifices ne sont pas vains, et le sang — le sien comme celui des autres — ne coule pas en pure perte.

— Voilà ce que c'est que de dormir à la dure, de se nourrir des sucs de la terre, observa Rakhmet avec un sourire, en écartant de son front une mèche de cheveux du plus bel effet. Tiens, Grine, j'ai commencé à composer un poème à ton sujet.

Et il déclama :

Vivait autrefois un homme de fer
Qui avait un don des plus salutaires :
Couchant sur le bois, ce charmant garçon
Fort bien se passait de son édredon.

— Il y a une variante.

Rakhmet arrêta d'un geste le Bouvreuil qui déjà pouffait de rire et poursuivit :

Vivait jadis un pauvre chevalier
Grine le Brave était son fameux nom.
Il possédait un talent fort envié :
Il pouvait dormir sans son édredon.

« Il parodie un poème de Pouchkine », pensa Grine tandis que ses camarades éclataient d'un grand rire collectif. Sûrement, c'était drôle. Il se connaissait : il était imperméable à l'humour, mais tant pis, c'était sans importance. Et cependant il corrigea *in petto* : je ne suis pas de fer, je suis d'acier.

Il n'y pouvait rien : cet amateur de sensations fortes ne lui revenait pas, même s'il devait bien avouer que Rakhmet rendait de grands services à la cause. Grine l'avait enrôlé l'automne précédent, quand il avait eu besoin d'un coéquipier pour une opération à l'étranger, car ce n'était certes pas Emélia qu'on pouvait emmener à Paris.

Il l'avait aidé à s'évader du fourgon pénitentiaire qui le ramenait du tribunal après la lecture du verdict. Tous les journaux parlaient alors du sous-lieutenant des uhlans Seleznev. Le jeune officier, lors d'une revue, avait pris la défense d'un de ses soldats contre son colonel : en réponse aux jurons proférés par ce dernier, il avait provoqué son supérieur en duel, et comme l'offenseur refusait de relever le gant, il l'avait abattu d'un coup de pistolet sous les yeux de tout le régiment.

Grine avait apprécié cette belle histoire. Surtout le fait qu'un petit officier n'eût pas craint de ruiner son avenir pour un simple quidam. Il y avait là une audace insensée très prometteuse, et puis Grine avait cru y reconnaître une certaine parenté d'âme : lui aussi éprouvait des accès de rage folle devant la stupidité et la bassesse.

Cependant il s'avéra que les motifs d'agir de Nikolaï Seleznev étaient tout autres. Sa couleur, quand on le connaissait de manière plus intime, se révélait inquiétante, comme celle du bleuet. « Je suis terriblement curieux de sensations », avait coutume de répéter Rakhmet. Le sous-lieutenant évadé était gouverné dans la vie par la curiosité, sentiment vain et inutile, qui le conduisait à goûter de tous les plats, les uns après les autres — toujours à la recherche du plus fort et du plus épicé. Grine avait compris : il avait abattu le colonel non point pour répondre à une injustice, mais parce que tout le régiment avait les yeux fixés sur lui et retenait sous souffle en attendant de voir ce qui allait se passer. Et s'il avait rallié les rangs des révolutionnaires, c'était uniquement par soif d'aventure. L'évasion et la fusillade qui l'avait accompagnée lui avaient plu, et le voyage clandestin à Paris davantage encore.

Grine n'avait plus aucune illusion quant aux motivations de Rakhmet. Ce dernier avait choisi son surnom en l'honneur du héros de Tchernichevski, mais lui-même était d'une tout autre trempe. Sa curiosité assouvie, il s'esquiverait, et bien malin qui pourrait lui remettre la main dessus.

Concernant Rakhmet, Grine nourrissait une arrière-pensée sur la manière de tirer d'un dilettante le plus de profit possible pour la cause. Cette arrière-pensée était d'envoyer ledit individu accomplir une mission importante d'où on ne revient pas. Qu'il aille, par exemple, se jeter, telle une bombe vivante, sous les roues d'une voiture de ministre ou de gouverneur. Rakhmet ne craindrait pas d'affronter une mort certaine : la vie ne lui avait jamais montré encore pareil tour de passe-passe. Au cas où l'opération de Kline eût échoué, Rakhmet avait pour instruction de faire sauter Khrapov le soir même à la gare de Iaroslav, avant son départ pour la Sibérie. Bon, Khrapov n'était plus, mais il se présenterait d'autres occasions, la tyrannie ne manquait pas de chiens de garde à éliminer. L'essentiel était de ne pas louper le moment où l'ennui apparaîtrait dans les yeux de Rakhmet.

C'est seulement parce qu'il nourrissait cette arrière-pensée que Grine l'avait gardé dans le groupe après l'histoire de Chveroubovitch survenue en décembre.

Ils avaient reçu un ordre du Parti : exécuter le traître qui avait livré et expédié à la potence les camarades de Riga. Grine n'aimait pas ce genre de besogne, c'est pourquoi il n'avait élevé aucune objection quand Rakhmet s'était proposé.

Au lieu d'abattre simplement Chveroubovitch d'un coup de pistolet, Rakhmet s'était permis une fantaisie : il lui avait aspergé la figure de vitriol. Il prétendait avoir voulu ainsi donner une leçon aux autres provocateurs, mais en réalité il avait plus sûrement voulu observer l'effet de l'acide sur un être vivant : voir ses yeux couler, son nez et ses lèvres se détacher. Depuis ce jour, Grine ne pouvait le regarder sans dégoût, mais il le supportait au nom de la cause.

— Il faut se coucher, dit-il d'une voix égale. Je sais qu'il n'est que dix heures. Peu importe, il faut dormir. Demain, réveil à l'aube. Nous devons changer de crémerie.

Il tourna la tête vers la porte blanche donnant sur le bureau où s'était retiré leur hôte, Semion Lvovitch Aronson, maître de conférences à l'Ecole supérieure de technologie. Ils avaient prévu de loger à Moscou à une autre adresse, mais il s'était produit un contretemps. L'agent de liaison qui avait accueilli le commando à l'endroit convenu les avait avertis de ne pas s'y rendre. On venait juste d'apprendre que l'ingénieur Larionov, auquel appartenait la planque, était un agent de la Sécurité.

Grine, qui chancelait encore un peu après l'épreuve de la draisine, avait déclaré à leur correspondant (c'était une femme qui portait le bizarre surnom de « l'Aiguille ») :

— Vous faites du mauvais boulot, vous les Moscovites. Un agent double dans une planque, c'est la perte de tout le Groupe de Combat.

Il avait dit cela sans colère, il constatait un fait, voilà tout, mais l'Aiguille l'avait mal pris.

Grine savait peu de chose sur son compte. Il semblait qu'elle sortît d'une riche famille. C'était une demoiselle plus toute jeune, sèche et dégingandée. Lèvres exsangues toujours pincées, cheveux ternes noués sur la nuque en un chignon serré. La révolution en comptait beaucoup de semblables.

— Si nous avions si mal travaillé, nous n'aurions pas démasqué Larionov, rétorqua l'Aiguille d'un ton agressif. Dites-moi, Grine, vous avez absolument besoin d'un appartement avec liaison téléphonique ? Ce n'est pas si simple à trouver.

— Je sais, mais le téléphone est indispensable. Il faut pouvoir prendre contact d'urgence, donner le signal d'alerte, avertir... expliqua-t-il tout en se faisant mentalement le serment de ne compter à l'avenir que sur ses seules ressources quand il s'agirait d'affaires importantes, et de se passer de l'aide du Parti.

— Alors il va falloir vous loger à l'une de nos adresses de secours, chez un sympathisant. Moscou n'est pas Saint-Pétersbourg, peu de gens possèdent leur propre ligne.

C'est ainsi que le groupe s'était retrouvé à cantonner chez le maître de conférences. L'Aiguille avait précisé que ce dernier était plutôt un libéral qu'un révolutionnaire et qu'il n'approuvait pas les méthodes terroristes, mais peu importait, c'était un homme honnête aux idées progressistes, qui ne leur refuserait pas son aide. Il n'y avait pas lieu cependant de lui confier trop de détails.

L'agent de liaison avait conduit Grine et ses hommes à un bel immeuble de rapport, rue Ostojenka (leur hôte y occupait un vaste appartement au tout dernier étage, ce qui était fort précieux car on avait ainsi accès au toit), puis, avant de les quitter, avait expliqué de manière brève et concise au maître des lieux les règles élémentaires de la clandestinité :

— Votre immeuble est le plus élevé de cette partie de la ville, c'est très pratique. De mon premier étage, je peux voir vos fenêtres à la jumelle. Si tout est tranquille, ne baissez pas les stores du salon. Deux stores tirés : tout est perdu. Un seul : signal d'alerte. Je vous téléphonerai alors et je demanderai le professeur Brandt. Vous répondrez ou bien : « Vous vous êtes trompée de numéro », et je viendrai en ce cas sur-le-champ, ou bien : « Vous vous êtes trompée, vous êtes chez le professeur Aronson », et alors j'enverrai une équipe de choc vous tirer d'affaire. Vous vous souviendrez ?

Aronson, pâle comme un linge, avait opiné du chef et, quand l'Aiguille s'était retirée, avait bredouillé que les « camarades » pouvaient disposer de l'appartement à leur convenance, qu'il avait donné congé à la bonne, mais que lui-même, si on avait besoin de lui, serait dans son bureau. Aussi bien, pas une seule fois, au cours de la demi-journée écoulée, il n'avait reparu. Un « sympathisant », c'était bien là tout ce qu'on pouvait en dire. Non, on ne pouvait rester là deux semaines, avait immédiatement conclu Grine. Il fallait dès le lendemain avoir changé d'adresse.

— Et à quoi bon dormir ? demanda Rakhmet en haussant les épaules. Je veux dire, vous, mes bons messieurs, faites comme vous l'entendez, mais moi j'irai plutôt rendre visite à ce Judas de Larionov. Avant qu'il n'ait compris qu'il était découvert. Le 28, rue Povarskaïa, je crois ? Ce n'est pas si loin.

— Bien dit ! appuya le Bouvreuil avec fougue. Moi aussi j'irais bien. Et vaudrait encore mieux que j'y aille seul, car vous avez déjà fait votre part aujourd'hui. Je saurai m'y prendre, parole d'honneur ! Il ouvrira la porte, je demanderai : « Vous êtes l'ingénieur Larionov ? » Ceci pour ne pas tuer un innocent par erreur. Et puis je dirai : « Voilà pour toi, traître ! » Et je lui tirerai trois balles en plein cœur, trois pour être bien sûr, et je me sauverai aussitôt. Un jeu d'enfant !

Rakhmet, la tête renversée en arrière, éclata d'un rire sonore.

— Un jeu d'enfant, comment donc ! Tire donc, essaie voir ! Quand j'ai descendu von Bok sur la place d'armes, d'une balle en pleine poire, les yeux lui ont jailli hors des orbites, comme je te le dis ! Deux billes rouges comme ça. Pendant longtemps après, j'en rêvais toutes les nuits. Je me réveillais glacé, en sueur. Un jeu d'enfant...

Grine pensa : « Et Chveroubovitch, avec sa figure ravagée, tu n'en rêves pas la nuit ? »

— Ça ne fait rien, si c'est pour la cause, je peux le faire, déclara le Bouvreuil d'un ton résolu.

Son visage avait blêmi, puis aussitôt, sans aucune transition, avait viré au rouge. Son surnom lui venait, du reste, de ses éternelles joues vermeilles et du blond duvet qui parsemait celles-ci.

— Après tout, il a bien trahi les siens, ce salaud, ajouta-t-il.

Grine connaissait le Bouvreuil depuis longtemps, depuis beaucoup plus longtemps même que les autres. C'était un garçon à part, d'une espèce très précieuse. Fils d'un régicide mort sur l'échafaud et d'une militante de la Volonté du Peuple, décédée dans sa cellule au cours d'une grève de la faim. Né de parents non mariés, non baptisé à l'église, élevé par des camarades de son père et sa mère. Premier homme libre de la future Russie libre. Sans ordure dans la tête, sans trouble dans le cœur. Un jour viendrait où les gamins de son genre seraient des plus ordinaires, mais pour l'heure il était seul à être ainsi, inestimable produit d'une douloureuse évolution, et c'est pourquoi Grine n'avait aucun désir de le prendre dans le groupe.

Mais comment ne pas le prendre ? Trois ans plus tôt, alors que Grine, après s'être évadé du bagne, rentrait chez lui au prix d'un long périple autour du monde — via la Chine, le Japon, l'Amérique —, il s'était trouvé contraint de faire une longue halte en Suisse. Il y séjournait, oisif, attendant le passeur censé l'aider à traverser la frontière. Le Bouvreuil venait tout juste d'être transféré là depuis la Russie, où ses tuteurs du moment avaient été arrêtés. Il n'y avait personne à Zurich pour s'occuper du gosse. On avait demandé à Grine de s'en charger, il avait accepté, parce qu'il ne pouvait être à cette époque d'aucune autre utilité au Parti. Le passeur était toujours empêché, il avait fini par ne plus donner aucune nouvelle. Le temps de mettre sur pied un nouveau réseau, il s'était écoulé une année entière.

Curieusement, le gosse n'était pas une charge pour Grine, au contraire. Peut-être parce que pour la première fois depuis longtemps il était amené à se soucier non pas de l'humanité tout entière, mais d'un seul être humain, pas même un homme encore, mais un adolescent.

Un jour, à l'issue d'une longue et sérieuse conversation, Grine avait fait une promesse à son protégé : celle de l'associer, quand il serait plus grand, à son travail, quelle que fût alors la nature de son activité. Il n'était question, à cette époque, d'aucun groupe de combat, autrement il n'aurait jamais rien promis de tel.

Puis il avait regagné sa patrie pour y servir la cause. Souvent il pensait au gamin, mais sa promesse, bien entendu, lui était totalement sortie de l'esprit. Or voici que deux mois plus tôt, à Saint-Pétersbourg, on lui avait présenté un nouveau au cours d'une réunion clandestine : « Faites connaissance, camarade Grine, avec un jeune renfort en provenance de l'émigration. » Le Bouvreuil le regardait, les yeux emplis d'adoration. Il avait évoqué la promesse presque au premier instant. Il n'y avait pas d'échappatoire possible : Grine était incapable de trahir sa parole.

Pour l'instant il protégeait le garçon, en l'empêchant de participer directement aux opérations, mais cette situation ne pourrait durer éternellement. Après tout le Bouvreuil était un adulte à présent, il avait dix-huit ans. Grine n'en avait pas davantage lors de l'épisode du pont de chemin de fer.

Pas encore, s'était-il dit la nuit précédente, alors que le groupe se préparait à passer à l'action. La prochaine fois. Et il avait ordonné au Bouvreuil de gagner Moscou sous prétexte de la nécessité de s'assurer de leur contact.

Le Bouvreuil était d'une tendre couleur pêche. Quelle sorte de soldat pourrait-on en tirer ? Encore qu'il arrivât que des mômes comme lui donnent d'authentiques héros. Il faudrait bien un jour s'arranger pour qu'il connaisse son baptême du feu, mais on n'allait tout de même pas commencer par l'exécution d'un traître.

— Personne ne va nulle part, déclara Grine d'un ton sans réplique. Tout le monde doit dormir. Je vais prendre le premier quart. Dans deux heures, ce sera le tour de Rakhmet. Je te réveillerai.

— Eh ! s'esclaffa l'ancien sous-lieutenant. Tu es bon pour tout, Grine, mais d'un assommant !... Ce n'est pas terroriste que tu devrais faire, mais agent comptable dans une banque.

Cependant il ne chercha pas à protester davantage, sachant bien que ce serait inutile.

On tira au sort. A Rakhmet échut le lit, à Emélia le divan, et au Bouvreuil une couverture pliée étendue par terre.

Durant une quinzaine de minutes, la porte laissa filtrer des rires et des éclats de voix, puis le silence s'installa. Alors le maître de maison parut sur le seuil de son bureau. Son pince-nez doré brillait dans la pénombre.

— Bonsoir, murmura-t-il d'un ton mal assuré.

Grine lui répondit par un hochement de tête, mais le professeur ne se retira pas.

Alors Grine jugea nécessaire de manifester quelque courtoisie. Malgré tout, ils représentaient une gêne pour cet homme, et aussi un risque. Le recel de terroristes était puni du bagne. Il déclara poliment :

— Je sais, Semion Lvovitch, nous vous causons de l'embarras. Patientez un peu, nous serons partis demain.

Aronson s'attardait néanmoins, comme s'il hésitait à poser une question, et Grine comprit : il avait envie de parler. Coup classique : un intellectuel ! Qu'on le laisse seulement commencer et au matin il serait encore à bavarder.

Eh bien non. *Primo,* il n'avait aucune raison de se lancer dans des discussions abstraites avec un individu dont il ignorait s'il pouvait vraiment lui faire confiance ; *secundo,* il disposait déjà d'un sérieux sujet de réflexion.

— Je vous dérange. (Il se leva d'un air résolu.) Je vais aller un peu à la cuisine.

Il s'assit sur une chaise inconfortable, près d'un store baissé qui dissimulait l'entrée d'une autre pièce (il avait déjà vérifié, c'était le cagibi qu'occupait la bonne). Il se mit à penser à GT. Pour la millième fois, sans doute, au cours des derniers mois écoulés.

Tout avait commencé en septembre, quelques jours après que la Fouine se fut tué : celui-ci avait lancé une bombe sur Khrapov alors que le général sortait de l'église, mais l'engin avait heurté le bas du trottoir et tous les éclats avaient ricoché en direction du lanceur.

C'est alors qu'était arrivée la première lettre.

Ou plutôt non, elle n'était pas arrivée, elle était apparue. Sur la table à manger de l'appartement qui, à cette époque, abritait le Groupe de Combat, et auquel très peu de personnes avaient accès.

Du groupe, à dire vrai, ne subsistait que le nom, car après la mort de la Fouine, il ne restait que Grine pour tout combattant. Collaborateurs et agents de liaison n'entraient pas en ligne de compte.

Le Groupe de Combat s'était constitué ainsi. Quand Grine était rentré illégalement en Russie, il s'était longuement interrogé sur la place où il serait le plus utile — sur l'endroit où approcher l'allumette pour que le feu prenne mieux. Il avait trimballé des tracts, aidé à installer une imprimerie clandestine, assuré la protection d'un congrès du Parti. Tout cela était nécessaire, mais il ne s'était pas forgé un corps et une volonté d'acier pour exécuter un travail dont n'importe qui pouvait s'acquitter.

Peu à peu, le but s'était dessiné à ses yeux. Toujours le même : la terreur. Après l'écrasement du parti de la Volonté du Peuple, l'activité révolutionnaire armée était presque réduite à néant. La police n'était plus celle des années 70. Partout il y avait des espions et des provocateurs. La décennie passée avait connu deux actes terroristes réussis pour des dizaines de coups manqués. On était bien avancé !

Après avoir tout bien pesé, Grine était passé à l'action. Il avait parlé à un membre du Comité central, un certain Melnik, en qui il avait toute confiance, et avait obtenu de lui un accord prudent. Il exécuterait la première opération à ses risques et périls. S'il réussissait, le Parti annoncerait la création du Groupe de Combat et en assurerait le soutien financier et logistique. S'il échouait, on dirait qu'il agissait en solitaire.

C'était raisonnable. Dans n'importe quel cas, il était moins dangereux de travailler seul : on ne risquait pas d'être livré à la Sécurité. Grine avait posé lui aussi une condition : au Comité central, seul Melnik connaîtrait son identité, tous les contacts passeraient par lui. S'il avait besoin d'auxiliaires, Grine les recruterait tout seul.

La première mission qui lui fut confiée était la suivante : mettre à exécution une ancienne sentence rendue contre le conseiller privé Iakimovitch. Iakimovitch était un assassin et une canaille. Trois ans plus tôt, il avait envoyé à l'échafaud cinq étudiants accusés d'avoir fomenté un attentat contre le tsar. C'était une sale affaire, montée de toutes pièces par la police et par le même Iakimovitch, qui alors n'était pas encore conseiller privé, mais simple et modeste substitut du procureur.

Grine l'avait tué dans le parc où l'homme se promenait chaque dimanche. Simplement, sans artifices : il s'était approché de lui et lui avait planté dans le cœur un poignard gravé des lettres GC. Le temps que le public eût compris ce qui se passait, il avait franchi le portail, d'un pas vif mais sans courir pour autant, et s'éloignait déjà, emporté par un vulgaire fiacre.

L'opération, la première menée après une longue accalmie, avait joliment secoué la société. Tout le monde avait d'abord évoqué certaine mystérieuse organisation au nom sacrilège, et quand le Parti avait révélé la signification des lettres en même temps qu'il annonçait la reprise de la guerre révolutionnaire, un influx nerveux à demi oublié avait parcouru tout le pays — influx sans lequel aucun bouleversement social n'est envisageable.

A présent Grine disposait de tout le nécessaire pour du travail sérieux : de l'équipement, de l'argent et des hommes. Il dénichait ces derniers lui-même ou bien les choisissait parmi les candidats proposés par le Parti. Il avait adopté une règle : le groupe ne devait compter que trois ou quatre membres, pas plus. Pour semer la terreur, c'était amplement suffisant.

Les affaires projetées étaient d'envergure, mais l'attentat suivant — contre ce bourreau de Khrapov — s'était terminé en fiasco. Certes, pas un fiasco total, car on avait retrouvé sur le cadavre du lanceur de bombe un revolver portant l'inscription GC, et ce détail avait fait impression. Mais la réputation du groupe avait néanmoins souffert. On ne pouvait plus se permettre d'échec.

Telle était la situation quand Grine avait découvert sur sa table une feuille de papier pliée en deux où s'étalaient les lignes régulières d'un texte tapé à la machine. Il avait brûlé le feuillet, mais il se rappelait son contenu mot pour mot.

Mieux vaut pour l'heure ne pas toucher Khrapov, il est maintenant trop bien protégé. Quand se présentera une occasion de parvenir jusqu'à lui, je vous en avertirai. En attendant je vous informe du fait suivant. Tous les jeudis, à huit heures du soir, le gouverneur d'Ekaterinograd, le sieur Bogdanov, se rend en secret dans une maison située au numéro 10 de la rue Mikhelson. Seul, sans gardes du corps. Jeudi prochain, il y sera à coup sûr.

Brûlez cette lettre, comme toutes celles qui suivront, immédiatement après l'avoir lue.

GT

Sa première idée avait été : le Parti en fait un peu trop dans le registre « conspiration ». Cette lettre déposée en cachette, quel parfum de mélodrame ! Et puis que signifiait ce « GT » ?

Melnik lui avait permis d'établir que, non, le Comité central n'avait expédié aucun message.

Un piège des gendarmes ? Ça n'y ressemblait pas. A quoi bon monter pareille mise en scène ? Pourquoi chercher à les attirer à Ekaterinograd ? Si leur planque était connue de la police, on pouvait aussi bien les arrêter sur place.

Restait une troisième explication. Quelqu'un désirait aider le Groupe de Combat tout en restant dans l'ombre.

Après quelque hésitation, Grine avait décidé de courir le risque. Le gouverneur Bogdanov était certes loin d'être un haut personnage, mais il avait été condamné à mort l'année précédente par le Parti pour sa répression brutale des désordres survenus dans certains villages du district de Streltsovka. La mission n'était pas de première urgence, mais pourquoi pas ? Ils avaient besoin d'un succès.

Or le succès avait été complet. L'opération s'était déroulée à merveille, mis à part l'accrochage avec les sergents de ville. Grine avait laissé sur le lieu de l'exécution une feuille portant le texte de la sentence signé « GC ».

Puis, au tout début de l'hiver, était venue une deuxième lettre, que Grine avait découverte dans une poche de son propre manteau. On fêtait ce jour-là une noce — pas une vraie, bien entendu, une noce fictive. Deux membres du Parti, dans l'intérêt de la cause, avaient contracté mariage, fournissant par la même occasion la possibilité de se réunir en toute légalité et de débattre d'un certain nombre de questions essentielles. Quand il s'était débarrassé en arrivant, il n'avait encore reçu aucun message. Quand il était reparti, il avait glissé une main dans sa poche : la lettre était là.

Le lieutenant-général des gendarmes Selivanov que vous connaissez bien inspecte incognito le réseau d'agents mis en place à l'étranger par la Section de sécurité. Le 13 décembre, à 2 heures et demie de l'après-midi, il se présentera seul à la permanence clandestine de Paris, 24, rue d'Annam.

GT

Et, à nouveau, tout s'était produit exactement comme l'avait annoncé le mystérieux GT : on avait réussi à attraper ce vieux renard de Selivanov, on peut le dire, à mains nues, chose que jamais, à Saint-Pétersbourg, on eût même osé rêver. Ils avaient guetté l'homme à l'entrée de l'immeuble indiqué. Grine l'avait empoigné derrière par les bras, tandis que Rakhmet lui donnait le coup de poignard fatal. A présent c'est dans toute l'Europe qu'on parlait du Groupe de Combat.

Grine avait trouvé la troisième lettre sur le plancher de l'entrée. L'épisode datait du début de l'année, alors qu'ils logeaient à quatre dans le même appartement de l'île Vassilievski. Cette fois-ci l'auteur avait suggéré pour cible le colonel Pojarski, une fieffée fripouille appartenant à la nouvelle génération de gendarmes. Pojarski avait démantelé durant l'automne la filiale varsovienne du Parti et venait juste d'arrêter à Cronstadt les membres d'une organisation anarchiste de matelots, qui projetait de faire sauter le yacht impérial. En récompense, il s'était vu octroyer un poste élevé au Département de police ainsi que le titre d'aide de camp du souverain, pour avoir sauvé la très auguste famille.

La lettre disait :

La tâche d'anéantir le Groupe de Combat a été confiée au nouveau vice-directeur du Département de police en charge des affaires politiques, le prince Pojarski. Il s'agit d'un adversaire dangereux susceptible de vous causer beaucoup de tracas. Mercredi soir, entre neuf et dix heures, il doit rencontrer un agent important dans l'île des Apothicaires, devant l'hôtel de la société Kerbel. L'occasion est propice, ne la manquez pas.

GT

Ils l'avaient manquée, bien qu'elle fût en effet exceptionnellement favorable. Pojarski avait fait preuve d'une agilité et d'une adresse quasi surnaturelles : tout en ripostant de son arme, il avait disparu dans l'obscurité. Son compagnon s'était montré moins rapide et Rakhmet l'avait atteint d'une balle dans le dos alors qu'il s'enfuyait.

Malgré tout, l'opération s'était révélée utile et avait fait beaucoup de bruit, car Grine avait reconnu dans l'homme qu'ils avaient tué un nommé Stassov, membre du Comité central et ancien pensionnaire de la forteresse de Schlisselburg[1], qui venait juste d'arriver clandestinement de Suisse. Qui aurait pu penser que la police disposait de telles gens parmi ses informateurs ?

Quant au quatrième et dernier message de GT, le plus précieux de tous, il était arrivé la veille. Le logement était surchauffé, on avait laissé les vasistas ouverts pour la nuit. Au matin, Emélia avait trouvé par terre, au pied de la fenêtre, un bout de papier enroulé autour d'une pierre, il avait lu ce qui était écrit dessus et s'était empressé d'aller réveiller Grine.

1. Célèbre prison de triste mémoire où étaient enfermés les principaux détenus politiques.

Voici venu le tour de Khrapov. Il part aujourd'hui pour la Sibérie par le rapide de 11 heures, en voiture ministérielle. J'ai réussi à établir ce qui suit. Khrapov doit faire une halte à Moscou. C'est le conseiller d'Etat Fandorine, fonctionnaire chargé des missions spéciales auprès du prince Dolgoroukoï, qui sera responsable de sa sécurité durant le temps de son séjour en cette ville. Signalement : 35 ans, grand, plutôt maigre, cheveux bruns, blancs sur les tempes, fines moustaches, léger bégaiement. A Saint-Pétersbourg et à Moscou sont prévues des mesures de protection exceptionnelles. Khrapov ne pourra être approché qu'entre ces deux points. A vous de trouver un moyen. Il y aura à bord de la voiture quatre agents et, pour les relever, une escorte de gendarmes dans chacun des deux tambours (le tambour avant est clos, il ne communique pas avec le salon). Le chef de l'escorte de Khrapov est le capitaine d'état-major von Seidliz : 32 ans, cheveux très blonds, grand, robuste. L'aide de camp de Khrapov est le lieutenant-colonel Modzalevski : 39 ans, complexion grasse, taille moyenne, cheveux châtains, petits favoris.

GT

Grine avait échafaudé un plan audacieux mais pleinement réalisable. Il avait effectué les préparatifs nécessaires, et le groupe était parti pour Kline par le train de passagers de trois heures.

Les renseignements de GT s'étaient encore une fois révélés irréprochables. Tout avait marché comme sur des roulettes. Jamais le Groupe de Combat n'avait encore remporté de victoire aussi éclatante. On pouvait bien, semblait-il, s'accorder une faveur : celle de jouir du plaisir du travail bien fait. L'allumette n'était pas encore éteinte, elle brûlait toujours, et la flamme qu'elle déployait s'enflait de plus en plus.

Mais le mystère nuisait à la jouissance. Et Grine ne supportait pas le mystère. Où il y avait mystère, il y avait incertitude, et donc danger.

Il fallait identifier ce GT. Parvenir à savoir ce qu'était cette personne et quel but elle poursuivait.

Il n'y avait qu'une seule possibilité.

Quelqu'un parmi ceux qui soutenaient le Groupe de Combat ou même parmi ses membres disposait d'un informateur au sein de la police secrète, il en recevait des renseignements confidentiels qu'il transmettait à Grine de manière anonyme. Pourquoi ne se faisait-il pas connaître ? C'était facile à comprendre. Pour des raisons de discrétion obligée, dans le vœu de ne pas élargir le cercle des initiés (Grine lui-même s'était toujours comporté de la sorte). Ou bien cherchait-il à protéger son complice, lié qu'il était par la parole donnée ? De tels cas n'étaient pas rares.

Mais si c'était de la provocation ?

Non, pareille éventualité était exclue. Les coups portés par le Groupe à la machine d'Etat grâce à GT étaient trop sérieux. Aucune considération tactique n'était susceptible de justifier rationnellement une provocation de pareille envergure. Mais surtout, pas une fois au cours des derniers mois écoulés, ils n'avaient fait l'objet d'une surveillance policière. Grine avait pour cela un flair particulier.

Deux abréviations : GC et GT. Derrière la première : l'organisation. Mais qu'y avait-il derrière la seconde ? Un nom ? Pourquoi l'auteur des lettres avait-il eu besoin de signer ?

Voilà de quoi il conviendrait de s'occuper de retour à Saint-Pétersbourg : établir une liste de toutes les personnes ayant eu accès aux différents lieux où les lettres avaient été déposées. Si l'on excluait tous ceux qui n'avaient pas pu se trouver successivement aux quatre endroits, le recensement serait bref. Outre les membres du Groupe, quelques individus tout au plus. Enquêter sur chacun. Déterminer qui pousser à la confidence. En tête à tête, après avoir présenté toutes garanties de confidentialité.

Cependant, il était déjà minuit un quart. Deux heures avaient passé. Il était temps de réveiller Rakhmet.

Grine traversa le salon pour gagner la chambre à coucher plongée dans l'obscurité. Il entendit la respiration régulière et un peu embarrassée du Bouvreuil, Emélia émit un léger ronflement.

— Rakhmet, lève-toi, murmura Grine en se penchant vers le lit, bras tendu.

Vide. Il s'accroupit, promena la main par terre : les bottes n'y étaient pas.

Rakhmet, l'homme couleur bleuet, s'en était allé. Soit qu'il fût parti en quête d'aventures, soit qu'il eût décampé pour de bon.

Chapitre troisième,

où apparaissent les inconvénients d'une double subordination

— V-va-t-on encore longtemps nous examiner ? demanda Eraste Pétrovitch avec impatience en se tournant vers Bourliaev.

Depuis l'instant où le fonctionnaire et le lieutenant-colonel (qui avait troqué l'uniforme bleu pour un costume civil) avaient passé le portillon de cette modeste demeure du quartier de l'Arbat, il s'était déjà écoulé cinq minutes. D'abord un rideau avait vacillé de manière prometteuse à la lucarne du premier étage, mais ensuite plus rien ne s'était produit.

— Je vous avais prévenu, répondit à mi-voix le chef de la Section de sécurité. C'est une personne au caractère difficile. Jamais elle n'ouvrirait même à un inconnu s'il n'était accompagné par moi.

Sur quoi, renversant la tête en arrière, il cria, une fois de plus :

— Diane, c'est moi, ouvrez ! J'ai là avec moi ce monsieur dont je vous ai parlé au téléphone !

Aucune réponse.

Fandorine savait déjà que ce pavillon, loué par l'intermédiaire d'un prête-nom, servait de local clandestin à la Section de sécurité, et avait été laissé à l'entière disposition de la précieuse « collaboratrice ». Toutes les entrevues qu'elle accordait n'avaient lieu qu'en ce seul endroit et uniquement après entente préalable, ce pour quoi un appareil téléphonique avait été spécialement installé dans la maison.

— Madame ! lança Eraste Pétrovitch, élevant la voix à son tour. Nous allons finir frigorifiés à cause de vous ! C'est incorrect, à la fin ! Vous désirez m'observer plus complètement ? En ce cas il fallait le dire tout de suite !

Il ôta son haut-de-forme, leva le menton, tourna son profil gauche, puis le droit, et — ô miracle ! — le vasistas s'entrouvrit, de jolis doigts blancs et fins se glissèrent par la fente, laissant choir une clef de laiton juste aux pieds des visiteurs.

— Ouf ! soupira, soulagé, le lieutenant-colonel en même temps qu'il se penchait pour la ramasser. Laissez donc, je vais ouvrir moi-même. Il y a là une serrure à secret...

Les deux hommes se débarrassèrent de leurs manteaux dans un vestibule désert. Piotr Ivanovitch, l'air bizarrement ému, se recoiffa devant la glace et entreprit le premier l'ascension de l'escalier grinçant qui conduisait au premier.

Ils trouvèrent en haut un petit couloir où donnaient deux portes. Le lieutenant-colonel frappa quelques coups brefs à celle de gauche et, sans attendre de réponse, entra.

Chose étrange, la pièce était plongée dans une obscurité presque totale. Eraste Pétrovitch y décela une senteur de musc. Promenant son regard autour de lui, il constata que les stores étaient entièrement baissés et qu'aucune lampe ne brûlait. Il semblait que ce fût une sorte de cabinet de travail. En tout cas, contre un mur, s'appuyait une forme noire qui ressemblait fort à celle d'un secrétaire, tandis que dans un coin on apercevait la masse grise d'un bureau. Le fonctionnaire mit un assez long moment à discerner, immobile près de la fenêtre, l'élégante silhouette d'une femme, dont la tête cependant paraissait d'une grosseur disproportionnée. Fandorine s'avança d'un pas et comprit que leur hôtesse portait un béret d'amazone recouvert d'un voile.

— Je vous en prie, messieurs, asseyez-vous, dit la femme en désignant deux fauteuils d'un geste gracieux. (Sa voix était si étouffée qu'elle n'était plus qu'un chuchotement sifflant.) Bonjour, Piotr Ivanovitch. Eh bien, de quelle urgence s'agit-il ? Et qui est votre compagnon ?

— C'est monsieur Fandorine, fonctionnaire en charge des missions spéciales auprès du prince Vladimir Andréiévitch, répondit Bourliaev, lui aussi dans un murmure. Il mène l'enquête dans l'affaire du meurtre du général Khrapov. Vous êtes déjà au courant ?

Diane acquiesça de la tête et, ayant attendu que ses visiteurs se fussent installés, s'assit à son tour, sur un divan placé contre le mur opposé.

— Et c-comment ? Les journaux n'ont pas encore eu le temps d'en parler.

Ces paroles avaient été prononcées d'une voix des plus égales, mais par contraste avec le susurrement qui avait précédé, elles parurent retentir avec force.

— La rumeur en emplit la terre, souffla la « collaboratrice » dans un soupir moqueur. Nous, révolutionnaires, avons notre propre réseau de télégraphe.

— Mais p-plus précisément ? Par quel biais, malgré tout, l'avez-vous appris ? insista Fandorine, indifférent au ton badin de son interlocutrice.

— Diane, c'est très important, intervint Bourliaev, comme pour atténuer certaine brusquerie de la question. Vous n'imaginez même pas à quel point...

— Et pourquoi ? Je l'imagine fort bien, au contraire. (La femme se renversa en arrière.) A cause de Khrapov, vous pourriez bien tous, messieurs, être chassés des postes confortables que vous occupez. N'est-il pas vrai, Eraste Pétrovitch ?

Fandorine se dit que sa voix grave et un peu rauque exerçait sans conteste un effet sensuel. Tout comme le musc de son parfum, les mouvements gracieux et indolents de sa main effilée, et la boucle qui scintillait négligemment à son oreille. Il commençait à comprendre pourquoi cette Messaline soulevait de telles passions à la Gendarmerie et à la Sécurité.

— D'où savez-vous mon nom ? (Il se pencha légèrement en avant.) Quelqu'un vous a déjà parlé de moi ?

Diane sembla sourire ; son chuchotement se fit plus patelin :

— Et en plus d'une occasion. Beaucoup de gens, à Moscou, s'intéressent à vous, monsieur Fandorine. Vous êtes un personnage intrigant.

— Mais ces derniers temps, quelqu'un vous a-t-il parlé de monsieur le conseiller d'Etat ? intervint Bourliaev. Hier, par exemple ? Vous avez reçu ici quelqu'un ?

Eraste Pétrovitch lui lança un regard oblique, mécontent de cet appui importun, mais Diane éclata d'un rire silencieux :

— Je reçois beaucoup de monde, *mon cher Pierre*. Si quelqu'un m'a parlé de monsieur Fandorine ? Vraiment, je ne me rappelle pas...

Elle ne le dira pas, conclut le fonctionnaire tout en notant au passage le « mon cher Pierre ». Pure perte de temps.

Et il profita de l'instant pour glisser d'une voix de métal :

— Vous n'avez pas répondu à ma première question. Par qui, p-précisément, avez-vous su que le général Khrapov avait été tué ?

Diane se leva d'un mouvement impétueux, son murmure jusqu'alors enjoué se fit agressif, comme le sifflement d'un serpent rendu furieux :

— Je ne suis pas à vos gages et ne suis pas tenue de rendre des comptes. Vous vous oubliez ! Ou bien peut-être ne vous a-t-on pas expliqué qui je suis ? A votre aise, je répondrai à votre question, mais notre conversation s'arrêtera là. Et ne revenez jamais plus ici ! Vous entendez, Piotr Ivanovitch, que je ne revoie plus ce monsieur désormais !

Le lieutenant-colonel passa une main désemparée sur ses cheveux coupés ras, ne sachant visiblement pas de quel côté se ranger, mais Fandorine répliquait déjà, impassible :

— Fort bien, nous allons partir. Mais j'attends une réponse.

La femme se déplaça pour venir encadrer sa silhouette aux formes parfaites dans le rectangle gris de la fenêtre.

— L'assassinat de Khrapov est un secret de Polichinelle. Le Tout-Moscou révolutionnaire est déjà au courant et donne libre cours à sa joie. Il y aura même ce soir une soirée pour fêter l'événement. Je suis invitée, mais je n'irai pas. Vous, en revanche, vous pouvez y aller voir. Si vous avez de la chance, vous pourrez toujours pincer deux ou trois clandestins. La réunion a lieu chez l'ingénieur Larionov, 28, rue Povarskaïa.

— Pourquoi ne l'avez-vous pas carrément interrogée sur Svertchinski ? demanda le lieutenant-colonel avec dépit alors qu'ils regagnaient en traîneau la Section de sécurité. Je le soupçonne de lui avoir rendu visite hier, et il a fort bien pu se laisser aller aux confidences. Vous avez vu vous-même de quel genre de femme il s'agit. Elle joue avec les hommes comme le chat avec les souris.

— Oui, opina distraitement le fonctionnaire. Cette p-petite dame a du caractère. Mais grand bien lui fasse ! Ce qu'il faut faire, c'est établir une surveillance autour de l'appartement de ce Larionov. Dépêcher sur l'affaire des agents expérimentés, chargés de suivre chaque visiteur jusqu'à chez lui et d'établir son identité. Ensuite nous remonterons toute la chaîne des contacts de chacun d'entre eux. Nous déboucherons ainsi sur celui qui le premier a été informé du sort de Khrapov, et de là il n'y aura plus très loin jusqu'au Groupe de Combat.

Bourliaev laissa tomber, d'un ton condescendant :

— Il n'est besoin de rien faire de tout cela. Larionov est notre agent. Son appartement a été aménagé spécialement par nous. Pour que les mécontents et autres individus douteux restent constamment sous notre surveillance. C'est une idée de ce malin de Zoubtsov. Chez Larionov se réunit toute une faune prorévolutionnaire. On y conspue le pouvoir, on chante des chansons interdites et, bien sûr, on boit et on mange. La table, chez Larionov, est bonne, notre fonds secret la finance. Nous gardons un œil sur les bavards et rassemblons un bon petit dossier sur chacun. Pour le cas où l'on tomberait sur quelque chose de sérieux, nous avons déjà sur nos amis des archives complètes.

— Mais c'est de la provocation ! grimaça Eraste Pétrovitch. Vous encouragez vous-mêmes les nihilistes et ensuite vous les arrêtez !

Bourliaev porta respectueusement une main à son cœur.

— Pardonnez-moi, monsieur Fandorine, vous êtes, c'est certain, une autorité reconnue dans le domaine de la criminologie, mais en ce qui concerne notre métier de protecteurs de l'Etat, vous ne vous y entendez guère.

— Ainsi, dites-vous, il est inutile de faire filer les invités de Larionov ?

— Inutile.

— Que p-proposez-vous alors ?

— Il n'y a là rien à proposer, c'est assez clair comme ça. Sitôt arrivé, je donnerai ordre à Evrasti Pavlovitch de préparer une rafle. Nous prendrons tous nos amis en un seul grand coup de filet et je m'occuperai d'eux joliment. Ce en quoi vous avez raison, c'est que l'un d'entre eux nous mettra forcément sur la piste de notre GC.

— Une arrestation ? Mais fondée sur quel motif ?

— Fondée sur le fait, mon cher Eraste Pétrovitch, que comme l'a très justement observé Diane, vous et moi risquons d'un jour à l'autre d'être démis de nos fonctions et expédiés aux cent diables. Nous n'avons pas le temps de déployer un réseau de filatures. Il nous faut un résultat.

Fandorine jugea nécessaire de réadopter un ton officiel :

— N'oubliez pas, monsieur le lieutenant-colonel, qu'il vous a été prescrit de vous soumettre à mes instructions. Je ne permettrai pas qu'on procède à une arrestation non motivée.

Cependant Bourliaev ne céda pas à la pression :

— C'est vrai, cela m'a été prescrit. Par le gouverneur général. Toutefois, dans le domaine du renseignement, je ne suis pas subordonné à l'autorité du gouverneur, mais à celle du Département de police, en sorte que je vous prie très humblement de m'excuser. Si vous désirez assister à la rafle, alors soit, mais n'allez pas vous mettre en travers. Si en revanche vous préférez vous tenir à l'écart, libre à vous.

Eraste Pétrovitch demeura silencieux. Il fronça les sourcils, ses yeux brillèrent d'un éclat menaçant, mais l'orage n'éclata pas.

Après un instant de réflexion, le conseiller d'Etat déclara d'un ton sec :

— Fort bien. Je ne me mettrai pas en travers, mais je serai présent.

A huit heures du soir, tout était prêt pour l'opération.

La maison de la rue Povarskaïa était cernée depuis sept heures et demie. Le premier cordon d'encerclement comptait six hommes : l'un, coiffé d'une casquette blanche, raclait la neige juste devant la porte du bâtiment sans étage portant le numéro 28 ; trois autres, auxquels leur maigreur et leur petite taille permettaient de figurer des adolescents, étaient occupés à modeler un bonhomme de neige dans la cour ; deux encore réparaient un réverbère à gaz à l'angle de la rue Saint-Boris-et-Saint-Gleb. Le deuxième cordon, constitué de onze agents, avait été mis en place dans un rayon de cent pas : trois « cochers », un « sergent de ville », un « joueur d'orgue de Barbarie », deux « ivrognes » et quatre « concierges ».

A huit heures cinq, Bourliaev et Fandorine remontèrent la rue Povarskaïa en traîneau. Mylnikov, le chef du service des filatures, était monté sur le siège du cocher et, à demi tourné vers eux, leur exposait le détail des préparatifs.

— C'est parfait, Evrasti Pavlovitch, approuva le lieutenant-colonel tout en jetant un regard victorieux au conseiller d'Etat qui durant tout ce temps n'avait pas pipé mot. Eh bien quoi, monsieur Fandorine, mes hommes savent-ils travailler ?

Le fonctionnaire ne répondit pas. Le traîneau tourna dans le passage Skariatinski, parcourut encore quelque distance et s'arrêta.

— Combien nos amis sont-ils là-dedans ? demanda Bourliaev.

— En tout, sans compter Larionov et sa cuisinière, huit individus, entreprit d'expliquer, avec un confortable accent du Nord, le sieur Mylnikov, un homme grassouillet qui pouvait avoir dans les quarante-cinq ans, à la barbiche châtain clair et aux cheveux longs coupés au bol. A six heures, quand nous avons procédé à l'investissement de la maison, j'ai pris l'initiative, voyez-vous, Piotr Ivanovitch, d'envoyer en reconnaissance mon propre informateur, lequel s'est présenté comme porteur d'une lettre recommandée. La cuisinière lui a confié à l'oreille qu'il y avait déjà trois visiteurs. Or ensuite cinq autres encore sont venus frapper à l'huis. Tous des particuliers connus de nos services, la liste en est déjà dressée. Six sont de sexe masculin, deux sont des femmes. Mon agent a donné ordre à la cuisinière de rester dans sa chambre et de ne plus se montrer. Depuis le toit voisin j'ai pu jeter un coup d'œil par une lucarne : les nihilistes ont l'air de bien s'amuser, ils boivent du vin, ils ont déjà commencé à chanter. Un vrai mardi gras révolutionnaire.

Mylnikov étouffa un léger rire afin qu'il ne subsistât aucun doute : ces dernières paroles constituaient une plaisanterie.

— Je crois, Piotr Ivanovitch, qu'il est temps d'agir. Autrement ils auront trop picolé, ils voudront faire les braves, ils risquent même, sous l'empire de la boisson, d'opposer une résistance. Ou bien il se trouvera un couche-tôt pour fausser compagnie aux autres, et nous serons contraints de diviser nos forces. Car il faudra alors lui mettre la main dessus très proprement, loin de la maison et sans bruit, ou bien on donnera l'alarme aux autres.

— Peut-être, Evrasti Pavlovitch, avez-vous recruté trop peu d'hommes ? Huit personnes, tout de même... fit observer le lieutenant-colonel soudain dubitatif. Je vous avais dit qu'il serait bon de s'adjoindre quelques sergents de ville du commissariat de quartier et de mettre en place un troisième cordon dans les cours et aux carrefours.

— Ça ne servirait à rien, Piotr Ivanovitch, ronronna Mylnikov avec insouciance. J'ai là une meute bien exercée à la chasse, et là-dedans, sauf votre respect, il n'y a que du petit gibier, du menu fretin : des demoiselles et des petits étudiants.

Bourliaev s'essuya le nez avec son gant (dès la tombée du soir, il avait commencé à geler) :

— Peu importe, si le menu fretin est déjà au courant pour Khrapov, c'est que l'un d'entre eux a ses entrées chez un gros poisson. A la grâce de Dieu, Evrasti Pavlovitch, procédez à l'arrestation.

Le traîneau parcourut à nouveau la rue Povarskaïa, mais cette fois-ci le faux cocher accrocha une lanterne à l'un des limons et à ce signal le second cordon se resserra. A huit heures trente précises, Mylnikov siffla en usant de quatre doigts, et au même instant les sept agents postés à proximité immédiate firent irruption dans la maison.

Marchant sur leurs pas, entrèrent à leur tour les représentants de la hiérarchie supérieure : Bourliaev, Mylnikov et Fandorine. Les autres se redéployèrent et prirent position près des fenêtres.

Dans l'entrée, Eraste Pétrovitch regarda pardessus l'épaule du lieutenant-colonel et aperçut un vaste salon, des jeunes gens installés à une table et une demoiselle assise devant un piano.

— Le premier qui se lève, je lui brûle la cervelle ! tonna Mylnikov d'une voix formidable, toute différente de celle qu'il avait tantôt, en même temps qu'il flanquait un coup de crosse de revolver en plein front à un étudiant qui, d'un bond, avait quitté sa place.

Ce dernier, brusquement livide, retomba sur sa chaise. De son arcade sourcilière fendue ruisselait un filet écarlate. Les autres participants de la soirée regardèrent, comme hypnotisés, le sang qui s'écoulait, aucun d'entre eux ne prononça un mot. Les agents se rangèrent rapidement autour de la table, l'arme au poing.

— Deux, quatre, six, huit, compta rapidement Mylnikov d'après le nombre de têtes qu'il voyait. Ereméiev, Zykov, fouillez les pièces, et vivement ! Il doit y en avoir encore un !

Et comme les agents désignés lui tournaient déjà le dos, il leur cria encore :

— N'oubliez pas les chiottes !

— Nom d'un chien, mais qu'est-ce que tout cela signifie ? ! s'exclama d'une voix tremblante celui qui présidait la tablée, le maître de maison à l'évidence, un binoclard à la barbiche taillée en pointe. C'est aujourd'hui ma fête ! Je suis l'ingénieur Larionov, de l'usine de ciment des Trois-Monts. Quelles sont ces manières scandaleuses ? !

Il frappa du poing sur la table et se redressa, mais l'agent qui se tenait derrière lui l'empoigna d'une main de fer à la gorge, et il ne fit plus entendre qu'un râle.

Mylnikov lança avec autorité :

— Je vais te la faire, moi, ta fête. Celui qui s'avise d'avoir encore la bougeotte, je lui colle une balle dans le buffet, et sans discuter. J'ai reçu un ordre : en cas de résistance, tirer sans avertissement. Assis ! ! ! aboya-t-il à l'adresse de l'ingénieur, blanc de douleur et d'effroi, lequel aussitôt se laissa choir lourdement sur sa chaise.

Ereméiev et Zykov ramenèrent du couloir un homme qu'ils maintenaient plié en deux, les bras tordus derrière le dos, et qu'ils poussèrent brutalement vers une place libre.

Bourliaev toussota et fit un pas en avant. Visiblement, son tour était venu :

— Hum, monsieur l'assesseur de collège, vous y allez trop fort. Il convient de savoir reconnaître à qui l'on a affaire. Je crois pour ma part qu'on nous a induits en erreur. Je ne vois point là des jeteurs de bombes, mais une assistance tout à fait convenable. Et ensuite (il avait baissé le ton, mais on l'entendait néanmoins parfaitement) je vous avais prié de vous conduire de manière un peu plus délicate. A quoi rime tout ceci : coup de crosse sur la tête, bras tordus dans le dos ? Vraiment, ce n'est pas bien.

Evrasti Pavlovitch se renfrogna, mécontent, et bougonna à mi-voix :

— A votre guise, monsieur le lieutenant-colonel, mais j'aurais préféré bavarder un moment avec ces salopards à ma propre manière. Laissez-les-moi une petite demi-heure, je vous les ferai chanter comme des rossignols, ma parole d'honneur.

— Eh bien, certainement pas, maugréa Piotr Ivanovitch entre ses dents. Dispensez-nous de vos méthodes. Je saurai bien tout seul obtenir tous les renseignements nécessaires.

Puis tout haut, d'une voix normale, il demanda :

— Monsieur Larionov, qu'avez-vous là, derrière cette porte ? Un bureau ? Verriez-vous un inconvénient à ce que je cause un moment avec vos invités, chacun à tour de rôle ? Vous m'excuserez, messieurs, mesdames, mais il est survenu un événement d'une extrême gravité. (Le lieutenant-colonel parcourut des yeux son groupe de prisonniers.) Ce matin, des malfaiteurs ont assassiné le général Khrapov, aide de camp de l'empereur. Celui-là même qui... Je vois que la nouvelle ne vous surprend guère... Eh bien, nous discuterons de cela aussi. Si vous le voulez bien.

— « Si vous le voulez bien », ô Seigneur ! grinça Mylnikov.

Et, l'air excédé, il s'engouffra dans le couloir, non sans renverser une chaise au passage.

Eraste Pétrovitch poussa un soupir de souffrance, trouvant la mise en scène un peu trop transparente, mais elle semblait avoir produit effet sur ses spectateurs. En tout cas, tous fixaient, comme ensorcelés, la porte derrière laquelle avait disparu le terrible Evrasti Pavlovitch.

Pas tous, non, cependant. La maigrichonne demoiselle, qui se trouvait assise au piano et était demeurée un peu à l'écart de tout ce qui venait de se produire, n'avait nullement l'air ensorcelée. Ses yeux d'un noir mat brûlaient d'indignation, et son joli minois au teint hâlé semblait défiguré de haine. La jeune fille, ses lèvres rouges et charnues tordues par une grimace, murmura quelques paroles furibondes, tendit sa main fine et délicate vers un sac posé sur le piano et en tira un élégant petit revolver.

Résolue, la demoiselle empoigna cette plaisanterie d'arme à deux mains et la braqua sur le lieutenant-colonel des gendarmes qui lui tournait le dos. Eraste Pétrovitch, cependant, sans prendre aucun élan, franchit d'un seul bond gigantesque près de la moitié du salon et, alors que ses pieds n'avaient pas encore touché le sol, frappa le canon du pistolet d'un coup de canne.

Le jouet à crosse de nacre alla heurter le plancher et le coup partit tout seul. La détonation ne fut pas bien forte, mais néanmoins suffisante pour que Bourliaev se jette promptement de côté, tandis que les agents, comme un seul homme, pointaient leurs armes sur la téméraire demoiselle, qu'ils eussent sans nul doute transformée en passoire sans la présence du fonctionnaire, dont le bond ahurissant s'était achevé juste devant le piano, en sorte que la fautive se retrouvait dissimulée par lui.

— Ah, c'est ainsi ! s'écria le lieutenant-colonel encore mal remis de son émotion. Ah, tu le prends comme ça ! Salope ! Je vais t'abattre sur place !

Et déjà il tirait un énorme revolver de sa poche.

Au bruit, Mylnikov sortit précipitamment du couloir et cria pour mettre son supérieur en garde :

— Piotr Ivanovitch ! Arrêtez ! Il nous la faut vivante ! Les gars, emparez-vous d'elle !

Les agents abaissèrent les canons de leurs pistolets, deux d'entre eux fondirent sur la jeune fille et la saisirent solidement par les bras.

Bourliaev écarta sans façon le conseiller d'Etat et vint se camper devant la brune terroriste, qu'il dominait de presque une tête.

— Qui es-tu ? souffla-t-il, peinant à recouvrer une respiration normale. Quel est ton nom ?

— Je ne répondrai pas à ce tutoiement, répondit la nihiliste d'un ton vif, en toisant le gendarme de bas en haut.

— Comment vous appelez-vous ? répéta patiemment Mylnikov qui s'était approché. Nom, qualité ? Déclinez votre identité.

— Esther Litvinova, fille d'un conseiller d'Etat actuel, répondit tout aussi poliment la prisonnière.

— La fille du banquier Litvinov, expliqua à mi-voix Evrasti Pavlovitch à son chef. Nous l'avons dans notre collimateur. Mais jusqu'à présent elle ne s'était jamais signalée dans rien de semblable.

— Quand bien même ce serait la fille de Rothschild en personne ! maugréa Bourliaev en épongeant son front mouillé de sueur. Pour ça, petite traînée, tu iras au bagne. Là-bas on ne te nourrira pas avec du kascher de youpin.

Eraste Pétrovitch fronça les sourcils, prêt à défendre l'honneur de mademoiselle Litvinova, mais on n'avait apparemment nul besoin de sa protection.

Les mains sur les hanches, la fille du banquier lançait déjà à l'officier d'un ton plein de mépris :

— Espèce de brute ! Animal ! Tu as envie de prendre une gifle, comme Khrapov ?

Bourliaev se mit à virer rapidement au pourpre et quand il eut atteint une parfaite couleur de betterave, il aboya :

— Evrasti Pavlovitch, faites monter les prisonniers dans les traîneaux et emmenez-les au dépôt !

— Restez ici, monsieur Mylnikov, intervint le conseiller d'Etat, le doigt levé. Je ne p-permettrai qu'on n'emmène personne. Je suis venu spécialement ici pour m'assurer que les règles du droit seraient observées durant l'opération. Malheureusement, vous les avez négligées. Pour quel motif ces gens sont-ils retenus ? Ils n'ont commis aucun c-crime manifeste, en sorte que l'argument du flagrant délit est exclu. Si en revanche vous avez l'intention de les arrêter parce qu'ils font l'objet de soupçons, vous devez disposer d'un mandat qui vous y autorise. Monsieur Bourliaev a tantôt déclaré que la Section de sécurité n'était pas soumise aux autorités de la ville pour ce qui concerne ses activités d'enquête et de renseignement. Mais procéder à une arrestation relève de la sphère de compétences du gouverneur général. En tant que représentant de Sa Très Haute Excellence et en vertu des pleins pouvoirs dont je dispose, j'ordonne que ces personnes soient immédiatement libérées.

Le fonctionnaire se tourna vers les prisonniers qui, la mine ahurie, venaient d'entendre son discours cassant et autoritaire, et annonça :

— Vous êtes libres, messieurs. Au nom du prince Dolgoroukoï, je vous prie d'excuser les manœuvres illégales du lieutenant-colonel Bourliaev et de ses subordonnés.

— C'est inouï ! rugit Piotr Ivanovitch, dont le teint n'évoquait plus la betterave, mais l'aubergine. Mais de quel côté êtes-vous ? !

— Je suis du c-côté de la loi. Et vous ? s'enquit Fandorine d'un air intéressé.

Bourliaev leva les bras en l'air comme si les mots lui manquaient, puis tourna ostensiblement le dos au fonctionnaire.

— Saisissez-vous de la Litvinova et partons, commanda-t-il à ses agents.

Puis, brandissant le poing en direction des autres, demeurés assis, il ajouta :

— Prenez garde à vous, bande de veaux ! Je vous connais tous sur le bout des doigts !

— Vous allez devoir laisser partir également madame Litvinova, objecta Eraste Pétrovitch d'une voix douce.

— Mais elle m'a tiré dessus ! s'exclama le lieutenant-colonel en faisant à nouveau volte-face pour fixer un regard incrédule sur le fonctionnaire chargé des missions spéciales. Sur un représentant de l'autorité ! Dans l'exercice de ses fonctions !

— Elle n'a pas tiré sur vous. Et d'un. Que vous représentiez l'autorité, elle n'était pas censée le savoir, puisque aussi bien vous ne vous êtes pas présenté et que vous ne portez pas d'uniforme. Et de d-deux. Quant à l'exercice de vos fonctions, vous feriez mieux également de ne pas l'évoquer. Vous n'avez même pas annoncé que vous procédiez à une arrestation. Et de trois. Vous avez forcé la porte, fait irruption ici en poussant des cris et braqué des armes. A la place de ces messieurs, je vous aurais pris pour des cambrioleurs et, si j'avais eu un revolver sur moi, j'aurais ouvert le feu sans préavis. Vous avez fort bien pu prendre monsieur Bourliaev pour un b-bandit, n'est-ce pas ? demanda Eraste Pétrovitch à la demoiselle qui l'observait avec une expression des plus étranges.

— Pourquoi ? Ce n'est pas un bandit ? répliqua sur-le-champ Esther Litvinova, feignant une extrême surprise. Mais qui donc êtes-vous tous, à la fin ? Des hommes de la Sécurité ? Pourquoi ne l'avez-vous pas dit tout de suite ?

— Sachez-le bien, je ne laisserai pas les choses en l'état, monsieur Fandorine, prononça Bourliaev d'un ton sinistre. Nous verrons bien lequel de nos services est le plus fort. Allons, foutre Dieu !

Cette dernière expression s'adressait aux agents qui, aussitôt, rengainèrent leurs armes et, d'un pas discipliné, se dirigèrent vers la sortie.

Mylnikov fermait la marche. Arrivé au seuil, il se retourna, menaça du doigt les jeunes gens avec un sourire, salua très courtoisement le conseiller d'Etat et s'éclipsa.

Durant près d'une demi-minute, le silence régna dans le salon, juste ponctué par le tic-tac de l'horloge murale. Puis l'étudiant à l'arcade sourcilière fendue se leva d'un bond et fonça vers la porte. Les autres, tout aussi précipitamment, s'élancèrent à sa suite, sans prendre congé.

Trente secondes s'écoulèrent encore, et ils ne restèrent plus que trois dans la pièce : Fandorine, Larionov et la demoiselle ombrageuse.

La fille du banquier dévisageait Eraste Pétrovitch d'un œil vif et effronté. Ses lèvres, dont la plénitude jurait quelque peu avec la maigreur du visage, s'étirèrent mécaniquement en un sourire sarcastique.

— La mise en scène est de vous ? demanda mademoiselle Litvinova en hochant la tête avec un enthousiasme affecté. Très inventif. Et joué avec virtuosité, on se croirait au théâtre Korch[1]. Que doit-il se passer ensuite dans votre pièce ? La demoiselle reconnaissante tombe dans les bras du beau sauveur et, arrosant de larmes sa chemise amidonnée, lui jure une fidélité éternelle ? Puis elle lui rédige des rapports sur ses camarades, c'est ça ?

Eraste Pétrovitch nota que ses cheveux courts — chose surprenante — ne nuisaient en rien au charme de la jeune fille, mais au contraire seyaient à merveille à son visage un peu gamin.

— Aviez-vous donc réellement l'intention de tirer ? demanda-t-il. C'est stupide. Avec pareil b-bibelot (il désignait de sa canne le minuscule revolver tombé par terre), vous n'auriez de toute façon pas réussi à tuer Bourliaev, mais vous, en revanche, on vous aurait massacrée sur place. Qui plus est...

— Je n'ai pas peur ! le coupa l'expansive demoiselle. Qu'on me massacre, tant pis ! Jamais je ne laisserai le champ libre à la brutalité et à l'arbitraire !

— ... Qui plus est, reprit le fonctionnaire sans accorder d'attention à sa réplique, vous auriez entraîné la perte de tous vos amis. Votre petite soirée eût été qualifiée de rassemblement de terroristes, et tous eussent été expédiés au bagne.

---

1. Fiodor Adamovitch Korch (1852-1923), entrepreneur de théâtre russe. Il fonda son théâtre en 1882. Le répertoire, très éclectique, comprenait aussi bien des classiques que des farces, des mélodrames et autres spectacles de pur divertissement.

Mademoiselle Litvinova se troubla, mais une fraction de seconde, pas plus.

— Quel humaniste, dites-moi ! s'exclama-t-elle. Seulement je ne crois pas aux Athos sortis de la gendarmerie. Les hommes tels que vous, les polis, les distingués, sont encore pires que les suceurs de sang déclarés comme l'autre rougeaud. Vous êtes cent fois plus dangereux ! Mais est-ce que vous comprenez bien, monsieur le joli cœur, qu'aucun de vous n'échappera au châtiment ?

La demoiselle fit un pas en avant, la mine belliqueuse, et Eraste Pétrovitch fut contraint de reculer : un petit doigt que son ongle pointu rendait redoutable fendait l'air juste sous son nez.

— Bourreaux ! Mercenaires ! Inutile de vous cacher derrière les baïonnettes de vos gardes du corps, vous n'échapperez pas à la vengeance du peuple !

— Je ne me cache absolument pas ! protesta le fonctionnaire offensé. Je n'ai aucune sorte de garde du corps, et mon adresse est imprimée dans tous les annuaires. Vous pouvez v-vérifier : Eraste Pétrovitch Fandorine, fonctionnaire chargé des missions spéciales auprès du gouverneur général.

— Ah ! ah ! le fameux Fandorine ! s'exclama la jeune fille en se tournant vers Larionov comme pour le prendre à témoin d'une si stupéfiante révélation. Haroun al-Rachid ! L'esclave de la lampe !

— De quelle lampe encore parlez-vous ? s'étonna Eraste Pétrovitch.

— Allons donc ! Le puissant djinn qui protège le vieux sultan Dolgoroukoï. Vous l'avez bien entendu, Ivan Ignatievitch, menacer tout à l'heure les flics de la colère du gouverneur, ajouta-t-elle en s'adressant derechef à l'ingénieur. Ce que je ne pige pas, c'est quel genre de chef peut se passer des services de la Sécurité. J'ignorais, monsieur le djinn, que vous ne dédaigniez pas non plus de vous occuper de police politique.

Elle lança à Eraste Pétrovitch, en manière de coup de grâce, un ultime regard, cette fois-ci totalement incendiaire, esquissa un signe de tête pour prendre congé du maître de maison, et se dirigea avec majesté vers la sortie.

— Attendez ! la rappela Fandorine.

— Que voulez-vous encore de moi ? demanda la demoiselle en courbant fièrement son long cou gracile. Vous avez décidé malgré tout de m'arrêter ?

— Vous oubliez ceci.

Le conseiller d'Etat ramassa le revolver et le lui tendit, la crosse en avant.

Esther Litvinova lui arracha l'arme en la saisissant entre deux doigts, comme s'il lui répugnait de toucher la main du fonctionnaire, puis quitta la pièce.

Quand il eut entendu claquer la porte d'entrée, Fandorine se tourna vers l'ingénieur et lui dit sur le ton de la confidence :

— Je suis au courant, monsieur Larionov, de vos liens avec la Section de sécurité.

L'ingénieur tressaillit comme si on l'avait frappé. Sur son visage jaunâtre gonflé de poches œdémateuses se peignit une expression d'angoisse résignée.

— Oui, opina-t-il en se laissant retomber avec lassitude sur sa chaise. Que voulez-vous savoir ? Demandez.

— Je n'use pas des services de pareils informateurs, lui répondit sèchement Eraste Pétrovitch. Pour moi, espionner ses c-camarades est infâme. Ce dont vous vous occupez ici se nomme de la provocation. Vous nouez de nouvelles connaissances parmi la jeunesse à l'esprit romantique, vous encouragez les conversations antigouvernementales, et ensuite vous rapportez le résultat de vos manœuvres à la Section de sécurité. Comment n'avez-vous pas honte ? Vous appartenez pourtant à la n-noblesse, j'ai lu votre dossier.

Larionov partit d'un rire déplaisant et, d'une main tremblante, tira une cigarette de sa poche.

— Honte ? Parlez plutôt de honte à monsieur Zoubtsov, Sergueï Vitalievitch. Et aussi de provocation. Sergueï Vitalievitch, c'est vrai, n'aime pas ce mot. Il préfère celui d'« assainissement ». Pour lui, mieux vaut repérer les sujets potentiellement dangereux à un stade précoce et les écarter. Pour le bien de la société autant que pour le leur. S'ils ne se réunissent pas chez moi, ils se réuniront dans un autre endroit. Et Dieu sait alors à quelles conclusions ils parviendront, quels actes il leur viendra à l'idée de commettre. Tandis qu'ici, ils restent tous exposés, bien en vue. A peine l'un d'eux, à force de discussions oiseuses, commence-t-il à méditer de passer à l'acte, le pauvre ami est aussitôt épinglé. Tranquillité pour l'Etat, félicitations pour monsieur Zoubtsov, et nuits blanches pour Larionov le Judas...

L'ingénieur se couvrit le visage des mains et se tut. A en juger au tressaillement de ses épaules, il luttait contre les sanglots.

Eraste Pétrovitch s'assit en face de lui et poussa un soupir.

— Comment donc avez-vous pu ? C'est pourtant tellement abject...

— Abject, c'est bien le mot ! répondit Larionov d'une voix sourde à travers ses deux paumes serrées. Quand j'étais étudiant, moi aussi je rêvais de justice sociale. Je collais des affiches à l'université. C'est d'ailleurs pour cette activité qu'on m'a arrêté.

Il ôta ses mains, laissant voir ses yeux qui se révélèrent brillants et humides. Il craqua une allumette, tira nerveusement sur sa cigarette.

— Sergueï Vitalievitch est un homme charitable. « Ivan Ignatievitch, m'a-t-il dit, vous avez une vieille mère malade. Si l'on vous chasse de l'université — et c'est le moins qui vous menace —, elle ne le supportera pas. Et si vous écopez d'une peine de déportation, ou bien, Dieu vous en garde, de prison, c'est autant dire dans la tombe que vous la mènerez. Au nom de quoi, Ivan Ignatievitch ? D'une chimère ? » Et ensuite il s'est mis à parler de son idée d'assainissement, mais de manière bien plus développée et éloquente que je ne l'ai fait. « Je ne vous invite pas à devenir mouchard, mais sauveur d'enfants. Ils ont, n'est-ce pas, le cœur pur mais point encore de discernement, ils gambadent dans une prairie en fleurs et ne voient pas qu'au-delà du pré s'ouvre un précipice. Vous vous tiendriez justement au bord de ce précipice, vous m'aideriez à empêcher les enfants d'y tomber. » Sergueï Vitalievitch est un maître dans l'art de l'éloquence ; et surtout il croit lui-même à ce qu'il dit. J'y ai donc cru moi aussi. (L'ingénieur eut un sourire amer.) Ou, pour être plus honnête, je me suis forcé à y croire. Ma mère, c'est vrai, n'eût pas survécu à pareil coup... Enfin bon, j'ai terminé l'université, et monsieur Zoubtsov m'a dégoté une bonne place. Seulement j'ai découvert peu à peu que je n'étais nullement un sauveur, mais un « collaborateur » des plus banals. Comme on dit, on ne peut pas tomber enceinte à moitié. Je touche même un traitement : cinquante-cinq roubles. Plus cinquante pour mes frais, sur justificatifs. (Son sourire s'élargit, s'étira en un rictus ironique.) Dans l'ensemble, la vie est belle ! Seulement voilà, je ne dors plus du tout la nuit. (Il resserra frileusement les épaules.) Je m'assoupis un moment et me réveille en sursaut : j'entends qu'on frappe à la porte. Je me dis qu'on vient me chercher. Ce peut être soit les uns, soit les autres. Je me débats ainsi toute la nuit. Toc-toc-toc. Toc-toc-toc...

Juste à cet instant, le marteau de la porte retentit. Larionov tressaillit et éclata d'un rire nerveux.

— Quelqu'un qui arrive en retard. Il aura raté toute la fête. Monsieur Fandorine, retirez-vous en attendant derrière cette porte. Il est inutile qu'on vous voie ici. J'aurais du mal à m'expliquer ensuite. Je vais l'expédier rapidement...

Eraste Pétrovitch passa dans la pièce voisine. Il s'efforça de ne pas écouter, mais la voix du visiteur était claire et sonore.

— ... Et on ne vous a pas fait avertir que nous allions descendre chez vous ? Bizarre.

— Personne ne m'a averti de rien ! répondit Larionov avant d'ajouter d'une voix plus forte que nécessaire : Mais vous appartenez vraiment au Groupe de Combat ? Vous ne devez pas rester ici !

On vous cherche partout ! La police sort juste de chez moi !

Oubliant ses scrupules, Fandorine s'approcha sans bruit de la porte et l'entrouvrit légèrement.

Devant l'ingénieur se tenait un jeune homme vêtu d'un surtout doublé de fourrure et coiffé d'un képi anglais dont la visière laissait échapper une longue mèche blonde. Le visiteur tardif gardait les mains dans ses poches. Une lueur espiègle scintillait dans ses yeux mi-clos

— Vous êtes seul ici ? demanda-t-il.

— Il y a encore ma cuisinière, elle dort dans le débarras. Mais vraiment, il ne faut pas que vous restiez ici.

— Ainsi, la police est venue, a reniflé le coin et est repartie ? fit le blondin en riant. En voilà des prodiges tout de même !

Un jour à la gare de Briansk
Des chats chassaient le moineau
Mais ils eurent beau tirer la langue
Ils n'en avalèrent que nib.

Le joyeux jeune homme se déplaça de telle manière qu'il se retrouva le dos tourné au conseiller d'Etat, tandis que Larionov au contraire se voyait contraint de faire face à la porte.

L'intrigant particulier esquissa un geste de la main que Fandorine ne put voir, et l'ingénieur poussa un cri soudain avant de reculer de quelques pas.

— Eh quoi, l'Iscariote, on a peur ? s'enquit le visiteur du même ton frivole.

Subodorant un danger, Eraste Pétrovitch tira brutalement le vantail, mais déjà le coup de feu éclatait.

Larionov, dans un hurlement, se plia en deux, tandis que l'autre, qui venait de tirer, se retournait au bruit et levait sa main armée d'un *bulldog* noir et compact. Fandorine plongea au moment où il pressait la détente et se jeta dans ses jambes, cependant le jeune homme bondit lestement en arrière, heurta du dos le chambranle de la porte et disparut dans l'entrée.

S'étant relevé, Fandorine s'approcha du blessé et vit que l'affaire se présentait mal : le visage de l'ingénieur prenait à vue d'œil une lividité mortelle.

— Je ne sens plus mes jambes, murmura Larionov en plongeant un regard effrayé dans les yeux d'Eraste Pétrovitch. Et je n'ai pas mal, juste envie de dormir...

— Je dois le rattraper, répondit Fandorine en avalant ses mots. Je fais vite, je reviens tout de suite.

Il se précipita dans la rue, regarda à droite : personne ; à gauche : là, une ombre véloce qui filait en direction de la rue Koudrinskaïa.

Tandis qu'il courait, deux idées vinrent à l'esprit du conseiller d'Etat. La première était que Larionov n'aurait pas besoin d'un médecin. A en juger par ses symptômes, il avait la colonne vertébrale brisée. Bientôt, très bientôt, le pauvre ingénieur rattraperait toutes ses nuits sans sommeil. La deuxième se rapprochait davantage de son objectif immédiat. Rattraper le meurtrier n'avait rien de bien sorcier, mais comment appréhender l'homme, qui était muni d'un revolver, quand on était soi-même désarmé ? Le fonctionnaire n'attendait point de cette journée qu'elle fût la source d'aucune entreprise périlleuse, et son fidèle Herstal-Bayard à sept coups, dernier modèle, était resté chez lui, alors qu'il lui eût été fort utile à présent.

Eraste Pétrovitch courait vite, et la distance qui le séparait de l'ombre s'amenuisait à toute allure. Néanmoins il n'y avait pas lieu de se réjouir. A l'angle de la rue Saint-Boris-et-Saint-Gleb, le meurtrier se retourna et lança contre son poursuivant une crépitante langue de feu. Fandorine sentit un souffle brûlant lui effleurer la joue.

Soudain, deux ombres agiles se détachèrent vivement du mur d'une maison voisine et se fondirent avec la première en une seule masse agitée et confuse.

— Ah ! vermine, je vais t'en donner, moi, des coups de pied ! gronda une voix courroucée.

Quand Eraste Pétrovitch arriva, la mêlée était déjà finie.

Le joyeux jeune homme était étendu à plat ventre, les mains retournées dans le dos. Il râlait et jurait. Un solide bonhomme était assis sur lui, qui en geignant lui tordait les bras encore plus haut. Un autre homme avait empoigné le fuyard par les cheveux et lui relevait la tête.

En les observant mieux, le conseiller d'Etat reconnut dans ces auxiliaires inattendus deux agents de tantôt.

— Vous voyez, Eraste Pétrovitch, la Section de sécurité peut tout de même se révéler utile, fit une voix débonnaire s'élevant de l'obscurité.

Un porche se dessinait tout près, dans l'ombre duquel se tenait — devinez qui ? — Evrasti Pavlovitch Mylnikov en personne.

— Pourquoi êtes-vous ici ? demanda le conseiller d'Etat avant de livrer lui-même la réponse : Vous êtes resté pour me suivre.

— Moins vous, Votre Excellence, qui êtes au-dessus de tout soupçon, que le cours général des événements.

Le chef du service des filatures sortit de l'ombre et s'avança sur le trottoir éclairé.

— J'étais particulièrement curieux de voir si vous partiriez en compagnie de la jeune fille coléreuse. Je suppose en effet que vous avez jugé plus judicieux de manier avec elle la carotte plutôt que le bâton. Et vous avez entièrement raison. La brutalité et les pressions directes ne font que rendre plus enragées encore les têtes brûlées de cette sorte. Mieux vaut les caresser dans le sens du poil, les caresser, et ensuite, sitôt qu'elles exposent leur flanc, hop ! leur planter les crocs dans la chair !

Evrasti Pavlovitch eut un petit rire et tendit la main dans un geste conciliant, comme pour dire : ne protestez pas, allez, je ne suis pas né de la dernière pluie.

— Quand j'ai vu que la demoiselle s'en allait toute seule, j'ai d'abord pensé expédier mes andouilles sur ses traces, et puis j'ai réfléchi : attendons donc encore un peu. Sa Haute Noblesse est un vieux briscard, il a du flair. S'il s'attarde ici, c'est qu'il a une idée derrière la tête. Et j'ai vu juste : voilà bientôt celui-ci qui pointe son nez. (Mylnikov désigna du menton le prisonnier qui hurlait de douleur et jurait tout ce qu'il savait.)

Finalement, je crois que je ne me suis pas trompé dans mes calculs. Qui est-ce ?

— Apparemment, un membre du Groupe de Combat, répondit Eraste Pétrovitch, qui se sentait l'obligé du déplaisant mais non point stupide, point du tout stupide même, assesseur de collège.

Evrasti Pavlovitch émit un sifflement et se flanqua une claque sur la cuisse.

— Ah ça, chapeau, Mylnikov ! Tu savais sur qui miser. Quand vous rédigerez votre rapport, n'oubliez pas le serviteur du bon Dieu que je suis. Eh, les gars, hélez un traîneau ! Et cessez donc de lui démolir les bras, ou bien il ne pourra jamais signer ses aveux.

L'un des agents secrets courut chercher une voiture. L'autre passa des menottes à l'homme étendu par terre.

— Mes aveux, tu peux toujours te les carrer où je pense, grinça le prisonnier.

Eraste Pétrovitch n'arriva à la Section de sécurité que bien après minuit. D'abord il lui avait fallu s'occuper de Larionov qui pendant ce temps se vidait de son sang. A son retour sur les lieux de l'agression, Fandorine avait trouvé l'ingénieur déjà sans connaissance. Le temps que la voiture d'ambulance réclamée par téléphone arrivât de l'hôpital de la Société philanthropique, il était devenu inutile de transporter le blessé. En conséquence, tout ce temps avait été perdu en vain.

Par-dessus le marché, il avait dû gagner la grand-rue Gnezdnikov *pedibus cum jambis* : du fait de l'heure tardive, le conseiller d'Etat n'avait pas croisé un seul fiacre.

La rue était silencieuse et plongée dans une totale obscurité ; seules les fenêtres du fameux bâtiment à un étage étaient gaiement éclairées.

A la Section de sécurité, cette nuit-là, on se souciait bien peu de dormir. En entrant, Eraste Pétrovitch se trouva témoin d'une scène assez singulière. Mylnikov achevait d'analyser le déroulement de l'opération du soir. Les seize agents du service des filatures se tenaient alignés contre le mur de l'interminable couloir, et l'assesseur de collège, d'un pas souple, tel un énorme chat, déambulait devant ses hommes tout en les sermonnant d'une voix bien posée de maître d'école :

— Et je vous le répète encore une fois, pour que vous vous le mettiez enfin dans le crâne, bande d'abrutis. Quand il s'agit d'arrêter un groupe de politiques, surtout s'ils sont soupçonnés de terrorisme, il convient d'observer la procédure suivante. *Primo :* les frapper de stupeur. Faire irruption en grand vacarme, en poussant des cris et en faisant le plus de bousin possible, pour qu'ils en aient les jambes coupées. Même l'homme le plus courageux connaît un moment d'hésitation sous la surprise. *Secundo :* les neutraliser. Que chaque suspect se retrouve cloué sur place, qu'il ne puisse pas même remuer le petit doigt, et encore moins donner de la voix. *Tertio :* passer tout le monde à la fouille pour confisquer les armes éventuelles. L'avez-vous fait ? Hein ? C'est à toi que je le demande, Gouskov, tu étais le plus ancien à participer à la rafle.

Mylnikov s'était arrêté devant un agent d'un certain âge, dont le nez écrabouillé pissait encore le sang.

— Votre Haute Noblesse, Evrasti Pavlovitch, répondit Gouskov d'une voix de basse. Mais c'était du menu fretin, des blancs-becs, ça se voyait tout de suite. J'ai l'œil.

— Ton œil, attends un peu, je vais t'apprendre à l'ouvrir, rétorqua l'assesseur de collège sans beaucoup de méchanceté. Tu n'as pas à raisonner, tête de linotte. Tu fais ce qui a été dit. Et *quarto :* surveiller constamment chacune des personnes appréhendées. Alors qu'avec vous, espèces de ballots, une demoiselle tire un pétard de son sac sous votre nez, et personne ne voit rien ! Cela étant dit...

Mylnikov avait croisé les mains dans son dos et se balançait à présent sur les talons. Les agents retenaient leur souffle dans l'attente du verdict.

— Seuls Chiriaev et Joulko toucheront une récompense. Pour l'arrestation d'un dangereux terroriste, quinze roubles chacun, prélevés sur ma cagnotte personnelle. Plus citation à l'ordre du jour. Quant à toi, Gouskov, tu paieras dix roubles d'amende. Et pendant un mois, tu seras rétrogradé au rang de simple agent. C'est juste, non ? Qu'en penses-tu ?

— Pardonnez-moi, Votre Haute Noblesse, répondit le sanctionné en baissant la tête. Mais ne m'écartez pas du travail de terrain. Je mériterai, je vous le jure sur la croix, je mériterai !

— C'est bon, je te fais confiance.

Mylnikov se retourna vers le conseiller d'Etat dont il fit mine de découvrir seulement la présence.

— C'est chic d'être venu, monsieur Fandorine ! Piotr Ivanovitch et Zoubtsov bavardent depuis plus d'une heure avec notre ami, et toujours sans résultat.

— Il refuse de parler ? demanda Eraste Pétrovitch tout en s'engageant derrière Mylnikov dans l'escalier à vis.

— Bien au contraire. Il débite des flots d'impertinences. Je suis resté écouter un peu et puis je suis parti. De toute façon, on n'en tirera rien. Par ailleurs, ce cher Piotr Ivanovitch a les nerfs en pelote depuis tantôt, ajouta Evrasti Pavlovitch en se tournant à demi avec un air de conspirateur. Il est toujours vexé qu'on lui ait soufflé, vous et moi, la capture d'un oiseau aussi important.

L'interrogatoire se déroulait dans le bureau du directeur. Le joyeux drille entrevu quelques heures plus tôt par Fandorine était assis sur une chaise au milieu de la pièce aux confortables dimensions — une chaise un peu spéciale, massive et équipée de sangles. Le prisonnier avait les bras et les jambes si solidement attachés aux accoudoirs et aux pieds de devant qu'il ne pouvait plus guère bouger que la tête. D'un côté se tenait le chef de la Section, de l'autre un homme bien mis, au physique agréable bien que fort maigre, affichant dans les vingt-sept ans, et dont le visage s'ornait de courtes moustaches à l'anglaise.

Bourliaev salua le fonctionnaire d'un hochement de tête maussade et se plaignit :

— Une fieffée fripouille ! Une heure que je me démène, et toujours sans résultat. Il refuse même de dire son nom.

— Mon nom, qu'as-tu besoin de le connaître ? demanda l'arrogant avec une feinte cordialité. Il s'éteindra, mon cher, comme un soupir chagrin.

Le lieutenant-colonel ne releva pas l'impertinence et présenta l'inconnu :

— Zoubtsov, Sergueï Vitalievitch. Je vous ai déjà parlé de lui.

Le maigrichon s'inclina avec déférence, en adressant à Eraste Pétrovitch un sourire des plus amicaux.

— Je suis très heureux de faire votre connaissance, monsieur Fandorine. Et plus heureux encore de devoir travailler avec vous.

— Ah ! ah ! s'exclama le prisonnier d'un ton réjoui. Fandorine ! Mais oui, je le constate en effet : cheveux blancs aux tempes. Tout à l'heure, je n'avais pas bien regardé, j'avais la tête à autre chose. Que restez-vous plantés là, emparez-vous de lui, messieurs ! C'est lui qui a tué ce vieil âne de Khrapov.

Et il éclata de rire, très satisfait de sa plaisanterie.

— Vous me permettez de continuer ? demanda Zoubtsov à ses deux supérieurs avant de se tourner vers le criminel. Ainsi, nous savons que vous êtes membre du Groupe de Combat et que vous avez pris part à l'attentat contre le général Khrapov. Vous venez indirectement d'avouer que vous disposiez du signalement de monsieur le conseiller d'Etat ! Nous savons aussi que vos complices se trouvent à l'heure actuelle à Moscou. Même si l'accusation ne parvient pas à prouver votre participation à l'attentat, vous encourez de toute manière la mesure de châtiment la plus sévère.

Vous avez tué un homme et opposé une résistance armée aux représentants de la loi. C'est amplement suffisant pour vous envoyer à l'échafaud.

N'y tenant plus, Piotr Ivanovitch intervint :

— Est-ce que tu comprends seulement, salopard, que tu es condamné à te balancer au bout d'une corde ? C'est une mort atroce, j'ai eu plus d'une fois l'occasion de m'en convaincre. D'abord le type râle et se débat. Parfois durant une quinzaine de minutes, cela dépend de la manière dont le nœud est fait. Puis la langue lui sort du gosier, les yeux du crâne, et les immondices de la panse. Tu te rappelles la Bible, à propos de Judas ? « Et quand il s'est précipité en bas, son ventre s'est fendu, et toutes ses entrailles s'en sont échappées. »

Zoubtsov jeta un regard réprobateur à Bourliaev, jugeant à l'évidence sa tactique mauvaise, tandis que le détenu répondait avec insouciance aux terribles paroles :

— Tant pis, je râlerai un moment, et puis ce sera fini. Tout me sera alors bien égal, et ensuite c'est vous qui devrez essuyer ma merde. C'est là ton boulot, mon gros.

Le lieutenant-colonel décocha à l'intrépide individu un bref et violent coup de poing au visage.

— Piotr Ivanovitch ! protesta Zoubtsov avec véhémence, allant jusqu'à se permettre d'empoigner son chef par le bras. C'est parfaitement inadmissible ! Vous portez atteinte au prestige de l'autorité !

Bourliaev tourna la tête, furieux, et il s'apprêtait visiblement à remettre l'imprudent auxiliaire à sa place, quand Eraste Pétrovitch frappa le plancher de sa canne et lança d'un ton qui ne souffrait pas de réplique :

— Assez !

Le lieutenant-colonel dégagea son bras, le souffle court. Le terroriste, quant à lui, cracha par terre un caillot de sang où se devinaient deux incisives blanches, et, exhibant un sourire ébréché, posa sur l'officier des yeux bleus emplis d'une lueur narquoise.

— Je vous prie de m'excuser, monsieur Fandorine, grommela Piotr Ivanovitch à contrecœur. Je suis sorti de mes gonds. Vous voyez vous-même à quel genre de gaillard on a affaire. Qu'ordonnez-vous de faire de lui ?

— Votre opinion, Sergueï Vitalievitch ? demanda le conseiller d'Etat au sympathique Zoubtsov.

Celui-ci se frotta la racine du nez d'un air perplexe, mais répondit néanmoins sur-le-champ, sans hésiter :

— A mon avis, nous perdons notre temps. Je remettrais l'interrogatoire à plus tard.

— B-bonne réponse. Quant à ce qu'il convient de faire, monsieur le lieutenant-colonel, écoutez. Vous allez établir sur-le-champ un signalement détaillé du prévenu. Et le soumettre à un bertillonnage complet, en bonne et due forme. Puis vous expédierez la description et le résultat des mesures anthropométriques par télégramme au Département de police. Peut-être possède-t-on déjà là-bas un dossier sur notre homme. Et veuillez bien vous presser. Avant une heure, la dépêche doit être parvenue à Saint-Pétersbourg.

Et à nouveau, pour la énième fois en l'espace de vingt-quatre heures, Fandorine remontait à pied le boulevard de Tver totalement désert à cette heure avancée de la nuit. Cette longue journée, qui paraissait vouloir ne jamais finir, avait vu se succéder tempête, chute de neige puis soleil inattendu, mais une fois la nuit tombée, l'atmosphère s'était faite calme et solennelle : lumière diffuse des becs de gaz, silhouettes blanches des arbres qu'on eût dit enveloppés de taffetas, lent glissement des flocons humides.

Le conseiller d'Etat marchait sans hâte entre les ormes affligés, en s'efforçant de comprendre pourquoi dans n'importe quelle affaire liée à la politique se décelait immanquablement un relent de fange et de pourriture. A première vue l'enquête ne différait en rien d'une autre, sinon par son importance, bien plus grande. Et l'objectif était digne d'estime : défendre la tranquillité publique et les intérêts de l'Etat. D'où venait donc ce sentiment de souillure ?

On ne peut faire autrement que se salir quand on nettoie la boue. Cette opinion, Fandorine avait été amené à l'entendre suffisamment souvent, surtout de la bouche de praticiens de la défense de la loi. Cependant il avait depuis longtemps établi que ne raisonnaient de la sorte que des gens n'ayant guère de talent pour ce métier délicat. Les paresseux, ceux qui cherchaient des méthodes simples pour résoudre des problèmes compliqués, ne devenaient jamais de vrais professionnels. Un bon concierge portait toujours une casquette d'une blancheur immaculée, parce qu'il ne raclait pas la boue avec les mains, à quatre pattes par terre, mais possédait un balai, une pelle, une bêche, et savait s'en servir. Eraste Pétrovitch avait eu affaire à bien des assassins cruels, des escrocs sans scrupules, des fous sanguinaires, mais jamais il n'avait éprouvé un aussi grand dégoût qu'aujourd'hui.

Pourquoi ? De quoi s'agissait-il ?

La réponse ne venait pas.

Il tourna dans la rue Malaïa Nikitskaïa, où les réverbères étaient encore moins nombreux que sur le boulevard. Là commençait un trottoir pavé, et sa canne à bout ferré, perçant la fine couche de neige, se mit à sonner gaiement contre la pierre.

Parvenu devant la porte qui se distinguait à peine au milieu de la dentelle de fer forgé du portail, le fonctionnaire s'immobilisa, pour avoir non pas perçu, mais plutôt deviné un léger mouvement sur le côté. Il se retourna brusquement, empoigna à tout hasard le bois de sa canne de sa main gauche (il y avait à l'intérieur une fine épée de trente pouces), mais aussitôt il relâcha ses muscles.

Quelqu'un se tenait effectivement dans l'ombre du mur de clôture, mais ce quelqu'un appartenait à l'évidence au sexe faible.

— Qui êtes-vous ? s'enquit Eraste Pétrovitch en scrutant les ténèbres.

La silhouette se rapprocha. D'abord il discerna le col de fourrure d'une pelisse et le demi-cercle d'une capeline en zibeline, puis, reflétant la lumière d'un réverbère éloigné, deux yeux immenses s'allumèrent d'une flamme incertaine au milieu d'un visage en triangle.

— Mademoiselle Litvinova ? fit Fandorine surpris. Que faites-vous ici ? Et à pareille heure ?

La jeune fille rencontrée chez Larionov s'approcha tout près. Elle gardait les mains enfouies dans un somptueux manchon, et ses yeux scintillaient d'un éclat véritablement céleste.

— Vous n'êtes qu'un sale type ! proféra la jeune exaltée d'une voix vibrante de haine. J'attends ici depuis deux heures ! Je suis complètement gelée !

— Pourquoi donc suis-je un sale type ? demanda Eraste Pétrovitch, un peu décontenancé. Je n'avais pas idée que vous m'attendiez...

— Il n'est pas question de cela ! Ne faites pas l'imbécile ! Vous comprenez tout parfaitement bien ! Vous êtes un sale type ! Je vous ai percé à jour ! Vous vouliez exprès m'entortiller, en vous faisant passer pour un ange ! Oh, je lis en vous à livre ouvert ! Vous êtes pour de bon mille fois pire que tous les Khrapov et les Bourliaev ! Vous ne méritez que d'être supprimé sans pitié.

Sur ces mots, la téméraire demoiselle ôta une main de son manchon, et dans cette main brillait le petit pistolet que le fonctionnaire avait inconsidérément rendu tantôt à sa propriétaire.

Eraste Pétrovitch attendit un instant que le coup de feu éclatât, mais quand il eut remarqué que la main gantée d'angora tremblait et que le canon de l'arme oscillait d'un côté à l'autre, il s'avança vivement d'un pas, saisit le mince poignet de mademoiselle Litvinova et contraignit celle-ci à détourner l'arme.

— Vous tenez absolument aujourd'hui à blesser un serviteur de la loi ? demanda Fandorine à voix basse en dévisageant la jeune fille qui se tenait à présent presque contre lui.

— Je vous hais ! Sale mercenaire ! murmura-t-elle en même temps qu'elle lui frappait violemment la poitrine de son poing libre.

Force fut de lâcher la canne et d'empoigner la demoiselle par l'autre main.

— Espèce de flic !

Eraste Pétrovitch l'observa plus attentivement et releva deux faits. Premièrement, la dénommée Litvinova, dans son écrin de fourrure saupoudrée de flocons de neige, baignée de la pâle lueur des réverbères à gaz, des étoiles et de la lune, était d'une beauté renversante. Deuxièmement, ses yeux luisaient d'un éclat un peu trop vif pour n'exprimer que de la haine.

Poussant un soupir, il se pencha, enlaça ses épaules et l'embrassa vigoureusement sur les lèvres — lesquelles se révélèrent brûlantes au mépris de toutes les lois de la physique.

— Gendarme ! souffla la nihiliste en s'écartant.

Toutefois au même instant elle passa les deux bras autour de son cou et l'attira contre elle. Fandorine sentit l'arête du revolver s'enfoncer durement dans sa nuque.

— Comment m'avez-vous trouvé ? demanda-t-il tout en happant une bouffée d'air.

— Et idiot avec ça ! répondit Esther. Tu m'as dit toi-même, dans n'importe quel annuaire...

Elle l'attira à nouveau contre elle, mais avec tant de violence que le petit pistolet, sous la brutalité du geste, se déchargea dans le ciel, rendant Eraste Pétrovitch momentanément sourd de l'oreille droite et effarouchant les choucas perchés dans un peuplier.

Chapitre quatrième, où l'on a besoin d'argent

Toutes les mesures nécessaires avaient été prises.

Ils avaient attendu Rakhmet durant exactement une heure, puis avaient levé le camp pour gagner la planque de secours.

Celle-ci ne valait rien : c'était la maisonnette d'un garde-voie à quelque distance de la gare de Vindava. Qu'elle fût sale, froide et exiguë, on pouvait encore s'en accommoder, mais elle ne possédait qu'une seule pièce minuscule, peuplée de cafards et, bien évidemment, dépourvue de téléphone. Son unique avantage était d'offrir une vue parfaitement dégagée aux quatre points cardinaux.

L'aube ne poignait pas encore que Grine envoyait le Bouvreuil déposer dans la « boîte à lettres » un message pour l'Aiguille : « Rakhmet disparu. Besoin d'une autre adresse. A dix heures, même endroit. »

Il eût été plus commode de téléphoner à leur agent de liaison depuis l'appartement d'Aronson, mais la prudente Aiguille n'avait laissé ni numéro ni adresse où la joindre. Une maison à un étage depuis laquelle on pouvait observer à la jumelle les fenêtres du maître de conférences, voilà tout ce que Grine savait du logement de cette femme. C'était peu. Trop peu pour pouvoir la dénicher.

Le rôle de « boîte à lettres » pour les communications extraordinaires était tenu par une vieille remise à fiacres, dans une ruelle voisine du boulevard Pretchistenski. Une fente entre les rondins offrait une cachette fort pratique : il suffisait d'y glisser rapidement la main au passage.

Avant de quitter l'appartement, Grine avait demandé à leur hôte de bien se rappeler le code convenu. Si leur camarade revenait, il devrait le traiter comme un inconnu — « c'est la première fois que je vous vois et je ne comprends pas de quoi vous parlez ». Rakhmet n'était pas un imbécile, il pigerait aussitôt. Il connaissait l'existence de la « boîte à lettres ». S'il désirait s'expliquer, il en trouverait le moyen.

Dès neuf heures, Grine était allé occuper son poste d'observation à proximité de la tour Soukharev, où la veille au matin il avait rencontré l'Aiguille. Le lieu et l'heure étaient propices : la foule affluait en masse vers le marché aux puces.

Empruntant une cour traversière puis une entrée de service, il s'était faufilé jusqu'à la position repérée par lui la veille : un petit grenier qu'on remarquait à peine, muni d'une lucarne à demi condamnée qui donnait justement sur la place.

Avec attention, sans se laisser distraire, il étudiait tous les individus tournant dans les alentours. Les colporteurs étaient vrais. Le joueur d'orgue de Barbarie aussi. Les acheteurs se succédaient, aucun ne restait longtemps à flâner sans rien faire.

Par conséquent, pas de danger en vue.

L'Aiguille apparut à dix heures moins dix. Elle se dirigea d'abord d'un côté, puis revint sur ses pas. Elle aussi prenait ses précautions. C'était bien. Il pouvait descendre.

— Mauvaises nouvelles, déclara l'Aiguille en guise de salutation.

Son maigre visage austère était pâle et défait.

— Je vous les annonce dans l'ordre.

Ils marchaient côte à côte dans la rue Stretenka. Grine écoutait sans rien dire.

— Un : hier soir la police a fait une descente chez Larionov. Ils n'ont arrêté personne. Mais ensuite on a tiré là-bas des coups de feu. Larionov a été tué.

C'est Rakhmet, c'est son œuvre, pensa Grine, et il ressentit à la fois du soulagement et de la colère. Si jamais il revenait, il faudrait lui donner une leçon de discipline.

— Deux ?

L'Aiguille se contenta de hocher la tête.

— Vous êtes bien prompts à vous faire justice. On aurait dû auparavant essayer d'y voir un peu plus clair.

— Quel est le deuxième point ? répéta Grine.

— Je n'ai pas réussi à établir où était passé votre Rakhmet. Sitôt que je saurai quelque chose, je vous informerai. Trois : on ne pourra pas de sitôt vous faire quitter la ville. Nous voulions tenter le coup avec un train de marchandises, mais à la douzième verste, puis à la soixantième, la police des chemins de fer vérifie tous les plombs.

— Ce n'est rien. Il y a une nouvelle plus grave, je le vois. Parlez.

Elle le prit par le bras et, quittant la rue animée, l'entraîna dans un passage désert.

— Une dépêche urgente en provenance du Comité central. Un courrier l'a apportée ce matin par le premier train. Hier à l'aube, à l'heure même où vous exécutiez Khrapov, la brigade volante du Département de police a mis à sac la planque de l'avenue de la Fonderie.

Grine se rembrunit. Le repaire de l'avenue de la Fonderie, tenu parfaitement secret, abritait une cachette où était conservée la caisse du Parti — à savoir tous les fonds qui subsistaient de l'opération d'expropriation de janvier, autrement dit de l'attaque de la société de crédit Petropol.

— Ils ont trouvé ? demanda-t-il d'un ton bref.

— Oui. Ils ont raflé tout l'argent. Trois cent cinquante mille. C'est un coup terrible pour le Parti. J'ai ordre de vous transmettre que tout l'espoir repose sur vous. Dans onze jours, on est censés effectuer le dernier versement pour l'imprimerie de Zurich. Cent soixante-quinze mille francs français. Autrement le matériel sera saisi. Treize mille livres sterling sont nécessaires pour l'achat d'armes et l'affrètement d'un schooner à Bristol. On a également promis quarante mille roubles à un surveillant de la prison centrale d'Odessa pour organiser l'évasion de nos camarades. Sans compter les dépenses usuelles... Sans caisse, l'activité du Parti sera paralysée. Vous devez donner immédiatement une réponse : le Groupe de Combat est-il en état, dans les conditions actuelles, de se procurer la somme réclamée ?

Grine ne répondit pas tout de suite : il pesait le pour et le contre.

— Sait-on qui a trahi ?

— Non. On sait seulement que l'opération était conduite par le colonel Pojarski en personne, le vice-directeur du Département de police.

S'il en était ainsi, Grine n'avait pas le droit de refuser. Il avait manqué Pojarski dans l'île des Apothicaires, maintenant il devait racheter son échec.

Cependant, vouloir mener à bien une « expro » dans les conditions présentes était beaucoup trop risqué.

Premier point : l'incertitude quant à Rakhmet. Et s'il avait été arrêté ? Comment se comporterait-il lors de l'interrogatoire ? Difficile à deviner. L'homme était imprévisible.

Deuxième point : le manque d'effectifs. Il ne disposait en fait que d'Emélia.

Troisième point : tous les services de police étaient certainement sur le pied de guerre pour capturer le Groupe de Combat. La ville grouillait de gendarmes, d'espions et d'agents secrets.

Non, le risque dépassait la norme admissible. Mieux valait renoncer.

Comme si elle avait lu dans ses pensées, l'Aiguille dit alors :

— Si vous avez besoin d'hommes, j'en ai sous la main. Notre brigade de combat moscovite. Ils ont peu d'expérience, jusqu'à présent ils n'ont jamais fait qu'assurer la sécurité des réunions, mais ce sont des gars courageux, et nous avons des armes. Et si en plus on leur dit que c'est pour le GC, ils seront prêts à risquer leur vie sans hésiter. Et vous pouvez également compter sur moi. Je tire bien. Je sais fabriquer des bombes.

Grine observa pour la première fois attentivement ses yeux, qu'on eût dit poudrés de cendre, et découvrit que l'Aiguille était de couleur pareille à la sienne : grise et froide. Et toi, pensa-t-il, qu'est-ce qui t'a rendue si sèche ? Ou bien es-tu née ainsi ?

Il répondit tout haut :

— Risquer sa vie est inutile. En tout cas pour l'instant. Je vous expliquerai plus tard. D'abord, une nouvelle planque. S'il est impossible d'en trouver une avec téléphone, tant pis. Mais qu'il y ait au moins une seconde entrée. A sept heures ce soir, même endroit. Et si Rakhmet réapparaît, beaucoup de prudence avec lui. Je contrôlerai.

Une idée lui était venue sur le moyen de se procurer l'argent. Sans tirer un seul coup de feu.

Il n'était pas absurde d'essayer.

Arrivé devant les portes de la manufacture Lobastov, Grine renvoya le cocher. Par habitude, il attendit une minute, le temps de vérifier qu'un autre traîneau ne surgissait pas au coin avec un flic à son bord, et ce n'est que lorsqu'il fut certain de n'être pas suivi qu'il s'engagea sur le territoire de l'usine.

Tandis qu'il se dirigeait vers le pavillon principal, passant tour à tour devant des ateliers, des parterres de fleurs pour l'heure recouverts de neige, puis une pimpante église, il regarda autour de lui avec intérêt.

Lobastov menait son affaire de main de maître. Même dans les meilleures usines d'Amérique, il était rare de voir pareille organisation.

Les ouvriers croisés en chemin marchaient d'un pas pressé, avec quelque chose dans l'allure qui n'avait rien de russe, et Grine ne remarqua aucun visage bouffi par la gueule de bois, bien qu'on fût un lundi matin. On racontait que chez Lobastov, le simple fait de sentir l'alcool vous valait d'être licencié et flanqué sur-le-champ à la porte. Qu'en revanche, la paie était deux fois plus élevée que dans les autres manufactures, qu'on disposait sur place d'un logement gratuit et de presque deux semaines de congé avec demi-salaire.

L'histoire du congé était probablement une invention, mais que la journée de travail, dans les entreprises de Timofeï Grigoriévitch, fût de seulement neuf heures et demie, et huit le samedi, Grine le savait de manière certaine.

Si tous les capitalistes étaient comme Lobastov, il n'y aurait plus guère de raisons d'allumer d'incendie — telle fut l'idée inattendue qui vint à l'esprit de l'homme d'acier quand il aperçut un imposant bâtiment de brique arborant l'enseigne « Hôpital d'usine ». Une idée idiote, car dans toute la Russie, il n'y avait qu'un seul et unique Lobastov.

Dans la salle d'accueil de la direction, Grine rédigea un bref billet qu'il pria de remettre au patron. Lobastov reçut aussitôt le visiteur.

— Bonjour, monsieur Grine.

Un homme de petite taille, mais solidement bâti, au rude visage de paysan, auquel une barbiche soigneusement taillée en pointe seyait fort mal, quitta la place qu'il occupait derrière un vaste bureau, et s'avança pour échanger avec son visiteur un vigoureux *shake hand*.

— A quoi dois-je le plaisir ? demanda-t-il en clignant ses yeux sombres et vifs d'un air inquisiteur. Une affaire d'extrême urgence, j'imagine ? Qui ne serait pas liée, par hasard, à l'incident survenu hier, avenue de la Fonderie ?

Grine savait que Timofeï Grigoriévitch avait des espions dans les lieux les plus inattendus, mais il fut néanmoins surpris de le trouver aussi excellemment renseigné.

— Serait-ce que vous émargez aussi au Département de police ? demanda-t-il.

Mais aussitôt il esquissa une grimace comme pour effacer une question déplacée.

De toute manière l'autre ne répondrait pas. C'était un homme posé, d'une belle couleur ocre, laquelle procédait toujours d'une grande force intérieure et d'une solide confiance en soi.

— Il est dit : « Laisse aller ton grain au gré des flots, car au terme de bien des années tu le retrouveras. »

L'entrepreneur esquissa un sourire malin et abaissa sa tête ronde, au large front bombé, à la manière d'un taureau.

— De combien vous a-t-on soulagés ?

— Trois cent cinquante mille.

Lobastov émit un sifflement et glissa ses deux pouces dans les poches de son gilet. Son sourire s'était effacé.

— Adieu, monsieur Grine, dit-il d'un ton sec. Je suis un homme de parole. Pas vous. Je ne désire plus avoir affaire à votre organisation. En janvier, j'ai effectué très ponctuellement mon versement semestriel de quinze mille roubles, et j'ai demandé à ne plus être importuné jusqu'en juin. Ma bourse est certes bien garnie, elle n'est pas pour autant inépuisable. Trois cent cinquante mille ! Comme vous y allez !

Grine n'attacha pas d'importance à l'insulte. C'était le fruit de l'émotion.

— Je me suis contenté de vous répondre, dit-il d'une voix neutre. Nous avons à faire face à des paiements urgents. Certains attendront, d'autres ne le peuvent en aucune manière. Quarante mille, sans faute. Autrement la potence. En pareil cas, on ne pardonne pas.

— Ah, n'essayez pas de m'effrayer ! s'insurgea le propriétaire d'usinc. « On ne pardonne pas » ! Vous pensez que je vous donne de l'argent parce que j'ai peur de vous ? Ou bien que j'achète une indulgence pour le cas où vous remporteriez la victoire ?

Grine s'abstint de répondre, car c'était bien ce qu'il pensait en effet.

— Eh bien non ! Je n'ai peur de rien ni de personne !

Le visage de Timofeï Grigoriévitch commençait de virer au pourpre sous la colère, ses joues tremblotaient.

— A Dieu ne plaise que vous le soyez, victorieux. Mais ça n'arrivera jamais. Vous imaginiez peut-être que vous utilisiez Lobastov ? Que dalle ! C'est moi qui vous utilise. Et si je suis franc avec vous, c'est parce que vous êtes un pragmatique, à qui tout pathos est étranger. Nous sommes vous et moi de même farine. Même si nous n'avons pas le même goût. Ah ! ah !

Lobastov eut un rire bref qui découvrit ses dents jaunâtres.

Que vient faire la farine là-dedans ? pensa Grine. Pourquoi user de plaisanteries quand on peut parler sérieusement ?

— Alors pourquoi nous aidez-vous ? demanda-t-il avant de corriger aussitôt : nous aidiez-vous ?

— Mais parce que j'ai compris une chose : nos imbéciles imbus d'eux-mêmes ont besoin d'être effrayés, pour qu'ils ne viennent pas nous mettre des bâtons dans les roues, pour qu'ils n'aillent pas empêcher les gens intelligents de tirer le pays du marais. Il faut leur faire la leçon, à ces ânes. Leur plonger le nez dans le purin. Or voilà, vous le leur y plongez. Puisse-t-on faire entrer dans leurs têtes de bois que la Russie ne peut qu'ou bien marcher avec moi, Lobastov, ou bien rouler au fond du gouffre avec vous. Elle n'a pas d'autre choix.

— Vous placez votre argent, fit Grine en hochant la tête. Pigé. J'ai lu ça dans des bouquins. En Amérique, cela s'appelle du *lobbying*. Nous n'avons pas de Parlement, aussi faites-vous pression sur le gouvernement par l'intermédiaire des terroristes. Alors, les donnerez-vous, ces quarante mille ?

Le visage de Lobastov se fit de pierre, seules ses joues continuaient d'être agitées du même tic.

— Non. Vous êtes un homme d'esprit, monsieur Grine. J'ai assigné à mes activités de « lobbying », comme vous dites, un budget de trente mille roubles par an. Et pas un kopeck de plus. Si vous voulez, prenez quinze mille à titre de versement de second semestre.

Grine réfléchit un instant puis déclara :

— Quinze mille, non. C'est quarante qu'il nous faut. Adieu.

Il tourna les talons et se dirigea vers la sortie.

Son hôte le rattrapa et le raccompagna jusqu'à la porte.

Aurait-il changé d'avis ? Sûrement pas. Ce n'était pas son genre. Alors pourquoi l'avait-il rejoint ?

— Khrapov, c'est vous ? lui murmura à l'oreille Timofeï Grigoriévitch.

Voilà la raison.

Grine descendit l'escalier sans répondre. Pendant qu'il traversait le territoire de l'usine, il médita sur la conduire à suivre désormais.

Il ne restait plus qu'une solution : l'« expro », malgré tout.

Que la police fût occupée à rechercher leurs traces avait même du bon, en définitive. Cela signifiait moins de monde affecté aux tâches ordinaires. Comme par exemple au convoyage des fonds.

L'Aiguille pourrait fournir des hommes.

Mais on devrait avoir recours, de toute façon, à un spécialiste. Il faudrait expédier un télégramme à Julie, pour qu'elle amène son As.

Passé le portail d'entrée, Grine se campa derrière un poteau de réverbère et patienta un instant.

Il l'aurait parié ! Un type d'aspect insignifiant, aux allures de commis, bondit au-dehors, l'air préoccupé, tourna la tête et, ayant remarqué Grine, fit mine d'attendre l'omnibus.

Prudent, ce Lobastov. Et curieux.

Ce n'était pas bien grave. Il ne serait pas difficile de se débarrasser du pot de colle.

Grine remonta la rue, tourna sous un porche et s'arrêta. Quand le commis s'y engagea à son tour, il le cueillit d'un bref coup de poing en plein front. Qu'il reste donc là à roupiller dix minutes.

La grande force du Parti était de recevoir l'aide de personnes extrêmement diverses, parfois même tout à fait inattendues. Julie comptait justement au nombre de ces oiseaux rares. Les ascètes du Parti la regardaient de travers, mais Grine, lui, l'aimait bien.

Sa couleur était émeraude — couleur légère et festive. Toujours gaie, pleine de joie de vivre, pomponnée et parfumée divinement, elle éveillait dans le cœur métallique de Grine un drôle d'écho, à la fois agréable et inquiétant. Son prénom même de « Julie » était sonore et ensoleillé, il évoquait les deux mots : « je vis ». Son destin eût-il tourné autrement, Grine fût sans doute tombé amoureux d'une femme de cette sorte.

Il n'était pas coutume chez les membres du Parti de beaucoup s'étendre sur son propre passé, mais tout le monde connaissait l'histoire de Julie : elle ne faisait aucun mystère de sa biographie.

Elle avait perdu ses parents alors qu'elle était adolescente et s'était vue placer sous la tutelle d'un parent, un monsieur haut gradé d'un âge déjà respectable. Au seuil de la vieillesse, selon l'expression de Julie, « le diable lui était entré dans le corps » : il avait dilapidé l'héritage qui lui était confié et corrompu sa pupille, avant d'être lui-même, quelque temps après, frappé de paralysie. La jeune Julie s'était retrouvée sans un sou en poche, sans toit où s'abriter, mais dotée d'une solide expérience érotique. Une seule carrière s'ouvrait à elle, presque exclusivement féminine, et Julie y avait révélé un talent peu ordinaire. Durant quelques années, elle avait mené une existence de fille entretenue, et vu se succéder les riches protecteurs. Puis Julie en avait eu assez des « gros lards et des vieux », et avait monté sa propre affaire. A présent elle choisissait elle-même ses amants, en règle générale plutôt maigres, et dans tous les cas plutôt jeunes, ne leur réclamait aucun argent et tirait toutes ses ressources de son « agence ».

Ladite « agence » rassemblait exclusivement des amies de Julie, lesquelles étaient pour une part des filles comme elle, autrement dit des courtisanes, et pour une autre part des dames tout à fait respectables en quête de compléments financiers ou simplement d'aventures. L'entreprise avait acquis très vite une grande popularité parmi les amateurs de plaisirs de la capitale, du fait que les amies de Julie étaient toutes plus ravissantes, drôles et friandes d'amour les unes que les autres, et qu'en même temps était observée la plus rigoureuse discrétion.

Mais les belles n'avaient en revanche point de secret l'une pour l'autre, et d'autant moins pour leur joyeuse patronne, et comme elles comptaient parmi leur clientèle des hauts fonctionnaires, des généraux et même des grands manitous de la police, Julie voyait confluer vers elle des renseignements de natures les plus diverses, dont certains très importants pour le Parti.

Ce que tout le monde ignorait dans l'organisation, c'est pourquoi cette frivole personne avait décidé de soutenir la révolution. Mais Grine n'y voyait rien de surprenant. Julie était tout autant victime de l'ignoble système social que la fille de ferme, la mendiante ou n'importe quelle fileuse corvéable à merci. Elle luttait contre l'injustice avec les moyens qui étaient à sa portée, et se rendait autrement plus utile que certains bavards du Comité central.

En plus de fournir des informations extrêmement précieuses, elle était capable de dénicher en quelques heures un appartement commode pour le groupe, elle leur avait à plusieurs reprises avancé de l'argent pour les tirer d'embarras, et savait à l'occasion les aboucher avec les bonnes personnes, car elle disposait d'un très vaste réseau de relations s'étendant dans toutes les couches de la société.

C'était elle qui leur avait amené l'As. Un personnage intéressant, dans son genre au moins aussi pittoresque que Julie.

Fils d'un archiprêtre, doyen d'une des principales collégiales de Saint-Pétersbourg, Tikhon Bogoyavlenski avait roulé bien loin du pommier paternel. Chassé du séminaire pour blasphème, du collège pour voies de fait, du lycée pratique pour vol, il était devenu un voleur dont la compétence faisait autorité. Il travaillait avec audace, vivacité et imagination, et pas une fois encore ne s'était fait pincer par la police.

Quand, en décembre, le Parti avait eu besoin de réunir des fonds importants, Julie, piquant un léger fard, avait dit :

« Mon petit Grine, je sais que vous allez me juger mal, mais j'ai fait récemment la connaissance d'un très charmant jeune homme qui, à mon avis, pourrait vous être utile. »

Grine savait déjà que l'expression « faire connaissance », dans le lexique de Julie, possédait un sens très particulier, et il ne nourrissait guère non plus d'illusions quant à l'adjectif « charmant », puisque c'est ainsi qu'elle qualifiait tous ses amants de passage. Mais il savait aussi que Julie ne lançait jamais des paroles en l'air.

L'As avait en deux jours défini l'objectif, élaboré un plan et distribué les rôles, et l'opération s'était déroulée à merveille, réglée comme du papier à musique. Les associés s'étaient séparés parfaitement satisfaits l'un de l'autre : le Parti avait rempli ses caisses, et le « spécialiste » avait touché son lot, soit un quart de la somme expropriée.

A midi, Grine envoya deux télégrammes.

« `Commande acceptée. Sera exécutée dans le plus bref délai. G.` » Celui-ci était adressé à Saint-Pétersbourg en poste restante.

Le second était destiné à Julie :

« `Du travail pour Popovitch à Moscou. Mêmes conditions qu'en décembre. Choisira lui-même son terrain. Attendrai demain au train de 9 h pour l'accueillir. G.` »

Cette fois encore, l'Aiguille négligea les salutations. Sans doute jugeait-elle, tout comme Grine du reste, ces sortes de conventions superflues.

— Rakhmet s'est manifesté. Un message dans la « boîte à lettres ». Le voici.

Grine déplia la feuille de papier et lut :

« `Cherche les miens. Serai de six à neuf au café Souzdal, rue Maroseïka. Rakhmet.` »

— L'endroit est propice, observa l'Aiguille. C'est un lieu de réunion pour les étudiants. Un étranger s'y fait tout de suite repérer, c'est pourquoi les flics n'y fourrent jamais leur nez. Il l'a choisi exprès pour que vous puissiez vous assurer que vous n'êtes pas suivis.

— Et près de la « boîte » ? Il n'y avait personne ?

Elle fronça ses maigres sourcils, la mine courroucée.

— Je vous trouve un peu trop méprisant. Le fait d'appartenir au GC ne vous donne pas le droit de prendre tous les autres pour des imbéciles. Evidemment, j'ai vérifié. Je ne m'approche jamais de la « boîte » tant que je ne suis pas certaine que tout est net. Vous irez au rendez-vous ?

Grine ne répondit pas, car il n'avait encore rien décidé.

— La planque ?

— Trouvée. Et même avec téléphone. L'appartement de Zimine, l'avocat. Il se trouve actuellement à Varsovie pour un procès, et son fils, Arséni Zimine, est membre de notre brigade de combat. On peut compter sur lui.

— Bien. Combien d'hommes ?

L'Aiguille répliqua d'un ton agacé :

— Ecoutez, pourquoi parlez-vous de manière aussi bizarre ? Les mots tombent de votre bouche comme des billes de plomb. C'est pour impressionner ou quoi ? Qu'est-ce que ça veut dire : « combien d'hommes » ? Quels hommes ? Où ça ?

Il avait conscience de ne pas parler comme il aurait fallu, mais ça n'arrivait pas à sortir autrement. Les idées qui se formaient dans sa tête étaient claires et ordonnées, leur sens parfaitement évident. Mais quand il devait les exprimer, les convertir en phrases, toute la part superflue, l'écale, s'en détachait d'elle-même, et ne subsistait que l'essentiel. Sûrement s'en détachait-il parfois plus de matière qu'il n'eût convenu.

— Dans la brigade, précisa-t-il sans marquer d'impatience.

— De ceux dont je peux me porter garante : six. D'abord, Arséni, il est étudiant à l'université. Ensuite, le Clou, un ouvrier fondeur de...

Grine la coupa :

— Plus tard. Vous me raconterez et vous me montrerez. Y a-t-il une entrée de service ? Où ?

La jeune femme plissa un instant le front, puis elle comprit.

— Vous parlez du *Souzdal* ? Oui, il y en a une. La porte des communs débouche du côté de la place Khitrov.

— J'irai moi-même. Je déciderai sur place. Arrangez-vous pour qu'il y ait quelques-uns des vôtres dans la salle. Au moins deux, si possible trois. Des costauds. Si je ressors avec Rakhmet dans la rue Maroseïka, tout va bien. Si je suis seul et que je passe par-derrière, c'est le signal. Il faudra alors le tuer. Ils pourront ? L'homme est adroit. Sinon, je m'en charge.

— Non, non, s'empressa de répondre l'Aiguille. Ils sauront en venir à bout. Ils ne sont pas novices en la matière. Une fois un mouchard, une autre un provocateur. Je leur expliquerai. Vous me le permettez ?

— C'est indispensable. Ils doivent savoir. Surtout si nous devons ensuite opérer ensemble.

Le visage de l'Aiguille s'éclaira.

— Ainsi, il y aura une « expro » ? C'est vrai ? Vous êtes tout de même un homme extraordinaire. Je... je suis fière de vous aider. Ne vous inquiétez pas, je ferai tout ce qu'il faut.

C'était inattendu, et d'autant plus agréable à entendre. Grine chercha ce qu'il pourrait lui dire d'aussi plaisant, et tout ce qui lui vint fut :

— Je ne m'inquiète pas. Pas du tout.

Grine pénétra dans le café à neuf heures moins cinq, de manière que Rakhmet ait eu le temps de se ronger un peu les sangs et de prendre pleine conscience de sa situation.

L'établissement se révélait fort modeste mais bien tenu : une salle basse voûtée, des tables recouvertes de simples nappes de lin, un comptoir chargé de samovars et de plateaux décorés où s'amoncelaient des pyramides de pains d'épices, de pommes et de craquelins.

Des jeunes gens, pour la plupart en uniforme d'étudiant, y étaient occupés à boire du thé et à souffler des nuages de fumée en lisant des journaux. Ceux qui étaient venus là en groupe discutaient ferme et riaient fort, certains même s'essayaient à chanter en chœur. Pourtant Grine n'aperçut aucune bouteille sur les tables.

Rakhmet était installé à une petite table près d'une fenêtre, et lisait *La Parole nouvelle*. Il jeta un coup d'œil furtif à Grine et tourna la page.

Rien de suspect n'était décelable, ni dans la salle, ni dans la rue. L'entrée de service ? Elle était là, à gauche du comptoir. Deux gars taciturnes étaient assis dans un coin devant une grosse théière à deux étages. D'après la description, c'étaient le Clou et Marat, de la brigade de combat. Le premier, long et ossu, les cheveux raides tombant jusqu'aux épaules. Le second, carré d'épaules.

Grine s'approcha sans hâte de la fenêtre et prit place en face de Rakhmet. Il ne dit rien. L'autre n'avait qu'à parler de lui-même.

— Bonjour, murmura Rakhmet en posant son journal avant de lever sur Grine des yeux d'un bleu limpide. Merci d'être venu...

Il prononçait les mots de manière bizarre, avec un léger zézaiement : « bonzour », « merzi ». C'est parce qu'il lui manque les dents de devant, releva Grine. Des cernes sous les yeux, une éraflure sur la joue, mais le même regard qu'avant : audacieux, insolent, et sans l'ombre du moindre sentiment de culpabilité.

— Je suis, bien sûr, à blâmer, déclara-t-il néanmoins. Je t'ai désobéi. Mais j'ai suffisamment écopé pour cela, j'ai même eu droit à du rab... Je commençais à croire que personne ne viendrait.

Voilà ce que je te propose, Grine, tu m'écoutes et ensuite tu décides. D'accord ?

Tout cela était superflu. Grine attendait toujours.

— Par conséquent, voilà...

Rakhmet, avec un sourire confus, releva sa longue mèche de cheveux, qui avait sensiblement maigri depuis la veille, et entama son récit.

— J'étais tellement tenté, vois-tu. Je me disais : je m'absente pour une petite heure, je liquide le saligaud et je reviens. Je me remets au lit, je fais celui qui ronfle. Tu viens me réveiller : j'ouvre des yeux d'ahuri, je bâille comme si je roupillais jusque-là à poings fermés. Et le lendemain, quand on apprend que Larionov a été buté, j'avoue tout. C'est là que tout le monde aurait été bien surpris... Pour ce qui est d'être surpris, j'ai été servi.

» Pour résumer, rue Povarskaïa, je suis tombé dans un traquenard. J'ai réussi, malgré tout, à descendre Larionov. Je lui ai logé, à cette ordure, un pruneau dans la vessie. Pour qu'il ne crève pas tout de suite — j'avais eu le temps de méditer mon coup. Mais dans une pièce voisine, chez ce fils de pute, il y avait des gendarmes embusqués. Monsieur Fandorine en personne, ton frère jumeau ! Bon, j'arrive à m'échapper et à filer dehors. Mais là, tout le quartier était déjà bouclé. Les flics me sont tombés dessus, ils m'ont ligoté et abîmé la coiffure au passage, comme tu peux voir.

» Ils m'ont conduit à la Sécurité, grand-rue Gnezdnikovski. J'ai d'abord été interrogé par le chef, le lieutenant-colonel Bourliaev. Puis Fandorine est arrivé à son tour. Tantôt ils me traitaient bien, tantôt mal. Les dents, c'est Bourliaev lui-même qui me les a éclaircies. Tu vois le tableau ? Bon, ce n'est rien. Si je reste en vie, je m'en ferai remettre d'autres, en or. Ou bien en fer. Je serai de fer, comme toi. Pour résumer, ils se sont donné un mal fou avec moi, puis quand ils ont été fatigués, ils m'ont envoyé passer la nuit dans une cellule. Ils en ont là-bas de tout exprès, juste à côté de la Sécurité. Et rien à dire, très convenables. Matelas, petits rideaux. Seulement ils m'avaient menotté les mains dans le dos, les fumiers, si bien que je n'ai pas trop bien roupillé.

» Le lendemain matin, ils m'ont laissé peinard. Au petit déjeuner, un maton m'a filé à bouffer à la cuiller, comme à une oie qu'on engraisse. Mais en guise de déjeuner, on m'a traîné à nouveau là-haut. Ah, bonne mère ! Que vois-je ? Une vieille connaissance, le colonel Pojarski. Celui-là même qui avait troué mon képi dans l'île des Apothicaires. Il arrivait tout droit de Saint-Pétersbourg, par express, pour me voir.

» Moi, je me dis : comment pourrait-il me reconnaître ? Dans l'île, il faisait nuit noire. Mais lui, dès qu'il m'aperçoit, sourire jusqu'aux oreilles. « Bah ! fait-il, monsieur Seleznev en personne, l'intrépide champion du terrorisme ! » Grâce à mon signalement, il avait retrouvé mon vieux dossier, celui de l'affaire von Bok.

» Ça y est, je me dis, il va m'agiter lui aussi la cravate sous le nez, comme Bourliaev. Mais non, cet homme-là s'est révélé un peu plus malin. « Nikolaï Iossifovitch, qu'il me lance, vous êtes pour nous tout bonnement comme la manne tombée du ciel ! Le ministre piétine de colère contre moi et le chef de la Sécurité, à cause du général Khrapov. Lui-même est dans une position encore plus fâcheuse : le souverain empereur menace de le démettre s'il tarde trop à débusquer les meurtriers. Or qui va tâcher de les débusquer ? Le ministre ? Non : votre humble serviteur, Pojarski. Je ne savais même pas par quel bout m'y prendre. Et vous voilà qui tombez tout seul entre nos mains ! Tenez, je vous embrasserais. » Pas mal comme préambule, non ? Ensuite, ce fut pire. « J'ai déjà mijoté, dit-il, un petit article pour les journaux. Il a pour titre : "La fin du Groupe de Combat est proche". Et en dessous, en caractères plus petits : "Triomphe de notre valeureuse police". Je vous résume ensuite le texte : "Le dangereux terroriste N. S. a été capturé. Il a fourni des aveux complets d'où il ressort qu'il appartient au fameux Groupe de Combat, responsable de l'odieux assassinat du général Khrapov, aide de camp de l'empereur." » Là, Grine, je dois reconnaître que j'ai commis une grosse gaffe. Au moment où j'ai descendu Larionov, je lui ai dit : "Voilà pour toi, traître, de la part du Groupe de Combat." Je ne pouvais pas savoir que Fandorine écoutait derrière la porte...

» Bon. Je suis là assis, à écouter Pojarski. Je comprends qu'il cherche à me poisser en me flanquant la frousse. Comme qui dirait : si tu n'as pas peur de la potence, tu as sûrement la trouille de te voir déshonoré. Attends un peu, je me dis, vieux renard de gendarme. A malin, malin et demi. Je me mords les lèvres, je remue les sourcils, comme si je devenais nerveux. Le voilà content, et il continue d'enfoncer le clou. « Vous savez, monsieur

Seleznev, c'est pour nous une telle fête que nous ne vous pendrons même pas. Au diable, ce Larionov. Soit dit entre nous, c'était une vilaine petite crapule. Pour ce qui concerne von Bok, là bien sûr, nous serons forcés de vous prescrire le bagne. Là-bas vous imaginez comme vous serez à l'aise quand tous vos camarades auront tourné le dos à celui qu'ils penseront être un traître. Vous n'aurez besoin de personne pour vous passer la corde au cou. » Là, je pique une crise d'hystérie, je leur braille un peu dessus, l'écume me vient à la bouche — c'est un truc que je sais faire. Et puis je m'écroule, comme brusquement découragé. Pojarski attend un moment, puis me jette l'appât. « Il y aurait bien encore une autre solution, qu'il me dit. Vous nous livrez vos complices du GC, et nous vous fournissons en échange un passeport au nom que vous voudrez. Alors le monde entier sera à vos pieds, au choix : l'Europe, l'Amérique, l'île de Madagascar, tout sera possible... » J'ai tergiversé tant que j'ai pu, et finalement j'ai gobé l'appât.

» J'ai rédigé une déclaration, comme quoi j'acceptais de collaborer. Je l'annonce d'emblée pour ne pas avoir ensuite à traîner ça comme un boulet. Mais cette déclaration, ce n'est rien. Ce qui est plus grave, c'est que j'ai dû révéler la constitution du groupe. Surnoms, signalements. Attends un peu, Grine, ne me fusille pas du regard. J'avais besoin qu'ils me croient. Qu'est-ce que j'en savais : peut-être possédaient-ils déjà deux, trois renseignements sur nous ? Si jamais ils comparaient et s'apercevaient que je mentais, j'étais grillé. Alors que comme ça, Pojarski a jeté un coup d'œil dans un dossier, a hoché la tête et s'est trouvé content.

» Quand je suis ressorti du bâtiment de la Sécurité, j'étais un homme utile, un serviteur du trône, un « collaborateur » répondant au nom de code de Gvidon. On m'avait donné cinquante roubles à titre de premier traitement. Et pour mission, une broutille de rien du tout : te retrouver et tenir Pojarski et Fandorine au courant. On m'avait collé quelques flics sur le dos, c'est vrai. Mais je les ai semés dans le quartier Khitrov. C'est l'endroit rêvé pour se perdre, tu le sais comme moi.

» Voilà toute mon odyssée. A toi de décider de mon sort. Tu peux m'enfouir sous terre, je ne broncherai pas. Tiens, les deux, là, qui sont assis dans le coin, ils n'ont qu'à me conduire dans l'arrière-cour et me régler mon compte une bonne fois pour toutes. Mais si tu préfères, Rakhmet peut faire ses adieux d'aussi jolie manière qu'il a vécu. Je m'attache une bombe sur le ventre, je me rends rue Gnezdnikov et j'envoie tout aux cent mille diables : je fais sauter la Sécurité, et avec elle tous les Pojarski, les Fandorine et autres Bourliaev. Qu'en dis-tu ?

» Ou bien encore, tiens, réfléchis. Peut-être n'est-ce pas si mal que je me retrouve dans la peau de Gvidon ? Ça pourrait aussi avoir ses avantages, après tout...

» Décide, tu en as dans la tête. Moi, ça m'est égal, être allongé en terre ou bien piétiner la pelouse.

Une chose était évidente : un type enrôlé comme mouchard ne se comportait pas de la sorte. Le regard de Rakhmet était clair, audacieux, provocant même. Et sa couleur était restée la même :

couleur de bleuet, la part de violet perfide n'y était pas plus dense. Et puis était-il bien possible qu'on fût parvenu à le briser en l'espace d'un seul jour ? Par seul esprit de contradiction, il n'aurait pas cédé aussi vite.

Le risque, bien sûr, existait. Mais mieux valait accorder sa confiance à un traître que repousser un camarade. C'était plus dangereux, mais au bout du compte ça se justifiait. Sur ce point, Grine était en désaccord avec les membres du Parti, qui s'en tenaient à une autre opinion.

Il se leva et enfin prit la parole, pour la première fois depuis qu'il était arrivé :

— Allons-y. Nous avons beaucoup de travail.

Chapitre cinquième, où Fandorine souffre d'une blessure d'amour-propre

Le réveil d'Esther Litvinova, dans la maison de la rue Malaïa Nikitskaïa, fut en vérité cauchemardesque. Elle fut tirée du sommeil par un léger frôlement. D'abord elle ne vit que la chambre plongée dans la pénombre, dont les stores laissaient filtrer une modeste lumière matinale, puis elle découvrit à côté d'elle un beau brun au charme impossible qui, dans son sommeil, haussait les sourcils avec un air de souffrance, et dans un premier temps elle sourit. Mais elle perçut alors du coin de l'œil comme l'esquisse d'un mouvement, elle tourna la tête... et poussa un hurlement d'effroi.

Progressant sur la pointe des pieds, une créature sinistre, d'une laideur invraisemblable, s'avançait à pas de loup vers le lit, le visage rond comme une crêpe, les yeux étroits et féroces, et le corps enveloppé d'un linceul blanc.

Au cri, la créature se figea et se courba en deux. Puis, s'étant redressée, elle déclara :

— Bodjou.

— Ah-ah-ah ! lui répondit Esther d'une voix tremblante de saisissement.

Et, se retournant vers Fandorine, elle l'empoigna par l'épaule pour qu'il se réveille, la réveille au plus vite à son tour et la délivre de cette hallucination.

Eraste Pétrovitch, cependant, avait déjà ouvert les yeux.

— Bonjour, Massa, bonjour. J'arrive.

Et d'expliquer aussitôt :

— C'est mon valet de chambre, Massa. Il est japonais. Hier, par politesse, il est resté caché, c'est pourquoi vous ne l'avez pas vu. Il est v-venu, parce que le matin, nous faisons toujours, lui et moi, de la gymnastique, et qu'il est déjà fort tard à présent : onze heures. La gymnastique me prendra quarante-cinq minutes. Maintenant je vais me lever, ajouta-t-il en manière d'avertissement, attendant visiblement qu'Esther se détourne avec tact.

Il attendit en vain.

Esther, au contraire, se souleva sur un coude et cala sa joue dans sa main pour regarder plus à son aise.

Le conseiller d'Etat hésita, puis se dégagea de sous la couverture et revêtit avec précipitation un déguisement en tout point identique à celui de son valet de chambre japonais.

Un examen plus posé permettait d'établir qu'il ne s'agissait nullement d'un linceul, mais d'une ample veste blanche et d'un caleçon de même couleur. Cela ressemblait à du linge de corps, à cette différence près que l'étoffe en était très épaisse et que le bas des jambes du pantalon n'était pas resserré par un cordon.

Le maître de maison et son serviteur sortirent de la pièce, et un instant plus tard, dans la pièce voisine (là où, semblait-il, se trouvait le salon) s'éleva un vacarme épouvantable. Esther bondit hors du lit, chercha des yeux un vêtement à jeter sur ses épaules, et ne trouva rien. Les effets de Fandorine étaient soigneusement posés sur une chaise, mais la robe et autres accessoires de toilette appartenant à Esther traînaient en désordre sur le sol. Jeune fille progressiste, elle désavouait le port du corset, mais le reste du harnachement — corsage, culotte, bas — était également trop long à enfiler, or elle était impatiente de voir ce que les deux hommes fabriquaient à côté.

Elle ouvrit une lourde armoire massive, y fouilla rapidement et en tira une robe de chambre d'homme, toute gansée de velours et ornée de glands. Celle-ci lui allait pile, ou presque : elle traînait légèrement par terre.

Esther s'observa à la hâte dans un miroir et passa une main dans ses cheveux noirs coupés court. Elle n'avait pas l'air mal du tout, c'était même étonnant compte tenu du peu de sommeil qui lui avait été accordé. C'était un truc épatant que les cheveux courts. C'était d'avant-garde, d'accord, mais surtout ça simplifiait rudement la vie.

Enfin, Esther entrouvrit la porte du salon, se glissa discrètement dans la pièce et resta collée au mur, saisie par le spectacle qui s'offrait à elle : fendant l'air avec des mouvements furieux, Fandorine et son Japonais étaient occupés à se chiquer à coups de pied en poussant des cris sauvages. Une fois, le maître de maison atteignit de plein fouet le nabot à la poitrine, si bien que le pauvret partit en vol plané contre la cloison ; il ne perdit pas connaissance cependant, mais émit un cri hargneux de rapace et se rua derechef sur son adversaire.

Fandorine hurla quelques mots inintelligibles, et la bagarre prit fin. Le valet de chambre s'allongea sur le sol, le conseiller d'Etat l'empoigna d'une main par la ceinture et de l'autre par le col, et, sans effort apparent, se mit à le soulever à hauteur de poitrine puis à le reposer par terre, alternativement. Le Japonais se laissait faire, placide et raide comme un bout de bois.

— Non seulement c'est un flic, mais en plus il est à moitié cinglé, conclut Esther, exprimant à haute voix son opinion quant à ce qu'elle venait de voir.

Puis elle s'en fut s'affairer à sa toilette. Au cours du petit déjeuner eut lieu la nécessaire explication que la nuit trop brève n'avait pas laissé le loisir d'aborder.

— Ce qui s'est passé ne change rien au fond du problème, déclara Esther d'un ton sévère. Je ne suis pas de bois, et tu es bien sûr, à ta façon, très séduisant. Mais nous restons de toute manière chacun d'un côté de la barricade. Si tu veux le savoir, en nouant une liaison avec toi, je risque ma réputation. Quand mes amis l'apprendront...

— Peut-être ne sont-ils pas ob-bligés de l'apprendre ? glissa prudemment Eraste Pétrovitch, en renonçant à porter son morceau d'omelette à sa bouche. Après tout, cela ne regarde que vous.

— Eh bien non ! Je ne vais pas rencontrer en cachette un mercenaire de la police. Il ne manquerait plus qu'on me prenne pour une indicatrice ! Et ne t'avise plus de me vouvoyer !

— Très bien, acquiesça Fandorine d'un ton bref. Pour ce qui est de la barricade, je comprends. Mais promettras-tu de ne plus me tirer dessus ?

Esther se tartina un petit pain de marmelade (excellente, de framboise, de chez Sanders) — elle avait aujourd'hui un appétit proprement féroce.

— Nous verrons.

Puis elle ajouta, la bouche pleine :

— C'est moi qui viendrai te voir. Toi, ne te montre jamais chez moi. Tu flanquerais la frousse à tous mes amis. Et puis *papchen* et *mamchen* imagineraient que j'ai mis le grappin sur un beau parti.

Il ne lui fut pas donné, cependant, d'éclaircir jusqu'au bout sa position, car à cet instant la sonnerie du téléphone retentit. Tandis qu'il écoutait son invisible interlocuteur, Fandorine fronça les sourcils d'un air préoccupé.

— F-fort bien, Stanislav Filippovitch. Passez dans cinq minutes. Je serai p-prêt.

Il s'excusa en déclarant être appelé par une affaire urgente, et alla passer une redingote.

Cinq minutes plus tard (Esther l'observa par la fenêtre), un traîneau s'arrêta devant le portail, avec à son bord deux uniformes bleus. L'un demeura assis, tandis que l'autre, un jeune gaillard bien bâti et à fière allure, courait vers le pavillon, une main sur son bonnet.

Quand Esther se risqua dans le vestibule, le fier gendarme se tenait à côté de Fandorine qui était en train d'enfiler un manteau. Le joli petit officier, aux joues colorées par le froid et aux fines moustaches bêtement frisées, la salua tout en l'enveloppant d'un regard brûlant de curiosité. Esther adressa à Fandorine un signe de tête glacial en guise d'adieu et se détourna.

— ... Une célérité incroyable, achevait de raconter en chemin Svertchinski, très ému et agité. Je suis au courant de l'arrestation d'hier réalisée avec votre concours. Mes compliments. Mais que Pojarski en personne soit déjà là, arrivé de Saint-Pétersbourg par le train de midi ! Le vice-directeur du Département de police ! Toute la police politique est entre ses mains. Un homme de poids, et en plein essor ! Il s'est vu récemment octroyer le titre d'aide de camp de l'empereur. Pour faire si vite, il a fallu qu'il parte sur-le-champ, sitôt reçue la dépêche de la Sécurité. Vous voyez quelle importance on accorde à l'enquête en haut lieu ?

— Comment avez-vous appris son arrivée ?

— Comment cela, « comment » ? s'exclama Stanislav Filippovitch d'un ton offensé. J'ai vingt hommes dans chaque gare qui montent la garde en permanence. Vous croyez qu'ils ne connaissent pas Pojarski ? Ils l'ont suivi. Ils l'ont vu arrêter un fiacre et entendu donner l'adresse de la rue Gnezdnikov. Ils m'ont alors téléphoné, et je vous ai appelé à mon tour aussitôt. Il a l'intention de vous faucher vos lauriers, ça ne fait pas le moindre doute. Il n'y a qu'à voir comme il s'est pressé de rappliquer !

Eraste Pétrovitch hocha la tête d'un air sceptique. D'une part, il avait déjà eu l'occasion de rencontrer des vedettes de la capitale autrement plus célèbres ; d'autre part, à en juger par l'attitude du prisonnier la veille, on pouvait douter que l'aide de camp de l'empereur fût destiné à remporter un succès facile.

Le trajet jusqu'à la grand-rue Gnezdnikov était beaucoup plus court depuis la rue Malaïa Nikitskaïa que depuis la gare de Nikolaïev, aussi arrivèrent-ils à la Section de sécurité avant l'éminent visiteur. Ils réussirent même à moucher ainsi Bourliaev qui ignorait encore la venue de son supérieur hiérarchique.

Ils venaient juste de s'asseoir tous les cinq — Eraste Pétrovitch, Bourliaev, Svertchinski, Zoubtsov et Smolianinov — autour d'une table pour tenter d'arrêter une ligne de conduite commune, quand le vice-directeur de la police en personne se fit annoncer.

Ils virent entrer un long monsieur aux épaules étriquées, qui paraissait encore fort jeune — casquette d'astrakan, pardessus anglais, serviette de cuir jaune à la main. Ce qui, dès le premier instant, frappait le regard et le retenait captif, c'était sa figure : crâne oblong comprimé aux tempes, nez d'aigle, menton fuyant, cheveux clairs, yeux noirs et mobiles. Ce visage sans grâce, qu'on pouvait même sans doute qualifier de franchement laid, possédait une particularité : s'il suscitait au premier abord de l'aversion, il gagnait en revanche beaucoup à être plus longuement étudié.

Aussi bien le nouvel arrivant fut de nouveau soigneusement dévisagé. Svertchinski, Bourliaev, Smolianinov et Zoubtsov se levèrent d'un bond, les deux derniers allant même jusqu'à se camper au garde-à-vous. Eraste Pétrovitch, de grade plus élevé, demeura assis.

L'homme à l'étrange figure s'attarda un moment dans l'encadrement de la porte, le temps d'observer à son tour les Moscovites avec attention, puis soudain déclara d'une voix forte et solennelle :

— « Un fonctionnaire venu de Saint-Pétersbourg sur ordre exprès du souverain vous réclame sur l'heure devant lui[1]. »

Eclatant de rire, il corrigea aussitôt :

— Ou plutôt se présente devant vous et ne réclame qu'une chose : une tasse de café bien fort. Savez-vous, messieurs, que je suis absolument incapable de dormir dans le train ? Les secousses m'agitent constamment la cervelle et empêchent le processus de pensée de s'interrompre. Vous êtes, bien entendu, monsieur Fandorine, dit le visiteur en s'inclinant légèrement pour saluer le conseiller d'Etat. J'ai beaucoup entendu parler de vous. Je suis heureux que nous ayons à travailler ensemble. Vous êtes Svertchinski. Vous, Bourliaev. Et vous ? ajouta-t-il en posant un regard interrogateur sur Smolianinov et Zoubtsov.

Ceux-ci se présentèrent, et le dernier nommé se vit considéré par l'arrivant avec une particulière curiosité.

— Mais comment donc, Sergueï Vitalievitch ! Je vous connais déjà. J'ai lu vos rapports. Beaucoup de pertinence.

Zoubtsov rosit sous le compliment.

— A en juger par l'intérêt que vos agents ont manifesté à la gare pour ma personne, je n'arrive pas incognito. Mais tout de même : Pojarski, Gleb Guéorguievitch, pour vous servir. Chez nous, dans

1. Dernière réplique du *Revizor* de Nicolas Gogol.

la famille, depuis trois cents ans les fils aînés sont toujours des Gleb et des Gueorgui, en l'honneur de saint Gleb de Mourom et de saint Georges le Victorieux, nos protecteurs. C'est là ce qui s'appelle une tradition, consacrée par les siècles. Donc, voilà. Monsieur le ministre m'a chargé de diriger personnellement l'enquête sur le meurtre du général Khrapov. On attend de nous, messieurs, des résultats rapides. Il sera besoin de faire preuve d'une exceptionnelle diligence, surtout de votre côté, ajouta Pojarski en insistant sur ces derniers mots avant de ménager une pause afin que les Moscovites en saisissent convenablement la portée. Le temps, messieurs, le temps est précieux. La nuit dernière, quand votre télégramme est arrivé, je me trouvais par bonheur dans mon bureau. J'ai ramassé, tenez, cette serviette, j'ai empoigné ma valise — que je garde toujours prête en cas de déplacement inopiné — et j'ai filé au train. A présent, au cours des dix minutes qui viennent, je vais boire mon café et écouter en même temps vos réflexions sur le sujet. Ensuite nous irons faire un brin de causette avec le prisonnier.

Eraste Pétrovitch n'avait encore jamais eu le loisir d'assister à pareil interrogatoire.

— Pourquoi le gardez-vous ligoté de la sorte comme sur une chaise électrique ? demanda le prince d'un ton surpris lorsqu'ils entrèrent dans la pièce destinée à l'audition des prévenus. Vous avez entendu parler de cette toute nouvelle invention américaine ? Tenez, ici et ici (il désignait du doigt le poignet et la nuque du prisonnier entravé), on branche des électrodes et on envoie du courant. L'effet est proprement garanti.

— Vous cherchez à m'effrayer ? fit l'intéressé avec un sourire insolent. Vous perdez votre temps. Je n'ai pas peur des tortures.

— Voyons ! protesta Pojarski, la mine étonnée. De quelles tortures parlez-vous ? Nous sommes en Russie, n'est-ce pas ? et non en Chine. Faites-le délier, Piotr Ivanovitch. Quelles sont ces mœurs asiatiques, vraiment !

— Le sujet est dangereux, avertit Bourliaev. Il pourrait se jeter sur nous.

Le prince haussa les épaules :

— Nous sommes six dans cette pièce, et tous de constitution exceptionnellement robuste. Qu'il essaie donc...

Tandis qu'on détachait les sangles, le Pétersbourgeois dévisageait avec curiosité le terroriste qu'on avait réussi à capturer. Or soudain il s'exclama avec entrain :

— Mon Dieu, Nikolaï Iossifovitch ! Vous n'imaginez même pas à quel point je suis heureux de vous voir ! Faites connaissance, messieurs. Vous avez devant vous Nikolaï Seleznev en personne, intrépide héros de la révolution ! Celui-là même qui, l'été dernier, a abattu d'un coup de pistolet le colonel von Bok, puis s'est évadé d'un fourgon pénitentiaire à la faveur d'une fusillade et de quelques explosions. Je l'ai tout de suite identifié à partir du signalement que vous aviez établi. J'ai pris son dossier, et en route ! Pour retrouver un vieil ami, six cents verstes ne sont pas un obstacle.

Il est difficile de dire sur qui cette déclaration produisit le plus d'effet : sur les Moscovites abasourdis, ou sur le prisonnier qui, figé sur son siège, affichait une mine parfaitement imbécile : les lèvres encore étirées en un sourire alors que ses sourcils se haussaient déjà.

— Quant à moi, je suis le colonel Pojarski, vice-directeur du Département de police. Mais si vous faites actuellement partie du Groupe de Combat, Nikolaï Iossifovitch, nous nous sommes déjà rencontrés, dans l'île des Apothicaires. Ce fut une rencontre inoubliable.

Et dans le même mouvement, il poursuivit d'une voix énergique :

— Mon très charmant ami, c'est Dieu qui vous envoie. Je pensais déjà à démissionner, et voilà que vous vous présentez de vous-même. Tenez, je vous embrasserais !

Il esquissa même un pas en direction du prévenu, comme s'il se proposait en effet de lui coller une bise, et l'intrépide terroriste se vit contraint de se rencogner contre le dossier de sa chaise.

— Durant mon voyage en train, j'ai rédigé un petit article, lui confia sur le ton du secret l'impétueux aide de camp de l'empereur en tirant de sa serviette une feuille couverte d'écritures. Ça s'intitule « La fin du Groupe de Combat est proche ». Sous-titre : « Triomphe du Département de police ». Ecoutez plutôt : « L'odieux assassinat du regretté Ivan Fiodorovitch Khrapov ne sera pas demeuré longtemps impuni. Le corps du martyr n'avait pas encore été inhumé que les organes judiciaires moscovites arrêtaient déjà le très dangereux terroriste N. S., lequel a fourni des indications détaillées sur les activités du Groupe de Combat dont il est un des membres. » Là le style laisse un peu à désirer, ces deux relatives qui s'enchaînent... mais peu importe, le rédacteur rectifiera. Je ne vous lis pas la suite, vous avez compris le sens de tout cela.

Le prisonnier, dont le nom se révélait être Nikolaï Iossifovitch Seleznev, eut un sourire narquois :

— Ce n'est en effet pas très sorcier. Vous menacez de me compromettre vis-à-vis de mes camarades, c'est bien cela ?

— Et pour vous ce sera pire que la potence, lui assura le prince. Ni en prison, ni au bagne, aucun politique n'acceptera de vous donner la main. Pourquoi l'Etat irait-il vous supprimer et charger ainsi son âme d'un péché inutile ? C'est vous-même qui vous passerez la corde au cou.

— Bah ! jamais de la vie ! Je jouis d'un peu plus de confiance que vous. Mes camarades connaissent les minables procédés de la Sécurité.

Pojarski ne chercha pas à discuter :

— Vous avez raison, bien sûr, qui donc pourrait croire que l'irréprochable champion de la Terreur a craqué et tout déballé ? C'est psychologiquement invraisemblable, j'en suis bien conscient. Seulement voilà... Seigneur, où sont-ils passés... ? (Il fouilla un instant dans sa serviette jaune et en tira un paquet de petites cartes rectangulaires.) Ah ! les voici. J'ai eu peur, j'ai cru un instant les avoir, dans ma hâte, laissés sur mon bureau. Seulement voilà, disais-je, est-il bien irréprochable ? Je sais qu'on est très stricts, chez vous, au Parti, sur la question des mœurs. Vous feriez mieux de rallier les anarchistes, Nikolaï Iossifovitch, ils sont, comment dire ? beaucoup plus souples. Surtout avec votre caractère curieux. Admirez donc, messieurs, ces clichés photographiques. Ils ont été pris à travers une ouverture dérobée, dans un des établissements les plus libertins de la perspective Ligovski. C'est notre Nikolaï Iossifovitch, on ne le voit ici que de dos. Et la jeune personne avec lui, c'est Lioubotchka, une enfant de onze ans. C'est-à-dire, bien sûr, une enfant du point de vue de l'âge et de la constitution physique, car quant à l'expérience et aux habitudes, elle n'a absolument plus rien à apprendre. Mais si on ignore tout de sa biographie, le tableau est plutôt monstrueux, n'est-ce pas ? Tenez, Piotr Ivanovitch, regardez celle-ci. Nikolaï Iossifovitch y est cette fois bien visible.

Massés autour de Pojarski, les policiers examinaient avec intérêt les clichés.

— Vous avez vu ça, Eraste Pétrovitch ? Quelle abomination ! s'exclama Smolianinov, indigné, en tendant à Fandorine une des photographies.

Le conseiller d'Etat y jeta un bref coup d'œil et ne dit rien.

Toujours assis sur sa chaise, le prévenu, livide, se mordillait nerveusement les lèvres.

— Venez regarder, vous aussi, lui lança le prince en l'invitant du doigt à se joindre aux autres. Cela vous intéresse, après tout. Sergueï Vitalievitch, cher ami, montrez-lui ça. S'il la déchire, ce n'est pas bien grave, nous ferons tirer une autre épreuve. Additionné à ces clichés, le portrait psychologique de monsieur Seleznev acquiert un tout autre relief. Je comprends bien, Nikolaï Iossifovitch, ajouta-t-il en s'adressant de nouveau au terroriste qui, littéralement pétrifié, continuait de fixer l'image photographique. Ce n'est pas que vous soyez un pervers invétéré, vous avez simplement été le jouet de votre curiosité. C'est une qualité dangereuse que d'être excessivement curieux.

Pojarski s'approcha brusquement du nihiliste, l'empoigna solidement par les deux épaules et prononça d'un débit lent et mesuré, comme s'il enfonçait des clous :

— Seleznev, vous n'aurez pas droit à un procès héroïque au cours duquel les jeunes demoiselles présentes dans la salle tomberont amoureuses de vous. Au contraire, vos compagnons vous cracheront au visage, méprisant en vous le traître et le débauché qui aura souillé la face radieuse de la révolution.

Le prisonnier regardait, comme ensorcelé, l'homme qui parlait au-dessus de lui.

— Mais maintenant je vais vous dépeindre une autre possibilité.

Le prince lâcha les épaules de Seleznev, approcha une chaise et s'assit en croisant les jambes avec élégance.

— Vous êtes un homme audacieux, gai, impétueux. Quel intérêt trouvez-vous à fréquenter ces tristes pénitents que sont vos assommants camarades de lutte révolutionnaire ? Ils sont comme les abeilles qui ont besoin de se rassembler en essaim et de vivre selon des règles, alors que vous, vous êtes un solitaire, un indépendant, et vous avez vos propres lois. Avouez-le, au fond de vous-même, vous les méprisez, n'est-ce pas ? Ils vous sont étrangers. Vous aimez jouer aux gendarmes et aux voleurs, risquer votre vie, mener la police par le bout du nez. Eh bien, je vais organiser pour vous un jeu bien plus captivant et risqué que celui de la révolution. Actuellement vous êtes une marionnette entre les mains des théoriciens du Parti qui boivent du café crème à Genève et à Zurich, pendant que de pauvres idiots comme vous inondent de sang les routes de Russie. Moi, je vous propose de devenir à votre tour manipulateur de marionnettes et de tirer par les ficelles toute cette horde de loups. Je vous l'assure, vous en tirerez un véritable plaisir.

— Ils seraient manipulés par moi, et moi par vous, c'est bien cela ? demanda Seleznev d'une voix rauque.

— On vous manipulera peut-être un peu, c'est vrai, répondit Pojarski dans un éclat de rire. En revanche, je dépendrai entièrement et complètement de vous. Je mise gros sur votre personne, je joue mon va-tout. Si vous ne faites pas l'affaire, ma carrière est fichue. Vous voyez, Seleznev, je suis totalement sincère avec vous. A propos, quel est votre surnom de révolutionnaire ?

— Rakhmet.

— Eh bien pour moi vous serez... disons, Gvidon.

— Pourquoi Gvidon ?

Seleznev fronçait les sourcils, perplexe, comme s'il ne parvenait pas, malgré tous ses efforts, à suivre le cours des événements.

— Mais parce que vous volerez depuis votre île de Bouïan jusqu'à moi, au royaume du bon Saltan, tantôt moustique, tantôt mouche, tantôt bourdon[1].

---

1. Allusion à un célèbre poème de Pouchkine : le *Conte du roi*

Tout à coup Eraste Pétrovitch comprit que l'enrôlement venait d'avoir lieu. Le « oui » n'avait pas encore été prononcé, mais l'invisible frontière était franchie...

Ensuite, en effet, tout se déroula très vite, en à peine quelques minutes.

D'abord Rakhmet répondit distraitement, comme s'il s'agissait d'un sujet sans beaucoup d'importance, aux rapides questions que lui posa l'enquêteur virtuose sur les effectifs du Groupe de Combat (il révéla que celui-ci n'était constitué que de quatre hommes : un meneur, surnommé Grine, puis Emélia, le Bouvreuil, et lui-même, Rakhmet). Puis il donna de chacun une description pittoresque et savoureuse. De leur chef, par exemple, il fournit le portrait suivant : « Il est comme la créature de Frankenstein, le héros du roman anglais : mi-homme, mi-machine. Quand il parle ou bien se déplace, on croirait entendre le grincement des rouages. Pour Grine n'existent que le blanc et le noir, il n'est pas de ceux qui se laissent dérouter. »

Tout aussi volontiers, sans opposer la moindre résistance, Rakhmet indiqua l'adresse de l'appartement où le groupe avait trouvé refuge, et même la lettre où il déclarait accepter de collaborer de son plein gré, il la rédigea d'une plume légère, comme on écrit un billet doux. Et tandis qu'il se livrait à cet exercice, il affichait une mine qui n'était point du tout effrayée ni honteuse, mais

---

Saltan, de son fils, le puissant et valeureux prince Gvidon, et de la belle princesse-cygne. Le prince Gvidon, par la grâce d'un sortilège, s'y métamorphose tour à tour en moucheron, en mouche et en bourdon pour traverser l'océan.

plutôt pensive, comme quelqu'un qui venait de découvrir des horizons insoupçonnés et ne s'était pas encore accoutumé tout à fait au paysage qui s'offrait à son regard.

— Allez, Gvidon, lui dit Pojarski en lui serrant la main avec vigueur. Votre mission est de retrouver Grine et de nous le livrer. La tache est ardue, mais vous êtes de taille à la mener à bien. Et vous n'avez à craindre aucun coup fourré de notre part. Vous êtes maintenant à nos yeux la personne la plus importante qui soit, et nous allons prier pour vous. Pour entrer en contact, procédez comme convenu. Que Dieu vous garde. Et si vous ne croyez pas en Dieu, au moins je vous souhaite bon vent.

A peine la porte se fut-elle refermée sur l'ex-terroriste Rakhmet fraîchement reconverti en « collaborateur » Gvidon, Bourliaev déclara d'un ton assuré :

— Il va ficher le camp. Vous ne voulez pas que je lui colle sur les talons une paire de bons limiers ?

— En aucun cas, répondit le prince en secouant la tête dans un bâillement. *Primo*, vos agents peuvent être repérés, et alors il se trouvera brûlé par notre faute. *Secundo*, nous n'allons pas offenser notre mouche en lui marquant de la méfiance. Je connais cette race d'hommes. Ce n'est pas la peur qui va le pousser à collaborer, mais sa propre conscience, et croyez qu'il y déploiera des trésors d'enthousiasme et d'imagination. Jusqu'au jour où l'intensité des sensations qu'il en tire se trouvera émoussée. Là, messieurs, l'essentiel est de ne pas passer à côté. Or ce jour viendra immanquablement, où Gvidon découvrira soudain qu'il peut être plus piquant encore de commettre une double trahison, autrement dit de tenir les ficelles des deux marionnettes, la policière et la révolutionnaire, et de devenir le principal manipulateur. Ce jour-là notre tour de valse avec Nikolaï Iossifovitch prendra fin. A condition seulement de bien saisir l'instant où la musique cesse de jouer.

— Comme c'est vrai ! s'exclama Zoubtsov avec fougue en regardant le psychologue envoyé par la capitale avec une admiration non feinte. J'y avais moi-même beaucoup réfléchi, mais en mon for intérieur je nommais la chose autrement. Enrôler un « collaborateur », messieurs, c'est exactement comme nouer une liaison clandestine avec une femme mariée. Il faut la ménager, l'aimer sincèrement et se soucier constamment de ne pas la compromettre, de ne pas ruiner son bien-être familial. Et quand le sentiment se refroidit, il importe de rompre avec élégance et de lui offrir à l'heure des adieux quelque cadeau plaisant, pour que personne ne garde ni chagrin, ni rancune.

Pojarski écouta jusqu'au bout la longue tirade émue du jeune homme, qu'il salua de ce commentaire :

— Romantique, mais pour l'essentiel tout à fait juste.

— Puis-je parler à mon tour ? s'enquit Smolianinov en rougissant. Vous avez certes, mon colonel, réussi de manière très subtile à enrôler ce Rakhmet, mais il me semble qu'il ne sied point aux défenseurs de l'Etat d'user de méthodes malhonnêtes.

En cet endroit, il accéléra son débit, de crainte sans doute d'être interrompu.

— A dire vrai, il y a longtemps que je voulais exprimer ce que j'ai sur le cœur... Nous travaillons de fausse manière, messieurs. Tenez, ce Rakhmet, il a abattu le commandant de son régiment, s'est évadé de captivité, a tué un de nos hommes et commis encore Dieu sait quels crimes, et nous, nous le relâchons. Au lieu de le jeter en prison, nous imaginons de tirer profit de son indignité, et par-dessus le marché vous lui serrez la main. Oui, je comprends bien qu'ainsi nous résoudrons l'affaire plus vite, seulement le temps gagné vaut-il un pareil prix ? Nous devrions être les gardiens de la vertu et de la justice, et, plus encore que les nihilistes, nous contribuons à corrompre la société. C'est mal. Vous ne croyez pas, messieurs ?

Cherchant un soutien, le lieutenant se tourna vers ses deux chefs, mais Svertchinski secoua la tête en signe de réprobation, et Fandorine, qui pourtant le regardait avec sympathie, ne proféra pas un mot.

— Où avez-vous pris, jeune homme, que l'Etat incarnait la vertu et la justice ? répliqua Pojarski avec un léger sourire indulgent. Elle est belle votre justice ! Vos ancêtres et les miens, ces brigands, ont accumulé des richesses en dépouillant leurs propres compatriotes, et nous ont transmis cet héritage pour que nous puissions porter de beaux habits et écouter du Schubert. Dans mon cas, c'est vrai, il n'y a pas eu d'héritage, mais c'est un détail. Vous avez lu Proudhon ? La propriété, c'est le vol. Nous ne sommes, vous et moi, que des chiens de garde affectés à la surveillance du butin. Aussi, ne vous bercez pas d'illusions. Et si vous ne pouvez décidément pas vous passer de principes moraux, dites-vous donc plutôt ceci : notre Etat est injuste et corrompu. Mais mieux vaut encore ça que la sédition, le sang et le chaos. Lentement, en traînant les pieds, la société devient un tout petit peu plus vertueuse, un tout petit peu plus présentable. Cela lui prend des siècles. La révolution, elle, la rejettera en arrière, à l'époque d'Ivan le Terrible. Il n'y aura pas davantage de justice, on verra seulement apparaître de nouveaux brigands, et de nouveau ils auront tout et les autres rien. En parlant de chiens de garde, je me suis exprimé de manière encore trop poétique. Nous sommes, vous et moi, lieutenant, de simples vidangeurs. Nous purgeons les latrines pour que la fange n'envahisse pas les rues. Si vous ne voulez pas vous salir, quittez l'uniforme bleu et cherchez-vous un autre métier. Ce n'est pas une menace que je vous adresse, mais un bon conseil que je vous donne.

Et pour bien montrer qu'il parlait sincèrement, le vice-directeur de la police conclut son discours par un sourire plein de douceur.

Le lieutenant-colonel Bourliaev attendit que s'achève l'abstraite discussion pour poser une question pratique :

— Votre Excellence, je dois donc donner des ordres pour qu'on investisse l'appartement du professeur Aronson ?

— Non. Il y a longtemps qu'ils ont dû s'envoler de là. Quant à Aronson, il ne doit pas être inquiété. Autrement nous risquons de trahir Gvidon. Et puis que nous apporterait le professeur ? Il n'est rien du tout, c'est un « sympathisant » ! Il nous fournirait le signalement des membres du groupe ? Mais nous le connaissons à présent ! Cette femme, surnommée l'Aiguille, qui sert d'agent de liaison au Parti, m'intéresse bien davantage. Voilà qui il serait bon de débusquer, et alors...

S'interrompant au milieu de sa phrase, le prince se leva soudain d'un bond impérieux, atteignit la porte en deux enjambées et ouvrit brutalement le vantail. Apparut, figé dans l'embrasure, un officier des gendarmes aux cheveux d'un blond très clair et au visage couleur de porcelet qui, à vue d'œil, virait à un rose encore plus intense. Eraste Pétrovitch reconnut en l'officier le capitaine d'état-major Seidliz, prétorien du général Khrapov, lequel à l'heure présente se trouvait en salle d'autopsie et n'avait plus besoin de la protection de personne.

— Je... Je viens voir monsieur Bourliaev. Pour savoir si on avait réussi à retrouver la trace du meurtrier... On m'a appris en confidence qu'on avait procédé à une arrestation dans la nuit d'hier... Vous êtes le prince Pojarski, n'est-ce pas ? Je suis quant à moi...

— Je sais qui vous êtes, coupa sèchement l'aide de camp de l'empereur. Vous êtes l'homme qui a failli à une mission d'une importance capitale. Vous êtes, Seidliz, un criminel et vous répondrez de vos actes devant un tribunal. Je vous défends de vous éloigner de Moscou jusqu'à nouvel ordre. Maintenant, que faites-vous ici ? Vous écoutez aux portes ?

Pour la troisième fois en un bref intervalle de temps, le visiteur pétersbourgeois semblait l'objet d'une radicale métamorphose. Paterne avec ses collègues, pressant et autoritaire avec Rakhmet, il se montrait avec le gendarme fautif d'une rudesse frisant la grossièreté.

— Je ne vous permets pas ! éclata Seidliz, presque au bord des larmes. Je suis un officier ! Que je doive passer en jugement, soit, mais vous n'avez pas le droit de me traiter ainsi ! Je sais que je ne mérite aucun pardon. Mais je jure que je saurai me racheter !

— Vous vous rachèterez au bataillon disciplinaire, répliqua le prince sans ménagement avant de claquer la porte au nez du malheureux capitaine.

Quand Pojarski se retourna, son visage n'affichait plus une ombre de colère, juste une expression énergique et concentrée.

— C'est tout, messieurs, au travail, dit-il en se frottant les mains. Répartissons-nous les rôles. A vous, Piotr Ivanovitch, la mission de renseignement. Sondez tous les groupuscules, tous les réseaux révolutionnaires. Retrouvez-moi sinon Grine, du moins cette demoiselle l'Aiguille. Une autre tâche encore pour vos limiers : ne pas lâcher d'une semelle Seidliz et ses hommes. Après le savon que j'ai passé à ce grand corniaud de Prussien, il va filer le nez au ras du sol. Il a besoin à présent de sauver sa peau, aussi va-t-il déployer des trésors de zèle. Et sans trop s'embarrasser de scrupules quant aux méthodes. Qu'il tire les marrons du feu, nous serons là pour les manger. Maintenant, vous, Stanislav Filippovitch. Vous allez distribuer le signalement des criminels à vos hommes postés dans les gares et aux barrières d'octroi. Vous êtes chargé d'empêcher que Grine puisse franchir les limites de la ville. Quant à moi (le prince se fendit d'un sourire radieux) je travaillerai sur la piste « Gvidon ». Ce n'est finalement que justice, puisque aussi bien c'est moi qui l'ai enrôlé. Je vais aller à l'hôtel *Loskoutnaïa* louer une bonne chambre et rattraper tout le sommeil perdu. Sergueï Vitalievitch, je vous demande de rester durant tout ce temps à côté du téléphone, au cas où notre homme donnerait le signal. Vous me le feriez immédiatement savoir. Tout se passera à merveille, messieurs, vous verrez. Comme disent les Gaulois, nous n'allons pas baisser le nez.

Le retour en traîneau s'effectua dans un parfait silence. Smolianinov, semblait-il, n'eût pas été mécontent de s'exprimer, mais il n'osait pas. Svertchinski tortillait d'une main troublée ses impeccables moustaches. Et Fandorine, contrairement à son habitude, paraissait mou et déprimé.

Pour parler honnêtement, il y avait de quoi.

Confrontée à l'éclat de la célébrité venue de la capitale, la flatteuse auréole qui couronnait le conseiller d'Etat avait considérablement pâli. De personnage de premier plan, dont chaque parole, et même chaque silence, était écouté par son entourage avec une respectueuse attention, Eraste Pétrovitch se trouvait changé en figure accessoire, et même un peu comique. Car au fond, qu'était-il à présent ? L'enquête avait été prise en main par un spécialiste brillant et expérimenté qui, manifestement, saurait venir à bout du problème bien mieux que le fonctionnaire moscovite en charge des missions spéciales. Le succès des recherches serait en outre favorisé par le fait que ledit spécialiste, à l'évidence, ne s'embarrassait guère de scrupules inutiles. Cependant, Fandorine refoula aussitôt cette dernière pensée, qui lui parut n'être qu'indigne insinuation de son amour-propre blessé.

La principale cause de son désarroi résidait ailleurs — le conseiller d'Etat se l'avouait très honnêtement. Pour la première fois de sa vie, le destin le mettait en rapport avec un homme doué d'un talent de détective supérieur au sien. Bon, peut-être pas pour la première fois, plutôt pour la seconde. Il y avait bien longtemps, en effet, tout au début de sa carrière, Eraste Pétrovitch avait rencontré un autre prodige de cette sorte, mais il détestait se remémorer cette histoire estompée par la poussière du temps.

Et néanmoins il lui était également impossible de se tenir à l'écart des investigations. Si jamais, cédant à l'orgueil, il décidait de se retirer, il trahirait du même coup l'excellent Vladimir Andréiévitch qui attendait d'être soutenu par son adjoint, sinon même d'être sauvé.

Ils arrivèrent à la Direction de la gendarmerie et, toujours silencieux, gagnèrent le bureau de Svertchinski. Il se révéla alors que le colonel avait lui aussi pensé en chemin au gouverneur général.

— C'est une catastrophe, Eraste Pétrovitch, déclara Stanislav Filippovitch d'un air sombre sans recourir à ses habituelles équivoques. Vous avez noté qu'il n'est même pas allé se présenter à Vladimir Andréiévitch ? C'est fini, le vieux est fichu. Dans les hautes sphères, la question est déjà résolue. C'est évident.

Smolianinov poussa un soupir plaintif tandis que Fandorine hochait la tête avec tristesse :

— Ce sera un coup terrible pour le prince. Même s'il est très âgé, il est encore en p-pleine forme physique et intellectuelle. Et sous sa direction, la ville prospérait.

— Le diable l'emporte, votre ville ! rétorqua le colonel avec rudesse. Ce qui compte, c'est que nous prospérions, vous et moi, sous son règne. Et que sans lui, c'en sera terminé. Il est évident que je ne serai pas maintenu au poste de directeur. Mais vous pourrez vous aussi dire adieu à votre libre et confortable existence. Le nouveau gouverneur général aura ses propres hommes de confiance.

— P-probablement. Mais que peut-on y faire ?

Le prudent Stanislav Filippovitch était littéralement méconnaissable.

— Simplement ceci : se débrouiller pour que Pojarski se retrouve avec un pied de nez.

— Vous proposez de trouver les terroristes avant que le c-colonel Pojarski n'y parvienne ? dit le fonctionnaire, formulant ainsi moins une question qu'une constatation.

— Exactement. Mais ce n'est pas tout. Ce petit prince est trop retors, il faut le neutraliser.

Eraste Pétrovitch manqua s'étouffer avec la fumée de son cigare.

— Stanislav F-filippovitch, le Seigneur v-vous regarde !

— Je ne parle pas de le tuer, bien sûr. Il ne manquerait plus que ça ! Il existe de bien meilleurs moyens. (La voix de Svertchinski était devenue rêveuse.) Par exemple, faire passer cet agité pour un parfait crétin. Le ridiculiser. Eraste Pétrovitch, mon cher, nous devons montrer que nous autres, les « dolgoroukoviens », valons plus qu'un petit fouineur de passage venu de la capitale.

— Je ne me suis pas, à proprement parler, dessaisi de l'affaire, fit observer le conseiller d'Etat. Lors de la répartition des « rôles », monsieur Pojarski m'a laissé sans t-travail. Or je n'ai pas coutume de rester les bras croisés.

— Voilà qui est parfait.

Le colonel bondit sur ses jambes et se prit à arpenter énergiquement la pièce tout en réfléchissant.

— Puisqu'il en est ainsi, vous mettrez en œuvre votre talent analytique qui nous a tous déjà tirés d'embarras en plus d'une occasion. Pour ma part, je m'emploierai à ce que notre petit prince devienne la risée générale.

Stanislav Filippovitch se mit alors à marmonner dans sa barbe :

— Le *Loskoutnaïa*, le *Loskoutnaïa*... J'ai là-bas, comment s'appelle-t-il déjà... Eh bien, ce type qui dirige les garçons d'étage... Terpougov ? Serpougov ? Ah, zut ! peu importe... Et Coco, oui, forcément Coco... Ce qu'il faut, c'est...

— Eraste Pétrovitch, et moi, puis-je collaborer avec vous ? demanda le lieutenant à voix basse.

— Je crains de n'être plus à présent qu'un simple particulier, répondit Fandorine dans un même murmure.

Et, voyant la fraîche figure du lieutenant s'allonger sous la déception, il ajouta pour le consoler :

— Je le regrette beaucoup. Vous m'auriez été t-très utile. Mais, bah ! ce n'est rien, de toute façon nous sommes tous attelés à la même besogne, n'est-ce pas ?

De la Direction de la gendarmerie jusqu'à chez lui, il n'y avait pas plus de cinq minutes de marche rapide, et cependant le conseiller d'Etat eut pleinement assez de ce bref intervalle de temps pour trouver quelle niche occuper dans le cours de l'enquête, niche hélas quelque peu étroite et fort peu prometteuse.

Le raisonnement que se tenait Fandorine était le suivant.

Pojarski s'était réservé le plus court chemin susceptible de conduire au Groupe de Combat : celui qui passait par Rakhmet-Gvidon.

La Sécurité allait progresser vers les terroristes par des sentiers détournés en travaillant sur les réseaux révolutionnaires.

Les gendarmes se tenaient prêts à pincer les membres du groupe si jamais ils tentaient de quitter Moscou.

Restait encore Seidliz qui allait foncer tout droit comme un ours à travers les fourrés, et agir en recourant à des méthodes auxquelles on préférait même ne pas penser. Pendant ce temps il serait filé en permanence par les limiers de Mylnikov.

De cette manière, le Groupe de Combat, avec à sa tête le sieur Grine, se trouvait cerné de toutes parts. Il n'avait aucune issue. Un enquêteur privé doté de pleins pouvoirs fumeux semblait n'avoir non plus guère de place où s'insinuer. Il y avait déjà tellement de monde sur l'affaire qu'il risquait d'être piétiné.

Il subsistait néanmoins trois raisons qui poussaient instamment Eraste Pétrovitch à agir de manière immédiate et résolue.

Il avait de la peine pour le vieux prince. Et d'une.

Il ne parvenait pas à digérer l'offense que lui avait infligée le sieur Grine en osant utiliser pour son audacieux coup de main le masque du conseiller d'Etat Fandorine. Et de deux.

Et enfin la troisième. Oui, oui, la troisième : la blessure d'amour-propre. Sa Pétersbourgeoise Excellence avait encore le temps d'apprendre qui valait quoi et de quoi chacun était capable.

Le fait d'avoir formulé clairement ses motivations lui permit de recouvrer toute sa justesse et sa précision de pensée.

« Mes collègues policiers et gendarmes peuvent bien tous se lancer à la recherche des membres du Groupe de Combat. On verra bien s'ils parviennent à les débusquer et au bout de combien de temps. Quant à nous, nous allons nous appliquer à démasquer le traître qui se dissimule dans les rangs des défenseurs de la loi. C'est, je crois, plus important que de capturer des terroristes, quand même ils seraient excessivement dangereux. »

Et qui sait si cette voie ne conduirait pas plus rapidement aux meurtriers ?

Cette dernière réflexion avait toutefois un fort arrière-goût d'illusoire espérance.

Chapitre sixième,

où sont détaillées les modalités d'une expropriation

Grine, bien entendu, n'avait pas cherché à s'approcher des trains. Il s'était installé au buffet du hall des arrivées, avait commandé un thé au citron, et observait à présent les quais à travers la vitrine.

Le spectacle était captivant. Jamais il n'avait vu une telle quantité de flics en civil rassemblés sur une aussi petite surface, même aux heures de grande sortie impériale. Près d'un tiers des personnes censées accompagner des voyageurs était composé de messieurs matois, aux yeux fureteurs et au cou de gutta-percha. Ceux-ci éprouvaient un intérêt manifeste pour les bruns au physique maigrichon. Aucun d'eux ne réussissait à atteindre sans encombre sa rame : ils étaient tous poliment saisis par le bras et entraînés à l'écart, vers une porte sur laquelle se lisait l'écriteau : « Surveillant de service ». A l'évidence, il se trouvait là quelqu'un de ceux qui avaient vu le meurtrier du général Khrapov en gare de Kline.

Lesdits suspects étaient toutefois relâchés presque aussitôt, et, jetant autour d'eux des regards indignés, ils se pressaient de regagner les quais. Certains blonds cependant, et même quelques roux, avaient droit au même traitement et étaient eux aussi emmenés au contrôle. Cela signifiait que la police avait eu assez d'imagination pour supposer que l'individu recherché pouvait s'être teint les cheveux.

Seulement voilà, elle en avait manqué pour envisager également que Grine pût se glisser non pas au milieu des voyageurs sur le départ, mais parmi le public venu accueillir les arrivants. La salle où Grine avait pris place était tranquille et déserte. Ni mouchards, ni uniformes bleus.

C'était précisément ce sur quoi il comptait quand il était parti attendre le train de neuf heures par lequel l'As devait arriver. Il y avait un risque, bien sûr, mais il préférait gérer lui-même toutes les affaires impliquant le « spécialiste ».

Le train arriva pile selon l'horaire, et là survint un imprévu. Avant même d'avoir aperçu l'As, Grine reconnut Julie dans le flot des voyageurs. Il eût été difficile de ne pas prêter attention aux plumes d'autruche violettes qui se balançaient au-dessus du chapeau de fourrure à large bord. Julie se détachait de la foule comme un oiseau de paradis au milieu d'un vol de corbeaux gris-noir. Des porteurs trimbalaient derrière elle malles et cartons à chapeaux, et à ses côtés, les mains fourrées dans les poches, marchait un beau jeune homme au pas léger, presque dansant : manteau ajusté à col de castor, feutre américain, moustaches noires taillées en un mince ruban. Monsieur l'As, spécialiste des « expros », en personne.

Grine attendit que le couple à l'allure si tapageuse fût sorti sur la place, du côté de l'endroit où stationnaient les fiacres, pour, sans se presser, lui emboîter le pas.

Il s'approcha derrière eux et demanda :

— Julie, mais pourquoi êtes-vous venue ?

L'As se retourna brusquement sans ôter les mains de ses poches. L'ayant reconnu, il le salua d'un bref signe de tête.

Mais Julie ne s'était jamais distinguée, quant à elle, par sa discrétion. Son frais minois s'illumina d'un sourire radieux.

— Mon cher petit Grine, bonjour ! s'exclama-t-elle.

Et, lui sautant au cou, elle colla sur sa joue un gros baiser sonore, avant de poursuivre, cette fois dans un murmure :

— Je suis si fière de vous, et en même temps si inquiète. Savez-vous que vous êtes à présent le plus grand des héros ?

L'As déclara, les lèvres crispées en un sourire narquois :

— Je ne voulais pas l'emmener. Je lui ai dit que je partais pour affaire, pas pour batifoler. Mais va la raisonner.

C'était vrai, il était difficile de contredire Julie. Quand elle voulait absolument obtenir quelque chose, c'était un véritable cyclone africain qui s'abattait : elle vous enveloppait de la senteur de mille parfums, vous noyait sous un million de paroles précipitées, et tout à la fois exigeait, riait aux larmes, suppliait, menaçait, tandis que ses yeux espiègles d'un bleu profond scintillaient d'étincelles démoniaques. A Paris, Grine avait vu lors d'une exposition le portrait d'une actrice peint par un artiste en vogue nommé Renoir. Julie aurait pu lui avoir servi de modèle : c'était le même visage.

L'As eût mieux fait de venir seul : pour les affaires c'était plus simple. Mais Grine, cependant, se sentait tout joyeux. Et parce que cette joie était déplacée, il fronça les sourcils et dit d'un ton plus sévère que nécessaire :

— Vous n'auriez pas dû. Tâchez au moins de ne pas gêner.

— Est-ce que j'ai jamais été une gêne pour vous ? répondit-elle avec une moue boudeuse. Je me ferai discrète, discrète, comme une souris. Vous ne me verrez pas, vous ne m'entendrez pas non plus. Où allons-nous maintenant ? A l'appartement ou à l'hôtel ? J'ai besoin de prendre un bain et de me remettre un peu en état. Je dois être affreuse à regarder.

Elle n'était pas du tout affreuse à regarder, et elle le savait parfaitement, c'est pourquoi Grine détourna la tête. D'un geste il arrêta un collignon.

— Hôtel Bristol !

— Pourquoi impossible ? C'est très possible au contraire. Aujourd'hui même, si vous voulez. Pourvu qu'on parvienne à dégoter une dizaine de gars valables, déclara l'As d'une voix nonchalante, tout en polissant ses ongles parfaitement manucurés.

Cette nonchalance affichée était visiblement du plus grand chic dans le monde de la pègre.

— Aujourd'hui ? fit Grine, dubitatif. Vous êtes sûr ?

Le spécialiste haussa les épaules.

— L'As ne parle jamais pour ne rien dire. Nous raflerons un demi-million, au bas mot.

— Où ? Comment ?

Le voleur sourit, et Grine comprit soudain ce que Julie trouvait à ce poseur : le large sourire qui découvrait des dents d'un blanc parfait donnait à son visage hâlé une crâne expression de gamin aventureux.

— Pour ce qui est du « où », je vous le dirai plus tard. Quant au « comment », eh bien cela dépendra. Je dois d'abord m'absenter un moment, pour aller renifler les lieux. J'ai retenu à Moscou deux riches filons facilement exploitables : la trésorerie de la région militaire et le bureau d'expédition de la réserve de valeurs d'Etat. Il faut choisir. On peut s'emparer de l'un comme de l'autre, si l'on n'a pas peur de faire couler du sang. Dans chaque cas, la garde est nombreuse, mais autrement, ça ne présente aucune difficulté.

— Et sans faire couler de sang, il n'y a pas moyen ? demanda Julie.

Elle avait eu le temps de se dévêtir, de passer une robe de chambre de soie écarlate et de lâcher ses cheveux, mais n'avait pas encore réussi à atteindre la salle de bains. La chambre que Grine avait réservée pour l'As ne lui avait pas convenu : ses malles avaient été directement transportées du traîneau au premier étage, dans une suite « de luxe ». C'était son affaire. Grine ne comprenait pas ce que les gens trouvaient de bon au luxe, mais il ne condamnait pas cette faiblesse.

— Sans faire couler de sang, on ne vole que des pommes, laissa tomber l'As, dédaigneux, en même temps qu'il se levait. Ma part : un tiers du butin.

Nous opérerons ce soir. S'il s'agit de la trésorerie, à cinq heures et demie. S'il y a aujourd'hui un transfert de fonds, à cinq heures. Faites dire aux vôtres qu'ils doivent se rassembler à l'appartement. On aura besoin de revolvers et de bombes. Et d'un traîneau. Léger, un américain. Qu'on graisse les patins. Et que le cheval, cela s'entend, soit aussi rapide qu'une hirondelle. Restez ici. Je serai de retour dans environ trois heures.

Quand l'As fut parti et que Julie eut gagné la salle de bains, Grine tourna la manivelle de l'Ericson mural et demanda à la téléphoniste de l'hôtel de lui passer l'abonné 38-34. Après la chaotique évacuation de la rue Ostojenka, il avait obligé l'Aiguille à donner son numéro : compte tenu des nouvelles circonstances, les échanges par l'intermédiaire de la « boîte à lettres » se révélaient trop lents.

Comme une voix féminine résonnait dans l'écouteur, il dit :

— C'est moi.

— Bonjour, monsieur Sivers, répondit l'Aiguille, utilisant le nom convenu.

— L'expédition de la marchandise aura lieu aujourd'hui. Il s'agit d'un lot important, on aura besoin de tous vos employés. Qu'ils se rendent immédiatement au comptoir et qu'ils attendent là-bas. Qu'ils prennent avec eux des outils, l'assortiment complet. Et il faudrait également un traîneau. Rapide et léger.

— J'ai bien tout compris. Je vais tout de suite donner des ordres. (La voix de l'Aiguille tressaillit d'émotion.) Monsieur Sivers, je vous en prie... Est-ce que je ne peux pas, moi aussi, venir aider ? Je vous serais très utile.

Grine regardait par la fenêtre, mécontent, hésitant à répondre. Il devait refuser, mais de manière à ne pas se montrer offensant.

— Je pense que ce serait superflu, dit-il enfin. Il y aura bien assez de monde, et vous nous rendrez un plus grand service si...

Il n'acheva pas, car à cet instant précis deux bras dénudés et brûlants se glissèrent par-derrière autour de son cou. Une main détacha un bouton de sa chemise et se faufila sous l'étoffe, tandis que l'autre lui caressait la joue. Un souffle chaud lui chatouilla la nuque, puis des lèvres douces y déposèrent une empreinte cuisante.

— Je n'entends pas, piaillait dans son oreille la voix ténue. Monsieur Sivers, je ne vous entends plus !

La main qui s'était aventurée sous la chemise s'activait si bien que Grine en avait le souffle coupé.

— ... Si vous restez auprès du téléphone, réussit-il tant bien que mal à articuler.

— Mais je vous avais demandé, pourtant ! Je vous ai dit que je possédais toutes les compétences nécessaires ! insistait la voix dans l'appareil.

Et cependant, à l'autre oreille, une voix grave et timbrée lui chantonnait :

— Mon petit Grine, mon chéri, allons ...

— Vous... vous exécutez les ordres, bredouilla Grine avant de raccrocher.

Il se retourna, et découvrit quelque chose de rose, de resplendissant, de flamboyant, qui fut cause qu'une fissure apparut dans sa solide enveloppe d'acier. La fissure s'étendit rapidement, s'élargit, et il en jaillit ce qui était depuis longtemps oublié et dissimulé, paralysant sa volonté et sa raison.

La réunion d'instruction commença à deux heures et demie.

Dans l'appartement de l'avocat qui, à la même heure, travaillait à Varsovie sur une affaire retentissante — celle d'un hussard qui, victime d'un amour malheureux, avait abattu d'un coup de pistolet une actrice volage —, se trouvait rassemblée une nombreuse compagnie : onze hommes et une femme. Un seul parlait, les autres écoutaient, et si attentivement que le professeur Klioutchevski[1] lui-même en eût été jaloux.

Les auditeurs avaient rangé leurs chaises en demi-cercle, contre trois des murs du bureau de l'avocat. Sur le quatrième était punaisée une feuille de papier fort sur laquelle l'instructeur traçait au fusain des carrés, des ronds et des flèches.

Grine était déjà informé du plan d'action — l'As le lui avait exposé en chemin, quand ils avaient quitté l'hôtel —, aussi observait-il moins le schéma que les membres de l'assistance. La stratégie choisie était simple et judicieuse, mais fonctionnerait-elle ? Cela dépendrait entièrement des exécutants dont la majorité n'avait jamais participé à une « expro » ni jamais entendu le sifflement des balles.

1. Vassili Ossipovitch Klioutchevski (1841-1911) : célèbre historien russe dont les brillantes conférences étaient accueillies à Moscou comme autant d'événements.

On pouvait se reposer sur Emélia, Rakhmet et l'As. Le Bouvreuil donnerait le meilleur de lui-même, mais c'était un bleu et il ne connaissait pas l'odeur de la poudre. Quant à ce que valaient les six gars de la brigade de combat moscovite, on ne pouvait encore en juger.

Le Clou, l'ouvrier de l'usine Goujonov, et Marat, l'étudiant en médecine, Grine les avait déjà vus au café de la rue Maroseïka. Ils n'y avaient accompli pour seul exploit que de se trahir, par excès de zèle et manque d'expérience, en lorgnant Rakhmet avec un intérêt trop marqué. Les quatre autres — Arséni, Bober, Schwarz et Nobel (ces deux-là, étudiants en chimie, avaient choisi leurs pseudonymes en hommage aux inventeurs de la poudre et de la dynamite) avaient l'air de parfaits gamins. Or ils allaient devoir affronter des hommes aguerris, rompus à leur métier de garde, qui risquaient fort de ne faire qu'une bouchée de toute cette bande de collégiens.

Dans un coin, fronçant les sourcils d'un air appliqué, était assise Julie, qui n'avait absolument rien à faire ici. En la regardant, Grine se sentit rougir, ce qui ne lui était pas arrivé depuis une bonne dizaine d'années. Au prix d'un effort de volonté, il refoula au plus profond de lui-même le souvenir brûlant de ce qui s'était passé quelques heures plus tôt, se réservant de l'analyser plus tard. Le respect qu'il avait de lui-même s'en trouvait amoindri, ainsi que la solidité de son enveloppe protectrice, mais celle-ci pouvait certainement être restaurée. Il suffisait d'imaginer comment. Pas tout de suite. Plus tard.

Il jeta un rapide regard à l'As, regard non point coupable mais appréciateur. Comment aurait-il réagi s'il avait su ? L'opération aurait avorté, c'était évident, puisque du point de vue de la morale des malfrats, l'As avait été mortellement offensé. Voilà où réside le principal danger, se dit Grine, mais, observant une nouvelle fois Julie, il fut pris soudain d'un doute : vraiment, était-ce bien là ? Le principal danger, bien sûr, résidait en Julie.

Elle avait brisé sans peine sa volonté d'acier et sa discipline de fer. Elle était la vie même, laquelle, comme on sait, est plus forte que toutes les lois et les dogmes. L'herbe pousse à travers l'asphalte, l'eau perce les rochers, la femme attendrit les cœurs les plus durs. Surtout une femme pareille.

Laisser entrer Julie dans la révolution était une erreur. Les compagnes de cette sorte — roses, radieuses, prometteuses d'un délicieux oubli — n'étaient pas pour les croisés de la révolution. Ceux-ci étaient faits pour cheminer aux côtés d'amazones couleur gris fer. De femmes comme l'Aiguille, en somme.

Voilà qui aurait dû être assis à cette place, au lieu de Julie dont le plumage bigarré ne faisait que distraire les hommes de leur mission. Mais l'Aiguille, vexée, avait amené les hommes à l'appartement et était repartie sans attendre Grine. Encore une fois c'était sa faute : il n'avait pas su correctement lui parler au téléphone.

— Eh bien, pourquoi tous ces fronts plissés en accordéons ? ! s'esclaffa le voleur tout en essuyant ses mains maculées de fusain contre le coûteux tweed noir de son pantalon. Ne vous faites pas de bile, les révolutionnaires ! Un casse, c'est une question de veine, ça n'aime pas les pisse-froid ni les indécis. Faut y aller gaiement, au flan. Et si jamais vous dégustez un pruneau, c'est que votre destin le voulait. Pour un jeune la mort est plus douce qu'un chocolat. Il n'y a que les vioques et les faiblards pour en avoir la trouille, alors que pour nous autres, c'est tout pareil que de descendre un godet d'alcool pur par un jour de grand froid : ça vous brûle, et puis ça vous lâche. Qui plus est, vous, les artistes, n'aurez rien de bien sorcier à faire, puisque Grine et moi, on s'appuiera l'essentiel. Et ensuite, voilà comment ça se passera. (Il s'adressait à présent directement à Grine.) On balancera le butin dans le traîneau et on foncera à l'auberge des Indes, où Juliette sera déjà à nous attendre. L'endroit est fréquenté par des commerçants, des marchands forains, personne ne s'étonnera de nous voir coltiner des sacs. Pendant que je mènerai les chevaux, il suffira d'enfiler sur les scellés officiels de la toile de sac ordinaire, et personne n'ira jamais se gourer qu'au lieu de vulgaire camelote, on trimbale là six cent mille roubles. Sitôt que nous serons dans la chambre : partage. Selon ce qui est convenu : deux pour moi, quatre pour vous. Et adieu, à la prochaine fois. Avec pareil pactole, l'As n'aura pas fini de faire la noce. (Il lança un clin d'œil à Julie.) Nous irons à Varsovie, de là à Paris, et de Paris où tu voudras.

Julie lui sourit avec douceur et tendresse avant d'adresser à Grine un sourire exactement semblable. Grine fut épaté de ne pas déceler dans son regard la moindre trace de confusion ou d'embarras.

— Vous pouvez vous en aller, dit-il en se levant. D'abord l'As et Julie. Puis le Clou et Marat. Ensuite Schwarz, Bober et Nobel.

En raccompagnant son monde dans l'entrée, il donna ses dernières instructions. Il s'efforçait de parler clairement, sans avaler ses mots :

— Il faudra mettre le rondin en place à moins dix, pas plus tard, mais pas beaucoup plus tôt non plus. Autrement les concierges du coin pourraient le déplacer... Tirez sans vous découvrir. Vous tendez le bras et vous faites feu. Ce qui importe, ce n'est pas de les descendre, mais de les étourdir et de les distraire... L'essentiel est qu'aucun d'entre vous ne soit touché. On n'aura pas le temps d'emporter les blessés. Or on ne peut non plus les abandonner sur place. Qui sera blessé et incapable de marcher devra en finir lui-même. Obéissez à Rakhmet et à Emélia.

Quand les trois derniers furent partis, Grine referma la porte, et il s'apprêtait à retourner dans le bureau quand soudain il remarqua que de la poche de son pardessus noir accroché au portemanteau dépassait un coin de feuille blanche. Ce que c'était, il le comprit sur-le-champ.

Il se figea sur place et commanda à son cœur de ne pas s'emballer. Il tira le feuillet, l'approcha tout près de ses yeux (l'entrée était un peu sombre), et lut.

La ville est bouclée par les gendarmes. Vous ne devez vous montrer ni dans les gares ni aux abords des barrières. Le blocus de la ville est dirigé par le colonel

Svertchinski. Cette nuit il se trouvera à la gare de Nikolaïev dans le bureau du surveillant de service. Essayez d'en profiter pour frapper et faire diversion.

Et surtout : méfiez-vous de Rakhmet, c'est un traître.

GT

Notant au passage que la note avait été tapée cette fois-ci non pas sur une Underwood, comme auparavant, mais sur une Remington, Grine se frotta le front, afin que son cerveau fonctionne plus vite.

— Grine, qu'est-ce que tu fabriques ? lança la voix d'Emélia. Viens ici !

— J'arrive ! répondit-il. Le temps d'aller pisser !

Une fois dans la salle d'eau, il s'adossa à la paroi de marbre et entreprit d'énumérer les points méritant réflexion, en commençant par le moins essentiel.

D'où sortait cette lettre ? Quand l'avait-on glissée dans sa poche ? Lorsque Grine s'était rendu à la gare, il ne portait pas son manteau noir mais la redingote fourrée de Rakhmet ; il s'était muni à tout hasard d'une bombe, et ladite redingote possédait des poches fort pratiques. Le pardessus était resté toute la journée pendu au porte-manteau. Par conséquent le cercle se rétrécissait. On pouvait exclure tous ceux qui se trouvaient à l'heure présente à Saint-Pétersbourg. Les Moscovites également. A condition bien sûr que GT fût une seule et unique personne et non deux ou davantage. Peut-être la lettre « G » signifiait-elle d'ailleurs là aussi « groupe » ? Groupe terroriste ? Absurde. Bon, on verrait cela plus tard.

Svertchinski. Sans l'« expro » à mener à bien, c'eût été une magnifique idée. Exécuter un haut gradé de la Gendarmerie et par la même occasion éclaircir les rangs de la flanc-garde. Une diversion, c'était judicieux. Car ce qui importait à présent, c'était moins de pouvoir décamper au plus tôt de Moscou que de réussir à expédier l'argent à ses destinataires. Le temps pressait. Mais auraient-ils assez d'énergie pour monter une deuxième opération ? On ne le saurait vraiment qu'après être venu à bout de la première.

Et c'est ici seulement que venait le tour du point le plus délicat, souligné au crayon bleu dans la lettre.

Rakhmet, un traître ? Etait-ce possible ?

Oui, répondit Grine à sa propre question. Ça l'était.

Il comprit alors ce qu'était cette lueur de triomphe et de défi qu'il avait relevée dans ses yeux. Les gendarmes ne l'avaient pas brisé, il jouait un nouveau rôle. Celui de Méphistophélès, de Vanka Kaïn[1], ou de Dieu sait quel autre personnage qu'il s'était choisi pour modèle.

Mais si les informations de GT étaient fausses ? Jusqu'à présent il ne s'était jamais trompé, mais cette fois-ci il y allait de la vie d'un camarade.

Grine avait pris garde depuis la veille que Rakhmet ne quitte plus l'appartement. Il avait aujourd'hui donné l'ordre à Emélia de ne pas perdre

---

1. Le Vidocq russe : bandit fameux qui finit par entrer au service de la police.

l'indiscipliné de vue, ce qui, après la sortie nocturne de l'ancien uhlan, n'avait nullement semblé suspect.

Son plan était d'assigner à Rakhmet, lors de l'« expro », la mission la plus dangereuse. Quel meilleur moyen que l'action, pour prouver l'honnêteté d'un homme ?

Cependant il se révélait à présent impossible de le faire participer à l'opération.

Ayant pris sa décision, Grine pressa le bouton de cuivre de la chasse d'eau, dernière innovation de la technique hygiénique, et sortit du cabinet de toilette.

Rakhmet, Emélia, le Bouvreuil et Arséni, le fils du propriétaire des lieux, se tenaient devant le schéma tracé au fusain.

— Ah, enfin ! lui lança le Bouvreuil en se retournant, les yeux brillants d'excitation. Nous sommes en train de nous demander si vous pourrez vous en tirer tout seuls, l'As et toi. Pourquoi y aller à deux seulement, alors que nous sommes toute une bande ?

— C'est terriblement risqué, renchérit Rakhmet. Et puis, est-ce que tu ne fais pas un peu trop confiance à ce fils de pope qui joue les Rocambole ? Tu ne vois pas qu'il se fasse la paire avec tout le fric ? Mieux vaudrait que j'aille avec vous et qu'Emélia se charge de la bombe.

— Non, la bombe, ce sera moi ! s'exclama le Bouvreuil. Emélia a déjà les autres à diriger.

A-t-il peur du danger, ou bien est-ce autre chose ? se demanda Grine à propos de Rakhmet. Il répondit d'une voix sèche, qui ne souffrait aucune objection :

— L'As et moi saurons très bien nous en tirer tout seuls. C'est Emélia qui jettera la bombe. Tu la balances, et tu cours te mettre à l'abri au prochain coin de bâtiment. N'attends pas que ça explose. Contente-toi au début de crier, pour qu'on comprenne bien qui a lancé l'engin. Une fois planqué, tu commandes le tir. Quant à Rakhmet, il ne vient pas avec nous.

— C'est-à-dire, comment ça ?! s'indigna Rakhmet.

— C'est impossible, expliqua Grine. Ne t'en prends qu'à toi-même. Tu es recherché. Tous les flics possèdent ton signalement. Tu ne ferais que nous attirer des ennuis. Tu resteras ici, à côté du téléphone.

Ils se mirent en route à quatre heures un quart, juste un peu plus tôt qu'il ne convenait.

Une fois dans la cour, Grine se retourna.

Rakhmet était à la fenêtre. Voyant que Grine le regardait, il agita la main.

Ils franchirent le porche et débouchèrent dans la ruelle.

— Ah, zut ! fit Grine. J'ai oublié la baguette de mon revolver. Je ne peux pas partir comme ça, on ne sait jamais, si une cartouche se coinçait.

Le Bouvreuil, que l'émotion rendait rouge coquelicot, proposa :

— J'y cours, si tu veux. Où l'as-tu laissée ? Sur la table de nuit, c'est ça ?

Et déjà il prenait son élan quand Emélia l'empoigna par le collet.

— Arrête-toi, espèce d'agité ! Tu ne dois pas retourner sur tes pas. C'est la première fois que tu pars en opération, ça te porterait malheur.

— Montez dans le traîneau, je reviens tout de suite, lança Grine en tournant les talons.

Avant de passer complètement le porche, il jeta un coup d'œil prudent dans la cour. Il ne vit personne à la fenêtre.

Il traversa au pas de course l'espace qui le séparait du bâtiment et gravit lestement l'escalier menant au premier étage. La serrure qu'il avait pris soin d'huiler tout exprès s'ouvrit sans émettre de grincement.

Il s'introduisit sans bruit dans l'appartement, laissant ses bottes sur le palier.

Il se faufila à pas de loup dans la salle à manger. Du bureau, où se trouvait l'appareil téléphonique, lui parvenait la voix de Rakhmet :

— Oui, oui, le 12-74. Et vite, mademoiselle, c'est urgent... La Sécurité ? C'est la Section de sécurité ? Je vou...

Grine toussota.

Rakhmet laissa tomber l'écouteur et se retourna vivement.

Au premier instant sa figure offrit un spectacle étrange, dénué qu'elle était de toute expression. Grine en devina la cause : l'homme se demandait si ses paroles fatidiques avaient été entendues et ignorait encore quel rôle il devait jouer, celui du camarade ou bien celui du traître. Voilà, par conséquent, quel était le vrai visage de Rakhmet. Un masque vide. Comme un tableau noir qu'on venait d'essuyer avec un chiffon sec et sur lequel ne subsistaient que quelques ombres poudreuses.

Mais ce masque ne resta vide que quelques secondes. Rakhmet comprit qu'il était découvert, la commissure de ses lèvres s'étira en un sourire narquois, ses yeux s'étrécirent avec un air de mépris.

— Eh bien, mon cher Grine, on ne fait plus confiance à son compagnon d'armes ? Ça par exemple, je n'attendais pas ça de toi, mon pauvre vieux. Pourquoi restes-tu planté là, au garde-à-vous, comme un soldat de plomb ?

Grine se tenait immobile, les deux mains sur la couture du pantalon, et il ne bougea pas davantage quand l'homme couleur de bleuet au sourire ébréché tira de sa poche un *bulldog*.

— Quoi, tu es seul ? zézaya Rakhmet. Sans Emélia, sans le petit Bouvreuil ? Ou bien serais-tu venu me faire honte ? Seulement, vois-tu, mon cher Grine, je n'ai pas de honte. Tu le sais bien, pourtant. Dommage, je vais devoir te défalquer. Il aurait été plus frime de te livrer vivant. Eh bien qu'as-tu à me regarder avec ces yeux de merlan frit ? Je te hais, statue de bois.

Ne restait plus à éclaircir qu'un seul point : Rakhmet collaborait-il depuis longtemps avec la Sécurité ou bien n'avait-il été recruté que la veille ?

C'est pourquoi Grine demanda :

— Depuis longtemps ?

— Depuis le début, imagine-toi ! Cela fait un moment que vous me flanquez la nausée, bande de raseurs. Et toi plus que tous les autres, avec tes airs de bonhomme de fonte. J'ai rencontré hier un type autrement plus intéressant que toi.

— Que signifie « GT » ? demanda encore Grine à tout hasard.

— Hein ? fit Rakhmet, surpris. Quoi, quoi ?

N'ayant pas d'autre question à poser, Grine ne voulut pas perdre davantage de temps. Il lança le poignard qu'il tenait serré dans sa main droite en même temps qu'il se jetait par terre pour éviter le coup de feu.

Mais il n'y eut pas de coup de feu.

Le *bulldog* tomba sur le tapis, et Rakhmet agrippa à deux mains le manche du couteau planté dans son sein gauche. Il baissa la tête, considéra avec étonnement l'insolite objet et l'arracha de la blessure. Le sang inonda tout le devant de sa chemise. Rakhmet promena autour de lui un regard aveugle puis s'affala la face contre le plancher.

— Allons-y, dit Grine en se laissant choir dans le traîneau au terme de sa course et en glissant sous le siège une mallette contenant tout le nécessaire : détonateurs, faux papiers et arme de rechange. Elle avait roulé sous une chaise. J'ai bien failli ne pas la retrouver. Nous irons ensemble jusqu'au passage Khloudovski. Là, vous descendrez, et moi j'irai à la rencontre de l'As. Et puis une chose encore. Vous ne devrez pas revenir ici. Après l'opération, tout le monde chez le garde-voie. Y compris Arséni.

L'As était déjà en train d'arpenter le trottoir, costumé en voyageur de commerce de moyenne qualité : casquette de castor, manteau court, pantalon à carreaux, élégantes bottes de feutre blanc. Grine, comme convenu, s'était déguisé en commis.

— Où étais-tu passé, nom de Dieu ! lui cria le « spécialiste », entrant dans son rôle. Tiens, attache le cheval, et amène-toi ici.

Quand Grine s'approcha, le voleur lui adressa un clin d'œil et lui dit à mi-voix :

— Nous faisons la paire, vous et moi. A l'aube de mes jeunes années, j'aimais étriper les gogos de cette espèce. Vous auriez vu la Juliette, vous ne l'auriez pas du tout reconnue. Je l'ai attifée en petite-bourgeoise pour qu'à l'auberge des Indes personne n'aille la reluquer. Elle en a fait du bruit, un vrai scandale ! Elle ne voulait pas s'enlaidir, il n'y avait pas moyen !

Grine détourna la tête pour ne pas perdre de temps en conversations futiles. Il observa la disposition des lieux et la jugea idéale. Le spécialiste connaissait son affaire.

L'étroite rue des Allemands par laquelle arriverait le fourgon s'étirait en ligne droite depuis le pont Koukouïski. Le convoi serait visible de loin, et on aurait tout le temps d'étudier la situation et de se préparer.

Juste avant le croisement, un long rondin traînait en travers de la chaussée, de l'exact diamètre qui convenait : aisément franchissable par un cavalier, mais propre à arrêter un traîneau. Une cinquantaine de pas plus loin, sur la droite, s'esquissait un espace libre entre les maisons : l'impasse Somov. Là-bas, derrière le mur de clôture de l'église, devaient déjà être embusqués les tireurs. Une tête apparut au coin. Emélia. Il faisait le guet.

Le plan de l'As était bon : simple et solide, aucune complication n'était à prévoir.

Le soir n'avait pas encore commencé à tomber, mais sur les bords du ciel la lumière avait déjà pâli et virait au gris terne. Dans une demi-heure l'ombre du crépuscule s'épaissirait, mais à ce moment l'opération serait déjà terminée et l'obscurité viendrait à point nommé pour couvrir la retraite.

— Il est cinq heures, annonça l'As en faisant claquer le couvercle d'une montre de prix accrochée au bout d'une grosse chaîne en platine. Ils sortent du bureau des expéditions. Dans cinq ou six minutes, nous les verrons.

Il était souple, concentré, ses yeux s'allumaient d'étincelles joyeuses. Le sort avait joué un drôle de tour à l'archiprêtre en introduisant un jeune loup de cette sorte au sein de sa famille. Grine était préoccupé par une question toute théorique : que ferait-on des gens comme l'As dans une société libre et harmonieuse ? La nature, n'est-ce pas, continuerait d'en fournir en une certaine proportion. L'éducation ne serait pas toujours capable de briser leurs penchants innés.

Il imagina une solution : il y aurait toujours des professions dangereuses, réclamant des hommes au caractère aventureux. Voilà à quoi serviraient les types comme l'As. Plonger au fond des abîmes marins, soumettre les sommets montagneux encore inaccessibles, apprendre à maîtriser les engins volants. Et plus tard, dans une cinquantaine d'années, on aurait besoin d'explorer d'autres planètes. Il y aurait assez de travail pour tous.

— Ecarte-toi ! cria l'As à un gardien d'immeuble qui, soufflant et geignant, venait de s'atteler au rondin pour le tirer à l'écart. C'est à nous, le fardier va revenir et l'emporter. Ah, la populace, toujours prête à ramasser ce qui n'est pas à sa place.

Voyant la colère de l'homme, le concierge battit en retraite derrière un portail métallique, et la rue redevint parfaitement déserte.

— Ve-nez, petits billets, ve-nez, mes adorés... psalmodia le voleur à voix basse, la mine faussement ingénue. Postez-vous donc de l'autre côté. Et attendez pour agir, regardez-moi.

On vit d'abord paraître une tache sombre et oblongue, puis l'on commença à distinguer des silhouettes plus précises, le tout exactement comme l'As l'avait prédit.

En avant, deux gardes à cheval, carabine à l'épaule.

Derrière eux, le fourgon de transport de titres : une grosse voiture fermée montée sur patins avec, à côté du cocher, deux hommes : un sous-officier cosaque et l'expéditionnaire.

Aux côtés du fourgon, d'autres gardes à cheval : deux à gauche et deux à droite.

Fermant la marche du convoi, venait un second traîneau qu'on ne voyait pas encore très nettement d'où l'on était placé. Etaient censés s'y trouver encore quatre gardes armés de carabines.

Emélia avait quitté l'angle d'immeuble derrière lequel il se dissimulait. Adossé à un mur, il regardait le cortège qui passait devant lui. Il tenait dans une main un paquet sphérique : la bombe.

Caressant du bout du doigt la crosse striée de son colt, Grine attendait que l'avant-garde remarque la présence du rondin et s'arrête. L'horloge, au-dessus d'une pharmacie voisine, indiquait cinq heures neuf.

Les deux cavaliers franchirent l'obstacle avec indifférence et allaient poursuivre leur route quand le conducteur du fourgon poussa un « holà ! » et tira sur les rênes.

— Où allez-vous ? beugla le sous-officier en se redressant. Où allez-vous, bande de moutons ? Vous ne voyez pas la barre de bois ? Descendez de cheval et écartez-la du chemin. Et toi, va filer un coup de main, ajouta-t-il en donnant une bourrade au cocher.

Voyant le convoi arrêté, Emélia s'approcha par-derrière du traîneau de queue, lentement, au pas de promenade, comme mû par la curiosité.

Quand les deux gardes et le conducteur, courbés en deux, eurent empoigné le rondin, Emélia prit un bref élan, lança son paquet et cria d'une voix hardie :

— Et hop !

Il était en effet tenu de crier pour que la garde comprenne bien qui avait jeté la bombe. Pour le plan, c'était essentiel.

Le paquet n'avait pas encore touché terre, les gardes n'avaient pas encore deviné ce qu'était l'étrange chose qui volait dans leur direction que déjà Emélia avait tourné les talons et fonçait à toutes jambes vers le coin de bâtiment d'où il avait surgi.

La déflagration n'eut rien d'extraordinaire, car la charge, contre l'habitude, n'était que de moitié.

On lui demandait cette fois-ci d'avoir un effet non point dévastateur, mais démonstratif. Une explosion plus puissante eût laissé les gardes abasourdis sinon même commotionnés, or il était besoin à présent qu'ils fassent preuve de zèle.

— Un lanceur de bombes ! hurla le sous-officier en regardant derrière lui par-dessus le toit du fourgon. Le voilà, il a filé au coin !

Pour l'instant tout se déroulait comme le prévoyait le plan. Les quatre gardes qui étaient à bord du traîneau (aucun n'avait été blessé par l'explosion) sautèrent à bas et s'élancèrent à la poursuite d'Emélia. Les quatre autres, restés en selle, firent volter leurs montures et, poussant sifflements et ululements de cosaques, partirent au galop dans la même direction.

Auprès du fourgon ne subsistaient d'hommes en armes que les deux soldats ayant mis pied à terre — qui demeuraient figés, la poutre dans les bras — et le sous-officier. Le cocher et l'expéditionnaire n'entraient pas en ligne de compte.

Un instant après que les poursuivants eurent tourné dans l'impasse, éclatait un crépitement de tirs de revolver. A présent les gardes avaient autre chose à penser qu'au fourgon. Rendus sourds par la peur et le bruit de la fusillade, ils allaient chercher un abri où se terrer et canarder tout ce qui bougeait.

Le tour était venu pour Grine et l'As d'entrer en scène.

Presque simultanément, ils descendirent du trottoir, chacun d'un côté de la rue, et s'avancèrent sur la chaussée. L'As abattit l'un des gardes de deux balles dans le dos tandis que Grine assommait l'autre d'un coup de crosse de revolver, ce qui, compte tenu de sa force, était amplement suffisant. Le rondin retomba avec un bruit sourd sur la neige damée et roula à l'écart. Le cocher s'accroupit, se couvrit on ne sait trop pourquoi les oreilles avec les mains et émit un long gémissement presque inaudible.

Grine agita le canon de son arme à l'intention du sous-officier et de l'expéditionnaire, pétrifiés sur leur siège.

— Descendez. Et vivement.

Le fonctionnaire rentra la tête dans les épaules et sauta maladroitement à terre, mais le sous-officier ne parvenait toujours pas à décider s'il devait capituler ou bien accomplir son devoir de soldat : il leva une main comme pour se rendre, mais de l'autre tâtonna fébrilement son étui à revolver.

— Pas de bêtise, dit Grine, ou je tire.

Le sous-officier se hâta de lever l'autre bras en l'air, mais l'As tira malgré tout. La balle frappa l'homme au beau milieu du visage, à l'endroit où se trouvait le nez apparut un trou rouge-noir, et le soldat, dans un bizarre sanglot, culbuta en arrière, ses deux mains allant frapper le sol.

L'As empoigna l'expéditionnaire par le col de son manteau et l'entraîna vers l'arrière du fourgon :

— Si tu veux vivre, sacré rond-de-cuir, ouvre !

— Je ne peux pas, je n'ai pas la clef, bredouilla le fonctionnaire, les lèvres livides tant il était terrifié.

L'As l'abattit d'un coup de feu en plein front, enjamba le cadavre, et de deux autres balles fracassa la serrure scellée.

Ils trouvèrent à l'intérieur six sacs, comme il était prévu. Sur la portière, Grine grava à la hâte avec la crosse de son colt les deux lettres « GC ». Pour que l'on sache.

Tandis qu'ils s'affairaient à transporter le butin dans le traîneau, il demanda tout en s'activant :

— Pourquoi avoir tué celui-ci ? Et l'autre ? Lui aussi s'était rendu.

— Qui peut reconnaître l'As ne reste pas en vie, grommela le « spécialiste » entre ses dents en même temps qu'il hissait un sac sur ses épaules.

Le cocher, toujours accroupi, entendit la réponse. Il cessa de gémir et, plié en deux, détala aussi vite qu'il put.

L'As laissa choir son fardeau, tira et manqua son coup, mais il n'eut pas le loisir de tirer une nouvelle fois, car Grine, d'un geste brusque, fit sauter son arme de sa main.

— Qu'est-ce qui te prend ? ! (Le voleur massa son poignet endolori.) Il va rameuter les flics !

— Peu importe. L'affaire est réglée. Le signal.

L'As jura copieusement, puis lança trois longs sifflements modulés, et le bruit de la fusillade, dans l'impasse, diminua aussitôt de moitié : c'était le signe convenu pour les tireurs qu'ils pouvaient décamper.

Le cheval partit aussitôt au galop, martelant la neige de ses sabots ferrés à glace, et le traîneau léger, nullement alourdi par sa charge de papier, se mit à glisser, comme en apesanteur, sur la chaussée gelée.

Grine regarda derrière lui.

Quelques masses sombres, informes, étendues sur le sol, vers lesquelles les chevaux abandonnés tendaient le museau. Le fourgon vide aux portières grandes ouvertes. L'horloge au-dessus de la pharmacie. Cinq heures douze. Par conséquent, toute l'opération n'avait duré que trois minutes.

L'auberge se trouvait sur une place aussi morne que crasseuse, qui avoisinait le Marché aux épices. *Les Indes* étaient établies dans un long bâtiment sans étage, qui ne payait guère de mine, mais où l'on pouvait cependant trouver de bonnes écuries et un hangar à marchandises. C'était là que descendaient les gens de commerce venus à Moscou acheter cannelle, vanille, clous de girofle et cardamome. Tous les environs du Marché aux épices embaumaient de vertigineuses senteurs exotiques, et pour peu qu'on fermât les yeux pour ne plus voir les congères jaunies par la pisse des chevaux, ni les bicoques bancroches du faubourg, il était facile d'imaginer qu'on était là pour de bon en Inde : palmiers touffus bercés par le vent, éléphants gracieux à la démarche chaloupée, et voûte céleste, non point moscovite, grise veinée de blanc, mais comme il se doit d'un bleu dense et d'une profondeur infinie.

Encore une fois le calcul du « spécialiste » s'avéra juste. Quand Grine entra dans l'hôtel, chargé de deux sacs, personne ne lui prêta d'attention particulière. Un homme trimbalant des échantillons de marchandises, la belle affaire ! Allez donc deviner que ce noiraud de commis coltinait non pas des sacs d'épices mais quelque deux cent mille billets de banque tout neufs : pendant qu'ils s'éloignaient à fond de train de la rue des

Allemands, Grine avait dissimulé les cachets de cire portant l'aigle impériale et les scellés de plomb sous de la grosse toile de sac ordinaire.

Julie, presque méconnaissable avec sa méchante petite robe en drap-de-dame et ses cheveux noués en un chignon tout simple, se jeta à son cou et l'enveloppa de son souffle brûlant tandis qu'elle murmurait :

— Dieu soit loué, tu es vivant... J'étais si inquiète, si tremblante... C'est l'argent, c'est ça ? Donc tout s'est bien passé ? Oui ? Et les nôtres ? Sains et saufs ? Où est l'As ?

Grine avait eu le temps de se préparer, aussi parvint-il à supporter sans broncher la grêle de baisers qui s'abattit sur lui. Il découvrait que c'était parfaitement possible.

— Il monte la garde, répondit-il avec calme. Je retourne en chercher deux, lui se charge des deux autres, et ce sera tout.

Quand les deux hommes revinrent avec les quatre sacs restants, Julie se précipita de même manière pour embrasser l'As, et Grine fut ainsi définitivement convaincu que le danger était passé. Personne ne réussirait plus à le désorienter, sa volonté saurait résister même à cette épreuve.

— Vous voulez compter ? dit-il. Autrement choisissez deux sacs, n'importe lesquels. Nous rapporterons les quatre autres dans le traîneau et je m'en irai.

— Non, non ! s'exclama Julie qui posa un nouveau baiser sonore sur les lèvres de son amant pour courir aussitôt jusqu'au rebord de la fenêtre. Je savais que tout se passerait bien. Regardez : j'ai là dehors une bouteille de Veuve-Clicquot. Il nous faut boire une coupe.

L'As s'approcha des sacs posés à terre. De la pointe du pied, il frappa à toute volée dans l'un, puis dans l'autre, comme pour vérifier qu'ils étaient bien pleins à craquer. Puis il esquissa un léger mouvement en arrière et, avec la même souplesse, mais une puissance triple, il décocha à Grine un coup au bas-ventre.

Sous la surprise et la douleur, au premier instant tout devint noir, Grine se plia en deux, et un autre coup s'abattit aussitôt sur sa nuque. Soudain devant ses yeux apparurent les lattes du plancher. C'était donc qu'il venait de tomber.

Il savait dominer la douleur, même lorsqu'elle était aussi vive que celle-ci. Il suffisait d'effectuer trois inspirations brusques, puis trois expirations forcées, et de déconnecter la zone névralgique du champ de perception physique. Dans sa jeunesse, il s'était longtemps exercé avec le feu (il se brûlait la paume, le pli intérieur du coude ou du genou) et il maîtrisait parfaitement aujourd'hui cet art difficile.

Mais les coups continuaient à pleuvoir, sur les côtes, les épaules, la tête.

— Je vais t'écraser, punaise, répétait l'As. T'étaler dans le fumier ! Ah, tu me prenais pour un cave ?

Il n'était plus temps de lutter contre la douleur. Grine se retourna pour faire face au coup suivant qui l'atteignit à l'estomac. En contrepartie il s'agrippa à la botte de feutre qui venait de le frapper et ne la lâcha plus. La botte, vue de près, se révélait n'être plus aussi blanche, couverte qu'elle était de taches de boue et d'éclaboussures de sang. Il la tira violemment vers lui, faisant perdre l'équilibre à l'As, qui tomba par terre.

Alors seulement il la libéra pour porter ses doigts à la gorge de son adversaire, mais déjà celui-ci avait roulé sur le côté avec agilité.

Ils se relevèrent d'un bond, en même temps, face à face.

Dommage que son revolver fût resté dans la poche de sa veste. Elle était là, pendue au portemanteau. Trop loin, mais au reste à quoi bon y penser : de toute manière il était impensable de tirer un coup de feu dans la chambre, tout l'hôtel accourrait aussitôt.

Julie se tenait immobile contre le mur, comme pétrifiée. La bouche ouverte, les yeux figés de terreur. Elle serrait convulsivement dans une main le goulot d'une grande bouteille de champagne, à laquelle les doigts de son autre main arrachaient, sans qu'elle s'en rendît compte, des lambeaux de feuille d'or.

— Alors, petite salope, lui lança le voleur avec un sourire mauvais, tu voulais échanger l'As contre une fausse carte ? Regarde-le donc un peu, ce vilain singe. On dirait bien un cadavre.

— Tu te fais des idées, mon chéri, bredouilla Julie d'une voix tremblante. Tout cela, ce sont des inventions. Il ne s'est rien passé de tel.

— « Il ne s'est rien passé de tel » ! Tu mens ! L'As a un œil d'aigle pour repérer les macarons, je les renifle tout de suite. C'est d'ailleurs pour ça que je me balade encore au lieu de moisir au pré.

Le « spécialiste » fléchit légèrement sur ses jambes et tira de sa botte une mince lame effilée.

— Je vais te saigner, ahuri. Pas d'un coup, morceau par morceau.

Grine essuya de sa manche son arcade sourcilière fendue pour ne pas être gêné par le sang et tendit en avant ses mains nues. Son couteau était resté fiché dans la poitrine de Rakhmet. Tant pis, il pouvait s'en tirer même sans arme.

L'As s'était rapproché à petits pas, il esquiva agilement le crochet du droit que Grine lui décocha et lui balafra le poignet. De grosses gouttes rouges tombèrent sur le plancher. Julie poussa un cri.

— Voilà pour le hors-d'œuvre, annonça l'As.

— Tais-toi, Julie, intima Grine à la jeune femme. Il ne faut pas crier.

Il tenta d'empoigner son adversaire par le col, mais à nouveau sa main se referma sur le vide tandis que le dard aiguisé, transperçant son manteau, lui infligeait une cuisante blessure au flanc.

— Ça, c'est en guise de potage.

De la main gauche, l'As attrapa une carafe posée sur la table et la lança sur Grine. Pour ne pas être touché à la tête, celui-ci fut contraint de se pencher et de laisser sortir un instant le « spécialiste » de son champ de vision. Le couteau en profita aussitôt pour sabrer l'air tout contre son oreille, et il sentit celle-ci s'embraser, comme si le contact de la lame avait suffi à y mettre le feu. Grine porta la main à sa tête : la partie supérieure du pavillon pendait à un mince lambeau de peau. Il l'arracha, le jeta dans un coin. Un filet de liquide bouillant dégoulina soudain dans son cou.

— C'était le plat de résistance, expliqua le voleur. Et maintenant va venir le dessert.

Il fallait changer de tactique. Grine recula vers le mur et se tint immobile. Ne pas prêter attention à la lame. Qu'elle le taillade, peu importe. Lui-même devrait se précipiter à sa rencontre, saisir l'adversaire d'une main par le menton, de l'autre par le sommet de la tête, et tourner brusquement d'un coup sec. Comme en 84, au cours d'une bagarre à la prison de Tioumen, où il était en transit.

Mais l'As, à présent, n'était plus pressé d'agir. Campé à trois pas, il joua un instant à manipuler son couteau qui scintillait entre ses doigts, tel un serpent d'argent.

— Alors quoi, ma petite Juliette, qui choisis-tu ? demanda-t-il, à l'évidence pour se moquer d'elle. Veux-tu que je te le laisse ? Il est un peu amoché et entaillé, mais ce n'est rien, tu lècheras ses plaies. Ou bien préfères-tu partir avec moi ? J'ai maintenant une tapée de fric. On peut quitter notre bonne mère Russie et ne jamais revenir.

— C'est toi que je choisis, c'est toi, répondit Julie sans hésiter, avant de s'élancer vers lui en sanglotant. Je n'ai rien à faire de lui. Je voulais juste jouer un peu, éprouver ma force. Pardonne-moi, mon chéri adoré, mais tu connais ma nature. Comparé à toi, il ne vaut que pfffuit ! il n'a fait qu'essayer de me bécoter partout, mais il n'a aucun intérêt. Tue-le. Il est dangereux. Il lancera toute la révolution sur tes traces, et l'Europe ne sera pas assez grande pour te cacher.

Le « spécialiste » adressa un clin d'œil à Grine :

— Tu as entendu ce que me conseille cette petite futée ? Même sans son avis, ça va de soi, je t'aurais terminé. Mais tu peux dire merci à

Juliette. Au moins tu partiras vite. Je voulais jouer encore un moment avec toi, te travailler un peu le blair et les châsses m...

Il n'acheva pas. La bouteille verte s'abattit sur le haut de son crâne dans un craquement sec, et il s'effondra aux pieds de Grine.

— Aïe ! Aïe ! Aïe ! s'écria Julie d'une voix ténue à mesure qu'elle portait son regard effrayé sur le goulot de la bouteille brisée, sur l'homme étendu par terre, ou sur le sang qui rapidement inondait le sol et dont le bouillonnement se mêlait à celui du champagne répandu.

Grine enjamba le corps inanimé, empoigna Julie par les épaules et la secoua solidement.

Chapitre septième,

où l'enquête tourne en eau de boudin

Eraste Pétrovitch avait l'intention d'entamer, le mardi, ses recherches dès les toutes premières heures du jour, mais il dut renoncer à s'atteler à la tâche aussi tôt car encore une fois le pavillon de la rue Malaïa Nikitskaïa eut à héberger pour la nuit une visiteuse.

Esther arriva sans prévenir, à minuit largement passé, alors que le conseiller d'Etat arpentait son bureau et, tout en égrenant son chapelet, s'efforçait d'établir une version prioritaire. La visiteuse arborait une mine résolue. Elle ne perdit pas de temps en bavardages : à peine franchi le seuil de l'entrée, sans même prendre le temps d'ôter sa longue rotonde de zibeline, elle passa ses bras autour du cou d'Eraste Pétrovitch et l'embrassa avec vigueur, en sorte que le fonctionnaire fut bien long à pouvoir se concentrer de nouveau sur ses déductions.

A dire vrai, Fandorine ne réussit à se remettre au travail qu'au matin, alors qu'Esther dormait encore. Il se glissa très silencieusement hors du lit, s'installa dans un fauteuil et tenta de renouer le fil de son raisonnement interrompu. Le résultat ne fut guère probant. Le précieux chapelet, dont le claquement sec et sévère l'aidait à discipliner sa pensée, était resté dans le bureau. Marcher de long en large, afin que le mouvement musculaire stimule l'activité cérébrale, était également risqué. Au moindre bruit, Esther se réveillerait. Sans compter qu'à travers la porte on entendait déjà la lourde respiration de Massa : le serviteur attendait patiemment le moment où il pourrait faire de la gymnastique avec son maître.

Le conseiller d'Etat se rappela la maxime du grand philosophe oriental : « Des circonstances difficiles n'empêchent pas l'honnête homme d'élever sa pensée. » Comme si ces mots de « circonstances difficiles » étaient parvenus à ses oreilles, Esther sortit son bras nu de sous la couverture, passa la main sur l'oreiller voisin et, n'y trouvant personne, poussa une sorte de beuglement plaintif, mais tout cela de manière inconsciente, sans émerger du sommeil. Néanmoins, il convenait de réfléchir un peu rapidement.

Diane, décida Fandorine. Il fallait commencer par elle. De toute façon les autres pistes étaient déjà explorées.

La mystérieuse « collaboratrice » était liée à la fois à la Direction de la gendarmerie, à la Sécurité et aux révolutionnaires. Il était probable qu'elle les trahissait tous. Une personne absolument immorale, et à en juger par l'attitude de Svertchinski et de Bourliaev, pas seulement au sens politique. Par ailleurs, il semblait que dans les milieux révolutionnaires, on considérât en effet les rapports entre les sexes de manière plus libre qu'il n'était admis en société.

Eraste Pétrovitch posa un regard quelque peu dubitatif sur la belle endormie. Les lèvres écarlates s'agitèrent pour prononcer quelques mots étouffés, les longs cils noirs tressaillirent, et dans leurs interstices s'allumèrent deux flammèches humides qui cette fois-ci ne s'éteignirent pas. Esther ouvrit tout grands les yeux, vit Fandorine et sourit.

— Que fais-tu ? dit-elle d'une voix que le sommeil rendait un peu rauque. Viens ici.

— Je voudrais te d-demander... commença-t-il.

Mais, pris d'une hésitation, il n'alla pas plus loin. N'y avait-il pas quelque chose d'indigne à profiter de rapports privés pour collecter des informations destinées à une enquête judiciaire ?

— Demande.

Esther bâilla, s'assit dans le lit et s'étira avec volupté, de telle sorte que la couverture glissa et qu'Eraste Pétrovitch se trouva contraint d'exercer un effort sur lui-même pour ne pas se laisser distraire.

Il résolut son problème moral de la manière suivante.

Il ne convenait évidemment pas de poser des questions sur Diane. Encore moins sur les milieux révolutionnaires — au reste on pouvait douter qu'Esther fût mêlée à aucune activité antigouvernementale un tant soit peu sérieuse. Il restait toutefois admissible de récolter des informations de caractère très général, sinon, peut-on même dire, sociologique.

— Dis-moi, Esther, est-il v-vrai que les femmes des milieux révolutionnaires s'en tiennent à une vision... extrêmement libre des relations amoureuses ?

Elle partit d'un grand rire, ramassa ses genoux contre son menton et les enserra de ses bras.

— Je le savais ! Mais comme tu es prévisible et bourgeois ! Si une femme ne joue pas devant toi toute la scène convenue de la belle inaccessible, tu es prêt à la soupçonner de dévergondage. « Ah, monsieur, je ne suis pas celle que vous croyez ! Pouah ! quelle ignominie ! Non, non, non, pas avant le mariage ! » railla-t-elle d'une petite voix zézayante tout à fait désagréable. Voilà quelle attitude vous attendez de nous. Et forcément, ce sont les lois du capitalisme ! Si l'on veut bien vendre une marchandise, il faut d'abord la rendre désirable, que l'acheteur en bave d'envie. Seulement moi, je ne suis pas une marchandise, Votre Haute Noblesse. Et vous n'êtes pas acheteur.

Le regard d'Esther s'était embrasé d'une juste indignation, sa main délicate fendait l'air à grands gestes menaçants.

— Nous, femmes d'une nouvelle ère, n'avons pas honte de notre nature et choisissons nous-mêmes qui nous devons aimer. Tiens, il y a une fille dans notre entourage. Les hommes s'écartent d'elle parce que la pauvre est d'une laideur affreuse, un monstre, un vrai cauchemar. En revanche tous la respectent pour son esprit, et la respectent bien plus que nombre de jolies femmes. Elle dit que l'amour libre n'est nullement péché de chair mais union de deux êtres égaux en droit. Union temporaire, il s'entend, car les sentiments sont matière inconstante, on ne saurait les emprisonner à vie. Aussi ne crains rien, je ne te mettrai pas l'anneau au doigt. D'ailleurs je t'aurai bientôt laissé tomber. Tu n'es absolument pas mon type, et de manière générale tu es tout bonnement épouvantable ! Je veux être rassasiée de toi le plus vite possible et perdre définitivement toute illusion à ton sujet. Eh bien, pourquoi restes-tu là à écarquiller les yeux ? Viens tout de suite ici !

Massa devait certainement écouter à la porte, car c'est ce moment précis qu'il choisit pour l'entrebâiller et glisser dans l'ouverture sa tête ronde fendue de deux yeux étroits.

— Bodjou, fit la tête en s'illuminant d'un sourire radieux.

— Va au diable avec ta gymnastique ! s'écria Esther qui, toujours bien résolue, lui lança avec adresse un oreiller en plein visage.

Mais Massa accusa le coup sans broncher :

— Lettle du gland motsio, annonça-t-il avant d'exhiber une longue enveloppe blanche.

Celui que le Japonais appelait « grand monsieur » n'était autre que le gouverneur général, en sorte que force était de convenir que son intrusion était fondée. Eraste Pétrovitch décacheta l'enveloppe et en tira un carton orné d'un blason doré.

Le texte en était pour sa plus grande part imprimé, seuls le nom et le post-scriptum étaient tracés à la main, de la belle écriture régulière et démodée de Sa Très Haute Excellence.

Cher monsieur *Eraste Pétrovitch* !

A l'occasion du carême-prenant et de la grande semaine de réjouissances à venir, je vous convie chez moi à déguster des crêpes.

Ce souper intime en cercle restreint commencera à minuit. Les messieurs invités sont priés de ne point se donner la peine de porter l'uniforme. Les dames sont libres de choisir une toilette à leur convenance.

Vladimir Dolgoroukoï

Eraste Pétrovitch, venez absolument. Vous me parlerez de l'affaire.

Et amenez votre nouveau béguin — le souper n'a rien d'officiel et le vieillard que je suis est fort curieux de le voir.

— Qu'est-ce que c'est ? demanda Esther, mécontente. Un appel du terrible tsar ? Vite, une tête de chien pendue à la selle[1], et au travail, courons faire voler les têtes ! ?

— Tu n'y es pas du tout, répondit Fandorine. Il s'agit d'une invitation à venir manger des crêpes à la résidence du gouverneur général. Tiens, écoute.

Et il lui lut le contenu du billet en omettant, bien entendu, le post-scriptum. Le fait que le prince fût si bien informé de la vie privée de ses auxiliaires les plus proches ne surprenait nullement Fandorine : il avait eu le temps de s'y accoutumer au fil de longues années de travail commun.

1. Signe de reconnaissance dont usaient les *opritchniki* de sinistre mémoire, ces gardes prétoriens sur lesquels Ivan le Terrible s'appuya pour établir son autorité despotique.

— Au fait, si t-tu veux, allons-y ensemble, proposa-t-il, pleinement convaincu qu'il serait impossible de traîner Esther à une soirée chez le gouverneur général autrement que les fers aux pieds et sous bonne escorte.

— Et que signifie « en cercle restreint » ? demanda-t-elle en fronçant le nez avec dédain. Cela veut dire juste le sultan, les vizirs et quelques eunuques particulièrement sûrs ?

— Les crêpes de Mardi gras chez le prince, c'est une tradition, entreprit d'expliquer Fandorine. Qui remonte à plus de vingt ans. Quant au « cercle restreint », ce sont soixante-dix à quatre-vingts fonctionnaires et honorables citoyens accompagnés de leurs épouses, tous familiers de Sa Très Haute Excellence. On reste toute la nuit à manger, boire et danser. Rien de très intéressant, je décampe toujours bien avant la fin.

— Et quoi, c'est vrai ? on peut venir dans n'importe quelle tenue ? prononça Esther d'une voix rêveuse, les yeux fixés non pas sur Eraste Pétrovitch, mais sur quelque point perdu dans l'espace.

Après avoir pris congé d'Esther en lui donnant rendez-vous pour le soir, Fandorine téléphona plusieurs fois au numéro que le lieutenant-colonel Bourliaev lui avait donné la veille, cependant l'abonné ne répondait pas. Il n'était de toute façon nullement certain que la capricieuse « collaboratrice » accepterait de recevoir le très discourtois conseiller d'Etat, aussi Eraste Pétrovitch en vint-il à se demander s'il ne devait pas plutôt tirer parti de l'absence de l'agent secret pour procéder à une perquisition clandestine dans la maison du quartier de l'Arbat.

Il rassembla donc les outils nécessaires, puis téléphona encore une fois à tout hasard, et une voix soudain lui répondit dans l'écouteur à la manière américaine — une voix traînante et paresseuse qui n'était presque qu'un souffle :

— Hello-o ?

Contre toute attente, Diane ne parut pas se souvenir d'avoir déclaré le fonctionnaire *persona non grata,* et elle accepta sur-le-champ de le rencontrer.

Fandorine n'eut pas non plus cette fois-ci à patienter devant une porte close. Il tira la clochette, tendit la main vers la poignée de bronze et eut la surprise de voir le vantail céder aussitôt. On avait donc déverrouillé la porte à l'avance.

Empruntant le chemin qu'il connaissait déjà, Eraste Pétrovitch gravit l'escalier qui menait à l'étage, frappa à la porte du cabinet et entra sans attendre qu'on lui réponde.

Comme la dernière fois, il trouva les minces stores de la chambre étroitement tirés, tandis que la femme assise sur le divan portait béret et voile.

Il salua, voulut s'asseoir dans un fauteuil, mais la femme l'invita de la main à s'approcher.

— Venez ici. Il n'est pas commode de chuchoter à travers toute la pièce.

— Vous ne trouvez pas toutes ces mesures de p-précaution un peu excessives ? ne put se retenir de demander Fandorine bien qu'il sût que mieux valait ne pas contrarier la maîtresse des lieux. Il serait amplement suffisant que je ne voie pas votre visage.

— Non, soupira Diane. Le bruit est pour moi frôlement, chuchotement, murmure. La nature déchaînée, ombre, obscurité, silence. Asseyez-vous, monsieur. Nous allons converser à voix basse et, dans les intervalles, nous écouter nous taire.

— Comme vous voudrez.

Eraste Pétrovitch s'installa de profil à quelque distance de la dame et tenta de discerner à travers le voile quelque trait singulier de son visage. Hélas, il faisait pour cela trop sombre dans la pièce.

— Savez-vous que dans le milieu de la jeunesse progressiste vous êtes à présent tenu pour un personnage intrigant ? lui confia la « collaboratrice » d'un ton amusé. Votre intervention d'avant-hier, lors de l'opération conduite par ce cher Piotr Ivanovitch, a partagé mes amis révolutionnaires en deux camps. Les uns voient en vous un fonctionnaire de l'Etat d'une nouvelle trempe, annonciateur des transformations libérales à venir. Les autres...

— Q-quoi, les autres ?

— Les autres disent qu'il faut vous éliminer, parce que vous êtes bien plus rusé et dangereux que les lourdauds de la Sécurité. Mais ne vous inquiétez pas, poursuivit Diane en effleurant l'épaule de son interlocuteur. Vous avez une protectrice, la petite Esther Litvinova, or depuis ce soir-là elle jouit d'une réputation de véritable héroïne. Ah, les beaux hommes trouvent toujours des femmes pour les défendre.

Et sur ces mots, elle éclata d'un rire étouffé, presque inaudible, qui produisit sur le conseiller d'Etat une impression extrêmement désagréable.

— Est-ce vrai ce qu'on dit chez nous, que Larionov a été exécuté par le Groupe de Combat ? demanda Diane en penchant la tête d'un air inquisiteur. Le bruit a couru qu'il était un provocateur. En tout cas, les nôtres ne prononcent plus son nom. Comme chez les sauvages : il est tabou. Est-ce qu'il « collaborait » effectivement ?

Eraste Pétrovitch ne répondit pas, car il venait de penser à autre chose : il comprenait maintenant pourquoi Esther n'avait plus évoqué une seule fois l'ingénieur défunt.

— Dites-moi, madame, connaissez-vous une personne surnommée l'Aiguille ?

— L'Aiguille ? C'est la première fois que j'entends ce nom. A quoi ressemble-t-elle ?

Fandorine lui répéta ce qu'il avait appris de Rakhmet-Gvidon :

— La trentaine, à vue de nez. Maigre. Grande. Ne payant pas de mine... C'est tout, je crois...

— Eh bien, des femmes répondant à ce signalement, on en croise autant qu'on veut chez nous. Il se peut que je la connaisse sous son vrai nom mais qu'on la désigne par son pseudonyme dans les cercles conspirateurs. Mon réseau de relations est étendu, monsieur Fandorine, mais peu profond, il ne touche pas jusqu'au milieu clandestin. Qui vous a parlé de cette Aiguille ?

A nouveau il ne répondit pas. Il était temps d'en venir discrètement à l'essentiel.

— Vous êtes une femme peu ordinaire, Diane, déclara Fandorine avec une feinte admiration. Lors de notre p-première entrevue, vous avez p-produit sur moi une impression véritablement inoubliable : je n'ai cessé depuis de penser à vous.

Je crois que c'est la première fois que je rencontre une authentique *femme fatale*, pour laquelle des hommes p-pourtant solides perdent la tête et oublient les devoirs de leur charge.

— Parlez, parlez, murmura la femme sans visage et sans voix. Pareils discours sont fort doux à entendre.

— Je vois que vous avez littéralement affolé aussi bien Bourliaev que Svertchinski, or ce sont des messieurs très sérieux et raisonnables. Ils brûlent de jalousie l'un à l'égard de l'autre. Et je suis sûr que les soupçons de chacun ne sont pas dénués de fondement. Avec quelle élégance vous jouez de ces d-deux hommes redoutés de tout Moscou ! Vous êtes une femme audacieuse. D'autres se contentent de parler d'amour libre, mais vous, vous le proclamez de tout votre être.

Elle éclata d'un rire satisfait, la tête renversée en arrière.

— Il n'est aucunement question d'amour. Il y a une créature humaine qui vit en solitaire et meurt en solitaire. Rien ni personne ne peut partager cette solitude. Et il n'est donné non plus à personne de se couler dans l'existence d'un autre. Mais l'on peut en revanche jouer la vie d'un autre, en goûter la saveur. Vous êtes un homme d'esprit, monsieur Fandorine. Je puis être avec vous tout à fait franche. Voyez-vous, ma vocation était d'être comédienne. J'étais appelée à briller sur la scène des meilleurs théâtres, à tirer les larmes et provoquer le rire du public, mais... certaines circonstances de la vie m'ont ôté la possibilité d'utiliser mon talent selon sa destination naturelle.

— Quelles circonstances ? demanda prudemment Eraste Pétrovitch. Vous faites allusion à votre origine sociale ? J'ai entendu dire que vous appartenez à la bonne société.

— Oui, quelque chose dans ce genre... répondit Diane après une brève hésitation. Mais je ne le regrette pas. Jouer dans la vie est autrement plus intéressant que jouer sur scène. Avec les sots jeunes gens gavés de mauvais livres, je tiens un rôle, avec Bourliaev j'en tiens un autre, avec Svertchinski un troisième, tout différent... Je suis plus heureuse que beaucoup, monsieur Fandorine. Je ne m'ennuie jamais.

— Je comprends la distance entre le rôle de nihiliste et celui de « collaboratrice », mais est-il bien besoin d'adopter une attitude aussi dissemblable avec le colonel Svertchinski et le lieutenant-colonel Bourliaev, tous deux officiers des gendarmes ?

— Oh, oh ! on voit tout de suite que vous n'entendez rien au théâtre. (Elle leva les bras au ciel, emportée par son discours.) Ce sont deux rôles totalement différents. Voulez-vous que je vous dise comment il faut s'y prendre pour remporter du succès auprès des hommes ? Vous pensez qu'il faut être belle ? Pas du tout ! De quelle beauté puis-je me prévaloir si vous ne voyez même pas mon visage ? Tout est très simple. Il suffit de comprendre ce que représente l'homme qu'on a en face de soi, et de jouer sur le contraste. C'est comme en électricité : les charges de signes contraires s'attirent. Prenons Piotr Ivanovitch. C'est un homme fort et fruste, enclin à l'action directe et à la violence. Avec lui je suis faible, féminine, sans défense. Ajoutez-y l'intérêt du service, le parfum de mystère dont les hommes sont si friands, et le pauvre Bourliaev devient plus malléable que la cire.

Eraste Pétrovitch sentit que le but était là, tout proche, il fallait qu'il prît garde de ne pas le manquer.

— Et Svertchinski ?

— Eh bien, celui-ci est d'une tout autre trempe. Rusé, prudent, soupçonneux. Avec lui, je suis ingénue, insouciante, brutale. J'ai déjà parlé de l'intérêt et du mystère, qui sont des composants obligés. Croirez-vous que Stanislav Filippovitch se traînait ici, la semaine dernière, à mes pieds, et me suppliait de lui dire si j'entretenais une liaison avec Bourliaev ? Je l'ai chassé et lui ai intimé ordre de ne plus se montrer sans y avoir été invité. Quelle sorte de « collaboratrice » suis-je donc, à votre avis ? Le chef de la Direction de la gendarmerie, chez moi, comme un caniche, qui répond quand je lui crie : « Apporte ! »...

Et voilà, le résultat numéro un était là : Svertchinski n'était pas venu ici la semaine dernière, et par conséquent Diane n'avait pu obtenir de lui aucun renseignement sur la visite de Khrapov.

— Brillant ! approuva le conseiller d'Etat. Ainsi, le malheureux Stanislav Filippovitch souffre son bannissement depuis une semaine entière ? Le pauvre ! Voilà pourquoi il enrage autant. Le champ de bataille est resté aux mains de la Section de sécurité.

— Ah non ! protesta la femme fatale en s'étranglant d'un rire silencieux. Le fait est, justement, que non ! J'ai infligé également à Bourliaev une disgrâce d'une semaine ! Il fallait qu'il croie que je lui avais préféré Svertchinski !

Eraste Pétrovitch fronça les sourcils :

— Et en réalité ?

— En réalité...

La « collaboratrice » se pencha dans sa direction et lui chuchota en confidence :

— En réalité je connaissais de ces embarras communs à toutes les femmes, et de toutes les manières je devais me reposer de mes deux amoureux !

Le conseiller d'Etat eut malgré lui un mouvement de recul, et Diane se laissa aller encore plus librement à son accès de gaieté sifflante et chuintante, très satisfaite de l'effet qu'elle avait produit.

— Vous êtes un cavalier délicat, pointilleux et attaché à des règles strictes, c'est pourquoi je cherche à vous intriguer en faisant preuve de cynisme et en me moquant des convenances, avoua d'un ton léger la comédienne frustrée de sa vocation. Je ne le fais pas, cependant, par intérêt pratique, mais uniquement par amour de l'art. Mes embarras féminins sont passés, mais vous ne devez, monsieur Fandorine, rien espérer pour autant. Vous perdez votre temps ici à déployer des trésors d'éloquence et à m'accabler de compliments. Vous n'êtes absolument pas mon type.

Eraste Pétrovitch se leva du divan, en proie à un sentiment mêlé d'horreur, de vexation et de désappointement.

L'horreur était prédominante : comment cette créature de cauchemar pouvait-elle imaginer qu'il soupirait après elle ? !

La vexation accompagnait un souvenir : c'était déjà la deuxième fois de la journée qu'une femme lui déclarait qu'il n'était pas son type.

Mais le plus difficile à supporter, bien entendu, était le désappointement : il fallait se rendre à l'évidence, la fuite d'information ne s'était pas produite par l'intermédiaire de Diane.

— Je p-puis vous assurer, madame, que vous vous méprenez t-totalement sur mon compte, dit-il d'un ton glacé avant de se diriger vers la porte, escorté d'un rire étouffé, pas plus sonore qu'un froissement d'étoffe.

A cinq heures, morose et déprimé, Fandorine fit un saut grand-rue Gnezdnikov.

L'unique piste un peu prometteuse qu'il lui était permis d'explorer s'était écroulée de la plus honteuse manière, et il ne lui restait plus à présent qu'à jouer le rôle pitoyable d'écornifleur. Le conseiller d'Etat n'était pas habitué à se nourrir des miettes de la table d'un autre et, prévoyant l'humiliation, il se sentait atrocement mal à l'aise, cependant il lui était absolument nécessaire d'obtenir des informations sur l'état d'avancement de l'enquête, car il aurait cette nuit même un rapport à présenter au gouverneur général.

Le bâtiment de la Sécurité paraissait déserté. Dans la salle de garde du premier étage, il ne croisa pas un seul agent, juste un surveillant de la police et un copiste.

En haut, dans la pièce d'accueil, il trouva Zoubtsov qui se morfondait. Celui-ci se réjouit de le voir, comme il l'eût fait d'un être cher.

— Monsieur le conseiller d'Etat ! Vous avez du nouveau ?

Fandorine secoua la tête d'un air maussade.

— Nous non plus, nous n'avons rien, soupira le jeune homme en lorgnant l'appareil téléphonique d'un œil accablé. Le croirez-vous ? Nous restons assis là tout le jour, comme enchaînés. Nous attendons des nouvelles de Gvidon. Moi et monsieur Pojarski.

— Il est ici ? demanda Eraste Pétrovitch, surpris.

— Oui, et très calme. Je dirais même placide. Il s'est enfermé dans le bureau de Piotr Ivanovitch, il lit les journaux. Quant à monsieur le lieutenant-colonel, il est allé faire un tour au foyer d'étudiants de la rue Dmitrovka pour interroger des suspects. Evrasti Pavlovitch, selon ses propres termes, est parti avec ses sbires « ramasser des baies et des champignons ». Svertchinski a entrepris dès l'aube d'inspecter toutes les barrières de Moscou et juge utile de téléphoner depuis chacune. J'ai cessé d'en informer le prince. Ce soir, l'infatigable Stanislav Filippovitch contrôlera personnellement le travail de ses hommes dans les gares, il a même l'intention de passer la nuit à la gare de Nikolaïev. Vous voyez quelle ardeur il déploie dans l'intérêt du service, ajouta Zoubtsov avec un sourire ironique. Il feint de s'activer devant sa nouvelle hiérarchie. Seulement le prince n'est pas un imbécile, on ne l'abuse pas en simulant le zèle.

Eraste Pétrovitch se rappela les vagues menaces que Svertchinski avait proférées la veille à l'adresse du visiteur envoyé par la capitale et il hocha la tête : il était fort possible qu'il ne fût ici nullement question de zèle, mais que le rusé chef des gendarmes nourrît quelque autre dessein.

— Ainsi, auc-cune nouvelle de Gvidon ?

— Aucune, soupira Zoubtsov. Un homme a bien téléphoné il y a une dizaine de minutes, mais comme par un fait exprès, je me trouvais alors dans le bureau du prince. J'avais laissé un copiste auprès de l'appareil. Le temps qu'il vienne me chercher, la communication avait été coupée. Ce coup de téléphone me tracasse.

— Envoyez donc quelqu'un se renseigner à la centrale t-téléphonique, conseilla Eraste Pétrovitch. Qu'on établisse de quel numéro venait l'appel. Techniquement, c'est tout à fait réalisable, j'ai vérifié. On peut entrer ?

Légèrement rougissant, il montrait la porte du bureau.

— Ah ! mais pourquoi le demandez-vous ? s'étonna Zoubtsov. Bien entendu, allez-y. Vous avez raison, je vais envoyer quelqu'un à la centrale. Grâce au numéro, nous connaîtrons l'adresse et nous enquêterons très soigneusement sur l'abonné.

Fandorine frappa à la porte puis pénétra dans le bureau du chef de la Section de sécurité.

Pojarski était très confortablement installé près de la lampe, jambes repliées, dans un vaste fauteuil de cuir. Le vice-directeur de la police, aide de camp de l'empereur et étoile montante de la capitale, tenait ouvert entre ses mains un volume de la toute dernière revue à la mode, *Le Messager de la littérature étrangère*.

— Eraste Pétrovitch ! s'exclama Gleb Gueorguievitch avec enthousiasme. Comme vous avez bien fait de passer nous voir ! Asseyez-vous, je vous en prie.

Il posa sa revue et sourit d'un air désarmant.

— Vous m'en voulez beaucoup de vous avoir évincé de l'affaire ? Je vous comprends, à votre place je serais moi-même furieux. Mais l'ordre vient de très haut, je ne suis pas libre d'y changer quoi que ce soit. Je regrette juste de me voir privé du loisir de recourir à votre talent d'analyse dont j'ai beaucoup entendu parler. Je n'ai pas osé vous confier de mission, du fait que vous n'êtes pas soumis à mon autorité, cependant, je vous l'avoue, j'espère bien que vous réussirez à progresser en menant votre propre enquête, de manière indépendante. Ainsi dites-moi, vous avez des résultats ?

— Comment pourrais-je en avoir, si de votre côté, vous tenez toutes les pistes possibles ? répliqua Fandorine avec une feinte indifférence. Cependant ici non plus, semble-t-il, vous n'avez rien ?

Le prince déclara d'une voix assurée :

— Ils sont en train de mettre Gvidon à l'épreuve. C'est très bien. Il commençait déjà à détester ses anciens camarades, pour les avoir trahis. Mais à présent, sous la tension nerveuse, il va se sentir pénétré d'une haine tout ce qu'il y a de plus dévastatrice à leur endroit. Je connais bien la nature humaine. En particulier la nature de la trahison. J'y suis bien contraint compte tenu du caractère de mes occupations.

— Eh quoi, la t-trahison a-t-elle toujours le même visage ? demanda le conseiller d'Etat, intéressé malgré lui par le sujet

— Absolument pas, elle présente une infinie variété de formes. Il y a la trahison par peur, la trahison par vengeance, la trahison par amour, la trahison par ambition et par toutes sortes de motifs encore, les plus divers, jusqu'à la trahison par gratitude.

— Par g-gratitude ?

— Exactement. Si vous voulez, je vais vous exposer un cas tiré de mon expérience pratique.

Pojarski sortit une fine papirosse[1] de son porte-cigare et en aspira une bouffée avec volupté.

— L'un de mes meilleurs agents fut une charmante petite vieille, parfaitement honnête et désintéressée. La meilleure des créatures. Elle vouait une véritable adoration à son fils unique, or le gamin, par inexpérience et sottise, s'était trouvé mêlé à une histoire qui pouvait lui valoir le bagne. Elle est venue me voir, pleurante et suppliante, elle m'a raconté toute sa vie. J'étais moi aussi plus jeune, j'avais le cœur plus tendre qu'aujourd'hui, bref, j'ai eu pitié d'elle. Entre nous soit dit, j'ai dû aller jusqu'à commettre une grave infraction aux devoirs de ma charge, en soustrayant divers documents au dossier. Pour faire court, le gosse a été remis en liberté et en a été quitte pour un sermon paternel, lequel, pour dire la vérité, n'a pas produit sur lui la plus petite impression. Il s'est lié à nouveau avec des révolutionnaires et s'est

1. Cigarette russe, à embout de carton servant éventuellement de filtre.

compromis dans un tas d'affaires graves. Eh bien, que pensez-vous ? La mère, qui se sentait pénétrée de la plus vive reconnaissance à mon égard, depuis ce moment me fournissait ponctuellement des informations d'un prix inestimable. Les camarades de son fils, qui la connaissaient depuis longtemps comme une hôtesse des plus accueillantes, n'étaient nullement gênés par la présence de cette vieillarde inoffensive et tenaient devant elle les conversations les plus franches. De peur d'oublier, elle notait tout ce qu'elle entendait sur une feuille de papier qu'elle m'apportait ensuite. Il lui est arrivé une fois d'inscrire son rapport au verso d'une recette de cuisine ! Il est bien vrai de le dire : faites le bien et il vous sera rendu.

Eraste Pétrovitch avait écouté cette histoire édifiante avec une irritation croissante N'y tenant plus, il demanda :

— Gleb Gueorguievitch, et vous ne t-trouvez pas la chose un peu ignoble ? P-pousser une mère à dénoncer son fils ?

Pojarski ne répondit pas tout de suite, et quand il s'y décida, sa voix avait perdu son intonation enjouée pour devenir tout autre : sérieuse et un peu lasse.

— Monsieur Fandorine, vous donnez l'impression d'être un homme mûr et intelligent. Est-ce que, comme le petit officier aux joues roses d'hier, vous ne comprenez pas que l'heure n'est plus pour nous à faire la fine bouche ? Est-ce que vous ne voyez pas que nous sommes en guerre, et pour de bon ?

— Je le vois. Bien sûr que je le vois, répliqua le conseiller d'Etat avec feu. Mais même quand on est en guerre, il y a des règles. Or l'espionnage aggravé d'incitation à la trahison est généralement, en temps de guerre, puni de pendaison.

— Ce n'est pas là une guerre dans laquelle les règles sont applicables, objecta le prince d'un ton non moins convaincu. Elle ne met pas aux prises deux puissances européennes. Non, Eraste Pétrovitch. Ce à quoi nous assistons est une guerre sauvage, primitive, de l'ordre du chaos, Occident contre Orient, chevalerie chrétienne contre Horde d'Or. Dans cette guerre, on n'envoie pas de parlementaires, on ne signe pas de conventions, on ne libère personne en échange de sa parole d'honneur. On combat selon toute la science cruelle des Asiatiques, avec prisonniers écorchés vifs ou contraints d'avaler du plomb fondu, et massacre des innocents. Vous avez entendu parler de l'agent Chveroubovitch, aspergé de vitriol ? Et de l'assassinat du général von Heinkel ? On a fait sauter toute sa maison, or il s'y trouvait, outre le général — une parfaite canaille, soit dit en passant —, sa femme, ses trois enfants et plusieurs domestiques. Seule la plus jeune des filles, âgée de sept ans, a survécu, projetée du haut du balcon par l'onde de choc. Colonne vertébrale brisée et une jambe en miettes, si bien qu'il a fallu l'amputer. Que dites-vous de cette guerre-là ?

— Et vous, défenseur de la société, vous êtes prêt à combattre à pareilles conditions ? A riposter par les mêmes méthodes ? demanda Fandorine, ébranlé.

— Et que proposez-vous ? De capituler ? Pour que des foules d'enragés incendient les maisons et embrochent au bout d'une fourche les meilleurs hommes de Russie ? Pour que des Robespierre autochtones inondent les villes de sang ? Pour que notre Etat devienne un épouvantail pour l'humanité et retombe trois cents ans en arrière ? Je n'aime guère faire du pathos, Eraste Pétrovitch, mais je vous dirai la chose ainsi : nous sommes un mince écran censé contenir les assauts d'une force obtuse et mauvaise. Que celle-ci crève l'obstacle, et rien ne pourra plus l'arrêter. Derrière nous, il n'y a personne. Juste des dames portant chapeau, des vieilles portant béguin, des demoiselles à la Tourgueniev et des enfants en costumes de matelots — tout un petit monde bien convenable surgi il y a moins de cent ans dans les plaines scythiques grâce à la belle âme d'Alexandre Ier.

A l'évidence troublé lui-même par son emportement, le prince interrompit son discours passionné et brusquement changea de sujet :

— A propos, puisqu'on parle de méthodes... Eraste Pétrovitch, mon cher, pourquoi avez-vous glissé dans mon lit un hermaphrodite ?

Fandorine jugea avoir mal entendu :

— Pardon ?

— Rien de terrible, une aimable plaisanterie. Hier soir, après avoir dîné au restaurant, je regagne ma chambre d'hôtel. J'entre dans la pièce... mon Dieu, quelle surprise ! Dans mon lit est couchée une ravissante créature, dans un négligé parfait, laissant paraître au-dessus de la couverture une charmante poitrine dénudée. Je veux la raccompagner à la porte, elle refuse de se lever. Et un instant après, véritable invasion : commissaire de police, sergents de ville, et le portier qui braille d'une voix hypocrite : « Nous sommes un établissement comme il faut ! » Là-dessus j'aperçois même dans le couloir un reporter qui tente de se faufiler dans la chambre, accompagné d'un photographe ! La suite fut encore plus captivante. Ma visiteuse saute d'un bond hors du lit — par tous les saints, de ma vie je n'avais vu chose pareille ! Un assortiment complet d'attributs sexuels ! J'apprends qu'il s'agit d'une personne connue de tout Moscou, un certain monsieur, ou madame, répondant au sobriquet de Coco, et jouissant d'une grande popularité auprès des gourmets amateurs de distractions insolites. Excellent projet, Eraste Pétrovitch, bravo ! Je n'attendais nullement cela de vous. M'exposer sous un jour indécent et ridicule est certainement le meilleur moyen de reprendre le contrôle de l'enquête. Le souverain ne tolère aucun dérèglement de la part des serviteurs de l'Etat. Adieu, titre d'aide de camp, adieu aussi carrière ! poursuivit Gleb Gueorguievitch avec une feinte admiration. Le plan était magnifique, seulement, n'est-ce pas, je ne suis pas né de la dernière pluie. A l'occasion, je sais moi-même tirer parti de semblables tours de passe-passe, comme l'exemple de notre Rakhmet-Gvidon a pu vous en convaincre. La vie, mon très cher Eraste Pétrovitch, m'a enseigné la prudence. Quand je quitte une chambre d'hôtel, je laisse toujours sur la porte une marque invisible, et j'interdis strictement à mon domestique d'y pénétrer en mon absence. Avant d'ouvrir, j'avais donc examiné ma porte : surprise ! le cheveu que j'y avais collé était cassé ! Dans les deux chambres contiguës à la mienne logent des hommes à moi, qui m'escortent depuis Saint-Pétersbourg. Je les avais appelés et n'étais pas entré chez moi seul, mais accompagné. Votre commissaire de police, quand il a vu ces deux messieurs sérieux, revolver au poing, s'est trouvé décontenancé. Il a empoigné la bizarre créature par les cheveux et, sans un mot, l'a flanquée à la porte en même temps qu'il poussait dehors les journalistes. Mais peu importe, le portier est resté, un certain Telpougov, et celui-là s'est montré avec moi d'une totale franchise. Il m'a expliqué qui était ce fameux Coco, confié également que ces messieurs de la police lui avaient donné l'ordre de se tenir prêt. Vous voyez de quelles initiatives vous vous révélez capable, et vous condamnez encore mes méthodes !

— J'ignorais tout cela ! s'exclama Eraste Pétrovitch, indigné.

Puis il rougit aussitôt : il venait de se rappeler ce que Svertchinski avait murmuré la veille à propos d'un certain Coco. Ainsi, voilà ce que Stanislav Filippovitch avait à l'esprit quand il prétendait exposer le *revizor* de passage à la risée du public...

— Je vois bien que vous n'étiez pas au courant, acquiesça Pojarski. Bien entendu, ça ne cadre pas avec votre ligne de conduite. Je voulais seulement m'en assurer. En fait, la paternité de ce mauvais tour est évidemment à attribuer au très expérimenté colonel Svertchinski. Je suis parvenu dès ce matin à cette conclusion quand Svertchinski s'est mis à me téléphoner toutes les heures. Il cherchait à savoir si j'avais deviné. Bien sûr, c'est lui, et personne d'autre. Bourliaev n'a pas assez d'imagination pour monter des coups pareils.

Comme on parle du loup, on en voit la queue : à cet instant précis on entendit derrière la porte un martèlement de pas précipités, et Bourliaev en personne fit brutalement irruption dans la pièce.

— Catastrophe, messieurs ! lança-t-il, tout essoufflé. On vient de m'apprendre que le fourgon de transport des réserves de valeurs d'Etat avait été attaqué. Il y a des morts et des blessés. Six cent mille roubles ont été dérobés ! Et on a relevé une signature : GC.

Abattement et désarroi — telle était l'humeur qui prédominait chez les membres de la Direction de la gendarmerie et de la Section de sécurité, réunis en un conseil extraordinaire qui durait encore malgré l'heure tardive.

Ce triste conclave était présidé par le vice-directeur du Département de police, le prince Pojarski, cheveux hirsutes, teint blafard et mine mauvaise.

— Vous avez ici, à Moscou, de fameux règlements ! répétait pour la énième fois l'envoyé de la capitale. Chaque jour que Dieu fait, vous expédiez des fonds publics destinés aux contrées reculées de l'empire, et il n'existe même pas d'instructions concernant le transfert de sommes aussi importantes ! Où a-t-on jamais vu la garde se lancer à la poursuite d'un jeteur de bombe en laissant l'argent presque sans surveillance ? C'est bon, messieurs, inutile d'y revenir encore une fois, concéda Pojarski avec un geste de lassitude. Nous sommes allés, vous et moi, sur le lieu du crime. Dressons le bilan qui achèvera de nous démoraliser. Six cent mille roubles viennent de déménager dans les caisses de la révolution que je venais juste de mettre à sec au prix de bien des difficultés. On tremble à l'idée du nombre de forfaits que les nihilistes pourront commettre grâce à cet argent... Nous avons trois morts et deux blessés, cependant que la fusillade de l'impasse Somov n'a fait qu'une seule victime, de surcroît fort légèrement touchée. Comment a-t-on pu ne pas deviner que les coups de feu n'avaient d'autre but que de détourner l'attention, et que l'essentiel se déroulait auprès du fourgon ? s'emporta de nouveau le prince. Et par-dessus le marché, cette provocation insolente : la carte de visite du Groupe de Combat ! Quel coup porté au prestige de l'Etat ! Nous avons sous-estimé le nombre et l'audace des membres de l'organisation. Il ne s'agit nullement de quatre hommes, mais d'une dizaine au bas mot. Je m'en vais de ce pas réclamer des renforts à Saint-Pétersbourg et l'octroi de pleins pouvoirs extraordinaires. Et quelle technique d'exécution ! Ils disposaient d'informations très précises sur l'itinéraire suivi par le fourgon et sur la composition de l'escorte ! Ils ont agi vite, avec assurance et sans états d'âme. Ils n'ont laissé aucun témoin. Ce qui illustre à nouveau notre discussion sur les méthodes. (Gleb Gueorguievitch adressa un rapide regard à Fandorine, assis dans l'angle le plus éloigné du bureau de Bourliaev.) Il en est un, c'est vrai, le cocher Koulikov, qui a réussi à s'en sortir vivant. On sait grâce à lui que le groupe principal ne comptait que deux hommes. A en juger par la description qu'il en a faite, l'un est notre cher monsieur Grine. Le second se faisait appeler l'As. On pourrait croire que c'est un début de piste, mais pas du tout ! A l'auberge des Indes a été retrouvé le cadavre d'un homme au crâne brisé. Vêtu comme l'était l'As en question, et reconnu pour tel par Koulikov. « L'As » est un surnom assez répandu dans le monde de la pègre, il désigne un bandit intrépide et chanceux. Mais le plus probable est qu'il s'agit du légendaire voleur pétersbourgeois Tikhon Bogoyavlenski, dont la rumeur prétend qu'il est lié avec les nihilistes. Comme vous le savez, le corps a été expédié à la capitale pour identification. Mais peu importe ! Le sieur Grine a de toute façon tranché ce mince fil qui pouvait nous conduire à lui. C'était pour lui bien plus commode, et il n'a pas eu, en outre, à partager l'argent... (Le prince serra ses doigts et en fit craquer les articulations.) Mais cet attentat n'est encore pas le plus grand malheur qui nous frappe. Il est une circonstance plus fâcheuse.

Un grand silence se fit dans la pièce, car les personnes présentes avaient quelque mal à imaginer pire infortune que l'attaque à main armée qui venait de se produire.

— Vous savez que le conseiller titulaire Zoubtsov a identifié l'abonné dont l'appareil, peu avant l'attaque du fourgon, avait servi à appeler ici. Le numéro est celui du célèbre avocat Zimine, résidant rue de la Boucherie. Etant donné qu'actuellement Zimine se trouve à Varsovie pour un procès — tous les journaux en parlent —, j'ai envoyé mes agents enquêter discrètement sur le timide monsieur qui finalement avait renoncé à s'entretenir avec Sergueï Vitalievitch. Ceux-ci ont constaté que l'appartement n'était pas éclairé, ils ont ouvert la porte et découvert à l'intérieur un cadavre...

Eraste Pétrovitch rompit le silence qui à nouveau s'installait, en demandant d'une voix posée :

— Gvidon, n'est-ce pas ?

— Comment le savez-vous ? s'exclama Pojarski en se tournant vivement vers lui. Vous ne pouvez pas le savoir !

— C'est très simple, répondit Fandorine avec un haussement d'épaules. Vous avez dit qu'il était survenu un événement encore p-plus fâcheux que le vol de six cent mille roubles. Nous savons tous que vous misiez principalement sur l'agent Gvidon pour faire progresser l'enquête. De qui le meurtre aurait pu vous affecter à ce point ?

— Bravo, bravo, monsieur le conseiller d'Etat, lui lança le vice-directeur d'un ton irrité. Que n'étiez-vous seulement là plus tôt avec vos déductions ? Oui, il s'agit de Gvidon. Indices évidents de suicide : ses mains serrées sur un poignard marqué des lettres « GC », plaie pénétrante au cœur, infligée par la même lame. Il en ressort que je me suis trompé, que je n'ai pas su définir correctement le profil psychologique de ce sujet.

On voyait que cet exercice d'autoflagellation coûtait à Gleb Gueorguievitch d'énormes efforts, et Fandorine apprécia le geste à sa juste valeur.

— Vous ne vous êtes pas tant trompé que ça, dit-il. Il est manifeste que Gvidon voulait trahir ses camarades, puisqu'il s'est mis en rapport avec la Section, mais au dernier moment sa conscience s'est réveillée. P-pareille chose arrive m-même aux traîtres.

Pojarski comprit que le fonctionnaire cherchait à le faire revenir à leur discussion de tantôt, et un bref sourire lui échappa. Tout de suite après, cependant, il se rembrunit et s'adressa à Bourliaev d'un air contrarié :

— Eh bien, où en est votre Mylnikov ? C'est sur lui que repose notre dernier espoir. L'As est mort. Gvidon est mort. L'inconnu découvert derrière le mur de l'église, dans l'impasse Somov, est mort également, mais si nous parvenons à établir son identité, peut-être verrons-nous se dessiner une nouvelle piste.

— Evrasti Pavlovitch a mis sur le pied de guerre tous les inspecteurs de quartier, répondit Bourliaev de sa voix de basse, et ses agents comparent la photographie du mort avec celles de nos différents fichiers. Si c'est un Moscovite, nous finirons forcément par l'identifier.

— En prolongement à notre discussion, Eraste Pétrovitch, j'attire votre attention sur un point, dit Pojarski en regardant le conseiller d'Etat. L'inconnu avait juste été touché au cou, la blessure n'était pas mortelle. Néanmoins ses complices ne l'ont pas emmené avec eux, ils l'ont achevé d'une balle dans la tempe. Voilà quelles sont leurs mœurs !

— Mais peut-être le b-blessé s'est-il tué lui-même, pour ne pas encombrer ses camarades ? objecta Fandorine.

Devant une telle naïveté, Gleb Gueorguievitch se contenta de lever les yeux au ciel, tandis que le colonel Svertchinski se levait et proposait avec empressement :

— Voulez-vous, monsieur le vice-directeur, me confier personnellement l'identification du corps ? Je convoquerai tous les concierges de Moscou, et les ferai défiler un à un. Pour cela, Mylnikov et ses agents ne seront pas assez nombreux.

Pour la énième fois de la soirée, Stanislav Filippovitch tentait de faire montre d'un utile esprit d'initiative, mais jusqu'alors le prince s'était obstinément refusé à lui prêter attention. Cette fois-ci cependant il parut soudain exploser :

— Vous, vous feriez mieux de vous taire ! s'écria-t-il. Ce sont vos services qui répondent de l'ordre dans la ville ! Il est beau, l'ordre ! De quoi aviez-vous l'intention de vous occuper ? Des gares ? Eh bien allez-y, et ouvrez l'œil ! Les bandits vont certainement essayer d'expédier leur butin, et de préférence à Saint-Pétersbourg pour remplir les caisses du Parti. Prenez garde, Svertchinski, si là encore vous échouez, je vous ferai payer en une seule fois toutes vos dettes. Allez !

Le colonel, pâle comme un mort, toisa Pojarski d'un long regard appuyé et, sans souffler mot, se dirigea vers la porte. Son officier d'ordonnance, le lieutenant Smolianinov, s'élança à toutes jambes derrière lui.

Ils se heurtèrent à Mylnikov, qui, surgissant du salon d'accueil, faisait au même moment irruption, la mine réjouie.

— Ça y est ! cria-t-il depuis le seuil. Identifié ! Passé en revue les données de l'année dernière ! Figure au fichier ! Arséni Nikolaïevitch Zimine, fils de l'avocat ! Propriétaire d'un appartement, rue de la Boucherie !

Un tel silence tomba qu'on n'entendit plus que la respiration haletante d'Evrasti Pavlovitch, soudain perplexe.

Fandorine détourna son regard du prince, de peur que celui-ci ne lût dans ses yeux quelque joie mauvaise. Si l'expression était peut-être exagérée, le conseiller d'Etat ne pouvait en tout cas se défendre d'éprouver une certaine satisfaction, sentiment dont il se repentit du reste aussitôt.

— Eh bien ! prononça Pojarski d'une voix blanche et mesurée. Il apparaît que cette piste nous conduit elle aussi dans une impasse. Congratulons-nous, messieurs. Nous voilà Gros-Jean comme devant.

De retour chez lui, Eraste Pétrovitch eut à peine le temps de troquer sa redingote pour un frac et une cravate blanche qu'il fut déjà l'heure d'aller chercher Esther rue des Trois-Saints, à la demeure des Litvinov, célèbre dans tout Moscou.

Ce pompeux *palazzo* de marbre construit quelques années plus tôt semblait avoir été transporté tout droit de Venise dans la paisible ruelle bien ordonnée, où il écrasait à présent de sa masse et privait de lumière les nobles hôtels particuliers édifiés là depuis des siècles, arborant tous colonnes pelées et toits triangulaires. Ainsi maintenant, à presque minuit, les bâtiments voisins étaient-ils noyés dans l'obscurité, alors que l'élégante maison resplendissait et chatoyait de mille feux, tel le palais de glace du conte de fées : le luxueux fronton était éclairé, à la toute dernière mode américaine, par des lampes électriques.

Le conseiller d'Etat avait beaucoup entendu parler de la richesse du banquier Litvinov, un des philanthropes les plus généreux, protecteur des artistes russes et zélé donateur pour l'Eglise, qui rachetait largement sa trop récente conversion au christianisme par une dévotion ardente. Néanmoins, le grand monde moscovite traitait le millionnaire avec une ironie condescendante. On racontait en anecdote qu'ayant reçu, pour son action en faveur des orphelins, une décoration lui conférant les mêmes droits qu'un grade civil de quatrième classe, Litvinov aurait déclaré à des connaissances : « De grâce, à quoi bon vous écorcher la langue à prononcer : "Avessalom Efraïmovitch". Appelez-moi tout simplement : "Votre Excellence". » Litvinov avait ses entrées dans les meilleures maisons de Moscou, mais quand on le recevait, on murmurait souvent aux autres invités, comme pour se justifier : « Un juif baptisé, c'est comme un voleur amnistié. »

Néanmoins, en entrant dans le vaste vestibule en marbre de Carrare, orné de luminaires de cristal, de miroirs immenses et de toiles monumentales représentant des scènes tirées de l'histoire russe, Eraste Pétrovitch se dit que si les affaires financières d'Avessalom Efraïmovitch continuaient à rencontrer le même succès, le banquier n'échapperait pas au titre de baron, et alors le murmure ironique s'éteindrait tout à fait, car les gens non pas simplement riches, mais extrêmement riches et titrés n'ont plus d'appartenance à aucune nation.

Au majestueux laquais qui, en dépit de l'heure tardive, portait pourpoint rebrodé d'or et même perruque poudrée, Fandorine ne donna que son nom, et n'eut pas à expliquer le but de sa visite :

— Tout de suite, monsieur, lui répondit avec un salut cérémonieux le valet qui, à en juger par sa mine, avait dû servir autrefois à la cour d'un grand-duc, sinon même d'un plus grand personnage encore. Mademoiselle va descendre dans un instant. Plairait-il à Votre Haute Noblesse de patienter au petit salon ?

L'idée ne plaisant pas à Eraste Pétrovitch, le laquais gravit précipitamment, mais en s'ingéniant toutefois à ne rien perdre de sa majesté, le splendide escalier qui menait à l'étage. Une minute après dégringolait dans l'autre sens, telle une balle de caoutchouc, un petit monsieur alerte au visage d'une extraordinaire mobilité et aux rares cheveux soigneusement coiffés sur un crâne presque chauve.

— Mon Dieu, je suis terriblement, terriblement heureux, débita-t-il d'un trait alors qu'il n'avait encore dévalé que la moitié des marches. Extrêmement heureux que ma petite Esther ait des amis aussi respectables. Autrement, vous savez, ce ne sont que chevelus aux bottes crottées et à la voix vulgaire... C'est bien sûr, chez elle, un travers dû à sa jeunesse. Je savais que ça lui passerait. Au fait, je suis son père, Litvinov, quant à vous, monsieur Fandorine, vous n'avez pas besoin de vous présenter, vous êtes une célébrité.

Eraste Pétrovitch était un peu étonné que le banquier portât chez lui habit de soirée et décoration — sans doute s'apprêtait-il lui aussi à sortir. Mais en tout cas, il n'allait pas manger des crêpes chez le prince Dolgoroukoï, il fallait d'abord pour cela qu'Avessalom Efraïmovitch attende d'obtenir son titre de baron.

— C'est un tel honneur, un tel honneur pour notre Esther d'être admise à un souper intime en compagnie de Sa Très Haute Excellence. Je suis très, très heureux.

Le banquier se trouvait à présent à proximité immédiate de son visiteur, auquel il tendait une main blanche et potelée.

— Je suis, du fond du cœur, heureux de faire votre connaissance. Le jeudi est chez nous jour de réception hebdomadaire, nous serons sincèrement ravis de vous y voir. Ah ! mais pourquoi parler de réception hebdomadaire, passez simplement quand le cœur vous en dit. Ma femme et moi encourageons beaucoup Esther à poursuivre cette relation.

Cette dernière phrase, par son ingénuité, plongea le conseiller d'Etat dans un certain embarras, lequel grandit encore quand il s'aperçut que la porte menant aux appartements privés du rez-de-chaussée était entrouverte et que, dissimulé derrière elle, quelqu'un l'observait avec attention.

Mais Esther descendait déjà l'escalier, vêtue de telle manière que Fandorine oublia sur-le-champ et l'ambiguïté de sa position, et le mystérieux voyeur.

— Papa, pourquoi as-tu encore agrafé ce truc ! cria-t-elle d'une voix terrible. Ôte-le tout de suite, ou bien il va croire que tu dors avec ! Attends, tu ne l'as pas déjà invité à la réception hebdomadaire ? Ne t'avise pas de t'y présenter, Eraste. Avec toi, il faut s'attendre à tout. Ah, ah ! (Esther venait de remarquer la porte entrebâillée.) Maman espionne en douce. Ne perds pas ton temps, je ne l'épouserai pas !

On comprenait d'emblée qui commandait dans ce palais de marbre. La porte se referma aussitôt, papa fit disparaître sa décoration, la mine effrayée, et posa timidement la question qui préoccupait également beaucoup Eraste Pétrovitch :

— Esther, ma chérie, es-tu sûre qu'on peut se présenter devant Sa Très Haute Excellence en pareille tenue ?

Mademoiselle Litvinova avait tendu sur ses courts cheveux noirs une résille d'or qui donnait l'impression qu'un casque étincelant lui enserrait la tête ; une tunique écarlate de libre inspiration grecque s'étrécissait à sa taille, serrée par une large ceinture de brocart ; mais le plus saisissant était le décolleté qui descendait presque jusqu'au nombril — saisissant non point tellement par sa profondeur que par l'évidente absence de corset et de corsage qu'il trahissait.

— L'invitation disait : « Les dames sont libres de choisir leur toilette à leur convenance. » Pourquoi ? demanda Esther en jetant un regard inquiet à Fandorine. Ça ne me va pas ?

— Ça vous va très bien, répondit-il résigné, prévoyant l'effet que la jeune femme allait produire.

L'effet dépassa les pires appréhensions d'Eraste Pétrovitch.

Au souper donné par le gouverneur général, les hommes étaient venus certes sans décorations, mais en habit noir et cravate blanche ; les dames en robe de soirée dans les tons blanc-gris. Sur ce fond monochrome, la toilette d'Esther flamboyait telle une rose rouge sur la neige défraîchie de mars. Il vint à l'esprit de Fandorine une autre comparaison encore : un flamant égaré dans un poulailler.

Comme le souper avait statut de réception amicale, Sa Très Haute Excellence n'avait point encore paru, offrant ainsi à ses hôtes la possibilité de lier connaissance entre eux, mais la sensation provoquée par la cavalière du conseiller d'Etat Fandorine était si grande que les conversations légères communes à ces sortes de circonstances ne parvenaient nullement à se nouer. Il régnait un parfum sinon de scandale, du moins de piquante anecdote dont dès demain parlerait tout Moscou.

Les femmes considéraient la toilette de cette fille tondue, accoutrée selon la toute dernière mode éhontée qui pour l'instant soulevait encore l'indignation même à Paris, avec un pincement de lèvres dégoûté et une lueur jalouse dans les yeux. Les hommes, quant à eux, mal informés de la révolution à venir dans le monde du costume féminin, contemplaient, pétrifiés, le libre balancement des deux hémisphères que recouvrait à peine une très fine étoffe. Ce spectacle les impressionnait autrement plus que la nudité ordinaire des dos et des épaules des dames.

Esther ne paraissait nullement troublée par l'attention générale dont elle était l'objet, et dévisageait les personnes qui l'entouraient avec une curiosité plus grande encore.

— Qui est-ce? demandait-elle au conseiller d'Etat dans un chuchotement indiscret. Et celle-là, avec les gros seins ?

Une fois, elle s'exclama d'une voix sonore :

— Seigneur, mon Dieu ! mais c'est le cabinet de curiosités !

Eraste Pétrovitch, au début, se tint courageusement. Il saluait avec déférence les gens qu'il connaissait en affectant de ne pas remarquer que sa compagne et lui étaient la cible d'innombrables regards, dont certains même renforcés par le déploiement d'un face-à-main. Mais sitôt que Frol Grigoriévitch Védichtchev se fut approché du fonctionnaire pour lui murmurer : « On vous demande », Fandorine invoqua devant Esther, en manière d'excuse, les obligations du service et fila avec un honteux empressement dans les appartements privés du gouverneur, en abandonnant sa compagne à son sort. Juste avant de franchir la porte, pris d'un soudain remords, il se retourna.

Esther ne semblait nullement perdue et n'accompagnait point du regard le déserteur. Campée en face d'un escadron de dames, elle les étudiait avec intérêt, cependant que celles-ci déployaient tous leurs efforts pour paraître absorbées par quelque conversation désinvolte. Visiblement, il était permis de ne pas se faire trop de souci pour mademoiselle Litvinova.

Dolgoroukoï écouta le rapport du fonctionnaire chargé des missions spéciales avec une satisfaction non dissimulée, même si, pour la forme, il poussa quelques gémissements au sujet de l'argent du Trésor, lequel, du reste, était de toute façon destiné à être expédié au Turkestan.

— Tout le monde ne les caresse pas dans le sens du poil, déclara Vladimir Andréiévitch. Voyez-moi ça, il s'est trouvé des petits malins pour tout mettre sur le dos du vieux Dolgoroukoï. Eh bien, essayez donc vous-mêmes ! Ainsi le gommeux de la capitale s'est heurté la tête contre un mur ? Bien fait pour lui, bien fait !

Védichtchev acheva de boutonner un étroit faux col empesé autour du cou de Sa Très Haute Excellence, cou qu'il saupoudra ensuite avec précaution de talc, pour prévenir tout frottement.

— Mon petit Frol, arrange-moi ça, ici.

Le gouverneur général, planté devant un miroir, tourna la tête et désigna la perruque châtaine vilainement posée sur son crâne.

— Je sais, bien sûr, Eraste Pétrovitch, qu'on ne me pardonnera pas Khrapov. J'ai reçu de Sa Majesté une lettre d'une extrême froideur, de sorte que je dois m'attendre à tomber en disgrâce d'un jour à l'autre. Et malgré tout, j'aimerais beaucoup, en guise d'adieu, moucher toute cette camarilla. Leur fourrer sous le nez une belle affaire élucidée : tenez, bouffez-moi ça et rappelez-vous Dolgoroukoï. Hein, qu'en dites-vous, Eraste Pétrovitch ?

Le conseiller d'Etat soupira :

— Je ne puis rien promettre, Vladimir Andréiévitch. J'ai les mains liées. Mais j-j'essaierai.

— Oui, je comprends...

Le prince se dirigea vers les portes donnant sur le grand salon.

— Et les invités ? Ils sont tous là ?

Les portes s'ouvrirent toutes grandes, comme par magie. Dolgoroukoï s'arrêta sur le seuil pour que les personnes présentes aient le temps d'observer l'entrée en scène du maître de maison et de s'y préparer de la manière voulue.

Comme il parcourait l'assemblée du regard, le prince tressaillit :

— Qui est la personne, là-bas, en rouge ? La seule qui tourne le dos ?

— C'est mon amie, Esther Avessalomovna Litvinova, répondit tristement le fonctionnaire. C'est vous-même qui aviez demandé...

Dolgoroukoï cligna ses yeux d'hypermétrope et esquissa une moue.

— Frol, mon ami, file donc à la salle de banquet et change les cartons sur la table. Place le gouverneur et son épouse un peu plus loin, et rapproche Eraste Pétrovitch et sa dame, pour qu'ils soient à ma droite.

— Comment, comment ? Dans la tronche, dites-vous ? demanda le gouverneur général, incrédule, et ses paupières, soudain, se mirent à papillonner, car il venait seulement de découvrir combien l'échancrure de la robe de sa voisine se révélait généreuse.

A l'extrémité de la table, aux places d'honneur qu'occupaient les invités les plus importants, le vilain mot avait fait taire toutes les bouches.

— Eh bien, oui, dans la tronche ! répéta Esther d'une voix forte à l'intention du vieillard un peu dur d'oreille. Le directeur du lycée m'avait dit : « Avec pareille conduite, Litvinova, je ne vous garderai pas pour tout l'or de tous les youpins du monde. » Alors je lui ai flanqué une baffe dans la tronche. Comment auriez-vous agi à ma place ?

— Oui, en effet, il n'y avait guère d'autre solution, reconnut Dolgoroukoï avant de s'enquérir d'un air intéressé : Mais, et lui, quelle a été sa réaction ?

— Oh ! rien. Il m'a virée de l'établissement et signalée aux autorités comme élément suspect. J'ai terminé mes études à la maison.

Esther était assise entre le prince et Eraste Pétrovitch, et parvenait à la fois à faire honneur aux fameuses crêpes sablées et à bavarder avec animation avec le tout-puissant maître de Moscou.

A dire vrai, seules deux personnes participaient à la conversation : Sa Très Haute Excellence et son extravagante convive. Tous les autres se trouvant à portée d'oreille se gardaient de souffler mot, tandis que le malheureux conseiller d'Etat semblait totalement pétrifié.

La sensualité féminine, la question ouvrière, le caractère antihygiénique du linge de corps, les zones de peuplement juif, telle était la liste non exhaustive des sujets que mademoiselle Litvinova avait eu le temps d'aborder au cours des trois premiers services. Quand elle s'absenta, sans omettre d'annoncer précisément où elle allait, Vladimir Andréiévitch, transporté d'enthousiasme, confia en français à Fandorine : « Elle est ravissante, votre élue. » Mais Esther également, à son tour, s'adressant à Eraste Pétrovitch, exprima sur le compte du prince une opinion positive :

— Charmant petit vieux. Pourquoi les nôtres le traînent-ils autant dans la boue ?

Au sixième service, quand après esturgeon, pâté de sterlet et autres caviars on eut apporté fruits frais, miel et confitures, on vit paraître, tout au fond de la salle de banquet, l'officier de garde, aide de camp de Sa Très Haute Excellence. Dans un tintement d'aiguillettes, il parcourut sur la pointe des pieds toute la longueur de la vaste pièce, en sorte que sa course ne passa guère inaperçue. A voir la mine défaite de l'officier, il était évident qu'un événement pour le moins extraordinaire venait de se produire. Les invités manquaient se dévisser la tête pour suivre du regard le porteur de nouvelles, et seul le gouverneur général ignorait encore sa présence, occupé qu'il était à chuchoter à l'oreille d'Esther Avessalomovna.

— Ça chatouille ! fit-elle en s'écartant des duveteuses moustaches imprégnées de teinture, avant de considérer l'officier avec des yeux emplis d'intérêt.

— Votre Très Haute Excellence, un événement de la plus haute importance... exposa le capitaine, le souffle court.

Il s'appliquait à parler à voix basse, mais dans le silence soudain régnant, les mots portaient loin.

— Hein ? Que se passe-t-il ? demanda Dolgoroukoï dont le sourire ne s'était pas encore effacé. Quel événement ?

— On vient juste de m'informer. La gare de Nikolaïev a été le théâtre d'un attentat contre le chef intérimaire de la Direction locale de la gendarmerie, Svertchinski. Le colonel a été tué. Son officier d'ordonnance est blessé. Il y a d'autres victimes. Les auteurs de l'attentat ont pris la fuite. Le mouvement des trains en direction de Saint-Pétersbourg est suspendu.

Chapitre huitième, où certains colis se font encombrants

Il n'avait dormi cette nuit-là que deux heures. Les punaises n'y étaient pour rien, pas plus que l'atmosphère suffocante de la pièce, ni même la douleur lancinante qui le tenaillait : pareils détails ne méritaient pas qu'on y prête attention. Un problème se posait, autrement plus essentiel.

Grine était étendu, les mains derrière la tête, et réfléchissait intensément. A côté de lui, dans l'étroit galetas, dormaient Emélia et le Bouvreuil. Très agité, le premier se tournait et se retournait constamment, visiblement tourmenté par la vermine. Le second poussait de petits cris ténus dans son sommeil. Au reste il était même surprenant qu'il eût réussi à s'endormir après ce qu'il avait vécu la veille.

La conclusion inattendue de leur collaboration avec l'As avait réclamé des décisions rapides. En premier lieu, Grine avait fait reprendre conscience à Julie toujours en proie à des sanglots hystériques, ce pour quoi il avait dû lui administrer quelques gifles d'une main leste. Après ce traitement, elle avait cessé de grelotter et exécuté tout ce qu'il lui commandait, en évitant seulement de poser le regard sur le corps inerte et sur la flaque de vin clair qui s'assombrissait à vue d'œil, à mesure qu'il s'allongeait de sang.

Puis il avait bandé à la hâte ses blessures. Le plus difficile à panser était son oreille, aussi s'était-il contenté de la couvrir d'un mouchoir et d'enfoncer par-dessus sa casquette ouatinée d'employé de commerce. Julie alla chercher une cruche d'eau, pour laver le sang qui lui maculait le visage et les mains.

A présent ils pouvaient partir.

Ayant posté Julie à la garde du traîneau, Grine transbahuta tant bien que mal les sacs depuis la chambre. Il ne lui fut pas possible d'en porter deux à la fois comme à l'arrivée : mieux valait ne pas solliciter son poignet blessé plus qu'il n'était nécessaire.

Il ne commença à penser à l'endroit où abriter le butin que lorsqu'ils eurent quitté, sans autre incident, l'auberge des Indes.

Le lieu de rendez-vous, la bicoque du garde-voie près de la gare de Vindava, n'était pas assez sûr. Le terrain était trop à découvert, si quelqu'un venait à voir qu'on y transportait des sacs, il soupçonnerait aussitôt qu'il pût s'agir de marchandises dérobées à un convoi de fret.

Un autre hôtel ? On ne les laisserait pas monter les sacs dans leur chambre, quant à les laisser en garde à la réception, c'était bien périlleux.

C'est Julie qui trouva la solution. Elle était là assise, silencieuse, renfrognée sous son fichu de ménagère, ne posait aucune question, ne l'empêchait pas de réfléchir. Et puis soudain, elle s'exclama :

— La gare de Nikolaïev ! J'y ai déjà des bagages à la consigne. Je récupérerai mes malles et je laisserai les sacs à la place. Le règlement est sévère, personne n'ira y fouiller. Et il ne viendra pas à l'esprit de la police que l'argent puisse être là, sous son nez.

— Je ne peux pas m'y montrer, objecta Grine. Mon signalement a été diffusé.

— Tu n'en as aucun besoin. Je dirai que je suis femme de chambre, que je viens chercher les affaires de ma maîtresse. Quant au contenu des sacs, je prétendrai que ce sont les livres des maîtres. A chacun son rôle. Toi, tu seras le cocher, tu resteras dans le traîneau, tu n'entreras pas dans la gare. Je ferai venir des porteurs.

L'entendre le tutoyer lui procurait une sensation bizarre et le mettait mal à l'aise. Mais l'idée de la consigne était bonne.

De la gare, ils se rendirent à l'hôtel Kitej, à côté des Portes Rouges, hôtel qui n'était certes pas de premier ordre, mais disposait d'un téléphone près du comptoir, détail qui revêtait dans le cas présent une singulière importance.

Grine téléphona à l'agent de liaison. Il demanda sans préambule :

— Comment vont-ils ?

L'Aiguille répondit d'une voix tremblante d'émotion :

— C'est vous ? Dieu soit loué ! Tout va bien de votre côté ? Vous avez la marchandise ?

— Oui. Et les autres ?

— Ils sont tous en bonne santé, seul Arséni est tombé malade. On a dû le laisser.

— On le soigne ? dit-il en fronçant les sourcils.

— Non, c'est trop tard.

La voix à nouveau avait tressailli.

— Envoyez chercher les miens à la gare de Vindava. Qu'ils se rendent à l'hôtel *Kitej*. Au début de la rue Basmannaïa. Vous aussi, venez. Chambre 17. Prenez avec vous alcool, aiguille et fil chirurgical.

L'Aiguille arriva rapidement. Elle adressa un bref signe de tête à Julie, la regardant à peine bien qu'elle la rencontrât pour la première fois. Elle considéra la tête bandée de Grine, son sourcil poisseux de sang, et demanda d'un ton sec :

— Vous êtes grièvement blessé ?

— Non. Vous avez apporté ce qu'il fallait ?

Elle posa sur la table un petit sac de voyage.

— Il y a là de l'alcool, une aiguille et du fil, comme vous l'aviez demandé. Et aussi de la gaze, de l'ouate, des bandages et du taffetas gommé. J'ai suivi des cours d'infirmière. Montrez-moi seulement, je me charge de tout.

— C'est bien. Je peux me débrouiller seul pour la plaie au côté. Le sourcil, l'oreille et la main, c'est plus délicat. Le taffetas gommé est aussi le bienvenu. J'ai une côte cassée, mieux vaudrait bien serrer.

Il se mit torse nu, et Julie laissa échapper un gémissement plaintif à la vue des hématomes et du bandage humide de sang.

— Coup de couteau, plaie peu profonde, expliqua Grine à propos de sa blessure au flanc. Rien de vital n'est touché. Il faut juste nettoyer et recoudre.

— Allongez-vous sur le divan, ordonna l'Aiguille. Je vais me laver les mains.

Julie s'assit auprès de lui. Son visage de poupée était altéré par une expression de souffrance.

— Mon petit Grine, mon pauvre chéri, tu souffres beaucoup ?

— Vous n'êtes pas utile ici, dit-il. Vous avez fait votre part. A son tour maintenant. Ecartez-vous.

L'Aiguille traita la blessure à l'alcool, à gestes rapides et adroits. Elle désinfecta également le fil chirurgical, puis passa l'aiguille à la flamme d'une bougie.

Pour qu'elle se détende un peu, Grine s'essaya à formuler une plaisanterie :

— L'Aiguille manie l'aiguille.

Visiblement le résultat n'était pas assez drôle : elle n'eut pas un sourire.

Elle l'avertit :

— Ça va faire mal. Serrez les dents.

Mais il ne sentait presque pas la douleur : l'entraînement portait ses fruits, et l'Aiguille connaissait son affaire.

Tout en l'observant avec intérêt recoudre à petits points précis d'abord son flanc puis son poignet, Grine demanda :

— « L'Aiguille », ça vient de là ?

La question était maladroite, il le sentit lui-même, mais l'Aiguille le comprit.

— Non. De ceci.

D'un geste vif elle porta la main au chignon étroitement noué sur sa nuque et en tira une longue épingle à cheveux très acérée.

— C'est pour quoi faire ? dit-il, surpris. Pour vous défendre ?

Elle lava à l'alcool le sourcil amoché, posa deux points de suture, et ensuite seulement répondit.

— Non. C'est pour me tuer si l'on m'arrête. Je sais comment m'y prendre : il faut l'enfoncer là. (Elle montrait son cou.) Je souffre de claustrophobie. Je ne supporte pas les locaux exigus. Je pourrais ne pas tenir en prison, et craquer.

Son visage s'était empourpré : il était évident que cet aveu lui était pénible.

Bientôt arrivèrent Emélia et le Bouvreuil.

— Blessé ? demanda celui-ci d'une voix effrayée.

Emélia, quant à lui, jeta un coup d'œil à la ronde et fronça les sourcils :

— Où est Rakhmet ?

A la première question, Grine ne répondit pas, parce que c'était inutile. A la seconde, il fournit pour seule explication :

— Nous ne sommes plus que trois à présent. Racontez.

C'est le Bouvreuil qui se chargea du récit. Emélia y glissait de temps à autre une remarque, mais Grine écoutait à peine. Il savait que le gamin avait besoin de s'épancher : c'était la première fois qu'il participait à une véritable opération. Cependant les détails de la fusillade n'avaient guère d'importance, il fallait maintenant penser à autre chose.

— ... Au moment de battre en retraite, il a fait quelques pas en courant et puis il est tombé. Il avait été touché... tiens, regarde : là. (Le Bouvreuil montrait un point au-dessus de sa clavicule.) Le Clou et moi avons voulu le relever, mais déjà il avait collé son revolver, comme ceci, à la tempe... Sa tête a été projetée brutalement sur le côté, et il s'est effondré. Quant à nous, nous avons tous pris la fuite...

— Bien ! coupa Grine, jugeant que cela suffisait. Revenons-en à notre affaire. Les sacs contenant l'argent sont à la gare. Les avoir raflés, c'est une chose, maintenant il faut les expédier à la capitale. Pas simple : police, gendarmerie, mouchards. Auparavant, on ne recherchait que nous, à présent s'y ajoute le fric. Or il faut agir vite.

— J'y ai pensé, dit brièvement l'Aiguille. On pourrait dépêcher six hommes, et confier à chacun un sac. Il ne peut se faire que les six soient capturés, l'un ou l'autre forcément réussira à se faufiler. Dès demain, je m'en occupe. J'en ai cinq déjà à disposition, je serai la sixième. En tant que femme, cela me sera même plus facile.

— Remettons donc à demain, conclut Emélia d'une voix lasse. La nuit porte conseil.

— Moi aussi, je peux en prendre un, intervint Julie. Seulement, au milieu de mes autres bagages, la présence d'un vulgaire sac de jute risque d'intriguer. Je rangerai les liasses dans une valise, d'accord ?

Grine tira sa montre. Onze heures et demie.

— Non. Demain ils auront tout bouclé, on ne pourra rien faire passer. Ils contrôleront le moindre paquet, c'est hors de question. Aujourd'hui.

— Quoi, aujourd'hui ? demanda l'Aiguille, incrédule. Expédier l'argent aujourd'hui ?

— Oui. Par le train de nuit. A deux heures.

— Mais c'est totalement impossible ! Déjà à l'heure qu'il est toute la police est sur le pied de guerre. En venant ici, j'ai vu plusieurs voitures se faire arrêter. A la gare, ce doit être encore pire...

Alors Grine exposa son plan.

Seul un détail était imprévisible : qu'après l'explosion le chef de gare, pris d'affolement, retarde le départ du train à destination de Saint-Pétersbourg et plus généralement suspende tout trafic ferroviaire.

Autrement, tout se déroula en exacte conformité avec le plan.

A deux heures moins vingt, Grine conduisit l'Aiguille et Julie, vêtues respectivement en maîtresse et en servante, à la consigne et resta dehors à attendre puisqu'il lui était résolument interdit de se montrer à proximité des quais.

Un porteur chargea les sacs sur une charrette à bras qu'il s'apprêtait à tirer jusqu'au train quand la dame, maigre et revêche, se mit à houspiller sa jolie domestique pour Dieu sait quel carton oublié à la maison, et se laissa tant emporter par son sermon qu'elle ne se ressaisit qu'à la deuxième sonnerie, pour cette fois-ci s'en prendre au porteur : que faisait-il encore planté là, au lieu d'aller déposer les sacs au wagon à bagages. Contre toute attente, l'Aiguille s'acquitta de son rôle à merveille.

C'est à ce même moment qu'Emélia et le Bouvreuil étaient censés entrer en scène. Ils avaient eu assez de temps pour passer chez Nobel prendre une bombe prête à l'usage.

Et de fait : à peine la charrette transportant les sacs s'approcha-t-elle de l'entrée des quais, à peine quatre agents en civil firent-ils mine d'accoster le porteur qu'une petite dame acariâtre pressait d'avancer à coups de sac à main dans le dos, que de l'autre côté, où se trouvait le départ des voies, retentit le grondement sourd d'une explosion accompagnée de cris et de tintements de vitres brisées.

Les agents, oubliant la charrette, s'élancèrent en direction du vacarme tandis que la dame bousculait le porteur hésitant, pour qu'il se dépêche de reprendre son chemin. On se moquait bien de se qui se fabriquait dans la gare, le train, lui, n'allait pas attendre.

Grine ne pouvait voir plus loin, cependant il était permis de ne pas douter que l'Aiguille et Julie réussiraient à atteindre la voiture et que les sacs seraient embarqués sans difficulté dans le compartiment à bagages. Gendarmes et policiers avaient à présent autre chose à penser qu'à fouiller les voyageurs.

Mais les minutes s'écoulaient, et la dernière sonnerie ne venait toujours pas. A deux heures vingt, Grine décida de partir en reconnaissance. Vu l'agitation chaotique des uniformes bleus derrière les vitres, il était en droit d'espérer n'être pas reconnu.

Il s'adressa à un employé désemparé. Celui-ci lui expliqua qu'un officier avait lancé une bombe sur le grand chef de la police avant de prendre la fuite. C'était parfait. Mais l'autre ajouta encore que la ligne serait fermée cette nuit. Or ce dernier renseignement signifiait que l'opération avait échoué pour l'essentiel.

Il attendit presque une heure que l'Aiguille et Julie reviennent avec les sacs.

Puis il abandonna les deux femmes et conduisit les sacs à la maison du garde-voie, près des entrepôts de la gare de Vindava.

C'est Emélia qui lui rapporta les détails.

— A l'endroit où l'on quitte le hall de la gare pour accéder aux trains, je subis une fouille en bonne et due forme. Or je suis parfaitement en règle, sans bagage et muni d'un billet de troisième classe pour Saint-Pétersbourg. Qu'est-ce qu'on peut me reprocher ? Je passe sur le quai, je me campe dans un coin, j'attends. Tout à coup, qu'est-ce que je vois ? Le petit Bouvreuil qui navigue dans ma direction, un gros bouquet dans les pognes, les joues rouges comme des pivoines. On ne l'avait même pas regardé. A voir pareil chérubin, qui irait imaginer que son bouquet contient une bombe ? On se rejoint à un endroit un peu plus sombre. Je soustrais la bombe en douce, et dans la poche ! Il fait nuit, mais c'est pourtant plein de monde. Le train de passagers en provenance de la capitale est en retard, les gens venus l'accueillir poireautent. Pendant ce temps les clients arrivent pour le nôtre, celui de deux heures. C'est tout bon, je me dis. Personne n'ira faire attention à moi. Petit à petit, j'étudie les abords du bureau du surveillant. Or mon vieux Grine, je m'aperçois qu'il donne par une fenêtre directement sur le quai. Les stores sont ouverts, et tout l'intérieur est visible. Notre gagnant du gros lot est assis à une table, un jeune officier bâille près de la porte. De temps à autre quelqu'un entre, quelqu'un sort. On ne dort pas là-dedans, on bosse. Je vais faire un tour plus près, je regarde : sainte mère de Dieu ! le vasistas est grand ouvert. Sans doute que la pièce est trop chauffée. Moi, en tout cas, ça me réchauffe le cœur tout aussi bien. Eh, je me dis, Emélia, il est encore un peu tôt pour casser sa pipe. Puisqu'une telle veine se présente, peut-être que tu pourras te tirer des flûtes. Le petit Bouvreuil, comme convenu, s'est posté en face de la fenêtre, à une vingtaine de pas. Je me tiens, moi, planqué dans l'ombre sur le côté. La cloche sonne une fois. Encore dix minutes avant le départ, neuf, huit... J'attends sans bouger, je prie saint Nicolas le Juste et Satan le Corrupteur : pourvu qu'ils ne referment pas le vasistas ! Dingdong : deuxième cloche. C'est l'heure ! Je passe devant la fenêtre sans me presser et d'un geste bref, comme un chat avec sa patte, je balance la patate par la lucarne. Elle est tombée impeccablement, elle n'a même pas frôlé le cadre. J'ai eu le temps encore de faire cinq, six pas, et alors là, quel pétard ! La foire que ç'a été ensuite, sainte mère ! On court, on siffle, on hurle. J'entends le petit Bouvreuil qui claironne : « Le voilà ! Il se sauve en direction des voies ! Il a un manteau d'officier ! » Toute la foule se précipite au galop par là-bas, et nous, tout doucement, sans nous faire remarquer, nous ressortons sur la place par une porte latérale. Une fois là, il ne restait plus qu'à prendre ses jambes à son cou.

Grine écoutait Emélia, mais regardait le Bouvreuil. Celui-ci était, contre son habitude, triste et silencieux. Il était assis sur un sac de billets, le menton dans les mains. Son visage était malheureux, et ses yeux mouillés de larmes.

— Ce n'est rien, lui dit Grine. Vous avez tout fait comme il fallait. Que l'opération ait échoué, ce n'est pas votre faute. Demain je trouverai un autre moyen.

— J'ai voulu crier, mais je n'ai pas eu le temps, répondit le Bouvreuil dans un sanglot, les yeux toujours rivés au sol. Non, je mens. J'étais perdu. J'ai eu peur, si je criais, de trahir Emélia. La deuxième sonnerie avait déjà retenti. Et Emélia, d'où il était, ne pouvait pas voir...

— Qu'est-ce que je ne pouvais pas voir ? demanda Emélia, surpris. Il ne pouvait pas sortir. Quand je suis passé devant la fenêtre, j'ai jeté un coup d'œil : l'uniforme bleu était à sa place.

— Lui était à sa place, c'est vrai, mais au moment où tu as bougé, des gens sont entrés dans le bureau. Une dame avec un garçon, un collégien. Un élève de cinquième, à en juger par son allure.

— Ah, c'est ça... (Emélia se rembrunit.) Tu regrettes pour le gamin. Mais tu as bien fait de ne pas crier. De toute façon j'aurais lancé la bombe, seulement on aurait eu plus de mal à partir.

Le Bouvreuil leva ses yeux humides, l'air désemparé.

— Comment : « de toute façon » ? Mais ils n'y étaient pour rien !

— Peut-être, mais nos demoiselles, elles, y étaient pour quelque chose, rétorqua durement Emélia. Si toi et moi avions hésité, la police les aurait pincées avec l'argent, et tout aurait été flambé. Considère alors qu'Arséni serait mort pour des prunes, que Julie et l'Aiguille auraient été arrêtées pour rien, et qu'il n'y aurait personne pour sauver nos camarades d'Odessa de la pendaison.

Grine s'approcha du garçon, lui posa gauchement une main sur l'épaule et tenta de lui expliquer de manière moins abrupte ce à quoi il avait lui-même réfléchi plus d'une fois.

— Il faut comprendre. C'est la guerre. Nous combattons. Là-bas, de l'autre côté, il y a toute sorte de gens. Il arrive qu'il y en ait qui soient bons, généreux, honnêtes. Mais ils portent un autre uniforme, et par conséquent, ce sont des ennemis. C'est toujours Borodino. Dis-lui donc, toi, grand-père. Tu te rappelles, n'est-ce pas ? On tirait, on ne se demandait pas si l'homme qu'on avait au bout du fusil était bon ou mauvais. On avait un Français devant soi, alors feu ! Moscou était derrière nous. Or aujourd'hui, l'ennemi est pire que les Français. On ne peut pas le prendre en pitié. Ou plutôt si, on le peut, et même on le doit, mais pas maintenant. Plus tard. D'abord vaincre, s'apitoyer ensuite.

Formulés dans sa tête, ses arguments semblaient tous convaincants, mais une fois exprimés à haute voix, ils le paraissaient beaucoup moins.

Le Bouvreuil revint à la charge :

— Cette histoire de guerre, je comprends. Et aussi d'ennemis. Ils ont pendu mon père et fait mourir ma mère. Mais ce collégien et cette dame, qu'ont-ils à voir là-dedans ? Quand on fait la guerre, on ne tue pas les civils innocents !

— On ne les tue pas exprès. Mais quand on tire un coup de canon, qui peut prédire exactement où l'obus va tomber ? Ce peut être sur une maison habitée. C'est moche, c'est triste, mais c'est la guerre. (Grine serrait les poings pour que ses phrases au contraire se déploient avec aisance, autrement le Bouvreuil continuerait à ne pas comprendre.) Est-ce qu'ils épargnent, eux, nos civils ? Nous, ce n'est jamais que par erreur, contre notre volonté. Tiens, tu parles de ta mère.

Pourquoi l'a-t-on laissée crever au cachot ? Parce qu'elle aimait ton père. Et que font-ils du peuple, jour après jour, année après année, siècle après siècle ? Ils le dépouillent, l'affament, l'humilient, le maintiennent dans la misère et l'ignorance.

Cette fois, le garçon ne trouva rien à répliquer, mais Grine voyait bien que la discussion n'était pas close. Bon, on trouverait encore le temps de parler.

— Il faut dormir, dit-il. La journée a été difficile. Et demain, il faut absolument expédier l'argent. Autrement, en effet, nous aurons fait tout cela pour rien.

— Oooh ! soupira Emélia en casant sous sa tête un sac de cent mille roubles. On s'est fait suer à mettre la main sur ces foutus billets, et maintenant on se désespère de ne pouvoir s'en débarrasser. C'est bien le cas de le dire : « Rendez-moi mes chansons et mon somme, et reprenez vos cent écus. »

Il réfléchit la plus grande partie de la nuit, puis toute la matinée.

Rien ne collait.

Six grands sacs, ce n'était pas un mince fardeau. Impossible de les faire sortir discrètement, surtout après ce qui s'était passé la veille. A présent les gendarmes devaient être littéralement fous furieux.

Partager le lot entre six convoyeurs, comme le proposait l'Aiguille ? C'était envisageable. Cependant le plus probable était que Julie et l'Aiguille réussiraient à passer, mais pas les quatre autres.

Tout ce qui ressemblait à un étudiant était a priori suspect aux yeux des flics. Perdre les deux tiers du butin et livrer quatre camarades par-dessus le marché, c'était trop cher payer pour ne conserver que deux cent mille roubles.

N'envoyer que les deux femmes, chacune avec le contenu d'un sac, et garder le reste pour l'instant ? C'était possible également, mais risqué. Trop d'imprudences avaient déjà été commises au cours des derniers jours. La plus grave était Rakhmet. Sûrement avait-il fourni aux agents de la Sécurité un signalement complet de tous les membres du groupe et, par la même occasion, de l'Aiguille.

Rakhmet ignorait comment contacter celle-ci, mais le professeur de la rue Ostojenka s'était certainement déjà mis à table. Aronson... encore une imprudence. Par lui, la Sécurité pouvait remonter jusqu'à l'agent de liaison.

Et aussi Arséni Zimine. Le cadavre de l'impasse Somov devait bien sur avoir été identifié à présent. On enquêtait sûr les relations et connaissances du défunt, tôt ou tard on tomberait sur un début de piste.

Non, le groupe devait être libre de ses mouvements, sans fardeau à trimbaler.

Par conséquent, il était indispensable de se débarrasser de l'argent au plus vite.

Ce difficile problème se compliquait encore du fait que Grine avait besoin de se reposer, de restaurer ses forces. Attentif aux signaux que délivrait son organisme, il était parvenu à la conclusion qu'il n'était pas apte, ce jour-là, à entreprendre aucune action digne de ce nom. Après l'accrochage avec l'As, son corps lui laissait entendre qu'il avait besoin de se réparer, or Grine avait l'habitude de lui faire confiance. Il savait qu'il ne réclamait rien de superflu, et que s'il demandait un répit, c'était qu'il ne pouvait s'en passer. S'il n'y accordait pas d'importance, il aurait à s'en repentir. Si au contraire il obtempérait, son organisme reviendrait rapidement à son état normal. Il n'avait pas besoin de médicaments, juste d'un calme parfait et d'un peu d'autodiscipline. S'il restait étendu sans bouger durant au moins une journée, deux de préférence, sa côte cassée se ressouderait, ses coutures cicatriseraient, ses muscles meurtris retrouveraient leur souplesse.

Six ans plus tôt, à Vladimir, Grine s'était évadé d'un convoi de prisonniers arrêté en gare. Il avait enfoncé la grille du wagon et sauté sur les rails, mais la malchance avait voulu qu'il atterrisse juste devant une sentinelle qui lui avait allongé un coup de baïonnette sous l'omoplate. Pour échapper à ses poursuivants, il avait longtemps zigzagué entre les voies et les files de trains, le dos dégoulinant de sang. Enfin il avait trouvé à se dissimuler sous un hangar, au milieu d'énormes balles de peaux de mouton. Impossible dès lors de s'extraire de là : on recherchait partout le fugitif. Impossible également d'y rester à couvert : on avait commencé à charger les balles dans un train, et leur nombre s'amenuisait. Il en avait donc décousu une et s'était glissé dedans, entre les toisons puantes et humides. Sans doute les avait-on arrosées exprès pour gagner en poids, aussi ne pouvait-on s'étonner qu'une balle fût plus lourde que l'autre. Les chargeurs agrippèrent l'obèse colis à l'aide de crochets et le traînèrent sur le caillebotis. Des scellés furent apposés sur la porte du wagon, et le train s'ébranla lentement en direction de l'ouest, passant les cordons de policiers, ignorant les patrouilles. A qui serait venu à l'esprit de fouiller un wagon plombé ? Le convoi mit fort longtemps à atteindre Moscou : six jours et six nuits. Grine apaisait sa soif en suçant la laine qui peinait à sécher tant elle était imprégnée d'eau, et s'abstenait totalement de manger, puisque aussi bien il n'avait rien à se mettre sous la dent. Mais il ne s'affaiblit pas, au contraire, il reprit des forces, car durant les vingt-quatre heures que comptait chaque jour il concentrait toute sa volonté à réparer son organisme. Il découvrit qu'il pouvait fort bien, pour cela, se passer de nourriture. Quand à Moscou, à la gare de triage, on déplomba le wagon, Grine sauta à terre et se dirigea tranquillement vers la sortie sous le nez des chargeurs encore abrutis d'alcool et indifférents. Personne ne tenta de l'arrêter. Lorsque enfin il parvint chez le médecin du Parti et lui montra son dos blessé, l'homme de l'art fut estomaqué : la plaie s'était refermée toute seule.

Ce lointain souvenir lui inspira la solution.

Tout serait très simple, pourvu seulement que Lobastov fût d'accord.

Mais il accepterait forcément. Il savait déjà que le Groupe de Combat avait réussi à se débrouiller sans son aide. Il connaissait également le sort de Svertchinski. Il y réfléchirait à deux fois avant de refuser.

Restait encore une hypothèse, que rien pour l'instant ne permettait de vérifier. Et si, pour le coup, Timofeï Grigoriévitch était le mystérieux correspondant « GT » ? L'idée était très plausible. L'homme était rusé, prudent et avide des secrets des autres. C'était un personnage à multiples facettes, il menait son jeu, mais était seul à savoir lequel.

S'il en était ainsi, il les aiderait d'autant plus volontiers.

En s'appliquant à faire le moins de bruit possible, pour ne pas déranger le Bouvreuil, il réveilla Emélia. Il lui expliqua à mi-voix sa mission : en termes brefs, car bien que le garçon parût un peu balourd, il pigeait tout à demi-mot.

Emélia s'habilla en silence, lissa ses cheveux blonds avec le peigne d'Adam et enfonça sa casquette par-dessus. Il n'y avait rien chez lui qui risquât d'attirer l'attention. C'était un ouvrier ordinaire, à la manufacture Lobastov il y en avait des milliers semblables.

Il fit sortir le cheval de la remise, jeta les sacs dans le traîneau, les recouvrit négligemment d'une bâche et s'en fut sur la neige poudreuse, à travers le terrain vague, en direction de la masse noire des entrepôts.

Il n'y avait plus à présent qu'à attendre.

Grine était assis, immobile, devant la fenêtre. Il comptait les battements de son cœur et sentait sa chair tailladée se refermer dans un picotement d'aiguille, ses os fracturés se ressouder, les cellules de sa peau neuve se tendre l'une vers l'autre.

A sept heures et demie, Matveï, le garde-voie, sortit dans la cour. Il avait cédé l'unique pièce de sa maisonnette à ses hôtes, et lui-même dormait dans la grange. Bourru, peu loquace — Grine aimait les types de cette sorte. Il n'avait posé aucune question. Si le Parti lui avait envoyé des gens, c'est que c'était nécessaire. Si personne ne lui en donnait la raison, c'est que les explications n'étaient pas de mise. Matveï cueillit une poignée de neige, s'en frotta le visage, puis partit d'un pas chancelant en direction du dépôt, en balançant la musette où il rangeait ses outils.

Le Bouvreuil se réveilla un peu après dix heures.

Il ne se leva pas d'un bond, comme à son habitude, frais et joyeux de vivre, mais se redressa lentement, jeta un coup d'œil à Grine et ne prononça pas un mot. Puis il alla faire un brin de toilette.

Il n'y avait rien à y faire. Ce n'était plus un gamin, c'était un membre du Groupe de Combat. La couleur du Bouvreuil avait insensiblement changé depuis la veille : elle n'était plus d'un tendre jaune pêche, elle était plus dense, plus sévère.

Vers midi cependant le problème était résolu.

Emélia avait vu de ses propres yeux l'argent chargé dans un wagon rempli de sacs de colorant destinés à l'usine pétersbourgeoise de Timofeï Grigoriévitch, et les scellés apposés sur la porte. Une petite locomotive avait emmené ledit wagon à la gare de triage où il serait attelé à un train de marchandises, et à trois heures de l'après-midi le convoi quitterait Moscou à petite allure.

Julie s'occuperait du reste.

Le cœur de Grine battait avec régularité, à raison d'un coup par seconde. Son organisme recouvrait ses forces. Tout allait bien.

Chapitre neuvième, où l'on parle beaucoup du destin de la Russie

Le reste de la nuit – nuit sans sommeil, agitée et incohérente –, Eraste Pétrovitch le passa à la gare de Nikolaïev, à tenter de reconstituer le tableau des événements et de relever d'éventuelles traces laissées par les criminels. Bien qu'il y eût une multitude de témoins, aussi bien des uniformes bleus que de simples particuliers, aucun n'apportait d'élément éclairant. Tous parlaient d'un officier qui aurait lancé la bombe, mais personne, ainsi qu'il fut établi, ne l'avait vu réellement. On comprenait que l'attention de la police et des agents en civil fût concentrée sur les voyageurs en partance, et que personne ne regardât les fenêtres de la gare, mais tout de même c'était étrange. En présence de plusieurs dizaines d'individus professionnellement entraînés aux missions d'observation, on lançait impunément une bombe sur leur propre supérieur hiérarchique et aucun ne pouvait fournir le moindre indice. Seule l'audace insensée de l'attentat était susceptible d'expliquer l'impuissance de la police.

On ne comprenait même pas d'où avait été lancée la charge explosive. Très probablement du couloir, puisque personne, avant l'explosion, n'avait entendu de bris de vitre. Cependant la feuille portant les lettres « GC » avait été découverte sous la fenêtre du local, du côté du quai. Peut-être avait-on jeté la bombe par le vasistas ?

Des quatre personnes qui se trouvaient dans le bureau du surveillant au moment de l'explosion, seul le lieutenant Smolianinov était encore en vie, et encore seulement parce qu'à cet instant, ayant laissé tomber un gant par terre, il s'était glissé sous la table en chêne pour le ramasser. Le robuste panneau de bois l'avait protégé de la majorité des éclats, seul un petit fragment métallique lui était entré dans la main. Cependant le lieutenant faisait lui aussi un piètre témoin. Il ne parvenait même pas à se rappeler si le vasistas était ouvert ou non. Svertchinski et la dame non identifiée étaient morts sur place. Le collégien avait été emmené par une ambulance, mais il était sans connaissance et dans un état manifestement désespéré.

A la gare, c'est Pojarski qui avait pris la direction des opérations, le ministère l'ayant temporairement chargé par télégramme d'exercer les fonctions du défunt. Eraste Pétrovitch, pour sa part, se sentait dans un rôle d'observateur oisif. Beaucoup lorgnaient d'un mauvais œil son habit de soirée évidemment déplacé en pareilles circonstances.

A huit heures, quand il fut définitivement convaincu qu'il n'obtiendrait plus là aucun élément nouveau, le conseiller d'Etat convint avec Pojarski de se retrouver plus tard à la Direction de la gendarmerie, puis s'en retourna chez lui, terriblement songeur. Ses intentions étaient les suivantes : faire une sieste de deux heures, puis s'adonner à une séance de gymnastique et s'éclaircir l'esprit par le moyen de la méditation. Les événements se succédaient à une allure si précipitée que la pensée rationnelle ne parvenait pas à les suivre, il devenait nécessaire de recourir aux forces les plus intimes de l'âme. Comme dit le sage : au milieu de ceux qui courent, arrête-toi ; au milieu de ceux qui crient, fais silence.

Il lui fut cependant impossible de mettre ce plan à exécution.

Poussant la porte après avoir tourné délicatement la clef dans la serrure, Eraste Pétrovitch découvrit dans l'entrée, assis contre le mur, les jambes repliées contre lui, Massa qui dormait. Le fait était en soi extraordinaire. Force était de supposer qu'il attendait son maître, désirait le prévenir d'un danger, mais avait succombé au sommeil.

Fandorine s'abstint de réveiller le curieux et obstiné valet de chambre, afin d'éviter les explications inutiles. Progressant sans bruit, il se glissa jusqu'à sa chambre, et une fois là comprit ce dont Massa voulait l'avertir.

Esther était étendue en travers du lit, les bras rejetés derrière la tête, la bouche entrouverte, l'inoubliable robe écarlate irrémédiablement chiffonnée. A l'évidence, elle s'était rendue chez lui juste au sortir de la réception, après qu'Eraste Pétrovitch, s'étant excusé, fut parti sur les lieux de la tragédie.

Fandorine recula, comptant battre en retraite dans son bureau où un vaste fauteuil lui offrirait un excellent refuge, mais il heurta de l'épaule le chambranle de la porte. Esther ouvrit aussitôt les yeux, s'assit dans le lit et d'une voix pure et timbrée, comme si elle n'eût point dormi quelques instants plus tôt, s'exclama :

— Enfin te voilà ! Alors, tu as fini de pleurer ton gendarme !

Après cette nuit pénible autant qu'infructueuse, les nerfs du conseiller d'Etat étaient à vif, aussi répondit-il d'une manière brusque dont il n'était guère coutumier :

— Pour tuer un unique colonel des gendarmes qui dès demain sera remplacé par un autre, tes héros révolutionnaires ont fracassé la tête d'une femme et arraché la jambe d'un jeune garçon. Scélératesse et abjection, voilà ce qu'est t-ta révolution !

— Ah, la révolution est abjecte ? (Esther avait bondi sur ses pieds et se tenait campée, les deux mains sur les hanches, la mine belliqueuse.) Et ton empire, il n'est pas abject, peut-être ? Les terroristes font couler le sang, c'est vrai, mais ils n'épargnent pas non plus le leur. Ils sacrifient leur vie, aussi sont-ils bien en droit de réclamer des sacrifices des autres. Ils tuent un petit nombre pour le bonheur de millions ! Alors que ceux que tu sers, tous ces crapauds à sang froid de cadavre, ils étranglent et piétinent des millions de gens pour la prospérité d'une poignée de parasites !

— « Ils étranglent, ils piétinent », qu'est-ce que c'est que cette rhétorique à deux sous ?

Fandorine se frotta la racine du nez d'une main lasse, regrettant déjà de s'être emporté.

— Rhétorique ? Rhétorique ? ! (Esther suffoquait d'indignation.) Mais... Mais, tiens ! (Elle s'empara d'un journal qui traînait sur le lit.) Tiens, *Les Nouvelles de Moscou*. Je l'ai lu en t'attendant. Dans le même numéro, à des pages voisines. D'abord cet écœurant babillage servile : « *Le Conseil municipal de Moscou a décidé d'offrir une coupe commémorative de la part de ses heureux concitoyens à l'aide de camp de l'Empereur, le prince Beloselski-Belozerski, qui a apporté aux Moscovites la très-gracieuse épître de l'Oint du Seigneur répondant à l'adresse présentée à Sa Majesté Impériale par ses très-fidèles sujets pour marquer le dixième anniversaire à venir de son présent règne béni...* » Pouah ! c'est à vous flanquer la nausée. Et à côté, s'il vous plaît : « *Enfin, le ministère de l'Instruction a invité à observer strictement la règle qui interdit d'admettre dans les universités des individus de confession israélite qui n'auraient pas droit à résider en dehors des zones de peuplement, et dans tous les cas à s'abstenir de dépasser le pourcentage fixé. Les juifs en Russie constituent le plus lourd héritage que nous ait laissé l'ex-Royaume de Pologne. L'Empire compte quatre millions de juifs, représentant près de quatre pour cent de la population, or les miasmes qui émanent de ce chancre empoisonnent de leur puanteur...* » Je lis plus loin ? Ça te plaît ? Ou bien tiens encore : « *Les mesures prises pour combattre la disette dans les quatre districts de la province de Saratov n'ont pas apporté pour l'instant le résultat souhaité. On s'attend qu'aux mois d'automne le fléau s'étende aux provinces limitrophes. Son Eminence Aloizi, archevêque de Saratov et de Samara, a ordonné de faire dire, dans les églises, des prières solennelles d'intercession pour vaincre le malheur.* »

Eraste Pétrovitch, qui écoutait avec une grimace douloureuse, voulut rappeler à l'accusatrice qu'elle-même, la veille, n'avait pas dédaigné les crêpes du prince Dolgoroukoï, mais il s'en abstint, d'une part parce que le propos eût été mesquin, d'autre part parce que, pour l'essentiel, elle avait raison.

Mais Esther, sans désarmer, poursuivait sa lecture :

— Ecoute donc, écoute : « *Les patriotes de Russie sont profondément indignés par la lettonisation des écoles publiques dans la province de la Livonie. Désormais les enfants y sont contraints d'étudier le parler indigène, ce pour quoi sont supprimées quantité d'heures de cours autrement dédiées à l'étude du catéchisme, décrété facultatif pour les non-orthodoxes.* » Ou bien cette dépêche de Varsovie, à propos du procès du cornette Bartachov : « *La cour a refusé d'entendre la déposition du témoin Pchemylskaïa, du fait que celle-ci ne consentait pas à parler russe, alléguant une insuffisante maîtrise de cette langue.* » Et ça dans un tribunal polonais !

Cette dernière citation rappela à Fandorine une piste interrompue : le défunt Arséni Zimine, dont le père justement était à Varsovie pour défendre le malheureux cornette. Ce souvenir contrariant acheva de l'écœurer tout à fait.

— Oui, bien des serviteurs de l'Etat ne sont que des canailles ou des imbéciles, reconnut-il de mauvais gré.

— Tous, ou presque tous ! Mais tous les révolutionnaires, ou presque tous, sont des gens nobles et héroïques, rétorqua-t-elle d'un ton tranchant avant d'ajouter, sarcastique : Ce fait ne t'inspire aucune conclusion ?

Le conseiller d'Etat répondit avec tristesse :

— C'est l'éternel malheur de la Russie. Tout s'y trouve confondu. Le bien y est défendu par des imbéciles et des canailles, et le mal servi par des m-martyrs et des héros.

C'était, visiblement, la journée : à la Direction de la gendarmerie on parlait aussi de la Russie.

Pojarski s'était installé dans le bureau abandonné de feu Stanislav Filippovitch, où, de manière naturelle, avait également déménagé l'état-major de l'équipe chargée de l'enquête. Dans l'antichambre, le lieutenant Smolianinov, plus pâle qu'à l'ordinaire, la main enveloppée d'un impressionnant bandage noir, se tenait debout auprès de l'appareil téléphonique qui sonnait sans relâche. Il sourit à Fandorine par-dessus le cornet du microphone et lui désigna la porte de l'autorité supérieure, manière muette de lui signifier : entrez, je vous en prie.

Un visiteur se trouvait déjà dans le bureau du prince : Sergueï Vitalievitch Zoubtsov, bizarrement rouge comme une écrevisse et l'air passablement agité.

— A-ah ! Eraste Pétrovitch ! fit Pojarski en se levant pour accueillir le fonctionnaire. Je vois aux cernes bleus que vous avez sous les yeux que vous ne vous êtes pas couché. Moi, voyez, je reste assis là à fainéanter. La police et la gendarmerie courent les rues, les agents secrets furètent dans les décharges et autres coupe-gorge prorévolutionnaires, et moi je me tiens embusqué ici, telle une araignée géante attendant qu'une secousse, ici ou là, ébranle sa toile. Attendons ensemble, qu'en dites-vous ? Sergueï Vitalievitch est passé nous voir. Il expose des vues très originales sur le mouvement ouvrier. Continuez, cher ami. Monsieur Fandorine ne manquera pas d'être intéressé.

Le beau visage émacié du conseiller titulaire Zoubtsov se colora de taches roses, trahissant soit le plaisir qu'il éprouvait, soit quelque autre sentiment.

— Je disais, Eraste Pétrovitch, qu'il serait beaucoup plus simple de vaincre le mouvement révolutionnaire en Russie par des méthodes non pas policières, mais réformatrices. Les méthodes policières sont d'ailleurs probablement d'une totale inefficacité, car la violence engendre en réponse une violence encore plus implacable, et cette surenchère peut se poursuivre jusqu'à l'explosion sociale. Il convient ici d'accorder une attention essentielle à la condition ouvrière. Sans le soutien des travailleurs, les révolutionnaires n'ont aucun espoir, notre paysannerie est trop passive et divisée.

Smolianinov entra discrètement. Il s'assit à la table occupée d'ordinaire par le secrétaire, plaqua gauchement sa main bandée sur une feuille et se mit à écrire, la tête penchée sur le côté à la manière d'un collégien.

— Et c-comment priver les révolutionnaires du soutien ouvrier ? demanda le conseiller d'Etat tout en s'efforçant de comprendre ce que signifiaient ces taches roses.

— Très simplement. (On voyait bien que Zoubtsov énonçait des idées mûries depuis longtemps, qui lui tenaient à cœur, et qu'il ne se contentait pas de théoriser pour le plaisir mais comptait que ses spéculations séduiraient l'important personnage venu de Saint-Pétersbourg.) Quand on a une existence supportable, on ne monte pas sur les barricades. Si tous les ouvriers vivaient comme dans les entreprises de Timofeï Grigoriévitch Lobastov, avec journée de travail de neuf heures, salaire décent, hôpital gratuit et congés payés, les messieurs Grine se retrouveraient désœuvrés en Russie.

— Mais la manière dont vivent les ouvriers dépend des propriétaires d'usines, objecta Pojarski en considérant le jeune homme avec une évidente satisfaction. On ne leur imposera pas de verser des salaires de tel ou tel montant, ni de subventionner à fonds perdus des hôpitaux.

— C'est justement ce pour quoi nous existons, nous, l'Etat. (Zoubtsov secoua vigoureusement sa tête châtain clair.) Pour l'imposer au contraire. Grâce à Dieu, nous avons une monarchie absolue. Il faut expliquer aux plus riches et aux plus éclairés où se trouve leur intérêt, et ensuite édicter une loi. D'en haut. Enonçant des règles strictes quant aux conditions d'embauche des ouvriers. Si vous ne pouvez les observer, fermez votre usine. Je vous assure que si les choses prenaient pareille tournure, l'Etat n'aurait pas de serviteurs plus fidèles que les ouvriers. Toute la monarchie s'en trouverait renforcée !

Pojarski cligna ses yeux noirs.

— Judicieux. Mais difficilement réalisable. Sa Majesté a des idées très arrêtées sur le bien de l'Empire et son organisation sociale. Le souverain considère que le tsar est un père pour ses sujets, le général un père pour ses soldats, et le patron un père pour ses ouvriers. S'immiscer dans les rapports qu'un père entretient avec ses fils est à ses yeux inadmissible.

La voix de Zoubtsov se fit douce, prudente, comme s'il se préparait à aborder l'essentiel.

— C'est bien pourquoi il faudrait, Votre Haute Excellence, démontrer à l'autorité suprême que les ouvriers ne sont nullement des fils pour leur patron, que tous, propriétaires et employés des fabriques, sont à degré égal les enfants de Sa Majesté. Il serait bon, sans attendre que les révolutionnaires aient fini d'organiser les travailleurs en une armée échappant à notre contrôle, de réaffirmer sa primauté. De prendre la défense des ouvriers contre les patrons, parfois même de faire pression sur les manufacturiers. Pour que les petites gens s'accoutument peu à peu à l'idée que la machine d'Etat n'est pas là pour protéger les sacs d'or, mais les travailleurs. On pourrait même concourir à la création de syndicats, à condition de canaliser leur activité vers un but non pas subversif, mais économique et respectueux de la loi. Il est temps de s'en occuper, Votre Haute Excellence, autrement il sera trop tard.

— Inutile de me donner de la « haute excellence », dit Pojarski avec un sourire. Pour les subordonnés intelligents, je m'appelle Gleb Gueorguievitch, et si nous devenons plus intimes,

Gleb tout court peut suffire. Vous irez loin, Zoubtsov. Chez nous les gens d'esprit doués d'une mentalité politique valent de l'or.

Le visage de Sergueï Vitalievitch devint littéralement pivoine, et d'une couleur cette fois-ci partout uniforme. Fandorine lui demanda alors en l'observant avec attention :

— Quoi, vous êtes venu ici, à la Direction de la gendarmerie, spécialement pour faire part à Gleb Gueorguievitch de votre point de vue sur le m-mouvement ouvrier ? Justement aujourd'hui, où il nous arrive tout ça ?

Zoubtsov se troubla, visiblement pris au dépourvu par la question.

— Bien entendu, Sergueï Vitalievitch n'est pas venu ici pour théoriser, intervint Pojarski en posant un regard serein sur le bâtisseur de projets. Ou plutôt si, il est bel et bien venu pour théoriser, mais pas seulement. Si je comprends bien, monsieur Zoubtsov, vous avez pour moi des informations importantes, mais vous avez décidé de vérifier au préalable si je partageais dans ses grandes lignes votre philosophie politique. Je la partage. Et entièrement. Je vous apporterai un appui total et me garderai de vous causer du tort. Je l'ai déjà dit : dans nos services, les hommes d'esprit valent de l'or. Et maintenant déballez ce que vous savez.

Le conseiller titulaire déglutit puis se mit à parler, non point toutefois avec l'aisance et la liberté dont il usait un instant auparavant, mais au contraire avec difficulté, d'une voix très tourmentée, et en s'aidant des mains.

— Je... messieurs, je... je ne voudrais pas passer à vos yeux pour un faux jeton et un... délateur. A dire vrai, est-il bien question de délation ?... Enfin, pour un carriériste dénué de scrupule... C'est exclusivement dans le souci de l'intérêt de l'affaire...

— Eraste Pétrovitch et moi n'en doutons nullement, coupa le prince avec impatience. Et assez de préambules, Zoubtsov, au fait ! Un coup fourré de la part de Bourliaev ou de Mylnikov ?

— De Bourliaev. Et il ne s'agit pas d'un coup fourré. Il prépare une opération...

— Quelle opération ? ! s'écria Pojarski tandis que Fandorine fronçait les sourcils d'un air préoccupé.

— Pour s'emparer du Groupe de Combat... Mais je vais tout vous raconter dans l'ordre. Vous savez que tous les agents de Mylnikov ont été lancés sur la piste des milieux révolutionnaires susceptibles de conduire jusqu'aux terroristes. Or j'avais récemment mentionné par hasard le nom de l'industriel Lobastov. D'après des informations glanées par nos services, Timofeï Grigoriévitch paraissait fleureter avec les révolutionnaires, leur remettait parfois de l'argent. L'homme est prévoyant, il protège ses arrières au cas où... Toujours est-il que Mylnikov a fait établir une surveillance autour de lui, comme autour de beaucoup d'autres. Ce matin, l'agent Sapryko a vu arriver chez Lobastov, à ses bureaux, un ouvrier qui, curieusement, a été aussitôt introduit auprès du grand patron. Timofeï Grigoriévitch a traité le visiteur avec beaucoup de courtoisie. Il a eu une longue conversation avec lui, puis s'est absenté on ne sait où en sa compagnie durant presque une heure entière. Par son physique, le mystérieux ouvrier rappelait fortement le terroriste surnommé « Emélia » décrit par l'agent Gvidon, mais Sapryko, en bon limier expérimenté, au lieu de se précipiter bille en tête, a préféré attendre l'homme à l'entrée et le suivre discrètement. L'autre a plusieurs fois vérifié qu'il n'était pas filé, mais n'a repéré personne derrière lui. Il a pris un fiacre pour se rendre à la gare de Vindala, une fois là, il a erré un moment au milieu des voies et a fini par disparaître dans un poste de garde-voie. Sapryko, sans quitter son abri, a sifflé un sergent de ville qui passait au voisinage et lui a confié un billet à remettre à la Sécurité. Une heure après, les nôtres cernaient la bicoque de tous côtés. On a établi que le garde-voie s'appelle Matveï Jukov, qu'il vit seul et n'a pas de famille. Le supposé Emélia n'est plus ressorti de la maison, mais avant que les renforts arrivent, Sapryko a vu un jeune homme quitter les lieux, dont le signalement correspondait à celui du terroriste surnommé « le Bouvreuil ».

— Et Grine ? demanda Pojarski d'un ton brusque.

— C'est là que ça cloche : Grine demeure invisible. On dirait qu'il ne se trouve pas dans la maison. C'est précisément pourquoi Piotr Ivanovitch a donné l'ordre d'attendre. Si Grine ne se montre pas, l'opération sera déclenchée à minuit. Monsieur le lieutenant-colonel voulait intervenir plus tôt, mais Evrasti Pavlovitch l'a persuadé de temporiser, au cas où quelque gros gibier surviendrait encore.

— Ah, nom d'un chien ! jura le prince. C'est stupide ! L'agent Sapryko a fait de l'excellent travail, mais votre Bourliaev est un idiot ! Il faut maintenir la surveillance, poursuivre la filature ! Et s'ils ont entreposé l'argent dans un autre endroit ? Et si Grine, au bout du compte, n'apparaît pas ? L'opération ne doit pas avoir lieu, en aucun cas !

Zoubtsov renchérit aussitôt, dans un débit précipité :

— Votre Haute Excellence, je veux dire Gleb Gueorguievitch, c'est là exactement mon avis, voyez-vous ! C'est bien pourquoi je suis venu, en faisant fi de tout scrupule ! Piotr Ivanovitch est un homme audacieux et résolu, mais beaucoup trop « rentre-dedans », il aimerait n'avoir qu'à manier la hache. Or il ne s'agit pas ici de tailler à tour de bras, il faut s'y prendre avec les plus grandes précautions. Il a peur que vous ne vous arrogiez tout le mérite, et on peut le comprendre, mais risquer ainsi de compromettre toute l'affaire pour une question d'amour-propre ! Je n'ai plus d'espoir qu'en vous.

— Smolianinov, demandez à être mis en communication avec la Sécurité ! ordonna Pojarski en se levant. Quoique non. Le téléphone, ici, n'est pas le bon moyen. Eraste Pétrovitch, Sergueï Vitalievitch, partons !

Le traîneau de la Gendarmerie franchit en trombe le portail, dans un nuage de neige poudreuse. Regardant derrière lui, Fandorine remarqua qu'une autre voiture, plus modeste, se détachait du trottoir opposé pour s'élancer à leur suite. A son bord : deux hommes coiffés de la même casquette de fourrure.

— Ne vous inquiétez pas, Eraste Pétrovitch, lui dit le prince en éclatant de rire. Ce ne sont pas des terroristes, tout au contraire. Ce sont mes anges gardiens. N'y prêtez pas attention, j'y suis quant à moi habitué. Ils m'ont été imposés par mes chefs après que ces messieurs du Groupe de Combat, dans l'île des Apothicaires, ont manqué de me trouer la peau.

Le vice-directeur du Département de police poussa la porte du bureau de Bourliaev et lança avant même de passer le seuil :

— Monsieur le lieutenant-colonel, je vous démets de vos fonctions de chef de la Section de sécurité jusqu'à avis ultérieur du ministre. Je nomme provisoirement à votre place le conseiller titulaire Zoubtsov.

La soudaine irruption du prince avait surpris Bourliaev et Mylnikov debout devant une table sur laquelle était étalé une sorte de plan schématique.

Ils accueillirent chacun de manière différente l'énergique déclaration de Pojarski : en quelques pas d'une souplesse de chat, Evrasti Pavlovitch se recula jusqu'au mur ; Piotr Ivanovitch, au contraire, ne bougea pas de place et se contenta de baisser la tête, tel un taureau.

— Vous n'avez pas le bras assez long, mon colonel, rugit-il. Vous avez été, je crois, temporairement désigné pour exercer la charge de commandant de la Direction de la gendarmerie ? Eh bien, exercez-la, quant à moi je ne prends pas mes ordres auprès d'elle.

— Je suis votre supérieur, à titre de vice-directeur du Département de police, lui rappela tranquillement le prince d'une voix sinistre.

Une lueur brilla dans les yeux globuleux du lieutenant-colonel.

— Je vois qu'il s'est trouvé un Judas dans mon service. (Il pointa le doigt en direction de Zoubtsov qui, très pâle, était resté figé dans l'embrasure de la porte.) Seulement, mon très sincère ami Sergueï Vitalievitch, vous ne ferez pas carrière sur mon cadavre. Vous n'avez pas misé sur le bon cheval. Tenez ! (Il tira une feuille de papier de sa poche et l'agita en l'air d'un air triomphant.) Je l'ai reçue il y a quarante minutes ! Une dépêche du ministre en personne ! Je lui avais exposé dans les grandes lignes la situation et demandé si je pouvais lancer l'opération mise au point pour capturer le Groupe de Combat des terroristes. Lisez ce qu'écrit Sa Très Haute Excellence : « Au lieutenant-colonel du Corps spécial de gendarmerie, Bourliaev. Bravo. Agissez à votre convenance. Puisse-t-on capturer les scélérats morts ou vifs. Dieu vous aide. Khitrovo. » Aussi, excusez-moi, Votre Haute Excellence, mais cette fois-ci nous nous passerons de vous. Nous nous sommes déjà fameusement illustrés avec vos « psychologies », quand Rakhmet a été éliminé du jeu.

— Cher Piotr Ivanovitch, si nous attaquons de front, il est sûr que nous les prendrons morts et non point vifs, fit soudain la voix de Mylnikov resté jusqu'alors silencieux. Ces gars-là sont des têtes brûlées, ils se défendront jusqu'au dernier. Or mieux vaudrait les prendre vivants. Et puis on épargnerait des nôtres, car autrement on en laissera sans doute plus d'un sur le carreau. La baraque est au milieu d'un découvert, un terrain vague. Impossible de s'approcher sans être vu. Peut-être serait-il mieux tout de même d'attendre qu'ils en délogent tout seuls ?

Un instant déconcerté par ce coup frappé dans le dos, Bourliaev se retourna brutalement vers son adjoint :

— Evrasti Pavlovitch, je ne changerai pas ma décision. Nous ramasserons tous ceux qui s'y trouvent. Quant au terrain à découvert, inutile de m'expliquer, ce n'est pas la première année que je procède à des arrestations. C'est bien pour cela que nous attendons minuit. A onze heures, tenez, ici, passage Marinski, on éteint les réverbères, il fera complètement noir. Au sortir des entrepôts, nous nous déploierons en ligne et marcherons sur la maison par les quatre côtés. Je conduirai moi-même l'assaut. Je prendrai avec moi Filippov, Gouskov, Chiriaev et l'autre, comment s'appelle-t-il déjà ?... le costaud avec des favoris... Sonkine. Ils enfonceront la porte d'un coup et bondiront à l'intérieur, j'entrerai derrière eux, suivi encore de quatre autres que je vous laisse désigner, pourvu seulement qu'ils aient les nerfs solides, histoire qu'ils n'aillent pas nous tirer dans le dos sous l'effet de la panique. Quant aux autres, ils resteront postés ici, regardez, sur le périmètre de la cour. Et ils n'auront nulle part où s'échapper, nos chers pigeons. Je les prendrai tout chauds au nid.

Pojarski gardait un silence désemparé, peinant encore, visiblement, à se remettre de la perfidie du ministre, en sorte que c'est Eraste Pétrovitch qui entreprit en dernier recours de raisonner le lieutenant-colonel obnubilé par son projet.

— Vous commettez une erreur, Piotr Ivanovitch. Ecoutez m-monsieur Mylnikov. Arrêtez-les quand ils sortiront.

— Déjà à cette heure, répondit Bourliaev, trente agents de la Sécurité et deux pelotons de policiers ont pris position dans les entrepôts qui entourent le terrain vague. Si les terroristes ont l'intention de partir avant la tombée du jour, tant mieux, ils tomberont tout droit entre les pattes de mes hommes. Mais s'ils restent passer la nuit, à minuit pile, je viendrai moi-même les chercher. Et c'est mon dernier mot.

Chapitre dixième, où Grine reçoit du courrier

Le soleil glissait lentement à travers le ciel, sans jamais s'éloigner beaucoup de la surface plane des toits, même à l'apogée de sa course. Grine était assis près de la fenêtre, il ne bougeait pas, il regardait l'astre parcourir son itinéraire abrégé par l'hiver. Il ne restait au disque toujours ponctuel que fort peu de distance à franchir avant d'atteindre son terminus – derrière l'énorme masse d'un silo à grain – quand une silhouette trapue apparut sur le sentier désert qui conduisait depuis les voies jusqu'au passage Marinski.

L'endroit malgré tout n'est pas si mal, en dépit des punaises et de l'exiguïté du logement, se dit Grine. C'était le premier passant depuis midi, et autrement pas un chat, juste une locomotive qui allait et venait, manœuvrant pour séparer les wagons.

L'homme marchait à contre-jour, et Grine ne put distinguer son visage que lorsqu'il tourna en direction de la maison.

Matveï, leur hôte.

Pourquoi revenait-il ? Il avait dit être de service jusqu'à huit heures, or il n'en était que cinq.

Il entra, esquissa un signe de tête en guise de salut. Son visage était maussade, préoccupé.

— Tenez, on dirait que c'est pour vous...

Grine prit l'enveloppe froissée que l'autre lui tendait. Il lut la suscription tracée en lettres d'imprimerie, à l'encre violette. « A l'attention de M. Grine. Urgent. »

Il lança un bref regard à Matveï.

— D'où ça vient ?

— Le diable le sait. (Le garde-voie se fit encore plus sombre.) Je ne comprends pas moi-même. Ça s'est retrouvé dans la poche de ma touloupe. J'étais au dépôt, la direction m'avait fait demander. Il y avait beaucoup de monde à se bousculer autour de moi, n'importe qui a pu l'y glisser. Je pense qu'il vaut mieux que vous partiez. Où est le petit gars, le troisième ?

Grine déchira l'enveloppe, sachant déjà ce qu'il y trouverait : des lignes tapées à la machine. Et il ne se trompait pas.

La maison est entièrement encerclée. La police n'est pas sûre que vous soyez à l'intérieur, c'est pourquoi elle attend. A minuit précis, l'assaut sera donné. Si vous parvenez à vous échapper, vous trouverez un logement confortable au 4, rue Vorontsovo Polié, maison Vedernikov.

GT

Il commença par craquer une allumette, brûla le billet et l'enveloppe. Tout en contemplant la flamme, il compta les battements de son pouls. Quand le flux sanguin eut retrouvé un rythme normal, il dit :

— Marchez lentement, comme si vous retourniez au dépôt. Ne vous retournez pas. La police cerne la maison. Si on vous arrête, tant pis. Vous direz que je ne suis pas là, que je rentrerai à la nuit. Mais je doute qu'on vous arrête. On vous laissera plutôt passer et on vous collera quelqu'un sur les talons. Il faudra le semer et disparaître. Vous direz aux camarades que je vous ai donné ordre de rallier la clandestinité.

Le garde-voie se révéla en effet solide. Il demeura un instant immobile, ne posa aucune question. Puis il tira d'une malle un petit paquet qu'il glissa sous sa touloupe et, sans se presser, reprit le sentier en direction du passage Marinski.

Voilà pourquoi il n'y avait aucun passant, se dit Grine. Et la police a toute la place pour s'installer ici, il n'y a qu'à compter le nombre d'entrepôts alentour. Heureusement qu'il était assis un peu loin de la fenêtre et du store, car il devait y avoir plusieurs jumelles braquées dans cette direction.

Comme pour confirmer l'hypothèse, une étincelle jaillit au niveau des combles des ateliers de réparation. Grine avait déjà aperçu plus tôt des lueurs semblables, mais il n'y avait pas accordé d'importance. Une leçon pour l'avenir.

Six heures. Le train de marchandises à destination de Saint-Pétersbourg, dans lequel se trouvait le wagon transportant les colorants des usines Lobastov, avait déjà quitté la gare. Dans cinq minutes, Julie monterait à bord du rapide. Le Bouvreuil s'assurerait qu'elle était bien partie, puis reviendrait ici. Bien sûr, elle partirait, pourquoi non ? Elle dépasserait le premier convoi, qu'elle accueillerait le lendemain à la capitale. Elle réceptionnerait les sacs, et le Parti serait à nouveau en fonds. Si le Groupe de Combat devait périr cette nuit, ce ne serait pas en vain.

Mais devait-il périr vraiment ? C'était encore à voir. Un homme averti en vaut deux.

Averti peut-être, mais était-il armé ?

Grine fronça les sourcils au souvenir du stock de bombes abandonné dans l'appartement de l'avocat. Avec leurs seuls revolvers, ils n'iraient pas très loin. Il restait un peu de gelée fulminante et des détonateurs, mais ni boîtier ni mitraille.

— Emélia ! appela-t-il. Habille-toi, une mission pour toi.

L'autre leva les yeux, interrompu dans sa lecture du *Comte de Monte-Cristo*, l'unique bouquin qu'il eût déniché dans la maison.

— Attends une minute, Grine, d'accord ? Il se passe de tels trucs là-dedans. Je termine mon chapitre.

— Plus tard. Tu auras tout le temps.

Et Grine lui expliqua la situation.

— Tu vas acheter à l'épicerie dix boîtes de porc en conserve, dix de concentré de tomate et trois ou quatre livres de vis à bois de deux pouces. Marche tranquillement, sans te retourner. Ils ne te toucheront pas. Si je me trompe et qu'ils décident malgré tout de t'arrêter, tire au moins une fois, pour que je sois préparé.

Il ne s'était pas trompé. Emélia s'en alla et revint avec les achats. Peu après, le Bouvreuil arriva lui aussi. Il déclara que Julie était bien partie. Parfait.

Il y avait encore loin jusqu'à minuit, ils avaient tout leur temps. Grine permit à Emélia de poursuivre l'histoire du comte, les doigts du grand escogriffe étant trop grossiers pour du travail délicat, mais il prit le Bouvreuil pour l'assister.

En premier lieu, ils ouvrirent les vingt boîtes de conserve au couteau et les vidèrent dans le seau à ordure. Les boîtes de viande étaient d'une livre, celles de tomate contenaient deux fois moins. C'est par celles-ci que Grine commença. Il les remplit jusqu'à la moitié de mélange fulminant : il n'en avait pas assez pour en verser davantage, mais peu importait, c'était déjà amplement suffisant. Il introduisit ensuite avec précaution dans chacune un petit tube de verre – le détonateur chimique. Le principe était simple : lors de leur mise en contact, le constituant de l'amorce et le mélange fulminant produisaient une explosion d'une puissance terriblement destructrice. La besogne réclamait une prudence particulière. Combien de camarades étaient morts pour avoir heurté la fragile éprouvette contre le métal du boîtier !

Le Bouvreuil regardait, retenant son souffle. Il apprenait.

Après avoir très soigneusement enfoncé les tubes dans la masse gélatineuse, Grine rabattit les couvercles tordus et plaça chaque boîte dans une plus grande. Le résultat était presque idéal. Il garnit de vis l'espace subsistant entre les parois des deux boîtes, de manière à le combler entièrement. Ne restait plus à présent qu'à fixer le couvercle supérieur, et la bombe était prête. Au moindre choc, l'éprouvette de verre se fêlerait, l'explosion déchiquetterait les minces parois de métal, et les vis se transformeraient en éclats mortels. Il l'avait vérifié en plus d'une occasion : ça marchait à merveille. Il n'y avait qu'un seul inconvénient : les éclats s'éparpillaient jusqu'à trente pas, et par conséquent on pouvait facilement être blessé soi-même. Sur ce point cependant, Grine avait son idée.

A minuit... c'était excellent.

Pourvu seulement qu'ils ne changent pas d'avis et ne lancent l'assaut plus tôt.

— Quelle pourriture, ce Villefort ! grommela Emélia en tournant la page. Un vrai guignol de chez nous.

A onze heures, ils éteignirent la lumière, pour laisser croire à la police qu'ils s'étaient couchés.

Entrouvrant chaque fois à peine la porte, ils se glissèrent un par un dans la cour et allèrent s'embusquer derrière le muret de clôture.

Bientôt leurs yeux se furent accoutumés à l'obscurité, et à minuit moins le quart ils virent des ombres se dessiner soudain sur la blancheur du terrain vague et converger, prestes et silencieuses, vers la maison du garde-voie.

Elles s'immobilisèrent, formant un cordon serré, sans pousser toutefois jusqu'au muret dont une dizaine de pas les séparait encore. Comme elles étaient nombreuses ! Mais ce n'était peut-être pas plus mal, finalement. La confusion n'en serait que plus grande.

Juste en face, sur le sentier, les ombres se regroupèrent en une seule masse compacte. On entendit des chuchotements, des cliquetis métalliques.

Quand la masse se mit en mouvement vers le portillon, Grine commanda :

— Allez !

Il lança une boîte au milieu du groupe qui s'approchait, puis une autre aussitôt après, et retomba face dans la neige, se bouchant les oreilles.

La double déflagration lui déchira malgré tout les tympans. Mais à gauche et à droite éclataient d'autres coups de tonnerre : un, deux, trois, quatre. C'étaient Emélia et le Bouvreuil qui passaient à l'action.

Ils bondirent alors tous trois sur leurs jambes et s'élancèrent droit devant eux au pas de course, profitant de ce que les policiers étaient encore aveuglés par les éclairs et assourdis par les explosions.

Sautant par-dessus les corps étendus sur le sentier, Grine fut surpris de constater que son flanc recousu et sa côte cassée ne le faisaient plus du tout souffrir. Voilà ce que c'était que de s'en remettre aux forces internes de l'organisme.

Emélia galopait pesamment à côté de lui. Le Bouvreuil, tel un jeune étalon fringant, avait filé devant.

Quand les coups de feu retentirent derrière eux, les entrepôts salvateurs n'étaient plus qu'à deux pas.

Pourquoi d'ailleurs tirer maintenant ? C'était trop tard.

Le logement de la rue Vorontsovo Polié se révéla en effet confortable : trois pièces, entrée de service, téléphone et même salle de bains avec chauffe-eau.

Emélia s'installa aussitôt avec son bouquin, comme s'il n'y avait jamais eu ni explosions, ni course sous les balles à travers un terrain vague enneigé, ni longs tours et détours par les ruelles enténébrées.

Le Bouvreuil, à bout de forces, s'affala sur un divan et s'endormit dans l'instant.

Quant à Grine, il inspecta attentivement les lieux dans l'espoir de découvrir quelque indice qui lui permettrait de remonter au mystérieux GT.

Il ne trouva rien.

Le logement était entièrement meublé, mais ne présentait aucun signe de vraie vie. Ni portraits, ni photographies, ni bibelots, ni livres.

Il était manifeste que personne n'habitait là.

Alors à quoi l'endroit servait-il ? A des rendez-vous d'affaires ? De refuge en cas de besoin ?

Mais seul un homme riche pouvait entretenir un tel pied-à-terre pour des rendez-vous ou « en cas de besoin ».

De nouveau on en revenait à Lobastov.

Le mystère engendrait l'inquiétude. Plus exactement, Grine ne croyait pas à un danger immédiat : si c'était un piège, pourquoi soustraire le Groupe de Combat aux griffes de la Sécurité ? Néanmoins il était plus prudent de déménager.

Il téléphona à l'Aiguille. Il n'expliqua rien, dit seulement qu'il aurait besoin le lendemain d'un nouveau logement et donna son adresse. L'Aiguille répondit qu'elle viendrait au matin. Sa voix était anxieuse, mais en fille intelligente elle ne posa aucune question.

Et maintenant, dormons ! se dit Grine. Il se carra dans un fauteuil sans ôter son manteau et posa sur le guéridon, devant lui, son colt et les quatre bombes restantes.

Il se rendit compte qu'il était fatigué. Et que sa côte n'allait pas si bien qu'il le pensait. C'était d'avoir couru si vite. Heureusement, même autant secoués, les détonateurs à l'intérieur des bombes ne s'étaient pas rompus. Voilà qui aurait été idiot.

Il ferma les yeux et eut l'impression de les rouvrir presque aussitôt, cependant le soleil brillait déjà dehors, et la sonnette de la porte d'entrée s'égosillait.

— Qui est là ? fit dans le vestibule l'épaisse voix de basse d'Emélia.

La réponse fut indistincte, mais la porte s'ouvrit.

C'est le matin, et qui plus est l'heure est bien avancée, comprit Grine.

Son organisme avait obtenu en fin de compte ce qu'il réclamait : au moins dix heures de repos absolu.

— Comment vont vos blessures ? Qu'est devenu l'argent ? demanda l'Aiguille en entrant dans la pièce.

Sans attendre de réponse, elle ajouta :

— Pour ce qui s'est passé cette nuit, je suis au courant. Matveï est chez nous. Tout Moscou vibre de rumeurs évoquant une bataille rangée sur les voies. Bourliaev en personne a été tué, on le sait de source sûre. Et l'on dit encore que des dizaines et des dizaines de policiers ont été massacrés. Mais pourquoi je vous raconte tout ça, vous y étiez bien vous-même...

Ses yeux n'étaient pas comme d'habitude, ils étaient vifs, pleins de lumière, et ce seul détail permettait de comprendre que l'Aiguille n'était nullement une vieille fille endurcie. C'était simplement une femme sévère, volontaire, qui avait eu à subir d'assez lourdes épreuves.

— Vous êtes un véritable héros, déclara-t-elle d'un ton très calme et très sérieux, comme si elle constatait un fait démontré par la science. Vous êtes tous des héros. Autant que les membres de la Volonté du Peuple[1].

Et elle posa sur lui un tel regard qu'il se sentit soudain mal à l'aise.

— Mes blessures ne me gênent plus. L'argent a été expédié. Il doit arriver aujourd'hui à Saint-Pétersbourg, répondit-il dans l'ordre. Pour Bourliaev, j'ignorais, mais c'est bien. Quant aux dizaines et aux dizaines, c'est une exagération, mais on a dû en étendre quelques-uns.

A présent il pouvait en venir au fait :

— Premièrement : une autre planque. Deuxièmement : notre stock de mélange explosif est épuisé. Il faut s'en procurer. Ainsi que des détonateurs. Chimiques, de type fusée percutante.

— On est en train de vous chercher un logement. Vous l'aurez ce soir, sans faute. Des détonateurs, nous en avons, autant que vous voulez. Le mois passé, on nous en a livré de Saint-Pétersbourg une valise entière. L'explosif, lui, pose

1. Organisation révolutionnaire clandestine née de la scission en 1879 du parti Terre et Liberté. Partisans de l'action terroriste, ses membres furent à l'origine d'une série d'attentats dirigés contre le tsar Alexandre II, dont le dernier coûta la vie à celui-ci.

problème. Il faudra en fabriquer. (Elle réfléchit, serrant ses minces lèvres pâles.) A moins qu'on ne s'adresse à Aronson... Je surveille ses fenêtres, je n'ai pas vu de signal d'alerte. Je pense qu'on peut courir le risque. Il est chimiste, il est sûrement capable d'en préparer. Seulement le voudra-t-il ? Je vous ai dit qu'il était contre la terreur.

— Inutile. (Grine se palpa les côtes : la douleur s'était évanouie.) Je m'en chargerai moi-même. Qu'on me fournisse juste les ingrédients. Je vais vous rédiger une liste.

Tandis qu'il écrivait, il sentit son regard peser sur lui avec insistance.

— Je viens seulement de comprendre combien vous lui ressemblez...

Grine laissa en suspens le long mot de « nitroglycérine » et leva les yeux.

Non, ce n'était pas lui qu'elle fixait, mais un point situé quelque part plus haut.

— Vous êtes brun, alors qu'il était blond. Et votre visage est très différent. Mais l'expression est la même, ainsi que le port de tête... Je l'appelais Tioma, mais son surnom pour le Parti était le Magicien. Il connaissait d'excellents tours de cartes... Nous avions grandi ensemble. Son père était l'intendant de notre propriété de Kharkov...

Grine avait eu l'occasion d'entendre l'histoire du Magicien. Celui-ci avait été pendu à Kharkov trois ans plus tôt. On disait qu'il avait une fiancée qui était fille d'un comte. Comme Sofia Perovskaïa[1].

---

1. Révolutionnaire russe (1853-1881), membre de l'organisation la Volonté du Peuple. Elle dirigea l'attentat du 1er mars 1881 au cours duquel Alexandre II trouva la mort.

Voilà donc de quoi il retournait. Il n'y avait là rien à ajouter, et l'Aiguille, d'ailleurs, semblait n'attendre aucun commentaire de sa part. Elle eut une petite toux sèche et en resta là. La suite de l'histoire, Grine la reconstitua tout seul sans difficulté.

— Nous ne sortirons pas d'ici, dit-il d'un ton pratique pour l'aider à surmonter son instant de faiblesse. Nous allons attendre votre retour. Par conséquent, un : le logement. Deux : les produits chimiques.

En fin d'après-midi, on sonna à nouveau à l'entrée. Grine expédia Emélia et le Bouvreuil à la porte de service, et alla ouvrir lui-même en se munissant à tout hasard d'une bombe.

Sur le sol du vestibule, au pied de la porte, se dessinait un rectangle blanc.

Une enveloppe. Quelqu'un l'avait jetée par la fente destinée au courrier.

Grine ouvrit la porte.

Personne.

Sur l'enveloppe, en lettres d'imprimerie : « A l'attention de M. Grine. Urgent. »

`Occasion inespérée. Aujourd'hui à 10 heures le chef de la police, le prince Pojarski, et le conseiller d'Etat Fandorine seront seuls, sans gardes du corps, aux bains Petrossov, dans le cabinet particulier n° 6. Battez le fer tant qu'il est chaud.`

GT

Chapitre onzième,

où Fandorine apprend à voler

— Ce déchaînement inouï de terreur après tant d'années de relative accalmie menace notre réputation professionnelle à tous deux et donc notre carrière, et cependant en même temps s'ouvrent devant nous d'infinies perspectives. Car si nous réussissons à l'emporter sur ces criminels d'une audace sans précédent, nous sommes vous et moi, Eraste Pétrovitch, assurés d'obtenir une place d'honneur dans l'histoire de l'appareil d'Etat russe et, ce qui pour moi est bien plus essentiel, une place enviable à l'intérieur même de l'Etat russe. Je ne tiens pas à jouer les idéalistes, je ne le suis pas le moins du monde. Tenez, jetez un coup d'œil sur ce stupide monument !

Pojarski pointait dédaigneusement sa canne vers le couple de bronze représentant les deux sauveurs du trône jadis convoité par les Polonais [1]. Jusqu'alors absorbé par la conversation, le conseiller d'Etat se rendit compte soudain qu'ils étaient déjà parvenus à la place Rouge, laquelle,

---

1. Célèbre statue, œuvre du sculpteur Ivan Martos, érigée en 1818 sur la place Rouge à la mémoire du prince Dmitri Pojarski et du boucher Kouzma Minine, qui, en 1611, repoussèrent Polonais et Suédois et libérèrent Moscou.

sur tout son flanc gauche, se hérissait d'échafaudages, la construction des Grandes Galeries commerciales allant bon train. Une demi-heure plus tôt, quand les deux responsables de l'enquête s'étaient aperçus qu'ils étaient en train d'examiner pour la deuxième fois une hypothèse déjà analysée précédemment en détail (chose peu étonnante, après deux nuits sans sommeil), Pojarski avait suggéré de poursuivre l'entretien en marchant, puisque aussi bien la journée s'annonçait splendide : ensoleillée, sans un souffle de vent et avec juste ce qu'il fallait de gel pour rafraîchir et revigorer. Ils avaient descendu la rue de Tver tout en devisant du brûlant sujet qui les occupait, unis par la communauté du malheur et l'intensité du danger. Derrière eux, à une dizaine de pas, les mains enfoncées dans les poches, suivaient les anges gardiens du prince.

— Regardez-moi cette grande andouille, mon illustre ancêtre, dit Gleb Gueorguievitch en désignant du doigt le personnage assis. Il est là, affalé sur son siège, tandis que le marchand agite les mains en débitant de grands discours. Avez-vous jamais entendu parler des princes Pojarski, à l'exception de mon héroïque homonyme ? Non, n'est-ce pas ? Et ça n'a rien de surprenant. Ils ont ainsi usé leur fessier durant près de trois cents ans, jusqu'à n'avoir plus un pantalon à se mettre, et la Russie pendant ce temps est passée aux mains des Minine. Enfin, peu importe le nom ; des Morozov, des Khloudov, des Lobastov. Mon grand-père, un descendant de Rurik, possédait deux serfs et maniait lui-même la charrue. Mon père est mort sous-lieutenant à la retraite. Et moi, petit prince efflanqué que j'étais, je n'ai été pris dans la garde que parce que mon nom sonnait bien. Seulement à quoi ça sert, la garde, quand on n'a en poche pas plus d'argent que de beurre en broche ? Ah ! Eraste Pétrovitch, vous n'imaginez pas quel scandale j'ai déclenché quand j'ai demandé à quitter les chevaliers-gardes pour être muté au Département de police. Mes camarades de régiment ont commencé à se pincer le nez, mes chefs voulaient m'exclure de la garde, mais ils ont eu peur d'indisposer l'empereur. Et que croyez-vous ? Aujourd'hui, mes anciens compagnons d'arme ont grade de capitaine, un seul, qui est entré dans l'armée, a celui de lieutenant-colonel, alors que moi, je suis déjà colonel. Et pas seulement colonel : aide de camp du souverain. Ce n'est pas là, Eraste Pétrovitch, une question de titre et de prestige, je n'attache pas grande importance à ces détails. L'essentiel, c'est le déjeuner en tête à tête avec Sa Majesté au moment de mon service mensuel à la cour. C'est d'un prix inestimable. Et compte aussi le caractère inédit de la chose. Il n'était jamais arrivé jusqu'à présent qu'un officier servant dans la police fût jugé digne d'un pareil honneur, quand bien même il eût appartenu à la garde. Le souverain dispose de près d'une centaine d'aides de camp, mais je suis le seul à travailler au ministère de l'Intérieur, voilà ce qui est précieux.

Le prince prit Fandorine par le bras, tandis que le timbre de sa voix se faisait confidentiel :

— Je ne vous raconte pas tout cela, voyez-vous, par vantardise de naïf. Vous avez sûrement déjà compris depuis longtemps qu'il y a fort peu de naïveté chez moi. Non, je veux vous remuer pour que vous ne ressembliez pas à ce cul-de-jatte de bronze. Vous et moi, Eraste Pétrovitch, sommes des piliers de la noblesse. C'est sur des piliers de cette sorte que se maintient tout l'empire de Russie. Ma généalogie remonte aux princes varègues, vous êtes un descendant des croisés. Dans nos veines coule l'ancien sang des pillards, qui au fil des siècles est devenu âcre comme un vieux vin. Il est plus épais que le jus vermillon des marchands et des commis. Nos dents, nos poings et nos ongles doivent être plus forts que ceux des Minine, autrement l'empire nous glissera entre les doigts, car telle est l'époque qui s'annonce. Vous êtes intelligent, fin, audacieux, mais il y a en vous de cette mollesse chichiteuse des aristocrates. Si vous rencontrez en chemin – excusez l'expression – un tas de crotte, vous y jetterez un coup d'œil, le lorgnon à la main, et vous passerez à l'écart. Les autres peuvent bien marcher dessus, vous n'irez pas, quant à vous, souiller vos délicats sentiments et vos gants blancs. Veuillez bien me pardonner, je m'exprime ici à dessein avec violence et grossièreté, parce qu'à la longue j'en souffre, c'est depuis longtemps mon *idée fixe*. Voyez dans quelle extraordinaire situation nous nous retrouvons, vous et moi, par la volonté du sort et un concours de circonstances. Le chef de la Direction de la gendarmerie a été tué, le chef de la Section de sécurité a été tué. Ne restent que vous et moi. La capitale aurait pu envoyer ici un nouveau haut gradé pour superviser l'enquête, le directeur du Département, ou bien même le ministre en personne, mais ces messieurs sont de vieux roublards. Ils ont peur pour leur carrière, aussi ont-ils préféré nous donner à tous deux carte blanche. Et tant mieux !

(Pojarski agita énergiquement la main.) Nous n'avons, vous et moi, rien à redouter et rien non plus à perdre, mais il est possible en revanche de gagner extrêmement gros. « Pleins pouvoirs illimités », dit le télégramme que nous a adressé l'empereur. Vous comprenez ce que signifie « illimités » ? Cela signifie que Moscou et toute la police politique de l'empire vont être, au fond, pour les quelques jours qui viennent, placées sous notre seul commandement, à vous et moi. Par conséquent, ne nous flanquons pas des coups de coude, ne nous gênons pas l'un l'autre, comme ce fut le cas jusqu'à présent avec Bourliaev et Svertchinski. Ma parole, il y aura assez de lauriers à cueillir pour deux ! Unissons nos forces, vous voulez bien ?

A cette longue tirade, Eraste Pétrovitch ne répondit que par trois mots :

— Je veux bien.

Gleb Gueorguievitch attendit un instant qu'il ajoute autre chose, puis hocha la tête d'un air satisfait.

— Votre opinion sur Mylnikov ? demanda-t-il en reprenant un ton plus professionnel. Compte tenu de son ancienneté, c'est lui qu'il faudrait nommer provisoirement à la tête de la Section de sécurité, mais j'aurais préféré Zoubtsov. Il est inutile, à mon avis, de réclamer un nouveau directeur à Saint-Pétersbourg. Nous ne pouvons nous permettre d'attendre que celui-ci soit suffisamment familiarisé avec le travail.

— Oui, mieux vaut se passer d'un nouveau. Et Zoubtsov est un élément très capable. Mais aujourd'hui ce que nous attendons de la Section de sécurité c'est un fonctionnement moins analytique que pratique, une activité d'investigation et de renseignement, or c'est là le domaine d'Evrasti Pavlovitch. Et puis j'éviterais de l'offenser inutilement.

— Mais c'est Mylnikov qui avait pour responsabilité de préparer l'opération qui a tourné au fiasco. Vous connaissez le résultat : outre Bourliaev, trois agents ont été tués, et cinq autres blessés.

— Mylnikov n'y est pour rien, affirma le conseiller d'Etat avec conviction.

— Ah non ? Et quelle est, d'après vous, la cause de l'échec ?

— La trahison, répondit Fandorine d'un ton bref.

Et, voyant son interlocuteur hausser les sourcils d'un air stupéfait, il s'expliqua :

— Les terroristes savaient à quelle heure débuterait l'opération, et ils se tenaient prêts. Quelqu'un les avait p-prévenus. Quelqu'un des nôtres. Comme dans l'affaire Khrapov.

— C'est votre version, et vous n'en avez rien dit jusqu'à présent ? demanda le prince, incrédule. Eh bien, savez-vous, vous êtes tout bonnement inimitable. J'aurais dû vous parler franchement plus tôt. Cependant votre hypothèse est trop grave. Qui soupçonnez-vous précisément ?

— Le cercle des initiés, quant aux d-détails de l'opération nocturne, est étroit. Moi, vous, Bourliaev, Mylnikov, Zoubtsov. Et aussi, c'est vrai, le lieutenant Smolianinov qui a pu entendre.

Gleb Gueorguievitch pouffa, comme s'il trouvait la théorie de son compagnon absurde, néanmoins il se prit à examiner les différents cas un à un, pliant un doigt à chaque fois :

— D'accord, essayons. Si vous permettez, je commencerai par moi. Quel mobile pourrais-je avoir ? J'aurais saboté l'opération pour priver Bourliaev de la gloire d'avoir capturé le Groupe de Combat ? C'est un peu excessif, non ? Mylnikov à présent. Il aurait voulu prendre la place de son chef ? Et pour cela il n'aurait pas épargné trois de ses meilleurs agents, desquels il est entiché comme le nain Tchernomor[1] ? Et encore sans être même certain d'atteindre son but... Zoubtsov. Une personnalité, c'est vrai, des plus complexes, et l'on sait bien qui nage dans les eaux troubles. Cependant quel intérêt aurait-il eu à causer la perte de Bourliaev ? Celui de se débarrasser d'un « mauvais » adversaire de la révolution ? De tels excès, à mon avis, ne sont pas dans la nature de Sergueï Vitalievitch. Certes, il a un passé révolutionnaire. Alors agent double, comme le Kletotchnikov du Troisième bureau ? Hum, ça demande à être vérifié... Qui d'autre encore ? Ah oui, Smolianinov, le garçon aux joues rouges. Là je sèche, je manque d'imagination. Vous le connaissez mieux que moi. A propos, pourquoi ce jeune homme, issu d'une pareille famille, sert-il dans les gendarmes ? Il ne ressemble pas à un ambitieux carriériste du genre de votre humble serviteur. Et s'il dissimulait quelque chose ? Peut-être a-t-il été contaminé par le romantisme démoniaque de la subversion ? Ou

1. Personnage du poème de Pouchkine *Rouslan et Ludmilla* (1820), sorcier qui use de tous ses pouvoirs pour ravir la belle Ludmilla dont il est tombé amoureux.

bien plus simplement a-t-il une liaison avec une nihiliste ?

Ayant commencé, eût-on dit, sur le mode de la plaisanterie, Pojarski semblait s'être laissé séduire pour de bon par l'hypothèse de Fandorine. Après un silence, il regarda Eraste Pétrovitch avec une expression singulière puis déclara tout à coup :

— Puisqu'il est question d'amour et de nihilistes fatales... La fuite ne pourrait-elle avoir pour origine votre belle Judith qui a produit si vive impression sur la société moscovite ? Elle entretient bien, je crois, des relations suspectes ? Je sais parfaitement quel art ont les jolies femmes de s'approprier les secrets. Vous ne vous seriez pas retrouvé par hasard dans le rôle d'Holopherne ? Je vous le demande uniquement par devoir, inutile de m'insulter ou de me provoquer en duel.

Eraste Pétrovitch s'apprêtait en effet à répondre par quelques mots vifs au monstrueux soupçon du prince, mais à ce moment une idée lui traversa soudain l'esprit, qui lui fit oublier l'affront.

— Non, non, dit-il d'un ton bref. C'est absolument impossible. En revanche une autre éventualité est très envisageable. Bourliaev a pu bavarder devant Diane. Et sans doute également a-t-elle permis de même manière qu'on assassine Svertchinski.

Et Fandorine de rapporter au prince ce qu'il savait de la mystérieuse ensorceleuse, qui avait fait tourner la tête aux deux chefs de la police politique de Moscou.

La version qui en ressortait était d'une cohérence remarquable, en tout cas comparée aux autres, toutefois Pojarski l'accueillit avec scepticisme.

— C'est une spéculation, bien sûr, intéressante ; mais il me semble, Eraste Pétrovitch, que vous restreignez beaucoup trop le cercle des suspects. Qu'il y ait eu trahison, c'est indéniable. Il convient de revoir toute l'orientation de l'enquête depuis cette position. Mais le traître peut avoir été n'importe quel pion, agent secret ou policier, utilisé pour encercler la maison, or cela représente dans les quatre-vingts personnes. Sans parler même des quelques dizaines de cochers mobilisés pour transporter toute cette *Grande Armée* levée par Bourliaev.

— Un vulgaire agent, et encore moins un policier, ne p-pouvait être informé des d-détails, objecta Fandorine. Et puis une fois requis pour l'opération, un homme du rang aurait eu du mal à s'absenter de son poste. Non, Gleb Gueorguievitch, ce n'est pas un simple pion. Surtout si l'on se rappelle les circonstances du meurtre du général Khrapov.

— Bon, je vous l'accorde, votre version est plus élégante et plus littéraire. Et même plus vraisemblable. Mais nous sommes convenus de travailler sous le même harnais, c'est pourquoi, si vous voulez bien, vous serez cette fois-ci le limonier, tandis que je porterai la bricole et gambaderai à côté. Nous avons, disions-nous, deux pistes : Diane, l'agent double, ou bien quelqu'un parmi les utilités. Explorons donc les deux. Vous choisissez Diane ?

— Oui.

— Parfait. Et moi je m'occuperai du menu fretin. Aurez-vous assez de la seule journée d'aujourd'hui ? Le temps est précieux.

Eraste Pétrovitch hocha le menton avec assurance.

— Moi aussi, bien que la besogne qui m'échoit soit un peu délicate : contrôler et sonder une pareille tapée de monde. Mais bon, j'en viendrai à bout. A présent, convenons d'un rendez-vous. (Pojarski réfléchit un long moment.) Etant donné que nous ne sommes pas sûrs de nos propres collaborateurs, retrouvons-nous en dehors des murs habituels, en un lieu où personne n'ira nous écouter ni nous épier. Et pas un mot de cette rencontre à quiconque, d'accord ? Tenez, retrouvons-nous aux bains, dans un cabinet particulier. Nous n'aurons ainsi absolument rien à nous cacher ! observa le prince dans un éclat de rire. Vous avez à Moscou les bains Petrossov qui sont parfaits, ils sont en outre commodément situés. Je donnerai ordre à mes bachi-bouzouks de réserver, disons, le salon numéro 6.

Eraste Pétrovitch secoua négativement la tête :

— Pas un mot à quiconque, avons-nous dit. Congédiez vos gardes du corps pour la journée, afin que nous entamions nos recherches sur des bases saines. Et ne leur parlez pas de notre rendez-vous. Je ferai moi-même un saut aux bains Petrossov pour réserver le salon numéro 6. Nous nous y retrouverons en tête à tête, nous examinerons nos résultats et élaborerons un p-plan d'action pour la suite.

— A dix heures ?

— A d-dix heures.

— Eh bien ! conclut Gleb Gueorguievitch en brandissant comiquement sa canne. Le lieu de rencontre est fixé. L'heure aussi. En avant, les aristocrates ! Retroussons nos manches !

Les bains Petrossov, récemment inaugurés près de la rue de la Nativité, avaient réussi en fort peu de temps à devenir une des curiosités de Moscou. Quelques années plus tôt encore, ne s'élevait là qu'un bâtiment en rondins sans étage où pour quinze kopecks on vous lavait, saignait, posait des ventouses et ôtait les durillons. La clientèle convenable ne s'aventurait jamais dans ce hangar crasseux et malodorant, préférant faire toilette chez Khloudov, aux Bains centraux. Cependant la maison était passée aux mains d'un nouveau propriétaire, un homme entreprenant et énergique, à la mode européenne, qui avait reconstruit les Petrossov selon le dernier cri de la technique internationale. Il avait édifié en pierre un palace à atlantes et cariatides, ménagé dans la petite cour intérieure une fontaine, habillé les murs de marbre, accroché partout des miroirs, disposé des divans moelleux, et l'ancien établissement minable s'était trouvé métamorphosé en un temple de la volupté que n'eût pas dédaigné le très raffiné Héliogabale en personne. La section réservée au « Commun » avait été purement et simplement supprimée, ne subsistaient que les sections « Marchands » et « Gentilshommes », chacune ouverte aux deux sexes.

Ce fut chez les « Gentilshommes » que Fandorine se rendit après que Pojarski et lui se furent séparés pour vaquer chacun à sa mission.

En raison de l'heure matinale, les bains étaient encore déserts, et le gardien, prévenant, emmena le client prometteur visiter les cabinets particuliers.

La section « Gentilshommes » était agencée comme suit : au milieu, une salle commune avec une gigantesque piscine de marbre entourée de colonnes doriques ; autour de la piscine, une galerie où donnaient six portes desservant autant de salons privés. Toutefois ce n'était point par la salle commune qu'il était de règle d'accéder à ces derniers, mais par l'autre côté, en empruntant le large couloir qui ceignait le bâtiment. Chicanier, le fonctionnaire inspecta chaque salon. Les jalles d'argent et les robinets dorés n'arrêtèrent pas tellement son regard, en revanche il se montra très attentif au fonctionnement des verrous des portes donnant sur la piscine. Puis il se promena un moment dans le couloir extérieur. En prenant par la droite, on débouchait sur la partie des bains réservée aux femmes, en poursuivant à gauche on atteignait un escalier de service. Il n'y avait pas de ce côté d'issue qui donnât sur la rue, ce dont bizarrement Fandorine parut se trouver très content.

Le conseiller d'Etat n'exécuta pas tout à fait exactement le plan que Gleb Gueorguievitch et lui avaient arrêté. Pour mieux dire, il commit un excès de zèle : il retint pour la soirée non seulement le salon numéro 6 dont ils étaient convenus, mais aussi les cinq autres, ne laissant aux autres visiteurs que la salle commune.

Mais ce n'était que la première d'une série d'étrangetés dans la conduite de Fandorine.

La deuxième fut que le fonctionnaire en charge des missions spéciales traita sa principale mission du jour – son entretien avec Diane – de manière assez peu approfondie, on peut même dire : par-dessous la jambe.

Après avoir téléphoné à la « collaboratrice » depuis le vestibule de l'établissement de bains et obtenu d'elle une entrevue immédiate, Eraste Pétrovitch se rendit sur-le-champ au discret pavillon du quartier de l'Arbat.

Dans la pièce obscure à présent familière, où les stores éternellement tirés laissaient planer une odeur de musc et de poussière, la rencontre entre les deux individus ne se déroula pas du tout comme les deux dernières fois. Il suffit que Fandorine franchît le seuil du cabinet silencieux pour qu'une ombre mince et vive s'élançât vers lui dans un froissement de soie. Des bras souples enlacèrent ses épaules, un visage dissimulé par un voile se serra contre sa poitrine.

— Mon Dieu, mon Dieu, quel bonheur que vous soyez venu ! chuchota une voix désemparée. J'ai si peur ! Je me suis conduite stupidement la dernière fois. Au nom de tout ce qui est sacré, pardonnez-moi ! Vous devez excuser l'arrogance d'une femme qui s'est trop prise à son rôle de briseuse de cœurs. Les marques d'attention dont me comblaient Stanislav Filippovitch et Piotr Ivanovitch m'avaient complètement tourné la tête. Pauvres, pauvres Pierre et Stanislas ! Pouvais-je imaginer...

Le chuchotement se changea en sanglot, sur la chemise du conseiller d'Etat vint s'écraser une larme des plus authentiques, suivie d'une autre, et d'une autre encore.

Cependant Eraste Pétrovitch n'eut pas même l'idée de profiter de cet instant psychologiquement propice pour tenter de faire avancer l'enquête. Il repoussa avec ménagement la « collaboratrice » en pleurs, traversa la pièce et s'assit non pas sur le divan comme la fois précédente, mais dans un fauteuil, près du bureau sur lequel scintillait faiblement le clavier nickelé d'une machine à écrire.

Cela dit, Diane ne parut nullement décontenancée par la réserve qu'affectait son hôte. Sa svelte silhouette suivit Fandorine, se figea un bref instant devant le fauteuil puis soudain se cassa en deux ; l'excentrique personne venait de tomber à genoux et levait ses mains jointes en un geste implorant :

— Oh, ne soyez pas si froid et si cruel ! (Chose surprenante, le chuchotement n'atténuait en aucune manière les modulations dramatiques de sa voix : c'était là évidemment le fruit d'un considérable entraînement.) Vous n'imaginez pas tout ce que j'ai souffert. Je me retrouve totalement seule, sans personne pour me défendre, me protéger ! Croyez-le, je sais me montrer utile et... reconnaissante. Ne partez pas ! Restez, tenez-moi encore un instant compagnie ! Consolez-moi, séchez mes larmes. Je sens en vous une force si tranquille et si assurée... Vous seul pouvez me ramener à la vie. Avec Bourliaev et Svertchinski j'étais maîtresse, mais je puis aussi être esclave. Je me plierai à n'importe lequel de vos désirs !

— V-vraiment ? s'enquit Fandorine avec intérêt en toisant la forme noire prosternée à ses pieds.

Alors pour commencer ôtez ce voile et allumez la lumière.

— Non, tout sauf ça ! s'écria Diane en se rejetant en arrière pour se redresser d'un bond. N'importe lequel de vos désirs, n'importe lequel, mais pas celui-là.

Le conseiller d'Etat demeura silencieux, le regard ailleurs, ce qui n'était plus très courtois.

— Vous allez rester ? souffla l'ex-femme fatale en un soupir plaintif, les mains serrées contre le cœur.

— Hélas, ça m'est impossible. Les devoirs du service... répondit Eraste Pétrovitch en se levant. Je vois bien que vous êtes dans un état de grand désarroi, mais je n'ai maintenant pas le temps d'avoir avec vous une longue conversation.

— Alors revenez ce soir, murmura la voix, tentatrice. Je vous attendrai.

— Ce soir non plus, je ne peux pas, objecta Fandorine avant d'ajouter sur le ton de la confidence : et pour que vous ne preniez pas mon refus pour un affront, je vais vous expliquer à quoi je serai occupé. On m'a assigné un rendez-vous d'un tout autre genre, beaucoup moins romantique. A dix heures je dois rencontrer le prince Pojarski, le vice-directeur du Département de police. Et devinez où ? Aux bains Petrossov. Comique, n'est-ce pas ? Les inconvénients du s-secret ! En revanche sont garantis confidentialité et strict *tête-à-tête*. Salon numéro 1, le meilleur de toute la section « Gentilshommes ». Voilà, madame, dans quelles conditions extravagantes sont contraints de se voir les responsables de l'enquête.

— Alors en attendant, juste ceci...

Elle s'avança vivement d'un pas et, soulevant à peine son voile, effleura les joues du fonctionnaire de ses lèvres humides.

A ce contact, Eraste Pétrovitch tressaillit, il regarda la « collaboratrice » avec une sorte d'effroi, la salua, puis sortit.

Ensuite le conseiller d'Etat se conduisit de manière encore plus singulière.

Quittant le quartier de l'Arbat, il se rendit à la Direction de la gendarmerie, mais sans aucun but apparent. Il but un café en compagnie de Smolianinov, transformé pour de bon en opérateur téléphonique, car la situation dans la grande bâtisse de la rue Nikitskaïa avait pris une tournure au plus haut point insolite : tous les services et sous-services fonctionnaient à plein régime, et cependant se retrouvaient au fond entièrement livrés à eux-mêmes. Le directeur intérimaire, le prince Pojarski, ne tenait pas en place, et s'il passait, c'était toujours brièvement : le temps d'écouter les rapports de son aide de camp et de lui laisser quelques instructions, et il s'éclipsait à nouveau dans une direction inconnue.

Ils évoquèrent feu Stanislav Filippovitch, parlèrent de la main blessée du lieutenant, de l'insolente audace des terroristes. Le lieutenant s'en tenait à l'idée qu'on devait faire montre d'esprit chevaleresque.

— Si j'étais à la place de monsieur Pojarski, dit-il avec fougue, je m'abstiendrais d'envoyer à ce Grine espions et provocateurs, et je ferais imprimer dans les journaux : « Cessez de nous donner la chasse, à nous, serviteurs de l'Etat. Cessez de nous tirer dessus, embusqués derrière un mur, et de lancer des bombes qui font périr des innocents. Je ne me cache pas, moi, je n'ai pas peur de vous. Si vous croyez vraiment en votre vérité et désirez vous sacrifier pour le bien de l'humanité, affrontons-nous en un duel équitable, car j'ai moi aussi une foi sacrée en ma cause et, pour la Russie, je suis prêt à ne point épargner ma vie. Ainsi arrêterons-nous de faire couler le sang russe. Que Dieu – et si vous êtes athée, peu importe, que le Fatum ou bien le Sort – décide qui de nous deux a raison. » Je suis certain que Grine accepterait pareille proposition.

Le conseiller d'Etat écouta jusqu'au bout l'opinion du jeune homme puis demanda avec sérieux :

— Et si Grine venait à tuer le p-prince ? Que se passerait-il alors ?

— Comment, que se passerait-il ? (Smolianinov tenta d'agiter sa main blessée et grimaça de douleur.) Qui sont les plus nombreux en Russie, les terroristes ou les défenseurs de l'ordre ? Si Pojarski devait mourir en duel, il conviendrait bien sûr de laisser Grine libre de repartir, c'est une question d'honneur. Mais dès le lendemain vous lui lanceriez un autre défi. Et si, à votre tour, la chance vous trahissait, il s'en trouverait d'autres pour prendre la relève. (L'officier rougit.) Et les révolutionnaires n'auraient plus d'issue. Il leur serait impossible de se soustraire au défi, car alors ils perdraient aux yeux de la société leur réputation d'hommes pleins de courage et d'abnégation. Et bientôt il ne resterait plus un seul terroriste : les fanatiques auraient péri en duel, et les autres auraient été contraints de renoncer aux méthodes violentes.

— C'est la seconde fois ces derniers temps qu'il m'est donné d'entendre un projet original pour anéantir le terrorisme. Et je ne sais lequel des deux me plaît davantage. (Fandorine se leva.) Votre conversation était agréable, mais je dois partir. J'exposerai aujourd'hui même votre idée à Gleb Gueorguievitch. (Il parcourut du regard l'antichambre déserte et baissa la voix.) Je ne le confie qu'à vous, sous le sceau du secret le plus rigoureux. Aujourd'hui, à dix heures du soir, le prince et moi devons avoir un important entretien en tête à tête, au cours duquel sera établie toute la suite du plan d'action. Nous avons rendez-vous aux bains Petrossov, à la section « Gentilshommes ».

— Pourquoi aux bains ? demanda le lieutenant ébahi, en battant de ses longs cils de velours.

— Pour nous assurer le s-secret. Il y a là-bas des cabinets particuliers, il ne traînera aucune oreille étrangère. Nous avons spécialement réservé le meilleur salon, le numéro 2. Je ne manquerai pas de proposer à Pojarski d'essayer la provocation en duel par l'intermédiaire des journaux. Mais, je le répète encore une fois, pas un mot à quiconque quant au rendez-vous.

Au sortir de la Direction, Fandorine s'en fut rue Gnezdnikov.

Là, le rôle d'instance coordonnant le travail de toutes les équipes était assuré par le conseiller titulaire Zoubtsov.

Avec celui-ci, Eraste Pétrovitch ne but pas du café, mais du thé. Ils parlèrent du défunt Piotr Ivanovitch, homme un peu rustre et emporté, mais honnête et sincèrement dévoué à sa mission. Ils se lamentèrent sur la réputation de l'antique capitale, irrémédiablement compromise aux yeux du souverain par les derniers funestes événements.

— Il y a une chose que je ne parviens pas à comprendre, déclara Sergueï Vitalievitch d'un ton prudent. Toute la machine policière tourne à plein rendement, nos gens passent des nuits blanches au point de ne plus tenir debout. Nous surveillons Lobastov, tous les mal notés, les suspects et les quarts de suspect, nous épluchons le courrier envoyé par la poste, nous écoutons, nous observons. Toute cette activité de routine est bien sûr nécessaire, mais reste quelque peu éparpillée. Bien entendu, mon grade ne me permet pas de me mêler de hautes considérations tactiques – celles-ci relèvent de votre compétence et de celle de Gleb Gueorguievitch –, et néanmoins, s'il était possible d'avoir une idée ne fût-ce que de l'orientation principale des recherches, moi, de mon côté, dans la mesure des facultés qui m'ont été allouées, je pourrais également apporter ma pierre à l'édifice...

— Oui-oui, opina Fandorine. N'allez pas penser, je vous prie, que le prince et moi vous dissimulons quoi que ce soit. Tous deux avons pour vous la plus sincère considération et nous vous associerons au travail d'analyse sitôt que certains faits auront été éclaircis. En témoignage de c-confiance, je puis vous informer de manière strictement confidentielle qu'aujourd'hui, à dix heures, Gleb Gueorguievitch et moi devons nous rencontrer dans un endroit déjà convenu, où nous définirons cette même « orientation » dont vous avez parlé. La rencontre aura lieu en tête à tête, mais vous serez immédiatement mis au courant des résultats. Le caractère secret de cette réunion s'explique par le fait (ici, le conseiller d'Etat se pencha légèrement vers son interlocuteur) qu'il y a parmi nos collaborateurs un traître, et que nous ignorons pour l'instant de qui il s'agit. Il se pourrait néanmoins que nous puissions justement l'établir aujourd'hui.

— Un traître ? ! s'exclama Zoubtsov. Chez nous, à la Sécurité ?

— Chut ! (Le conseiller d'Etat porta un doigt à ses lèvres.) Qui il est, et où il travaille, c'est ce que le p-prince et moi déterminerons aujourd'hui quand nous aurons échangé les renseignements récoltés par chacun. C'est du reste dans ce but que nous nous sommes fixé ce si mystérieux rendez-vous dans le salon numéro 3 de la section « Gentilshommes », excusez du peu, des bains Petrossov.

Affichant un sourire radieux, Eraste Pétrovitch acheva de boire son thé entre-temps refroidi.

— Au fait, où est notre Evrasti Pavlovitch ?

La conversation que Fandorine eut avec Evrasti Pavlovitch Mylnikov, que le conseiller d'Etat retrouva au poste d'observation provisoire installé dans un grenier poussiéreux à proximité de la manufacture Lobastov, ressembla pour beaucoup aux précédentes. Elle en différa néanmoins, car outre le défunt Piotr Ivanovitch, y furent encore évoquées l'opération malheureuse de la nuit passée, la perfidie du millionnaire et la question du secours aux familles des agents tués en service. L'entretien s'acheva en revanche exactement de la même manière : le conseiller d'Etat révéla à son interlocuteur l'heure et le lieu précis de son rendez-vous avec monsieur le vice-directeur. Seul le numéro de cabinet particulier qu'il indiqua n'était plus le même : cette fois-ci, il s'agissait du 4.

Après sa visite au poste d'observation, Fandorine ne montra aucune intention d'entreprendre quoi que ce fût d'autre. Il s'en retourna en fiacre à son logis en sifflotant une ariette de *La Geisha*, ce qui lui arrivait extrêmement rarement et était signe chez lui d'un singulier optimisme.

Dans le pavillon de la rue Malaïa Nikitskaïa eut lieu entre Fandorine et son serviteur un long échange circonstancié en japonais, au cours duquel on entendit essentiellement parler Eraste Pétrovitch, tandis que Massa écoutait et répétait à tout bout de champ : « Hai, hai. »

A l'issue de la conversation, le conseiller d'Etat dessina sur une feuille de papier un schéma qui ressemblait à ceci :

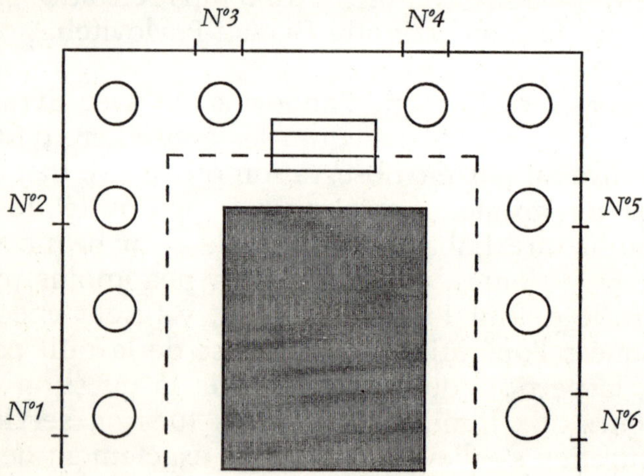

Puis, ayant répondu à quelques questions, il alla le plus tranquillement du monde se coucher, bien qu'il fût à peine trois heures de l'après-midi et qu'il n'eût encore réglé aucune affaire importante.

Il dormit longtemps, jusqu'à six heures. Une fois debout, il mangea avec appétit, fit un peu de gymnastique et se vêtit d'un costume anglais de coupe sport, costume léger qui n'entravait point les mouvements : court veston à carreaux passé par-dessus un gilet de soie, et pantalon étroit à sous-pieds.

Les préparatifs vestimentaires d'Eraste Pétrovitch ne s'arrêtèrent pas là. Dans le ruban élastique du fixe-chaussette passé à sa jambe droite, il glissa un petit stylet protégé d'un mince fourreau de papier huilé ; l'étui à pistolet accroché dans son dos accueillit un « Vélodog » – pistolet miniature inventé pour les vélocipédistes qu'importunaient les chiens errants –, tandis qu'un autre étui conçu pour être porté sous l'aisselle lui permettait de dissimuler son arme principale : un Herstal-Bayard à sept coups, toute dernière création des maîtres armuriers liégeois.

Son serviteur tenta bien encore de lui attacher autour des reins une inquiétante chaîne d'acier garnie de deux lourdes sphères, mais le conseiller d'Etat refusa catégoriquement de s'embarrasser de cet outillage non conventionnel, car, lorsqu'on marchait, lesdites sphères s'entrechoquaient et leur bruit pouvait attirer l'attention.

— Ne prends toi-même aucune initiative, répéta une fois encore Eraste Pétrovitch à son fidèle auxiliaire, alors qu'il endossait dans le vestibule un pardessus de drap doublé de fourrure. Retiens seulement le numéro, puis viens frapper à la porte du 6 selon le signal convenu, et je te ferai entrer. *Wakatta*[1] ?

— *Wakattemasu*, répondit Massa. *Demo*[2]...

Il n'acheva pas, car à ce moment plusieurs coups de sonnette retentirent à la porte : un, deux, trois...

— C'est votre nouvelle concubine, soupira le valet de chambre. Il n'y a qu'elle pour sonner avec autant d'impatience.

— Tu arrives ou tu t'en vas ? demanda Esther en voyant Eraste Pétrovitch en pardessus et le haut-de-forme à la main.

Elle l'étreignit et colla sa joue contre ses lèvres.

— Tu t'en vas. Tu as le nez chaud. Si tu arrivais, ton nez serait froid. Et tiens, c'est bizarre, tu sens le musc... Quand rentres-tu ? Je vais t'attendre ici, tu m'as manqué horriblement.

— Esther, je t'ai déjà demandé de téléphoner, dit Fandorine, contrarié. Ef-fectivement je suis sur le point de partir, et j'ignore pour l'instant quand je reviendrai. Et Massa va s'en aller lui aussi bientôt.

— Je ne peux pas supporter le téléphone, coupa la belle aux yeux noirs. Ça manque de vie. Et pourquoi sors-tu ?

— Pour régler une affaire imp-portante, répondit Fandorine, évasif.

Puis soudain, cédant à un élan involontaire, il ajouta rapidement :

1. Tu as compris ? *(jap.)*
2. *Wakattemasu. Demo...* : J'ai compris, mais... *(jap.)*

— J'ai rendez-vous avec le prince Pojarski aux bains Petrossov. A la section « Gentilshommes »... Salon numéro 5.

Le visage du conseiller d'Etat s'empourpra aussitôt, ses longs cils eurent un tressaillement coupable.

— C'est-à-dire, non, pas le 5, le 6... Ma langue a fourché...

— Seigneur, quelle différence pour moi, le numéro du salon où tu vas rencontrer cette crapule ? ! Ah, tu t'es trouvé une belle compagnie ! Aux bains ! C'est tout simplement charmant ! (Esther partit d'un grand rire mauvais.) Les distractions masculines ! J'en ai beaucoup entendu parler. Je suppose que vous y ferez également venir des filles. Adieu, Votre Haute Noblesse, vous ne me reverrez plus !

Et avant que Fandorine ait eu le temps d'ouvrir la bouche, la porte claqua dans un fracas assourdissant. De menus talons martelèrent les degrés du perron, puis on entendit le crissement de la neige au rythme précipité d'une course.

— Ce n'est pas une femme, mais l'éruption du Fuji en l'an cinq de l'ère du Trésor éternel ! s'extasia Massa. Ainsi vous dites, maître, que je n'ai pas besoin de prendre d'arme ? Même le tout petit couteau, si commode à dissimuler dans les plis d'un pagne ?

Ledit couteau eût été de toute manière impossible à cacher, car dans la salle de piscine, personne ne portait de pagne. Les hommes étaient entièrement nus et, au goût de Massa, d'une laideur achevée : poilus comme des singes et affligés de bras et de jambes d'une longueur démesurée. L'un d'eux surtout était particulièrement déplaisant à regarder, dont le ventre et la poitrine disparaissaient sous un épais pelage rouge.

Massa avait plus d'une fois examiné avec fierté son propre corps parfaitement lisse, aux hanches harmonieusement rebondies. Si le savant sage anglais, Chârusu Dâuin, avait raison et que l'homme descendît en effet du singe, alors les Japonais avaient progressé dans cette évolution beaucoup plus loin que les Cheveux-rouges.

Le Japonais n'était pas du tout content de son bain. L'eau n'était pas assez chaude, les austères murs de pierre avaient un brillant déplaisant, et puis l'attente commençait à durer un peu trop.

Outre le valet de chambre, dix autres personnes barbotaient dans la piscine. Difficile de dire combien d'entre eux étaient des bandits. En ce qui concernait l'un – mine maussade, cheveux noirs, grand nez de *kappa* [1], torse noueux à la musculature puissante –, il ne pouvait y avoir aucun doute : des cicatrices encore fraîches marquaient de rouge sa poitrine et son flanc, et son oreille gauche était coupée. De son œil expérimenté, Massa avait aussitôt établi son diagnostic : c'étaient là les traces de coups glissants portés par une lame acérée. A l'évidence un yakuza, même

1. Monstre des contes populaires japonais, dont les principales caractéristiques sont une carapace comme celle des tortues, des écailles, le sommet de la tête comme une assiette remplie d'eau et un long nez pointu.

s'il ne montrait pas de jolis tatouages de couleur. Massa s'appliquait à se tenir le plus près possible du louche individu. Quelques-uns des baigneurs paraissaient cependant tout à fait pacifiques. Par exemple le jeune homme fluet à la peau blanche qui était assis un peu plus loin sur le bord. Il jouait distraitement avec une chaînette rivée à la barre de bronze qui ceinturait tout le bassin. Cette barre étant là pour qu'on pût s'y cramponner, Massa n'arrivait pas à comprendre pourquoi on y avait fixé de surcroît un anneau et une chaîne, mais il ne se creusa pas plus longtemps la tête sur le sujet, car il avait plus important à penser.

Six portes donnaient sur la galerie ménagée derrière les colonnes, ainsi qu'il figurait sur le plan. Le maître devait se trouver derrière la dernière, à gauche. Les bandits n'iraient pas s'égarer par là. Ils s'engouffreraient dans l'un des quatre premiers salons. Il suffisait de bien noter lequel, et de courir chercher le maître. Simple comme bonjour.

Mais comment les bandits allaient-ils opérer sans armes ? Les Cheveux-rouges ne savaient pas tuer à mains nues, ils avaient absolument besoin d'instruments d'acier. Où allaient-ils prendre dans la piscine pistolet ou couteau ?

— C'est le moment, dit soudain l'homme aux cicatrices.

Clapotis et éclats de voix s'éteignirent d'un seul coup. Quatre mains empoignèrent solidement Massa par-derrière, par ses hanches rebondies, le poussèrent contre le bord, et avant qu'il ait recouvré ses esprits, le gentil jeune homme avait tiré la chaîne hors de l'eau. A l'extrémité de celle-ci se trouvait un autre anneau de fer qui aussitôt claqua autour du poignet du valet de chambre.

— Du calme, monsieur, dit le jeune homme. Tenez-vous tranquille et il ne vous arrivera rien.

— Eh, permettez, messieurs, que signifie cette plaisanterie ! cria une voix indignée.

Massa se retourna et découvrit que trois autres hommes, à l'évidence des clients se trouvant là par hasard, avaient été, exactement de la même manière, enchaînés à la main courante. Les autres baigneurs – six jeunes gens, en comptant le type au grand nez qui semblait être leur chef – étaient tous déjà sortis de l'eau.

A ce même instant, par la porte conduisant aux vestiaires, en surgirent deux autres, habillés de pied en cap, qui portaient chacun dans ses bras une pile de vêtements.

Massa tira sur la chaîne avec force, mais elle ne céda pas. C'étaient de ces authentiques menottes qui servaient à entraver les criminels faits prisonniers. Pourquoi ne l'avait-il pas deviné seulement plus tôt ?! Les bandits étaient arrivés bien avant lui, avaient fixé par un bout les chaînes à la main courante, laissant l'autre extrémité pendre dans l'eau, puis avaient attendu l'heure convenue. Ce piège d'une malhonnêteté perfide privait Massa de toute possibilité de remplir son devoir. Les bandits à présent allaient forcer l'une des portes, découvrir qu'il n'y avait personne et entreprendre d'explorer les autres salons, alors qu'il ne disposait plus d'aucun moyen d'avertir le maître.

Crier maintenant n'avait pas de sens. Dans cette salle aux murs étincelants, n'importe quel hurlement se disperserait en mille échos inutiles, se confondrait avec le clapotement de l'eau et la rumeur des autres baigneurs. Bien sûr Massa savait crier très très fort, et peut-être le maître entendrait-il sa voix à travers la porte close, mais alors il ne chercherait pas le salut dans la fuite, au contraire il se précipiterait au secours de son serviteur. Or voilà ce qu'il fallait éviter à tout prix.

Conclusion ?

Attendre que les bandits se fussent engouffrés par une des portes, et alors là, brailler à pleins poumons.

Lesdits bandits entre-temps s'étaient rhabillés et dans leurs mains étaient apparus, comme par enchantement, des revolvers. Huit hommes avec des revolvers... c'est beaucoup trop, jugea Massa. S'ils n'avaient que des couteaux, ce ne serait rien. A deux on pourrait en venir à bout. Mais là, c'est très mauvais : le maître est seul, ils sont huit, et puissamment armés.

Le chef des yakuzas releva le chien de son arme et déclara :

— Pojarski est adroit. Pas d'hésitation, ouvrez le feu aussitôt. Emélia, le Clou, vous vous chargez de la porte.

Les deux plus grands s'élancèrent en haut de l'escalier de marbre, suivis par les autres à une courte distance.

Ils laissent aux deux premiers la place de prendre leur élan, devina Massa. Voyons, où vont-ils tourner, à gauche vers les trois premiers salons, ou bien à droite ?

Ils prirent à droite. Donc vers le numéro 4.

Mais les bandits destinés au rôle de bélier passèrent devant la quatrième porte sans même lui accorder un regard. Ils ne s'arrêtèrent pas davantage à la cinquième.

Massa, bien qu'il eût de l'eau chaude jusqu'à la poitrine, se sentit glacé d'effroi.

— *Danna-a-a-a ! Ki o tsuke-e-e*[1] *! ! !*

Eraste Pétrovitch se présenta à l'entrée principale des bains Petrossov à dix heures pile.

— On vous attend déjà au salon numéro 6, monsieur, l'informa l'employé en le saluant. Les cinq autres sont encore vides.

— Ils vont se remplir, répondit le conseiller d'Etat. Un p-peu plus tard.

Il parcourut un large couloir, monta au premier étage : un couloir à nouveau, puis un coude. A droite était située l'entrée de la partie réservée aux dames, à gauche s'alignaient les portes des cabinets particuliers, jusqu'à l'escalier de service. Avant d'entrer dans le salon où il était attendu, Fandorine examina encore une fois la disposition des lieux et se trouva satisfait. S'il était besoin de battre en retraite précipitamment, ce serait très pratique : l'un couvrirait l'autre de son tir, puis à son tour courrait jusqu'à l'angle, protégé par le tir du premier. Les bonds à exécuter étaient courts, le risque d'être touché par une balle minimal. Mais il était peu probable, cela dit, qu'on en arrivât à une fusillade.

— Y a-t-il beaucoup de clientes vers cette heure-ci chez les dames ? demanda-t-il à tout hasard à l'employé qui l'accompagnait.

L'autre sourit avec déférence mais répondit d'une voix où perçait un soupçon de grivoiserie.

1. Monsieur ! Attention ! *(jap.)*

— Pour l'instant oui, mais il n'en viendra pas de nouvelles, monsieur. Pour le sexe faible, n'est-ce pas, il est un peu tard.

— C'est par ici qu'elles entrent et qu'elles sortent ? s'alarma Fandorine.

— En aucune façon, monsieur. La sortie se fait de l'autre côté. C'est arrangé exprès. La femme, Votre Grâce, n'aime guère être observée au sortir du bain, avec une serviette sur les cheveux. Plutôt que d'emprunter la porte principale, elles préfèrent sauter dans un traîneau et *good bye* !

Eraste Pétrovitch donna un pourboire à l'homme et entra dans le cabinet.

— Je suis comme un jeune galopin qui attend son rendez-vous : toute la journée j'ai guetté l'instant où je serais en mon repaire secret, lui lança gaiement en guise de bienvenue le prince Pojarski, assis entièrement nu dans un fauteuil, un cigare entre les dents.

Une petite table, devant le prince, supportait une bouteille de « Cachet blanc », des coupes, un compotier de fruits et un journal déplié.

Fandorine haussa légèrement les sourcils :

— Du champagne ? Nous avons un événement à fêter ?

— Moi, oui, répondit Gleb Gueorguievitch d'un air énigmatique. Mais prenons les choses dans l'ordre, n'attelons pas la charrue avant les bœufs. Déshabillez-vous, prenez un bain (il désignait une petite piscine découpée dans le sol), et ensuite causons. Et vous, de votre côté, la chasse a été bonne ?

Eraste Pétrovitch jeta un coup d'œil à la porte close qui donnait sur la salle commune et déclara d'un ton évasif :

— Elle le sera bientôt.

Pojarski lui lança un regard intrigué tout en emmaillotant la bouteille d'une serviette.

— Eh bien, que restez-vous planté là debout, comme un acheteur au marché d'esclaves ! Déshabillez-vous.

Se déshabiller n'entrait pas dans les intentions d'Eraste Pétrovitch, puisque son plan prévoyait l'éventualité d'une retraite précipitée, cependant se promener tout habillé devant un homme entièrement nu était ridicule et inconvenant. Et si le piège ne fonctionnait pas ? Allait-il rester ainsi en veston ? Par bonheur, le simple et confortable costume de sport permettait de se vêtir en quelques secondes, car à la rigueur, on pouvait bien négliger maillot de corps, gilet, manchettes et faux col.

— Quoi, vous êtes gêné ? s'esclaffa le prince. Je vous reconnais bien là !

Le conseiller d'Etat ôta ses vêtements et les posa sur le divan, ajoutant par-dessus les deux revolvers et le stylet, d'un geste faussement désinvolte.

Pojarski émit un sifflement :

— Sérieux arsenal ! L'esprit de prévoyance m'inspire toujours le respect. Je suis moi-même ainsi. Vous me montrerez tout à l'heure vos jouets ? Je vous montrerai les miens. Mais d'abord le travail. Plongez, plongez. L'un n'empêche pas l'autre.

Eraste Pétrovitch se retourna encore une fois pour jeter un bref regard à la porte, et sauta dans le bassin. Mais il ne s'attarda pas à barboter dans l'eau chaude : il ressortit tout aussitôt.

— Vous êtes un véritable Antinoüs. (Le prince examinait d'un œil appréciateur la conformation anatomique de Fandorine.) Nous jouissons d'extraordinaires conditions pour tenir un conseil stratégique. Au travail ?

— Au travail.

Le conseiller d'Etat s'assit dans un fauteuil et alluma lui aussi un cigare, mais il gardait les muscles de ses jambes tendus, prêt à bondir sitôt que Massa frapperait à la porte.

— Qu'avez-vous obtenu avec Diane ? demanda Pojarski en souriant avec une gaieté mal explicable. A-t-elle avoué ses péchés ?

Le ton de la question parut étrange à Fandorine, aussi prit-il son temps pour répondre.

— Si vous v-voulez bien, je vous ferai part de mes conclusions un peu plus tard. J'ai de sérieuses raisons d'espérer que le p-principal coupable sera démasqué aujourd'hui.

Mais ces mots ne produisirent pas l'effet attendu sur son interlocuteur.

— Et moi je sais comment mettre la main sur notre insaisissable GC, riposta le prince. Et je ne tarderai pas à le pincer au grand complet.

Eraste Pétrovitch se sentit blêmir. Si Pojarski disait la vérité, cela voulait dire qu'il avait réussi à trouver un moyen encore plus bref et efficace de résoudre le difficile problème qui leur était posé.

Faisant taire son amour-propre blessé, Fandorine déclara :

— F-félicitations, c'est un grand succès. Mais par quel...

Il n'eut pas le loisir d'achever, car à cet instant précis un hurlement s'éleva derrière la porte. Il était impossible de distinguer les mots, mais c'était indubitablement Massa qui criait. Une seule conclusion en était à tirer : le plan avait échoué, et échoué d'une manière excessivement déplaisante.

Eraste Pétrovitch bondit sur ses pieds pour se ruer vers ses vêtements, mais à ce moment retentit un craquement assourdissant et, sous la puissance du choc, la porte donnant sur la piscine vola hors de ses gonds.

Deux hommes s'engouffrèrent dans la pièce, emportés par leur élan, tandis que toute une troupe s'introduisait à leur suite. Fandorine n'eut pas besoin d'effectuer un chronométrage pour comprendre qu'il ne réussirait à atteindre ni ses vêtements ni ses armes. Le seul espoir qui lui restait était d'avoir le temps de foncer dans le couloir.

Pojarski tira de sous le journal étalé sur la table un petit revolver à double canon et fit feu par deux fois. Le premier des assaillants leva les bras en l'air, parcourut encore quelques pas par inertie et s'affala à plat ventre dans le bassin, cependant que le prince se débarrassait de l'arme déchargée et, avec une agilité prodigieuse, s'élançait derrière Fandorine.

Ils passèrent la porte en même temps, se heurtant de leur épaule nue. Une pluie de sciure de bois tomba sur la tête d'Eraste Pétrovitch – une balle venait de frapper le chambranle – et dans l'instant suivant les deux responsables de l'enquête déboulaient dans le couloir. Pojarski, sans se retourner, détala vers la droite. Courir dans la même direction était absurde : le plan de retraite initial, par bonds successifs sous le couvert d'un tir ami, avait perdu toute raison d'être puisque aucun des deux n'avait d'arme.

Le conseiller d'Etat prit à gauche, courant à toutes jambes vers l'escalier de service, bien qu'il n'eût aucune idée de l'endroit où celui-ci conduisait.

Quand il empoigna la rampe, un éclat de pierre jaillit du mur. Fandorine tourna brièvement la tête, se vit poursuivi par trois hommes et entama sur-le-champ l'ascension des marches, ayant eu le temps de noter que l'escalier, plus bas, était fermé par une grille.

Il franchit quatre à quatre la première volée, au prix de bonds gigantesques, pour trouver une porte cadenassée. Deux autres volées – encore un cadenas.

En bas résonnait un fracas de pas précipités.

Ne restait plus qu'un étage à gravir. Une dernière porte se dessinait vaguement en noir sur le palier supérieur.

Fermée ! Barre de fer, cadenas.

Eraste Pétrovitch saisit à pleines mains la froide bande de métal et, conformément à l'enseignement qu'il avait reçu sur la puissance de l'esprit, imagina que l'objet était de papier. Il tira violemment à lui l'obstacle devenu dérisoire, et le cadenas soudain vola en l'air puis dégringola en cliquetant les degrés de pierre.

Il n'était pas temps de triompher. Fandorine pénétra dans un local sombre au plafond bas et incliné. De petites lucarnes laissaient apercevoir la pente d'un toit qui scintillait faiblement sous la lune.

Encore une porte, mais cette fois sans cadenas et bien peu solide d'aspect. Un coup de pied suffit à l'ouvrir.

Le fonctionnaire chargé des missions spéciales s'avança au-dehors et au premier instant le vent glacé le suffoqua. Mais le froid n'était pas ce qu'il avait de pire à affronter. Il eut assez d'un rapide coup d'œil autour de lui pour comprendre que la voie était sans issue.

Il courut à l'un des bords du toit, découvrit, loin en bas, une rue éclairée, des passants, des attelages.

Il se rua vers le bord opposé. Il y avait là une cour tout encombrée de neige.

Trop tard, hélas, pour pousser plus loin l'exploration : trois ombres s'étaient détachées du mur des combles et s'avançaient lentement vers l'homme figé au-dessus du vide, que le sort semblait avoir condamné.

— Vous courez vite, monsieur le conseiller d'Etat, lança de loin une des silhouettes, dont le visage demeurait indistinct. Nous allons voir si vous savez voler.

Eraste Pétrovitch avait tourné le dos aux ombres, parce qu'il n'y avait ni sens ni agrément à les regarder. Il baissa les yeux.

Voler ?

Un mur nu et aveugle, de la neige, c'était tout ce qu'il discernait sous ses pieds. Si seulement il y avait eu un arbre au voisinage, il aurait pu sauter, tenter de s'agripper aux branches.

Voler ?

Dans le clan de Ceux-qui-se-déplacent-sans-bruit, on tenait pour suprême degré d'habileté un tour d'acrobatie baptisé « Vol de l'Epervier ». Eraste Pétrovitch avait plus d'une fois étudié certains dessins figurant dans d'antiques manuscrits, où la technique de ce tour incroyable était représentée avec précision, en tous ses détails. Dans les temps anciens, à l'époque où une guerre intestine déchirait depuis des siècles les royaumes du pays de la Source du Soleil levant, les ninjas étaient tenus pour les meilleurs des espions. Il n'était rien pour eux d'escalader des remparts à pic, de s'introduire dans une forteresse assiégée et d'en percer tous les secrets défensifs. Cependant il était beaucoup plus difficile de s'échapper ensuite pour rapporter les renseignements obtenus. L'espion n'avait pas toujours le temps de lancer une échelle de corde ou ne fût-ce qu'un cordon de soie. C'est pour cette raison qu'avait été mis au point le « Vol de l'Epervier ».

L'enseignement disait : « Ne saute pas, laisse-toi tomber, naturellement, de telle manière que la distance entre le mur et toi fasse deux pieds, ni plus ni moins. Garde ton corps idéalement droit. Compte jusqu'à cinq, puis frappe vigoureusement des deux talons contre la paroi, tourne sur toi-même et atterris, sans avoir oublié d'adresser une prière au Bouddha Amida. »

On racontait que les maîtres d'autrefois étaient capables d'exécuter un « Vol de l'Epervier » depuis le sommet d'un mur d'une hauteur de cent *siaku*, autrement dit de quinze toises, mais Eraste Pétrovitch ne le croyait pas. Si l'on ne comptait que jusqu'à cinq, le corps n'avait le temps de parcourir que cinq ou six toises tout au plus. L'ultime culbute, bien sûr, amortissait la chute, mais il était peu probable qu'on pût se sortir indemne d'un saut d'une hauteur supérieure à sept, huit toises, et encore à condition de disposer d'une adresse invraisemblable et de la particulière bienveillance du Bouddha Amida.

Cependant le moment ne se prêtait guère au scepticisme. Des pas, derrière lui, s'approchaient sans hâte : messieurs les nihilistes n'avaient à présent plus besoin de se presser.

Combien y avait-il ici de *siaku* ? tentait d'estimer le conseiller d'Etat. Pas plus de cinquante. Une broutille pour un ninja du Moyen Age.

Gardant bien à l'esprit qu'il convenait de sauter sans donner aucune impulsion, il se raidit et, droit comme un « i », avança d'un pas dans le vide.

La sensation de voler parut à Eraste Pétrovitch au plus haut point exécrable. Son estomac esquissa une tentative pour s'évader par sa gorge, tandis que ses poumons, comme paralysés, ne parvenaient plus à produire ni inspiration ni expiration. Mais tout cela n'était pas essentiel. L'important, c'était de bien compter.

A « cinq », Fandorine, de toutes ses forces, frappa des deux pieds en arrière, ressentit le contact cuisant d'une surface dure et exécuta la figure relativement simple du « Serpent attaquant », aussi dénommée dans les cirques européens « double saut périlleux ».

« *Namu Amida Butsu* [1] » eut le temps de prononcer mentalement Fandorine avant de cesser de voir et d'entendre quoi que ce fût.

---

1. Je te glorifie, Bouddha Amida. *(jap.)*

Puis ses sens se réveillèrent, mais pas tous : il avait très froid, manquait d'air, et de toute façon n'y voyait rien. Eraste Pétrovitch au premier instant eut très peur d'être tombé, à cause de sa piètre prière, dans l'enfer de glace des bouddhistes, où le froid et les ténèbres règnent éternellement. Mais dans l'enfer de glace il était peu probable qu'on connût le russe, or les voix assourdies qui lui parvenaient, issues de quelque part dans les cieux, parlaient justement en cette langue.

— Schwarz, où est-il ? On croirait qu'il s'est volatilisé.

— Le voilà ! s'écria une autre voix, toute jeune et bien sonore. Il est étalé dans une congère ! Il a simplement atterri un peu loin.

Ce ne fut qu'à ce moment que Fandorine, étourdi par sa chute, comprit qu'il n'était ni mort ni aveugle, mais qu'en effet il gisait à plat ventre dans un profond tas de neige. Ses yeux, sa bouche et même son nez en était pleins, d'où venait l'obscurité et l'impossibilité de respirer.

— Partons ! fut-il décidé là-haut. S'il n'est pas cané, il a dû au moins se péter tous les os.

Et tout redevint silencieux dans l'éther.

S'il s'était brisé des os, la plupart étaient néanmoins intacts, c'est ce que le fonctionnaire constata lorsqu'il réussit à se redresser, d'abord à quatre pattes, puis de toute sa taille. Il avait été sauvé soit par la science des ninjas, soit par le Bouddha Amida, soit plus sûrement par la congère qui était survenue là à propos.

Titubant, il traversa la cour, passa la porte cochère et déboucha dans le passage des Campaniers, pour tomber droit dans les bras d'un sergent de ville.

— Seigneur ! Ils sont devenus complètement cinglés ! s'exclama l'autre en voyant l'homme nu couvert de neige. Quand ils ne tirent pas des coups de pétard à tout va, ils se baignent à poil dans la neige ! Eh bien, mon brave monsieur, tu es bon pour passer la nuit au poste.

S'agrippant aux revers du manteau rêche et durci par le givre, Eraste Pétrovitch fit encore quelques pas chancelants, puis lentement s'affaissa.

Chapitre douzième,
où l'on croise des girafes

Déménager dans un autre appartement soulevait des difficultés : les espions de la police passaient Moscou au peigne fin – si fin qu'il devenait trop dangereux de réclamer de l'aide à un sympathisant. Allez savoir lequel d'entre eux n'était pas surveillé !

Il avait donc été résolu de ne pas quitter la rue Vorontsovo Polié, d'autant qu'une autre considération était à prendre en compte. Si GT était aussi bien informé des plans des gendarmes, pourquoi lui compliquer ses rapports avec le groupe ? Quel que fût ce mystérieux correspondant, et quelles que fussent ses motivations, c'était à l'évidence un allié, et un allié en vérité inestimable.

L'opération menée le soir précédent aux bains Petrossov avait été un échec. Pour commencer, ils avaient perdu le Clou, tué raide par une balle du vice-directeur de la police. Ce monsieur d'une habileté surnaturelle avait encore une fois réussi à s'échapper, bien que Grine eût conduit personnellement la chasse. Avec le conseiller d'Etat Fandorine, les hommes avaient commis également une négligence. Emélia, Schwarz et Nobel auraient dû descendre dans la cour et l'achever. L'épais matelas de neige avait pu amortir sa chute. Il était tout à fait possible que le fonctionnaire s'en fût tiré avec des babioles, comme les deux jambes cassées ou les reins brisés.

La veille déjà, alors que le Groupe de Combat, enrichi des Moscovites dont l'affaire du fourgon avait permis de vérifier les compétences, se préparait à l'action, l'Aiguille avait apporté détonateurs et produits chimiques remis par Aronson. C'est pourquoi Grine avait entrepris aujourd'hui de compléter l'arsenal du groupe et, pour ce faire, avait transformé le bureau en laboratoire. Il avait confectionné un réchaud à partir d'une lampe à pétrole pour faire fondre la paraffine, un moulin à café tenait lieu de broyeur pour les cristaux d'acide picrique, le rôle de cornue était assuré par un vieux flacon d'huile d'olive tandis que le samovar fournissait un très convenable alambic. Le Bouvreuil préparait les boîtiers, qu'il garnissait ensuite de vis à bois.

Les autres se reposaient. Emélia lisait toujours son *Monte-Cristo* et ne faisait dans le bureau que de rares apparitions, pour partager les émotions que lui inspirait sa lecture. Quant aux nouveaux – Marat, Bober, Schwarz et Nobel –, ils n'étaient de toute manière d'aucun secours. Ils s'étaient installés dans la cuisine pour taper le carton. Ils ne jouaient jamais que pour des chiquenaudes sur le front, mais ils y mettaient de l'entrain, avec force bruit, braillements et rires gras. Ce n'était rien. Les gars étaient jeunes, d'un naturel joyeux. Ils pouvaient bien s'amuser un peu.

La fabrication de la gelée fulminante était très délicate, elle prenait plusieurs heures et réclamait une concentration absolue. Un seul faux mouvement, et l'appartement volait dans les airs avec toiture et grenier.

A trois heures de l'après-midi, alors que le processus d'élaboration était à moitié achevé, la sonnerie du téléphone retentit.

Grine décrocha l'écouteur et attendit qu'on parle.

L'Aiguille.

— Le professeur est tombé malade, dit-elle d'une voix soucieuse. C'est très étrange. En revenant de chez vous j'ai observé à tout hasard ses fenêtres à la jumelle. J'avais peur que sa contribution en nature ne fût pas passée inaperçue. Je regarde : les stores sont tirés... Allô ! fit-elle sans aller plus loin, soudain alarmée par le silence de son correspondant. C'est vous, monsieur Sivers ?

— Oui, répondit-il avec calme, se rappelant que les stores baissés signifiaient : « Tout est perdu. » Ce matin ? Pourquoi ne m'en avez-vous pas informé ?

— Pour quoi faire ? S'il était pris, de toute manière on ne pouvait rien pour lui. On n'aurait fait qu'empirer les choses.

— Alors pourquoi maintenant ?

— Il y a cinq minutes, un des stores a été relevé ! s'exclama l'Aiguille. J'ai immédiatement téléphoné rue Ostojenka et j'ai demandé le professeur Brandt, comme convenu. Aronson a répondu : « Vous faites erreur, vous vous êtes trompée de numéro. » Phrase qu'il a répétée une seconde fois, comme s'il me priait de me dépêcher. Sa voix était tremblante, pitoyable.

La phrase convenue signifiait, elle, que l'Aiguille devenait venir seule, Grine s'en souvenait. Que pouvait-il être arrivé à Aronson ?

— Je vais y aller moi-même, dit-il. Je vérifierai.

— Non, vous ne devez pas. Le risque est trop grand. Et surtout inutile. Quel que soit le danger qu'il court, vous ne devez pas, vous, être menacé. Je vais me rendre rue Ostojenka, puis je passerai vous voir.

— Très bien.

Il retourna à son laboratoire improvisé, mais il lui fut impossible de se concentrer à nouveau sur son travail, une inquiétude grandissante l'en empêchait.

Drôle d'histoire : d'abord le signal de détresse, puis brusquement le signal d'urgence. Il ne fallait pas y envoyer l'Aiguille. C'était une faute.

— Je sors, dit-il au Bouvreuil en se levant. J'ai un truc à faire. Emélia prend le commandement pendant ce temps-là. Personne ne touche au mélange.

— On peut venir avec toi ? lança le Bouvreuil. Emélia est en train de lire, les autres jouent aux cartes, et moi, qu'est-ce que je fais ? J'ai fini de préparer toutes les boîtes. Je m'ennuie.

Grine réfléchit un instant puis décida : qu'il vienne, après tout. En cas de malheur, il pourrait toujours prévenir les camarades.

— Si tu veux, allons !

Vu depuis la rue, tout était normal.

Ils étaient d'abord passés devant en fiacre, pour observer les fenêtres. Rien de suspect. Un store était bien relevé.

Puis ils s'étaient séparés et avaient remonté chacun de son côté la rue Ostojenka à pied. Pas de concierges morfondus, pas de vendeurs d'hydromel à l'œil américain, ni de passants désœuvrés.

La maison n'avait pas été placée sous surveillance.

Un peu rassuré, Grine avait expédié le Bouvreuil chez le coiffeur établi juste en face de l'entrée de l'immeuble d'Aronson, pour qu'il se fasse raser le duvet qu'il avait sur les joues. Il lui avait donné l'ordre de s'asseoir près de la vitrine et d'observer la fenêtre à signaux. Si le deuxième store se relevait, il pourrait monter. Si les stores n'avaient pas bougé au bout de dix minutes, c'était que l'appartement servait à tendre une embuscade. Il devrait alors s'en aller aussitôt.

Parvenu à la porte sur laquelle une plaque de cuivre annonçait : PROFESSEUR SEMION LVOVITCH ARONSON, Grine s'arrêta et tendit l'oreille.

Il resta là un bon moment, car les sons qui provenaient de l'intérieur de l'appartement ne laissaient pas de l'intriguer : on aurait dit de longs gémissements étouffés, pareils à ceux d'un chien tenu captif. Et puis il y eut un cri très bref et perçant dont le sens était inintelligible, comme si quelqu'un s'apprêtait à hurler à pleins poumons mais qu'il se fût étranglé.

Personne n'irait s'étrangler en criant sans qu'il y eût une raison, et Aronson ne possédait pas de chien, c'est pourquoi Grine sortit son arme et appuya sur la sonnette. Il jeta autour de lui un coup d'œil appréciateur : les murs étaient épais, ils portaient la toiture. S'il ouvrait le feu dans l'escalier, certainement on entendrait, mais pas s'il attendait d'être à l'intérieur.

Des pas rapides dans le couloir. Deux hommes.

Il y eut un grincement de chaîne, le vantail s'entrouvrit, et Grine flanqua à toute volée un coup de crosse de revolver entre la paire d'yeux dont l'éclat humide avait paru dans l'entrebâillement.

Il poussa la porte de toutes ses forces, sauta pardessus l'homme qui venait de s'écrouler (il nota juste qu'il était en chemise, les manches retroussées), et en découvrit un autre qui, sous la surprise, s'était rejeté en arrière. Il empoigna celui-ci à la gorge pour l'empêcher de crier, et lui heurta violemment la tête contre le mur. Retenant le corps soudain avachi, il le laissa glisser lentement à terre.

Le visage ne lui était pas inconnu, il avait déjà vu quelque part ces moustaches rousses frisées, ce veston de grosse laine.

— Qu'est-ce que c'est ? fit une voix s'élevant des profondeurs de l'appartement. Vous en avez chopé un autre ? Amenez-le ici !

— C'est ça ! rugit Grine, et il s'élança dans le couloir en direction de la voix : tout droit, puis à droite, puis le salon.

Le troisième, avec sa face rose et ses cheveux blond pâle, il le remit aussitôt, et du même coup se rappela où il avait rencontré les deux premiers. Le capitaine d'état-major Seidliz, le chef de la garde rapprochée du général Khrapov, et deux de ses hommes. Il les avait vus à Kline, à bord du wagon.

Il y avait dans la pièce bien d'autres détails qui réclamaient l'attention, mais pour le moment il n'avait pas le temps de s'y attarder : voyant surgir un inconnu, revolver au poing, le gendarme (qui ne portait pas l'uniforme comme la dernière fois, mais un costume trois pièces couleur sable) esquissa un rictus et glissa la main sous sa veste. Grine tira un seul coup de feu, visant la tête pour être sûr de tuer, mais il manqua légèrement sa cible. Seidliz agrippa sa gorge perforée par le projectile, émit une sorte de gargouillement et s'assit sur le plancher. Ses yeux délavés fixaient Grine avec haine. Il l'avait reconnu.

Grine ne voulut pas tirer une seconde fois. A quoi bon prendre un risque inutile ? Il marcha vers le blessé et lui fracassa la tempe d'un coup de crosse.

Alors seulement il se permit de regarder Aronson et l'Aiguille. Celle-ci était ligotée à un fauteuil. Le devant de sa robe était déchiré, de sorte qu'on voyait sa peau blanche et le creux ombré d'une clavicule. Elle avait un bâillon dans la bouche, ses lèvres étaient tuméfiées, une ecchymose sous son œil virait au bleu-noir. Le professeur, quant à lui, paraissait dans un sale état. Il était assis à la table, la tête effondrée dans les mains, et se balançait en cadence en gémissant sans relâche.

— Je reviens tout de suite, dit Grine.

Et il regagna en courant le couloir d'entrée. Les deux agents assommés pouvaient revenir à eux à n'importe quel instant.

Il commença par achever celui qui gisait, inerte, sur le dos. Puis il se tourna vers le second qui battait stupidement des paupières, affalé contre le mur. Un geste, un craquement d'os. Terminé.

Toujours courant, il regagna le salon. Il tira un store pour donner le signal au Bouvreuil et pour que la pièce fût un peu mieux éclairée.

Il s'abstint de toucher Aronson : à l'évidence, il ne pourrait rien en tirer.

Il délivra l'Aiguille, ôta le bâillon de sa bouche. Au moyen d'un mouchoir, il épongea avec précaution ses lèvres sanguinolentes.

— Pardonnez-moi – tels furent les premiers mots qu'elle lui adressa. Pardonnez-moi. J'ai failli causer votre perte. J'avais toujours pensé que je ne me laisserais pas prendre vivante, mais quand ils m'ont empoignée par les bras et traînée ici, j'étais comme frappée de stupeur. Une occasion s'est pourtant présentée quand ils m'ont fait asseoir dans ce fauteuil. J'aurais pu tirer l'aiguille de mon chignon et me l'enfoncer dans la gorge. J'avais mille fois imaginé la scène. Je n'ai pas réussi...

Elle poussa soudain un sanglot et une larme roula sur sa pommette meurtrie.

— Ça n'a pas d'importance, lui dit Grine d'un ton apaisant. Même si vous aviez pu, je serais venu de toute façon. Quelle différence ?

Cette explication ne consola pas l'Aiguille, au contraire, ce fut pire.

Les larmes coulèrent cette fois-ci de ses deux yeux.

— C'est vrai, vous seriez venu ? prononça-t-elle sans voir ce que sa question avait d'absurde.

Grine, du reste, n'y répondit pas.

— Que s'est-il passé ici ? demanda-t-il. Qu'est-il arrivé à Aronson ?

L'Aiguille fit un effort pour se reprendre.

— C'est le chef de la garde de Khrapov. Je ne l'ai pas tout de suite compris, je croyais qu'il était de la Sécurité. Mais les autres ne se conduisent pas de la sorte, celui-ci est une espèce de fou. Ils sont là depuis hier soir. Ils bavardaient entre eux, j'ai tout entendu. Celui-ci, le blondasse, voulait vous trouver lui-même. Il avait déjà retourné tout Moscou. (Sa voix s'était affermie, ses yeux étaient encore humides, mais les larmes n'y perlaient plus.) Tous ces derniers jours, l'appartement d'Aronson était surveillé par la Sécurité. Sans doute après Rakhmet. Or celui-ci (elle désigna à nouveau de la tête le cadavre du capitaine d'état-major) a soudoyé l'agent responsable de la surveillance.

— Seidliz, expliqua Grine. Son nom de famille est Seidliz.

— Le nom de l'agent ? fit l'Aiguille, étonnée. D'où le tenez-vous ?

— Non, de celui-ci. (Il secoua la tête, agacé de perdre du temps pour un détail inutile.) Continuez.

— Hier l'agent en question a informé Seidliz que j'avais rendu visite à Aronson et étais repartie de chez lui avec un paquet. Il avait bien tenté de me suivre, mais n'y était pas parvenu. Je n'avais vu personne me filer, mais à tout hasard j'avais tourné, rue Pretchistenka, dans une cour d'immeuble donnant sur une autre rue. Une habitude.

Grine acquiesça du chef, car il observait pour sa part les mêmes règles de conduite.

— Et quand l'agent a eu tout raconté à Seidliz, celui-ci a débarqué sans crier gare chez Aronson avec deux de ses hommes. Ils l'ont torturé toute la nuit. Aronson a tenu jusqu'au matin, et puis il a craqué. J'ignore ce qu'ils lui ont fait, mais vous voyez vous-même... Il reste assis comme ça tout le temps. Il se balance et sanglote sans arrêt...

Le Bouvreuil surgit tout à coup du couloir. Blême, les yeux écarquillés.

— La porte est ouverte ! cria-t-il. Il y a des morts !

Puis il vit ce qui s'était passé dans le salon et se tut.

— Retourne fermer la porte, ordonna Grine. Transporte les autres ici.

Et il se tourna à nouveau vers l'Aiguille.

— Que voulaient-ils ?

— De moi ? Que je dise où vous étiez. Seidliz se contentait de poser les questions et dc m'injurier, celui qui frappait, c'était l'autre là, aux manches retroussées. (Le Bouvreuil, pâle comme un linge, était justement en train de traîner par les bras le type en chemise.) Seidliz m'interroge, je ne réponds pas. Alors celui-ci me cogne dessus et me comprime la bouche pour que je ne crie pas.

Elle porta une main à sa pommette et grimaça.

— N'y touchez pas, dit Grine. Je vais m'en occuper. Mais voyons d'abord notre ami.

Il s'approcha du professeur et lui effleura l'épaule.

Aronson poussa un cri dément, se redressa et se blottit contre l'accoudoir.

Son visage tuméfié au point d'être méconnaissable fixait Grine d'un seul œil atrocement exorbité. A la place du second, béait un trou rouge.

— A-a-ah ! sanglota Semion Lvovitch. C'est vous qui êtes venu. Alors vous devez me tuer.

Parce que je suis un traître. Et aussi parce que de toute manière je ne peux plus vivre.

Le professeur était difficile à comprendre, car au lieu de dents, sa bouche n'était plus garnie que de menus chicots pointus.

— Au début ils se contentaient de me frapper. Et puis ils m'ont pendu par les pieds. Et puis ils m'ont tenu la tête sous l'eau. Tout se passait dans la salle de bains, là-bas...

Il tendit un doigt tremblant en direction du couloir.

Grine découvrit que la chemise d'Aronson était entièrement couverte de traces de sang séché. Ses doigts en étaient tachés également, et même son pantalon.

— Ces hommes étaient complètement fous. Ils n'avaient même plus conscience de ce qu'ils faisaient. J'aurais tout enduré, la prison, le bagne, parole d'honneur. (Le professeur s'empara de la main de Grine.) Mais je ne peux pas être privé de mes yeux. J'ai toujours été terrifié, depuis mon enfance, à l'idée de devenir aveugle. Vous ne pouvez même pas imaginer...

Il tressaillit de tout son corps et de nouveau se mit à se balancer en gémissant.

Il fallut le secouer vigoureusement par les épaules.

Alors le professeur, revenant à lui, reprit en zézayant :

— L'albinos m'a dit... c'était déjà le matin, mais je pensais que la nuit n'allait jamais finir... Il m'a dit : « Où est l'Aiguille ? Je vous le demande encore deux fois. Si vous ne répondez pas immédiatement, je vous brûlerai l'œil gauche à l'acide ;

si vous vous obstinez encore ensuite, ce sera l'œil droit. Comme les vôtres ont fait avec Chveroubovitch. » Je n'ai pas répondu. Alors... (De la poitrine d'Aronson s'échappa un sanglot étouffé.) Quand il m'a interrogé pour la seconde fois, j'ai tout raconté. Je n'en pouvais plus ! Lorsqu'elle a téléphoné, j'aurais pu l'avertir, mais tout m'était déjà indifférent...

Il se cramponna à Grine de son autre main et implora dans un chuchotement fiévreux :

— Ecoutez, tuez-moi. Je sais que ça ne vous coûte rien. Pour moi, d'une manière ou d'une autre, tout est fini. Brisé, avec un œil en moins, et qui plus est après ça (il leva le menton en direction des cadavres), je suis un homme perdu. On ne me pardonnera pas, que ce soient les flics ou les vôtres.

— Si vous voulez en finir, finissez-en. Tenez, Seidliz avait un revolver, prenez-le. Seulement c'est idiot. Et il n'y a rien à pardonner. Chacun a ses limites. Mais même avec un seul œil, on peut servir la cause. Et même sans yeux du tout.

— J'aurais sûrement flanché, moi aussi, ajouta l'Aiguille, si jamais ils m'avaient torturée vraiment.

— Non, vous auriez tenu bon.

Sur ces mots, Grine se détourna pour donner ses instructions au Bouvreuil :

— Occupe-toi de lui, emmène-le à l'hôpital. Un chimiste. Explosion dans son laboratoire personnel. Puis repars aussitôt.

— Et que fait-on pour ceux-là ?

Le Bouvreuil montrait les cadavres.

— Je m'en charge.

Quand il se retrouva seul avec l'Aiguille, il s'occupa de panser son visage.

Il rapporta de la salle de bains (inutilisable : partout du sang et des mares de vomissures) un flacon d'alcool et du coton.

Il lava les écorchures, badigeonna l'ecchymose.

L'Aiguille se tenait assise, la tête renversée en arrière, les yeux clos. Quand Grine, avec beaucoup de douceur, écarta ses lèvres du bout des doigts, elle ouvrit docilement la bouche. Il palpa délicatement ses dents, très blanches et régulières. L'incisive droite branlait un peu, mais pas trop. Elle se consoliderait.

Il dut déboutonner davantage la robe, pourtant déjà en lambeaux. Grine repéra une tache bleue sous la clavicule. Il appuya légèrement sur l'os recouvert d'une peau fine et soyeuse. Intact.

L'Aiguille ouvrit subitement les yeux. Le regard qu'elle leva sur lui était troublé, et même effrayé. Grine sentit sa gorge se serrer bizarrement et oublia d'ôter ses doigts de la poitrine dénudée.

— Vous avez des égratignures, dit l'Aiguille à mi-voix.

Il porta malgré lui la main à sa joue éraflée, souvenir du stupide échec de la veille.

— Je suis toute rompue. Je ne suis pas agréable à regarder, n'est-ce pas ? Déjà en temps ordinaire, je ne suis pas très belle. Pourquoi me regardez-vous ainsi ?

Grine cligna des yeux d'un air coupable mais ne détourna pas son regard. A ce moment, elle ne lui paraissait plus du tout laide, bien que le bleu sur sa pommette fût de plus en plus marqué. Il s'étonnait d'avoir pu trouver ce visage mort et desséché.

Il était plein de vie, au contraire, et de sentiment, et quant à la couleur, Grine s'apercevait qu'il s'était trompé : celle de l'Aiguille n'était pas d'un gris froid, mais d'un gris chaleureux, nué de turquoise. Le turquoise se retrouvait aussi dans ses yeux, lesquels se révélaient posséder une effrayante faculté : celle de faire remonter à la surface de son âme l'azur à jamais terni dont il avait perdu depuis longtemps le souvenir.

Ses doigts, restés pressés sur sa peau, ressentirent soudain une brûlure. Grine voulut les ôter, mais en fut incapable. L'Aiguille alors recouvrit sa main de la sienne. A ce contact, tous deux tressaillirent.

— C'est impossible... Je me suis fait serment... C'est tout à fait inutile... Ça va passer, ça va passer... bredouilla-t-elle, incohérente.

— Oui, c'est inutile. Complètement, acquiesça-t-il d'un ton fiévreux.

Il se pencha brusquement, colla sa bouche à ses lèvres boursouflées et sentit sur sa langue une saveur de sang...

Avant de partir, ils s'arrêtèrent sur le seuil pour graver à jamais dans leur mémoire l'étrange lieu où s'était produit ce à quoi Grine redoutait de donner un nom.

Le fauteuil renversé. Le bord retourné du tapis. Trois corps ensanglantés. Une forte odeur d'essence et aussi celle, à peine perceptible, de poudre.

L'Aiguille eut une réflexion inattendue. Si inattendue que Grine sursauta.

— Si j'ai un enfant... A quoi ressemblera-t-il après *ça* ?

Grine craqua une allumette qu'il jeta par terre. Une flamme joyeuse courut à travers le salon à la manière d'un serpent bleu.

C'était la nuit. Tout était calme.

Tous, à l'exception d'Emélia qu'on entendait, dans le bureau, tourner les pages de son livre, s'étaient endormis.

Grine était dans la chambre à coucher, assis à côté du lit, et regardait l'Aiguille. Sa respiration était régulière, profonde, par instants elle souriait dans son sommeil.

Impossible de s'éloigner : elle le tenait fermement par la main.

Il demeura assis de la sorte une heure et dix minutes. Quatre mille deux cent dix-sept battements de cœur.

Après ce qui s'était passé, il était impensable de la laisser rentrer chez elle. Grine avait conduit l'Aiguille à la maison de la rue Vorontsovo Polié. Elle n'avait pas ouvert la bouche de toute la soirée, n'avait pas pris part aux conversations, se contentant de sourire, d'un sourire très doux qui naguère ne lui était pas coutumier. Auparavant, avant ce jour, Grine n'avait d'ailleurs jamais observé qu'elle en fût capable.

Puis on s'était organisés pour la nuit. Les gars s'étaient installés sur le plancher, dans le salon, cédant la chambre à coucher à la femme. Grine avait déclaré qu'il achèverait pour sa part la préparation du mélange explosif.

Il était passé voir l'Aiguille. Elle lui avait pris la main. Etait demeurée ainsi un long moment étendue, à le regarder.

Quand elle avait pris la parole, elle n'avait prononcé que quelques mots, encore une fois inattendus.

— Toi et moi, nous sommes comme deux girafes.

Et elle avait éclaté d'un rire silencieux.

— Pourquoi des girafes ? avait-il demandé en fronçant les sourcils, sans comprendre.

— Dans mon enfance, une image dans un livre... Deux girafes. Un peu ridicules, toutes dégingandées. Elles se tiennent là debout, leurs deux longs cous croisés, avec l'air de ne pas savoir, les pauvres malbâties, ce qu'elles vont faire l'une de l'autre...

L'Aiguille avait alors fermé les yeux et s'était endormie, tandis que Grine réfléchissait à ses paroles.

Ses doigts enfin tressaillirent et leur étreinte se relâcha. Il se leva avec précaution et sortit de la chambre. Il devait vraiment en terminer avec cette gelée fulminante.

Au moment où il s'avançait dans le couloir, il jeta par hasard un coup d'œil du côté de l'entrée et se figea.

Un rectangle blanc à nouveau. Sous la fente du courrier. La lettre disait :

Pas fameux. Les deux vous ont échappé. Mais vous avez une chance de vous rattraper. Demain Pojarski et Fandorine ont un autre `rendez-vous secret. Square Brioussov, 9 h du matin.`

GT

Grine se surprit à sourire. Encore plus singulière était l'idée qui lui était venue à l'esprit.

Dieu, malgré tout, existait. Il se nommait GT, était l'allié de la révolution et possédait une machine à écrire Remington n° 5.

C'était bien là ce qu'on appelait une « blague », non ?

Quelque chose changeait en lui et dans le monde qui l'entourait. Impossible de comprendre si c'était en bien ou en mal.

Chapitre treizième,

où, comme il se doit, survient un malheur

Quand il reprit conscience, Eraste Pétrovitch vit une surface blanche au milieu de laquelle brillait une sphère jaune, et il mit un moment à comprendre qu'il s'agissait d'un plafond et d'un globe de verre protégeant une lampe électrique. Il tourna légèrement la tête (ce qui lui permit de découvrir que celle-ci reposait sur un oreiller et que lui-même, Eraste Pétrovitch Fandorine, était allongé dans un lit) et croisa le regard d'un monsieur qui, assis auprès de lui, l'observait avec une extrême attention. Le visage de l'homme parut au conseiller d'Etat vaguement familier, mais où l'avait-il déjà rencontré ? Il fut incapable de s'en souvenir, d'autant plus que la physionomie dudit personnage était des plus inintéressantes : traits insignifiants, raie droite, modestissime veston gris.

Je dois demander où je me trouve, pourquoi je suis couché et quelle heure il est à présent, pensa Eraste Pétrovitch. Mais il n'en eut pas l'occasion : le monsieur au veston gris se leva et disparut vivement derrière la porte.

Force lui fut de chercher les réponses tout seul.

Il commença par l'essentiel : pourquoi était-il dans un lit ?

Etait-il blessé ? Malade ?

Eraste Pétrovitch remua les bras et les jambes, sonda soigneusement tout son corps mais ne releva rien d'alarmant, sinon une certaine raideur dans les articulations, comme après un pénible travail physique ou une contusion.

Aussitôt, tout lui revint en mémoire : l'établissement de bains, le saut du haut du toit, le sergent de ville.

A l'évidence, sa conscience avait spontanément cessé toute activité, et il avait sombré dans un profond sommeil, nécessaire à son esprit comme à son enveloppe corporelle pour se remettre du choc.

Il était douteux que son évanouissement eût duré plus de quelques heures. A en juger par la lampe allumée et les stores tirés, la nuit n'était pas encore finie.

Restait à déterminer où exactement on avait transporté l'homme nu qui avait perdu connaissance au beau milieu d'une ruelle enneigée.

A en juger cette fois par l'aspect de la pièce, il s'agissait d'une chambre, non point chambre de maison particulière cependant, mais plutôt d'hôtel coûteux. Fandorine était porté à cette conclusion par le monogramme qui ornait carafe, verre et cendrier posés sur l'élégante table de chevet.

Il saisit le verre pour examiner le monogramme de plus près. La lettre « L » sous une couronne. L'emblème de l'hôtel *Loskoutnaïa*.

Tout enfin s'éclaircit. C'était la chambre de Pojarski.

Du même coup se trouva également établie l'identité du monsieur : c'était l'un des anges gardiens qui tantôt marchaient au pas derrière Gleb Gueorguievitch.

A la place des questions résolues en surgit une nouvelle : qu'était devenu le prince ? Etait-il encore en vie ?

La réponse fut donnée sans retard : la porte s'ouvrit toute grande et le vice-directeur en personne entra en coup de vent dans la chambre, non seulement vivant mais, semblait-il, parfaitement indemne.

— Ah ! Enfin ! s'exclama-t-il avec une joie sincère. Le docteur m'avait assuré que vous n'aviez rien de cassé, que votre évanouissement était dû à un choc nerveux. Il promettait que vous auriez bientôt repris conscience, mais vous ne sembliez nullement désireux de revenir à vous, impossible de vous réveiller ! Je commençais à croire que vous vous étiez définitivement changé en Belle au Bois dormant et que vous alliez faire avorter tout mon plan. Voilà plus de vingt-quatre heures que vous reposez ! Ma parole, je ne pensais pas que vous aviez des nerfs aussi fragiles !

Ainsi, cette nuit-là était déjà la suivante. Après le « Vol de l'Epervier », l'esprit et l'enveloppe corporelle d'Eraste Pétrovitch s'étaient mis en congé pour une journée entière.

— J'ai des questions, souffla le conseiller d'Etat sans parvenir toutefois à émettre aucun son.

Il se racla la gorge et répéta, d'une voix toujours enrouée mais cette fois-ci intelligible :

— J'ai des questions. Avant que nous fussions interrompus, vous disiez que vous étiez tombé sur la piste du Groupe de Combat. Comment y êtes-vous parvenu ? Et d'une. Qu'avez-vous fait pendant que je dormais ? Et de deux. De quel plan parlez-vous ? Et de trois. Comment avez-vous réussi à vous tirer d'affaire ? Et de quatre.

— Je me suis échappé par un moyen original que je me suis bien gardé de détailler dans mon rapport adressé au souverain. A propos (Pojarski leva un doigt d'un air important), notre statut, à vous et moi, a subi une substantielle modification. Depuis l'attentat d'hier soir, nous sommes tenus de rendre compte de l'état d'avancement de l'enquête non plus au ministre, mais directement au secrétariat de Sa Majesté Impériale. Ah, mais à qui annoncé-je la chose ! Vous, homme éloigné – *pour l'instant encore* éloigné – de l'empyrée pétersbourgeois, n'êtes point en mesure d'estimer à sa juste valeur le sens de cet événement.

— Je vous crois sur parole. Alors, quel est donc ce moyen ? Vous étiez nu et désarmé, comme moi. A droite, par où vous vous êtes enfui, se trouvait bien l'entrée principale, mais vous n'auriez pas eu le temps de l'atteindre sans que les terroristes vous transforment le dos en p-passoire.

— Naturellement. C'est pourquoi je n'ai pas couru dans cette direction, répondit Gleb Gueorguievitch en haussant les épaules. Bien entendu, j'ai foncé chez les dames. J'ai réussi à franchir le vestiaire et les lavabos, malgré le joli scandale provoqué par mon indécente tenue. Mais les messieurs habillés qui galopaient derrière moi ont été moins servis par la fortune. Toute la colère de la gracieuse moitié de l'humanité s'est abattue sur eux. Je suppose que mes poursuivants ont eu l'occasion de goûter à l'eau bouillante, aux coups de griffe et autres piqûres d'épingle. En tout cas, une fois dans la ruelle, personne ne courait plus après moi, même si le public en promenade manifestait certains signes de curiosité pour ma modeste personne. Par bonheur, il n'y avait pas loin jusqu'au poste de police, autrement je me fusse transformé en bonhomme de neige. Le plus ardu fut de convaincre le commissaire que j'étais bel et bien le vice-directeur du Département de police. Mais comment vous-même avez-vous réussi à vous faufiler jusque dans la rue ? J'ai mille fois tourné et retourné la question, j'ai exploré les moindres recoins de l'établissement, mais je ne pige toujours pas. L'escalier, voyez-vous, vers lequel vous vous êtes précipité permet seulement d'accéder au toit !

— J'ai eu de la chance, tout b-bonnement, répondit Eraste Pétrovitch d'un ton évasif.

Il frissonna au souvenir dc son pas dans le vide. Il était bien contraint de reconnaître que le rusé Pétersbourgeois s'était sorti d'embarras avec un peu plus d'aisance et d'ingéniosité.

Pojarski ouvrit une armoire et jeta quelques vêtements sur le lit.

— Choisissez ce qui vous va. Et pendant ce temps expliquez-moi une chose. Là-bas, dans le salon numéro 6, vous avez dit que vous vous attendiez à un dénouement dans un temps très proche. Est-ce que cela signifie que vous admettiez la possibilité d'une agression ? Celle-ci devait vous livrer le traître, c'est bien ça ?

Fandorine, après une hésitation, acquiesça de la tête.

— Et qui avez-vous ainsi découvert ?

Le prince observait d'un œil inquisiteur le conseiller d'Etat qui soudain était devenu très pâle.

— Vous n'avez pas encore répondu à toutes *mes* questions, prononça-t-il enfin.

— Eh bien, soit !

Pojarski s'assit sur une chaise et croisa les jambes.

— Je commencerai par le tout début. Bien entendu, vous aviez raison concernant l'agent double, je l'ai tout de suite compris. Et, comme vous, je n'avais qu'un seul suspect. Ou plutôt une seule : notre mystérieuse Diane.

— Mais p-pourquoi alors...

Pojarski montra d'un geste qu'il avait prévu la question et qu'il allait y répondre.

— Pour que vous n'alliez pas craindre de concurrence de ma part. Je l'avoue, Eraste Pétrovitch, je suis un homme sans préjugés. Au reste, vous l'avez déjà compris tout seul depuis longtemps. Est-ce que vous pensiez vraiment que j'allais courir comme un petit chien tous les agents de la Sécurité et les cochers pour leur poser des questions idiotes ? Non, je me suis discrètement glissé dans votre sillage, et vous m'avez amené au modeste pavillon du quartier de l'Arbat, où loge notre Gorgone Méduse. Et ce n'est pas la peine de froncer les sourcils de cet air indigné ! Je n'ai pas agi, c'est vrai, avec beaucoup d'élégance, mais vous non plus, vous savez, vous ne vous êtes guère conduit en bon camarade. Vous parlez de Diane et vous taisez son adresse ? Et c'est ce que vous appelez « travailler en commun » ?

Fandorine jugea absurde de se sentir offensé. Premièrement, ce descendant des Varègues n'avait pas la moindre idée de ce qu'était l'honneur.

Deuxièmement, il était le premier fautif : il aurait dû se montrer plus observateur.

— Je vous ai accordé le droit de la première nuit, poursuivit le prince avec un sourire espiègle. Certes, vous ne vous êtes pas attardé très longtemps dans la demeure de la belle. Quand vous avez quitté ledit palais, vous affichiez cependant une mine si satisfaite que j'avoue avoir éprouvé une bouffée de jalousie. Est-il possible, me suis-je dit, que Fandorine l'ait déjà accouchée, et si rapidement encore ? Mais non, à l'attitude de l'ensorceleuse, j'ai compris que vous étiez reparti bredouille.

— Vous avez parlé avec elle ? s'exclama le conseiller d'Etat stupéfait.

Pojarski partit d'un grand rire, propre à laisser penser qu'il tirait un véritable plaisir de cette conversation.

— Et pas seulement parlé... Seigneur, il nous fait encore ses sourcils en accent circonflexe ! Vous passez pour le plus fameux don Juan de Moscou, et vous ne comprenez absolument rien aux femmes. Notre pauvre Diane s'est retrouvée pour ainsi dire orpheline, elle se sentait abandonnée et inutile. Un instant auparavant elle voyait tourner autour d'elle des hommes en vue, des notables influents, et la voici à présent réduite au statut de vulgaire « collaboratrice », qui plus est après s'être laissé entraîner à jouer un rôle trop dangereux. N'a-t-elle pas tenté de vous enrôler comme nouveau protecteur ? Eh bien, je vois au rouge qui envahit vos joues que je ne me trompe pas. Je ne suis pas assez fat pour imaginer qu'elle est tombée amoureuse de moi au premier regard.

Vous avez dédaigné une pauvre femme, moi non. Et j'en suis largement récompensé. Les dames, Eraste Pétrovitch, sont à la fois beaucoup plus compliqués et beaucoup plus simples que nous ne le pensons.

— Ainsi ce serait Diane, malgré tout, qui trahissait ? s'écria Fandorine. C'est impossible !

— C'est elle, c'est elle, cher ami. Psychologiquement, cela s'explique très bien, surtout maintenant que tous les faits sont élucidés. Elle se prenait pour une nouvelle Circé, soumettant les hommes à son pouvoir. Elle était particulièrement flattée en son amour-propre de manipuler le sort de puissantes et terribles organisations, et donc celui de l'empire lui-même. Je suppose que Diane en tirait un plaisir érotique au moins aussi intense que celui que lui procuraient ses aventures amoureuses. Plus exactement, l'un devait compléter l'autre.

— Mais comment avez-vous fait pour la forcer à avouer ? demanda Eraste Pétrovitch qui n'en revenait toujours pas.

— Je vous l'ai dit, les femmes fonctionnent de manière beaucoup plus simple que ne cherchent à nous le faire croire messieurs Tourgueniev et Dostoïevski. Pardonnez-moi cette vilaine forfanterie, mais dans la hiérarchie amoureuse je ne serais pas aide de camp de l'empereur, mais au moins feld-maréchal. Je sais comment faire perdre la tête à une femme, surtout quand elle est avide de plaisirs sensuels. D'abord j'ai déployé tous mes talents pour que mademoiselle Diane se change en un sorbet fondant, puis de sirupeux je suis brusquement devenu de fer. J'ai exposé les éléments que je possédais, j'ai menacé, mais l'argument déterminant a été la lumière du soleil. J'ai tiré les stores, et elle, tel un vampire, s'est aussitôt effondrée.

— P-pourquoi ? Vous avez vu son visage ? Qui est-elle en fin de compte ?

— Oh, cela vous intéressera, dit le prince en éclatant de rire sans qu'on sût trop pourquoi. Vous comprendrez tout de suite où gît le lièvre. Mais nous y reviendrons plus tard... Ainsi, disais-je, j'ai appris que, recevant de Bourliaev et de Svertchinski des informations secrètes, Diane les transmettait aux terroristes du Groupe de Combat, non point directement toutefois, mais par le biais de petits billets qu'elle signait des deux lettres « GT », lesquelles signifient : « la Gracieuse Terpsichore »... j'espère que vous vous rappelez qui étaient les hôtes du mont Hélicon. Humour original, vous ne trouvez pas ? (Pojarski soupira.) La raison pour laquelle elle s'était abandonnée si facilement aux confidences ne m'est apparue hélas que bien après. Elle était au courant de notre rendez-vous aux bains et était assurée que ni vous ni moi n'en ressortirions vivants. Aussi a-t-elle joué la peur et le repentir pour que je ne la fasse pas arrêter. Elle avait calculé que je voudrais l'utiliser pour capturer les terroristes. Et son calcul était bon. Intelligente, l'animale, on ne peut dire le contraire. Et encore, elle devait rire sous cape devant mon air triomphant !

— Ainsi, c'est vous qui lui avez dit que nous devions nous retrouver dans le salon numéro 6 ? s'enquit Eraste Pétrovitch, son visage s'éclairant soudain.

Mais le mince rayon d'espoir qui venait de percer s'éteignit aussitôt.

— Non, et c'est bien là le hic. Je ne lui ai rien confié de semblable. Mais elle était au courant, il n'y a là aucun doute possible. Quand, cette nuit, brûlant d'un désir de vengeance, je me suis présenté à nouveau chez Diane, je l'ai vue fixer sur moi des yeux effarés, comme si je ressuscitais de l'enfer. C'est là que j'ai compris : elle savait, elle savait, la misérable ! Cette fois-ci j'ai agi plus sagement. J'ai laissé un de mes hommes pour la surveiller. L'un était ici, à vous tenir compagnie. L'autre gardait Diane. Cependant, tout de même, comment a-t-elle su, pour le salon numéro 6 ? ajouta Pojarski, revenant au déplaisant sujet qui les occupait. Vous n'en avez parlé à personne, ni à la Sécurité, ni à la Direction de la gendarmerie ? Elle doit certainement avoir quelqu'un d'autre, en plus de Bourliaev et de Svertchinski.

— Non, ni à la Section de sécurité, ni à la Direction de la gendarmerie, je n'ai fait allusion au salon numéro 6 devant qui que ce fût, répondit Fandorine en choisissant soigneusement ses mots.

Le prince inclina la tête sur le côté, ce qui, avec ses cheveux couleur paille et ses yeux noirs comme du charbon, lui donnait un air de caniche savant.

— Bien, bien. J'aborde donc à présent mon plan, dans lequel vous est dévolu un rôle qu'on peut bien qualifier de capital. Grâce à Diane la perfide, nous savons où se cache le Groupe de Combat. A dire vrai c'est aussi à Diane qu'appartient la maison où ils sont réfugiés, mais elle n'y habite plus depuis longtemps. Elle trouve plus amusant d'être logée par l'Etat.

— Vous savez où se cache le GC ? (Eraste Pétrovitch s'était figé, le bras à moitié passé dans la manche d'une redingote bleue qui semblait taillée à ses mesures.) Et vous ne les avez pas encore appréhendés ?

— Quoi, je ressemble, peut-être, à cet idiot de Bourliaev, Dieu ait son âme ? riposta le prince avec un hochement de tête réprobateur. Ils sont sept là-bas, armés jusqu'aux dents. Ils nous transformeraient les lieux en un tel champ de bataille qu'on aurait ensuite tout Moscou à rebâtir, comme en 1812. Non, Eraste Pétrovitch. Nous les aurons bien proprement, à l'endroit et à l'heure que nous déciderons.

Ayant achevé de se vêtir, Fandorine s'assit sur le lit en face de l'entreprenant vice-directeur de la police et se disposa à l'écouter.

— Ce soir, il y a tout juste une petite heure, a été subrepticement déposé dans l'appartement de nos clandestins un nouveau billet de « GT », ainsi rédigé : « *Pas fameux. Les deux vous ont échappé. Mais vous avez une chance de vous rattraper. Demain Pojarski et Fandorine ont un autre rendez-vous secret. Square Brioussov, 9 h du matin.* » Après les prodiges d'adresse que nous avons déployés, vous et moi, aux bains, le sieur Grine va lancer contre nous toute son armée, on peut n'en pas douter. Vous connaissez le square Brioussov ?

— Oui. L'endroit parfait pour tendre une embuscade, reconnut le conseiller d'Etat. Le matin, il est désert, aucune victime innocente n'est à redouter. Des murs aveugles sur trois côtés. On peut disposer des tireurs sur les toits.

— Et aussi entre les créneaux du monastère Saint-Siméon. L'archimandrite a déjà donné sa bénédiction à une si juste et sainte cause. Sitôt qu'ils seront entrés, nous bouclerons également la rue. Nous nous passerons de la Gendarmerie. A l'aube doit arriver de Saint-Pétersbourg la Brigade volante, que j'ai réclamée en renfort. Ce sont de véritables mamelouks, la fine fleur du Département de police, les meilleurs d'entre les meilleurs. Pas un terroriste n'en réchappera, nous les exterminerons jusqu'au dernier.

Eraste Pétrovitch se rembrunit :

— Sans même avoir t-tenté de les arrêter simplement ?

— Vous plaisantez ? Il faudra tirer sans sommation, par salves. Les abattre comme des chiens enragés. Autrement nous aurons des pertes parmi nos hommes.

— Risquer leur vie fait partie de leur métier, déclara le conseiller d'Etat d'un ton obstiné. Et mener l'opération sans p-proposer de déposer les armes serait illégal.

— Le diable vous emporte, ils auront leur proposition. Seulement, prenez garde, le danger n'en sera que plus grand pour vous.

Pojarski eut un sourire qui n'avait rien d'engageant, puis il expliqua :

— Selon le dispositif que j'ai élaboré, mon très cher Eraste Pétrovitch, c'est à vous que revient l'insigne honneur de jouer le rôle d'appât. Vous vous tiendrez assis sur un banc, comme si vous m'attendiez. Puisse le GC mordre à l'hameçon et s'approcher au plus près. Tant que je n'aurai pas paru, ils n'iront pas vous tuer. Car malgré tout, je vous demande pardon pour ce trait d'immodestie, un vice-directeur de la police est pour eux gibier plus alléchant qu'un simple fonctionnaire, fût-il chargé de missions spéciales. Je ne m'offrirai pas, quant à moi, à leur vue avant que le piège soit refermé. J'agirai en observant strictement la loi : je proposerai à l'ennemi de se rendre. Bien entendu, ils n'auront pas même l'idée d'obtempérer, mais ma déclaration sera pour vous le signal qu'il est temps de sauter dans l'abri.

— Dans q-quel abri ? s'enquit Fandorine en clignant ses yeux bleus.

Il trouvait jusqu'alors le plan de Gleb Gueorguievitch résolument excellent en tous ses détails sauf un : le chemin par lequel certain conseiller d'Etat sortirait du square Brioussov conduisait tout droit au cimetière.

— Vous pensiez peut-être que j'avais décidé de vous abandonner sous les balles ? s'exclama Pojarski d'un ton presque offensé. Tout là-bas est déjà prêt, de la meilleure manière. Vous vous asseyez sur le troisième banc à partir de l'entrée. A sa droite, il y a un gros tas de neige. En fait, là commence une tranchée qui s'étire jusqu'à la rue. On s'apprête à y poser des tuyaux de canalisation. J'ai fait couvrir la tranchée avec des plaques de métal et répandre de la neige par-dessus, à présent elle est invisible. Mais sous la congère qui se trouve à côté du banc il n'y a qu'une mince feuille de contreplaqué. Dès que j'entrerai dans le square, vous sauterez au milieu du tas et, sous les yeux des terroristes frappés de stupeur, vous disparaîtrez littéralement sous terre. Ensuite, vous remonterez la tranchée passant sous le champ de bataille pour atteindre la rue où vous ressortirez sain et sauf. Comment trouvez-vous mon plan ? demanda fièrement le prince, pour tout à coup s'enquérir d'un air soucieux : mais peut-être n'êtes-vous pas bien rétabli malgré tout ? Ou bien n'avez-vous nulle envie de courir un tel risque ? Si vous avez peur, dites-le franchement. Inutile de faire le brave.

— Le p-plan est bon. Et le risque tout à fait mesuré.

Fandorine était à cet instant en proie à des sentiments bien plus puissants que la crainte. L'opération à venir, le risque, l'éventuelle fusillade, tout cela n'était que vétille comparé au poids qui s'était abattu sur lui : le fait que les terroristes eussent fait irruption dans le salon numéro 6, et dans aucun autre, ne pouvait avoir qu'une seule explication.

— J'ai une proposition, dit le prince après être allé pêcher dans le gousset de son gilet une montre pendue à une chaîne. L'heure, certes, est déjà tardive, mais je suppose que vous avez dormi votre content, et quant à moi, avant une opération sérieuse, il m'est toujours impossible de fermer l'œil. Les nerfs. Allons donc rendre visite, voulez-vous, à notre aimable recluse. Je vous la montrerai en pleine lumière. Je vous promets un effet grandiose.

Le conseiller d'Etat serra les dents. Ce n'est qu'à présent, après ces dernières paroles, prononcées, ainsi qu'il lui semblait, avec une feinte désinvolture, que ses yeux enfin se dessillaient pour de bon.

Mon Dieu ! Etait-il possible que Tu fusses si cruel !

Voilà pourquoi l'obscurité et le voile, voilà pourquoi le chuchotement, étaient si nécessaires !

Même la conduite de Pojarski finissait par s'expliquer. Pourquoi cet ambitieux avait-il attendu que son collègue reprît conscience ? Il aurait fort bien pu imaginer un autre plan d'action, où il se fût passé du concours du fonctionnaire moscovite. Sans avoir à partager avec lui les lauriers.

Mais, justement, il n'aurait pas à les partager. Fandorine aurait bien d'autres soucis en tête.

Pojarski n'était pas seulement un carriériste. Il ne lui suffisait pas de remporter un succès dans l'exercice de ses fonctions, il lui fallait encore goûter le plaisir de triompher de tous et de tout. Il devait toujours être le meilleur. Or aujourd'hui se présentait une merveilleuse occasion de piétiner, d'anéantir un homme qu'il devait forcément soupçonner d'être un sérieux rival.

Et l'on ne pouvait rien reprocher au prince. Sinon peut-être un certain sadisme, mais c'était là un trait de son caractère.

Le conseiller d'Etat se leva, résigné, prêt à boire la coupe de l'humiliation jusqu'à la lie.

— Très bien, partons.

La porte du pavillon du quartier de l'Arbat s'ouvrit d'elle-même à leur approche. Un monsieur discret, très semblable à celui qui, à l'hôtel, avait monté la garde au chevet de Fandorine, s'inclina légèrement et fit son rapport :

— Elle est enfermée dans son cabinet. J'ai verrouillé la porte. Je l'en ai fait sortir une fois pour l'accompagner au cabinet de toilette. Deux fois elle a demandé de l'eau. C'est tout, monsieur.

— Je vois, Korjikov. Tu peux retourner à l'hôtel. Dors tout ton saoul. Sa Haute Noblesse et moi-même nous débrouillerons tout seuls, dit le prince en adressant à Eraste Pétrovitch un clin d'œil entendu qui éveilla chez ce dernier le désir, certes fugitif, mais terriblement violent, d'empoigner le railleur à deux mains par le cou et de lui briser les vertèbres qui unissent le corps à l'esprit.

— Je m'en vais de ce pas vous présenter à nouveau la fameuse briseuse de cœurs, la belle mystérieuse au divin talent d'actrice !

Pojarski, avec un ricanement odieux, gravissait déjà l'escalier.

Il tourna la clef de la porte familière, s'avança d'un pas et tourna la manette du bec de gaz. La pièce s'emplit d'un flot de lumière légèrement tremblotante.

— Eh bien, mademoiselle, vous ne vous retournez même pas ? demanda Gleb Gueorguievitch d'une voix moqueuse sans que Fandorine, qui se trouvait encore dans le couloir, pût voir la personne à laquelle il s'adressait.

— Quoi ? ! rugit soudain le prince. Korjikov, abruti, tu m'en répondras devant un tribunal !

Quittant le seuil, il se rua à l'intérieur, et le conseiller d'Etat aperçut une mince silhouette de femme qui se tenait debout, immobile, face à la fenêtre. La femme inclinait la tête sur le côté en une pose mélancolique, mais sa silhouette ne semblait immobile qu'au premier regard. Un second plus attentif permettait de constater qu'elle était animée d'un infime mouvement de balancier, et qu'il s'en fallait d'un rien que ses pieds touchassent le sol.

— Esther... murmura Eraste Pétrovitch, effondré. Seigneur...

Le prince tira un couteau de sa poche, trancha la corde d'un coup sec, et le cadavre s'écroula lourdement par terre. Levant les bras avec la grâce inhumaine d'une poupée de chiffon, le corps alla donner du front contre le parquet et cette fois-ci s'immobilisa pour de bon.

— Ah, zut !

Pojarski s'accroupit.

— Tss-tss-tss, fit-il d'un air chagrin. Elle avait perdu son utilité, mais quel dommage tout de même. C'était un sacré personnage. Et puis j'avais envie de vous gâter un peu... Rien à faire, vous ne verrez pas cette beauté autrement que déjà fanée.

Il saisit la défunte par les épaules et la retourna sur le dos.

Eraste Pétrovitch plissa malgré lui les paupières, mais, honteux de sa faiblesse, se força à les rouvrir aussitôt.

Ce qu'il vit lui fit fermer les yeux derechef, tant le spectacle était inattendu. Puis il battit des cils comme un gosse étonné.

Cette femme qui gisait sur le sol, Fandorine la découvrait pour la première fois : dès lors qu'on avait vu pareil visage, il était impossible de l'oublier. Il était pour moitié parfaitement ordinaire, et même non dénué d'agrément ; l'autre moitié en revanche était comme aplatie, à demi écrasée, de sorte que la fente des yeux en devenait presque verticale et que la pommette s'affaissait vers l'oreille.

Pojarski éclata de rire, très satisfait de l'effet produit.

— Pas mal, la diablesse, non ? Traumatisme de naissance. L'accoucheur s'est montré maladroit en maniant les forceps. Vous comprenez à présent les motifs de la conduite de mademoiselle Diane ? Quel sentiment pouvait-elle éprouver pour les hommes, quand à la lumière du jour ils s'écartaient d'elle avec effroi ? Uniquement de la haine. Voilà pourquoi elle aimait vivre dans ce château ensorcelé, où régnaient ténèbres et silence. Ici elle n'était plus un malheureux être disgracié, mais une beauté parfaite, comme seule peut en concevoir une imagination masculine. Brrr, frissonna Gleb Gueorguievitch en contemplant l'épouvantable masque. Je ne sais pas pour vous, soupira-t-il, mais moi, quand je pense que j'ai passé hier une demi-journée à cajoler ce monstre, j'en ai la chair de poule.

Eraste Pétrovitch se tenait immobile, en proie à un total engourdissement des sens, incapable encore de se remettre du choc, mais il savait déjà que la première émotion qu'il éprouverait dans un très bref délai – sitôt que son cœur serait un peu calmé – serait une cuisante honte.

— Cela dit, il est possible qu'en enfer, où sans nul doute la trépassée est descendue tout droit, ce sont justement les créatures comme elle qui sont tenues pour les plus jolies d'entre toutes les femmes, observa le prince avec philosophie. Néanmoins, notre plan, Eraste Pétrovitch, reste en vigueur. Le tas de neige à droite, n'oubliez pas.

Chapitre quatorzième, où les trous ont leur importance

Pojarski était en retard.

Neuf heures six. Grine rangea la montre dans la poche de son manteau où dormait également son colt, et ses doigts s'enroulèrent solidement autour de la crosse nervurée si commode à saisir.

Les affaires de la révolution n'allaient pas si mal si les chefs de la police en étaient réduits à se rencontrer secrètement, à l'insu de leurs propres subordonnés. Le camp ennemi était la proie de l'inquiétude et de l'hésitation, on y avait peur de son ombre, on ne se fiait plus à personne. Et on avait raison.

Ou bien commençait-on à soupçonner l'existence de GT ?

Tout était simple cependant : jamais ne pourrait vaincre une cause dont les partisans se souciaient avant tout de leur propre bien-être. Voilà pourquoi le triomphe de la révolution était inéluctable.

Seulement tu ne vivras pas assez longtemps pour le voir, se rappela Grine pour refouler au plus profond de lui-même l'azur qui, depuis les événements de la veille, cherchait à toute force à remonter à la surface. Tu es une allumette. Déjà tu brûles depuis trop longtemps. Et tu as toi-même rayé la joie de vivre de ton existence.

Le conseiller d'Etat Fandorine était assis sur le banc voisin. Il tapotait son genou de son gant d'un air ennuyé, en observant les choucas qui sautillaient dans les branches d'un vieux chêne.

Dans un instant ce bel homme élégamment vêtu allait mourir. Et l'on ne saurait jamais à quoi il pensait dans les dernières minutes de sa vie.

A cette idée inattendue, Grine tressaillit. Quand on tient en joue un ennemi, mieux vaut s'abstenir de penser à sa mère et à ses enfants, se dit-il ainsi qu'il l'avait plus d'une fois répété au Bouvreuil. Dès lors qu'un homme revêt l'uniforme de l'ennemi, il se transforme de civil pacifique en soldat.

Le manteau que portait Grine était de bon drap épais. Nobel l'avait apporté de chez lui : son père était un général en retraite.

L'Aiguille lui avait collé sur le visage moustache et favoris blancs. Le déguisement était parfait.

Le Bouvreuil remontait l'allée, costumé en collégien. Il lui revenait de vérifier si tout était normal dans la rue. En passant devant Grine, il lui adressa un imperceptible signe de tête puis alla s'asseoir sur le banc à côté de Fandorine. Il ramassa une poignée de neige qu'il fourra dans sa bouche. L'angoisse le taraudait.

Nobel et Schwarz raclaient le chemin à coups de pelle. Emélia montait la garde de l'autre côté de la grille, grimé en sergent de ville. Marat et Bober, en cafetan et *valenki* [1], jouaient à la *svaïka* [2] juste devant l'entrée. Pojarski et Fandorine avaient

1. Grosses bottes de feutre que l'on porte en hiver.

2. Jeu de plein air, sorte de grand clou à grosse tête qu'on lance dans un anneau posé par terre.

choisi l'heure idéale pour bavarder. Pas un promeneur, ni même un passant.

— Tes trois kopecks, tu peux t'asseoir dessus ! s'exclama Marat en s'écartant d'un bond. T'auras que dalle !

Et il s'en fut dans l'allée en sifflotant, les mains négligemment enfoncées dans les poches.

C'était le signal. Pojarski arrivait.

Bober s'élança derrière Marat :

— Eh quoi, eh quoi ! hurla Bober (un excellent gars, très calme, un ancien étudiant). Aboule ce que tu me dois !

Et derrière eux apparut monsieur le vice-directeur si impatiemment attendu.

Manteau d'uniforme de la Garde, bonnet blanc d'officier de la suite impériale, bottes étincelantes, sabre au côté. Pour quelqu'un qui tenait à garder l'incognito, bravo !

Pojarski s'arrêta à l'entrée du square, se campa dans une pose pittoresque, jambes largement écartées, mains agrippés au ceinturon, et cria :

— Messieurs les nihilistes ! Vous êtes cernés de tous côtés ! Je vous conseille de vous rendre !

Et dans le même instant il plongea lestement derrière la clôture pour disparaître au milieu des buissons enneigés.

Grine tourna la tête vers Fandorine, mais le conseiller d'Etat, s'éveillant de sa rêverie, fit montre lui aussi d'une stupéfiante rapidité. Il empoigna le Bouvreuil par le col, l'attira contre lui et sans le lâcher se jeta, on ne sait pourquoi, dans le tas de neige qui s'élevait à la droite du banc.

Ça se mit à crépiter, tonner, gronder de toutes parts, comme si quelqu'un, dans un long craquement, avait déchiré le ciel en deux moitiés.

Grine vit Marat lever les bras en l'air et sursauter comme si on lui avait flanqué une violente bourrade dans le dos, tandis que Bober, l'arme calée sous le coude, ripostait, visant en l'air et sur le côté.

Tirant son colt de sa poche, Grine se rua au secours du Bouvreuil. Une balle emporta son bonnet, lui frôlant au passage le sommet du crâne. Il chancela, ses jambes se dérobèrent, et il s'effondra dans la congère située à gauche du banc voisin.

S'enchaîna alors une série de circonstances incroyables.

Le tas de neige se révéla beaucoup plus profond qu'on ne pouvait l'imaginer au premier coup d'œil. Il y eut un craquement, tout devint noir l'espace d'un instant, puis suivit un heurt très perceptible contre une surface dure. Dans le même temps, une avalanche de poudre blanche s'abattait d'en haut, dans laquelle Grine se mit à se débattre, sans plus comprendre ce qui lui arrivait.

S'étant tant bien que mal redressé sur ses jambes, il découvrit qu'il se trouvait tout au fond d'une fosse, noyé dans la neige jusqu'à la poitrine. Il ne voyait plus que le ciel, les nuages et la ramure des arbres. Le fracas de la fusillade s'était encore intensifié, les coups de feu devenaient presque indistincts, repris et amplifiés qu'ils étaient par l'écho.

On se battait là-haut, et lui, l'homme d'acier, se terrait dans un trou !

Grine sauta à pieds joints, effleura des doigts le rebord de la fosse, mais il n'y avait rien qui offrît une prise. C'est alors qu'il se rendit compte qu'il avait, dans sa chute, laissé échapper son revolver.

Or le rechercher dans cette bouillie représentait une longue besogne, sans doute même désespérée.

Peu importe, pourvu seulement qu'il parvienne à se sortir de là.

Il se mit à tasser la neige comme un furieux, avec les mains, les pieds, et même les fesses. Et là, brusquement, la fusillade cessa.

Frappé par ce silence soudain, Grine, pour la première fois depuis de longues années, sentit monter en lui une vague d'angoisse. Et lui qui pensait ne plus jamais connaître cette étreinte glaciale qui vous saisit le cœur !

Etait-il possible que ce fût tout ? Si vite ?

Il escalada l'amas de neige damée, risqua sa tête hors du trou, mais pour s'accroupir aussitôt. Formant une ligne serrée, des hommes en civil marchaient vers la clôture, carabines et revolvers encore fumants au poing.

Il ne pouvait même pas se brûler la cervelle : il n'avait plus d'arme. Il n'avait plus qu'à rester là captif, comme un loup pris dans une chausse-trape, et attendre qu'on vienne l'en tirer par la peau du cou.

Toujours à croupetons, il se mit à fouiller dans la neige d'une main fébrile. Si seulement il pouvait le retrouver, le retrouver... Grine, à cet instant, était incapable d'imaginer plus grand bonheur.

Peine perdue. Le revolver était sûrement là, quelque part, tout au fond.

Grine se retourna et découvrit tout à coup un trou noir qui s'ouvrait sur le côté. Sans réfléchir, il s'y engagea et comprit qu'il s'agissait d'un passage souterrain : étroit, juste assez haut pour laisser passer un homme, et exhalant une forte odeur de terre gelée.

Il n'avait pas le temps de s'étonner.

Il courut dans l'obscurité, heurtant des épaules les parois du boyau.

Assez rapidement, au bout d'une cinquante d'enjambées, une lueur parut en avant. Grine accéléra sa course et se retrouva soudain dans une tranchée ouverte. Elle s'étirait entre deux palissades de planches au-dessus desquelles s'élevait la façade de pierre d'un immeuble, ornée de l'enseigne : « Mœbius et fils. Marchandises coloniales. »

Grine alors se souvint : dans la rue débouchant sur le square, il avait aperçu en venant une sorte de fossé protégé de chaque côté par une haie de panneaux de bois cloués à la hâte. Voilà où il se trouvait.

Il sortit du trou. La rue était vide, mais du square lui parvenait une rumeur composée de nombreuses voix.

Il se plaqua contre le mur de la maison et avança la tête.

Les hommes en bourgeois traînaient les corps dans l'allée. Grine vit deux agents tirer par les pieds un policier, et sur le moment il ne comprit pas qui c'était, car les pans retroussés du manteau dissimulaient le visage du mort. Du revers s'échappa un gros bouquin à la couverture familière. *Le Comte de Monte-Cristo*. Emélia l'avait pris pour partir en opération : il craignait, si le sort lui interdisait de revenir à l'appartement, de ne jamais savoir si le comte s'était bien vengé des traîtres.

— Qu'est-ce qui se passe, hein ? fit derrière lui une voix effrayée.

Un concierge s'était aventuré hors de l'abri d'un porche. Il arborait la casquette et la plaque signalant sa profession.

Il regarda l'homme couvert de neige dont les yeux soudain le dévisageaient fixement et expliqua d'un ton coupable :

— Moi tout va bien, je reste là, je sors pas le nez, j'obéis aux ordres. Mais c'est qui que vous avez là, hein ? Des gars de la Khitrovka ? On bien des lanceurs de bombes ?

— Des lanceurs de bombes, répondit Grine.

Puis il s'éloigna dans la rue d'un pas pressé.

Il avait très peu de temps.

— Nous partons, dit-il à l'Aiguille qui venait de lui ouvrir la porte. Vite.

Elle blêmit mais ne posa aucune question : elle fila aussitôt chercher ses chaussures.

Grine se munit de deux revolvers, de cartouches, d'un bocal de mélange fulminant et de quelques détonateurs. Il fut contraint d'abandonner les boîtiers déjà prêts.

C'est seulement lorsqu'ils furent descendus dans la rue et eurent tourné le coin sans encombre qu'ils furent assurés que l'appartement n'était pas encerclé. Sans doute la police, certaine que le GC viendrait tout seul se fourvoyer dans le piège, avait-elle décidé de s'abstenir de toute surveillance extérieure, afin de ne pas risquer de se trahir.

— Où allons-nous ? demanda Grine. A l'hôtel, c'est impossible. Nous allons être recherchés.

Après une hésitation, l'Aiguille répondit :

— Chez moi. Seulement... Enfin, tu verras toi-même.

Elle arrêta un fiacre et commanda au cocher de les conduire rue Pretchistenka, chez le comte Dobrinski.

Durant le trajet, Grine raconta à mi-voix ce qui s'était passé au square Brioussov. Le visage de l'Aiguille restait impassible, mais l'une après l'autre des larmes roulaient sur ses joues.

Le traîneau s'arrêta devant un antique portail de fonte surmonté d'une couronne. Au-delà de la grille, une cour s'ouvrait sur un grand palais à deux étages, autrefois sûrement somptueux et orné avec élégance, mais aujourd'hui décrépi et manifestement livré à l'abandon.

— Personne n'y habite, les portes sont condamnées, expliqua l'Aiguille comme pour se justifier. Quand mon père est mort, j'ai donné leur congé à tous les domestiques. Et je ne peux pas vendre. Père a légué la maison à mon fils. Si j'en ai un. Et si je n'en ai pas, après ma mort tout cela ira au conseil de l'Ordre de Saint-Georges...

Ainsi, ce qu'on disait de la fiancée du Magicien était vrai, elle était bien la fille d'un comte, pensa Grine distraitement, alors que l'activité de son cerveau commençait, sans qu'il en eût conscience, à s'orienter vers l'essentiel.

Longeant la grille sans s'attarder à la grand-porte verrouillée, l'Aiguille conduisit Grine à une petite construction annexe surélevée d'un étage, dont le perron donnait directement sur la rue.

— Ici logeait autrefois le médecin de famille, expliqua l'Aiguille. Maintenant c'est moi. J'y vis seule.

Mais il n'écoutait plus.

Sans même regarder autour de lui, il la suivit, traversa une pièce, se laissa tomber dans un fauteuil.

— Qu'allons-nous faire à présent ? demanda l'Aiguille.

— J'ai besoin de réfléchir un peu, répondit Grine d'une voix neutre.

— Je peux rester à côté de toi ? Je ne te dérangerai pas...

Mais elle le dérangeait cependant. Son doux regard turquoise l'empêchait d'organiser ses idées, des images secondaires, et même parfaitement inutiles, s'insinuaient dans son esprit.

Au prix d'un effort de volonté, Grine se contraignit à ne pas laisser sa pensée vagabonder, à se concentrer sur le problème le plus urgent.

Le problème le plus urgent s'appelait GT. Et à part Grine, personne n'était en mesure de le résoudre.

De quels outils disposait-il ?

Juste d'une mémoire bien entraînée.

C'est à elle qu'il convenait de recourir.

GT avait envoyé en tout huit lettres.

La première était celle mentionnant le gouverneur d'Ekaterinograd, Bogdanov. Elle était arrivée juste après l'attentat manqué contre Khrapov, le 23 septembre de l'an passé. Elle était apparue comme par enchantement sur la table à manger de l'appartement clandestin, quai de la Fontanka. Le texte avait été dactylographié sur une machine à écrire Underwood.

La deuxième parlait du général des gendarmes, Selivanov. Elle semblait avoir atterri toute seule dans la poche du manteau de Grine, le 1er décembre de l'an passé. L'incident avait eu lieu lors de la « noce » du Parti. La machine à écrire était à nouveau une Underwood.

La troisième désignait Pojarski et un mystérieux « agent important », qui s'était révélé être Stassov, membre du Comité central établi à l'étranger. Elle avait été trouvée dans l'entrée de l'appartement de l'île Vassilievski, le 15 janvier. Toujours la même machine.

La quatrième était à l'origine de l'assassinat de Khrapov. Découverte dans la datcha de Kolpino. Le billet était enroulé autour d'une pierre. Emélia l'avait ramassé sous le vasistas laissé ouvert la veille. C'était le 16 février. Encore une fois, GT s'était servi d'une Underwood.

Ainsi les quatre premières lettres avaient été reçues à Saint-Pétersbourg ; en outre, entre la première et la dernière, s'étaient écoulés près de cinq mois.

A Moscou en revanche, GT semblait avoir été saisi de fièvre : en l'espace de quatre jours, quatre messages.

Le cinquième concernait la trahison de Rakhmet et le fait que Svertchinski passerait la nuit à la gare de Nikolaïev. Ce message était arrivé le mardi 19. Comme lors de la « noce », il avait surgi de manière inexpliquée dans la poche du manteau pendu dans le vestibule. La machine avait changé, c'était à présent une Remington n° 5. Sans doute l'Underwood était-elle restée à la capitale.

Sixième lettre : elle informait du blocus policier autour des entrepôts de la gare et donnait une nouvelle adresse où se réfugier. C'était le mercredi 20. Elle avait été apportée par Matveï, quelqu'un avait glissé discrètement l'enveloppe dans la poche de sa touloupe. Texte tapé sur une Remington.

Septième : les bains Petrossov. Jeté par la fente destinée au courrier le 21 février. Remington toujours.

La dernière, la huitième, qui les avait attirés dans un piège, était arrivée par la même voie. C'était hier, vendredi. Machine à écrire : Remington.

Qu'est-ce qui résultait de tout cela ?

Pourquoi GT avait-il d'abord rendu des services inestimables pour ensuite trahir ?

Pour la même raison qui conduisait les autres à livrer leurs camarades : il avait été arrêté et avait flanché. Ou bien il avait été découvert et était lui-même devenu la victime d'une provocation. Peu importait, c'était secondaire.

L'essentiel était de découvrir qui il était.

Dans quatre cas sur huit, GT ou son intermédiaire se trouvait dans l'entourage immédiat de Grine. Dans les quatre autres, pour une raison mystérieuse, il n'avait pas voulu, ou n'avait pas pu, l'approcher et avait agi non pas de l'intérieur, mais du dehors : par un vasistas ouvert, par la fente du courrier, par l'entremise de Matveï.

A Kolpino, c'était compréhensible : après le coup de main de janvier, Grine avait imposé au groupe une période d'isolement : enfermés dans la datcha, ses membres n'avaient le droit ni de sortir ni de recevoir quiconque.

A Moscou, GT n'avait eu directement accès à Grine qu'en un seul cas, le 19 février, quand l'As avait donné ses instructions avant l'attaque du fourgon. Puis, pour une raison ou une autre, il en avait perdu la possibilité.

Que s'était-il passé entre mardi et mercredi ?

Grine sursauta dans son fauteuil, frappé par la simplicité arithmétique de la solution. Comment n'était-il pas parvenu plus tôt à cette conclusion ! Il n'avait simplement pas subi jusqu'alors la pression d'une vraie, d'une impérieuse nécessité, propre à aiguiser le raisonnement.

— Quoi ? demanda l'Aiguille, effrayée. Tu ne te sens pas bien ?

Au lieu de répondre, il prit sur la table un crayon et une feuille. Il hésita près d'une minute, puis coucha rapidement quelques phrases sur le papier, au-dessus desquelles il inscrivit une adresse.

— C'est pour le télégraphe. Tarif très urgent.

Chapitre quinzième, où Fandorine reçoit une leçon de souplesse

Grine se révélait bien différent de ce qu'Eraste Pétrovitch avait imaginé. Le conseiller d'Etat ne décelait rien de malfaisant ni de particulièrement sanguinaire chez l'homme assis sur le banc voisin. Un visage sévère, buriné, qu'on avait du mal à se représenter souriant. Et tout jeune encore, en dépit du maladroit déguisement que prétendaient lui fournir moustaches et favoris blancs.

Si l'on exceptait Fandorine et les terroristes, le square Brioussov semblait désert. Pojarski avait parfaitement bien choisi le lieu de l'opération. Un sergent de ville, certainement grimé, arpentait le trottoir de l'autre côté de la grille. Deux jeunes concierges à la barbe trop longue pour être vraie et au visage d'intellectuel, raclaient gauchement la neige avec des pelles en bois. Deux autres gars, un peu plus loin, jouaient à la *svaïka*, mais avec un curieux manque d'entrain : ils semblaient bien plus attentifs à ce qui se passait autour d'eux.

Neuf heures étaient déjà passées, mais Pojarski prenait son temps. Il attendait sans doute que le plus jeune des terroristes, costumé en collégien, fût retourné sur ses pas.

Mais justement, le voilà qui revenait. Il remonta l'allée en sifflotant, s'assit sur le même banc qu'Eraste Pétrovitch, à un bras tendu de distance, tout à côté de la congère à double fond, puis ramassa une poignée de neige qu'il se fourra goulûment dans la bouche. Quelle pitié, pensa le conseiller d'Etat, un gamin si jeune, déjà accoutumé au meurtre ! A la différence du faux général, le pseudo-collégien avait l'air très convaincant. C'était probablement là le garçon surnommé le Bouvreuil.

Pojarski apparut enfin, et les joueurs de *svaïka* se dirigèrent l'un après l'autre vers le centre du square. Eraste Pétrovitch se tint prêt à agir.

Quand le prince cria qu'il offrait aux nihilistes de se rendre, Fandorine bondit comme un ressort de sa place, agrippa lestement le « collégien » par le col du manteau et l'entraîna avec lui dans le tas de neige salvateur. Le gosse était trop jeune pour mourir.

La neige accueillit le conseiller d'Etat avec douceur mais ne le laissa guère s'enfoncer de plus d'une aune dans sa masse. Le Bouvreuil tomba par-dessus lui et se mit aussitôt à se débattre, mais il n'était pas si simple d'échapper à la poigne vigoureuse d'Eraste Pétrovitch.

Déjà des coups de feu éclataient de toutes parts. Fandorine savait que les tireurs de la Brigade volante, épaulés par les hommes de Mylnikov, étaient postés en haut des murs du monastère et sur les toits environnants, et qu'ils n'arrêteraient de tirer que lorsque plus rien ne bougerait dans le square.

Où était le trou annoncé ?

Eraste Pétrovitch palpa le cou du jeune terroriste et exerça une légère pression sur un ganglion nerveux, pour que le garçon cessât de gesticuler, puis il frappa du poing contre le sol, une fois, deux fois, trois fois. Si la neige avait dissimulé une feuille de contreplaqué, celle-ci aurait au moins plié, mais non, la terre restait obstinément ferme.

Le « collégien » ne tentait plus de se libérer, il était juste de temps à autre agité d'un soubresaut comme sous l'effet d'une décharge électrique. Pourtant il n'avait a priori guère de raisons de tressaillir de la sorte : certes Fandorine n'avait pas appuyé très fort, mais il en avait tout de même pour une dizaine de minutes de repos complet.

A plusieurs reprises, des balles trouèrent la neige, tout près, avec un sifflement sinistre. Eraste Pétrovitch martelait le panneau récalcitrant à coups de plus en plus furieux, il tenta même d'esquisser un nouveau bond, pour autant que le lui permettaient la position couchée et surtout le fardeau dont il était encombré. Non, la fosse refusait de s'ouvrir. Soit le contreplaqué avait durci au cours de la nuit, soit... il ne trouvait pas d'explication.

Les tirs entre-temps s'étaient faits moins nourris, et bientôt ils cessèrent tout à fait.

Des voix retentirent dans l'allée :

— Celui-ci est cuit. Une vraie passoire.

— Celui-là aussi. Regarde ça, il a la gueule complètement démolie. Sa mère ne le reconnaîtrait pas.

Il eût été déraisonnable de s'extraire du tas de neige sans autre précaution : c'est pourquoi Eraste Pétrovitch se garda bien de remuer et cria :

— Messieurs, c'est moi, Fandorine, ne tirez pas !

Alors seulement il se dégagea du Bouvreuil qui pesait toujours sur lui, bien sagement immobile, puis se redressa, persuadé d'offrir le spectacle d'un vrai bonhomme de neige.

Le square était envahi d'hommes en civil. Ils étaient bien une cinquantaine au bas mot, sans compter ceux qu'on apercevait au-delà des grilles.

— Tous morts, Votre Haute Noblesse ! déclara un des « volants » dont les moustaches blanches contrastaient avec la physionomie encore jeune. Personne à appréhender.

— Il en reste un encore en vie, malgré tout, répondit Eraste Pétrovitch tout en se secouant. P-prenez-le donc et allongez-le sur le banc.

Les agents empoignèrent le « collégien » par les bras mais le reposèrent tout aussitôt.

— Encore en vie, tu parles, grommela le type aux moustaches blanches. Il doit avoir écopé d'une bonne dizaine de pruneaux.

Et c'était vrai : le visage du gamin, bien qu'il eût encore le rose aux joues, était à l'évidence et sans ambiguïté possible celui d'un cadavre. La neige qui adhérait à son manteau était en plusieurs endroits rougie de sang, et sur son front, juste sous la ligne des cheveux, béait un trou noir. Eraste Pétrovitch comprenait à présent pourquoi le pauvre était secoué de tant de haut-le-corps.

Il regardait, désemparé, le corps inanimé qui l'avait protégé des balles, quand Pojarski surgit brusquement derrière lui, sans qu'il l'eût entendu approcher.

— Vous êtes vivant ? Dieu soit loué ! s'écria-t-il en lui passant un bras autour des épaules. Je ne l'espérais plus ! Mais dites-moi, sacrebleu, quelle idée vous a pris d'aller vous fourvoyer dans la congère de gauche. Je vous l'avais pourtant répété cent fois : sautez dans le tas de neige à droite, à droite ! C'est tout bonnement un miracle que vous n'ayez pas été touché !

— Eh bien le voilà, votre t-tas de neige à droite ! riposta le conseiller d'Etat d'un ton indigné, se remémorant d'un coup ses vains et ridicules efforts pour sauter sur place en position couchée. J'ai s-suivi exactement v-vos instructions.

Le prince battit des paupières, regarda Fandorine, le banc, le tas de neige, puis à nouveau Fandorine, et eut un petit rire gêné.

— Mais oui, naturellement. Moi, je n'étais pas assis sur le banc, j'ai étudié les lieux depuis ici. Or voyez, je me tiens là, et voici la congère, à droite du banc. Mais si l'on s'assoit, bien entendu, elle se retrouve à gauche... Oh, non ! c'est trop drôle ! Deux grands sages... deux stratèges !...

Et le vice-directeur de la police se plia en deux, au paroxysme d'un rire énorme, irrépressible, suffoquant, en partie explicable sans doute par un soudain relâchement de la tension nerveuse.

Eraste Pétrovitch sourit, car la gaieté de Gleb Gueorguievitch était contagieuse, mais son regard accrocha à nouveau la mince silhouette enveloppée d'un manteau de collégien, et il redevint sérieux.

— Où est G-grine ? demanda-t-il. Il était assis juste là, déguisé en général en retraite.

— On n'en a aucun qui ressemble à ça, répondit l'agent aux moustaches blanches après s'être tourné vers les corps alignés dans l'allée. Un, deux, trois, quatre, cinq, six avec le collégien. C'est tout. Eh, les gars, où est le septième ? Ils étaient sept !

Le prince ne riait plus. Il regarda autour de lui, d'un air abattu, puis, les dents serrées, poussa un gémissement.

— Il a filé ! Il a fichu le camp par cette même tranchée qui vous était réservée. Voilà une victoire pour vous. Et moi qui avais déjà rédigé mon rapport dans ma tête : « Aucune perte, Groupe de Combat entièrement anéanti. »

Il saisit le bras de Fandorine et le serra avec vigueur :

— C'est une catastrophe, Eraste Pétrovitch, une catastrophe. La queue du lézard nous est restée dans la main, mais la bête, elle, s'est échappée. Il lui en poussera une nouvelle, elle y est habituée.

— Qu-qu'allons-nous faire ? demanda le conseiller d'Etat.

Ses yeux bleus emplis d'inquiétude fixaient les yeux noirs du prince, où se lisait une non moins vive anxiété.

— Vous, rien, répondit mollement Gleb Gueorguievitch.

La mine qu'il affichait n'avait plus rien de triomphant. Il semblait éteint et accablé de lassitude.

— Vous allez faire brûler un cierge à l'église, car le Seigneur aujourd'hui vous a gratifié d'un miracle, et puis vous irez prendre du repos. Je serai moi-même à présent de peu d'utilité, et vous moins encore. Tout ce qui reste à espérer, c'est que nos hommes relèvent sa trace quelque part. Il ne retournera évidemment pas à sa planque, ce n'est pas un imbécile. Tous les éléments suspects que nous connaissons, qu'ils soient rouges, roses, ou même un tantinet framboise, seront discrètement surveillés. Les hôtels également. Quant à moi, je vais dormir. S'il y a du neuf, on me réveillera, et je vous tiendrai tout de suite au courant. Seulement j'en doute... (Il agita la main.) Demain matin, nous dresserons de nouveaux plans. Mais aujourd'hui, c'est tout, *je passe*.

Eraste Pétrovitch s'abstint d'aller faire brûler un cierge à l'église, car il désapprouvait la superstition. Il ne se jugeait pas non plus en droit de prendre du repos. Le devoir réclamait qu'il se rendît chez le gouverneur général devant lequel le conseiller d'Etat, en raison de diverses circonstances indépendantes de sa volonté, n'avait pas paru depuis déjà quatre jours, et qu'il lui exposât un compte rendu détaillé de l'état d'avancement de l'enquête et des recherches.

Cependant, il était impensable de se présenter à la résidence de Sa Très Haute Excellence couvert de neige, le col en charpie et le haut-de-forme cabossé, en sorte qu'il dut faire un détour par chez lui. Il ne s'y attarda cependant guère plus d'une demi-heure, si bien qu'à onze heures et quart, Fandorine, vêtu d'une redingote toute fraîche et d'une chemise irréprochable agrémentée d'une cravate *derby*, pénétrait déjà dans l'antichambre du gouverneur.

Il n'y avait personne dans cette vaste pièce, hormis le secrétaire particulier du prince, et le conseiller d'Etat s'apprêtait, selon une habitude bien établie, à entrer sans se faire annoncer, quand Innokenti Andréiévitch, toussotant avec beaucoup de tact, le retint :

— Eraste Pétrovitch, Sa Très Haute Excellence a une visiteuse.

Fandorine se pencha sur la table et écrivit sur une feuille de papier :

Vladimir Andréiévitch, je suis prêt à vous rendre compte de l'opération d'aujourd'hui et de tous les événements qui l'ont précédée.

E.F.

— Je vous prie de transmettre ceci de toute urgence, dit-il au fonctionnaire binoclard qui accepta le billet en s'inclinant et s'éclipsa aussitôt par la porte du bureau.

Fandorine se campa juste devant celle-ci, bien persuadé d'être introduit sur-le-champ, cependant le secrétaire réapparut tout aussi rapidement et sans rien dire reprit sa place.

— Vladimir Andréiévitch a-t-il lu ? demanda le conseiller d'Etat, mécontent.

— Je l'ignore, toutefois j'ai glissé à l'oreille de Sa Très Haute Excellence que le billet était de vous.

Eraste Pétrovitch hocha la tête et se mit à arpenter le chemin avec impatience. Un premier aller et retour. Puis un second. La porte restait close.

— Mais qui reçoit-il donc ? s'enquit Fandorine, incapable de se contenir plus longtemps.

— Une dame. Jeune et très jolie, répondit de bonne grâce Innokenti Andréiévitch en posant sa plume. (Lui-même à dire vrai paraissait intrigué.) Je ne connais pas son nom, elle est entrée sans se faire annoncer. Frol Grigoriévitch l'accompagnait.

— Ainsi Védichtchev est là lui aussi ?

Le secrétaire n'eut pas besoin cette fois-ci de répondre, car la haute porte blanche grinça légèrement sur ses gonds, et Védichtchev en personne parut dans l'antichambre.

— Frol Grigoriévitch, je dois m'entretenir sans délai avec Sa Très Haute Excellence, il s'agit d'une affaire d'une extrême imp-portance ! lança Fandorine d'un ton irrité.

Mais le valet de chambre du prince eut une réaction bizarre : il colla un doigt à ses lèvres, puis du même doigt invita Eraste Pétrovitch à le suivre et, se déplaçant d'un pas alerte sur ses jambes arquées chaussées de bottines de feutre, il s'éloigna en clopinant dans le couloir.

Le conseiller d'Etat haussa les épaules et s'en fut derrière le vieillard, ayant réfléchi que peut-être il y avait un peu de vrai dans les récriminations des Pétersbourgeois qui soutenaient que les hommes en charge de gouverner Moscou commençaient, sous le poids des ans, à retomber en enfance.

Védichtchev ouvrit l'une après l'autre cinq portes, tourna plusieurs fois tantôt à droite, tantôt à gauche, pour enfin s'engager dans un étroit corridor qui, Fandorine le savait, reliait le bureau du gouverneur général à ses appartements privés.

Là, Frol Grigoriévitch s'arrêta, porta à nouveau un doigt à ses lèvres et poussa légèrement une petite porte basse. Celle-ci s'entrouvrit sans bruit, et Fandorine découvrit qu'on jouissait ainsi d'une vue parfaite sur tout ce qui se passait à l'intérieur de la pièce.

Il voyait fort bien Dolgoroukoï assis de dos, et devant lui, à une distance étonnamment réduite, la silhouette d'une dame ou bien d'une demoiselle. Pour être juste, le terme de distance n'était guère approprié, puisque la visiteuse semblait appuyer son front contre la poitrine de Sa Très Haute Excellence, si bien que seul le sommet de son crâne dépassait de l'épaulette brodée de fil d'or. Le silence n'était troublé que par quelques sanglots entrecoupés de reniflements plaintifs.

Fandorine, perplexe, se tourna vers le valet de chambre, mais celui-ci se livra soudain à une autre excentricité des plus singulières : plissant sa paupière ridée, il adressa un clin d'œil au conseiller d'Etat. Totalement déconcerté cette fois-ci, Eraste Pétrovitch regarda à nouveau par l'entrebâillement. Il vit le prince lever la main et caresser avec précaution les cheveux noirs de la pleureuse.

— Allons, allons, ma petite fille, ça suffit, déclara Sa Très Haute Excellence. Tu as bien fait de venir trouver le vieillard que je suis, pour soulager ton cœur. Et que tu pleures, c'est bien normal aussi. Mais écoute ce que je vais te dire à son sujet. Chasse-le de ton esprit. Ce n'est pas un homme pour toi. Tu es une fillette pleine de franchise et de fougue, tu ne sais pas vivre à moitié. Or lui, même si je l'aime beaucoup, a quelque chose de mort, il est comme figé par le givre. Ou bien saupoudré de cendre. Jamais tu ne parviendras à le réchauffer, à lui redonner vie. Beaucoup ont essayé déjà. Ecoute mon conseil, ne gaspille pas ton âme pour lui. Trouve-toi un garçon jeune, simple, transparent, qui t'apportera bien plus de bonheur, tu peux en croire un vieil homme.

Eraste Pétrovitch entendait le discours du prince, et ses sourcils effilés se rapprochaient de la racine de son nez, tandis que son visage se faisait incrédule.

— Je ne veux pas d'un garçon transparent ! gémit la visiteuse d'une voix que les larmes rendaient certes nasillarde mais nullement méconnaissable. Vous ne comprenez rien, il est plus vivant que tous ceux que je connais. Mais j'ai peur qu'il ne sache pas aimer. Et aussi j'ai tout le temps peur qu'il se fasse tuer...

Fandorine ne voulut pas espionner davantage.

— Pourquoi m'avez-vous amené ici ? murmura-t-il, furieux, à l'oreille de Frol Grigoriévitch, avant de sortir rapidement du couloir.

De retour dans l'antichambre, le conseiller d'Etat, appuyant sur la plume au point de faire gicler l'encre, rédigea à l'intention du gouverneur général un nouveau billet qui différait de manière très substantielle du précédent, et par le ton et par le contenu. Mais il n'eut pas le loisir de le remettre au secrétaire, car à ce moment la porte blanche s'ouvrit toute grande cependant que s'élevait la voix de Vladimir Andréiévitch :

— Eh bien, va ! Que Dieu te protège. Et rappelle-toi mon conseil.

— Bonjour, Esther Avessalomovna, dit le conseiller d'Etat en s'inclinant devant la jolie fille qui s'avançait dans l'antichambre.

Celle-ci le toisa d'un regard méprisant. Il était impossible même d'imaginer qu'un instant plus tôt cette créature hautaine sanglotait et mouchait comme une écolière privée de crème glacée. Seuls peut-être ses yeux, encore mouillés de larmes, brillaient d'un éclat plus vif qu'à l'ordinaire. La reine de Saba s'éloigna, sans daigner accorder la moindre réponse à Eraste Pétrovitch.

— Eh ! soupira Vladimir Andréiévitch en la suivant du regard. Où sont mes soixante-cinq ans !... Mais entrez donc, cher ami. Excusez-moi de vous avoir fait attendre.

Observant un accord tacite, ils renoncèrent à parler de la récente visiteuse et abordèrent aussitôt l'affaire.

— Les événements se sont enchaînés de telle manière qu'il m'a été impossible de me présenter plus tôt devant Sa Très Haute Excellence pour lui faire mon rapport, commença Fandorine sur le ton officiel.

Mais le gouverneur général le prit par le bras, le contraignit à s'asseoir dans un fauteuil en face de lui, puis lui déclara avec une amicale bonhomie :

— Je sais tout. Frol connaît de bonnes âmes aussi bien à la Sécurité qu'en d'autres lieux. J'ai reçu régulièrement des rapports concernant vos aventures. Et je suis aussi parfaitement informé de la bataille d'aujourd'hui. L'assesseur de collège Mylnikov m'en a fait une ample relation où ne manquait aucun détail. Un excellent homme que cet Evrasti Pavlovitch. Il tient beaucoup à obtenir la place qui vient de se libérer avec la mort de Bourliaev. Eh quoi ! il est toujours possible d'en toucher un mot au ministère. J'ai même déjà expédié une dépêche à Sa Majesté pour La tenir au fait de l'héroïque opération de ce jour, prenant ainsi de vitesse votre petit prince. L'important ici, n'est-ce pas, est d'être le premier à exposer les faits. J'ai dépeint votre courage sous les couleurs les plus vives.

— Je vous en remercie t-très humblement, répondit Eraste Pétrovitch quelque peu déconcerté, cependant il n'y a rien dont on puisse particulièrement se vanter. Le p-principal criminel a réussi à s'enfuir.

— L'un, c'est vrai, a pris la fuite, mais les six autres sont hors d'état de nuire. C'est un immense succès, mon ami. Il y a belle lurette que la police n'en avait pas connu de semblable. Et la victoire a été remportée chez nous, à Moscou, même si la capitale avait été appelée en renfort. A la lecture de ma dépêche, le souverain conclura que les six terroristes abattus sont à imputer à notre mérite, à nous, Moscovites, et que si le septième s'en est sorti vivant, c'est que Pojarski l'a laissé filer entre ses doigts. Je sais rédiger une dépêche, allez. Pensez donc, un demi-siècle que je navigue sur des fleuves d'encre ! Mais peu importe, le Seigneur est miséricordieux. Peut-être comprendra-t-on là-haut (le doigt ridé du prince pointait vers le plafond, sans qu'on sût bien s'il s'adressait au souverain ou directement à Dieu) qu'il est encore trop tôt pour jeter Dolgoroukoï aux orties. Ils se fourrent le doigt dans l'œil ! J'ai également évoqué dans mon rapport les atermoiements qui retardent votre nomination au poste de grand maître de la police. Nous verrons bien qui sera entendu...

Eraste Pétrovitch quitta le palais du gouverneur général dans un état songeur. Tandis qu'il enfilait ses gants, il s'arrêta, sans trop savoir pourquoi, devant une colonne d'affichage pour y lire une annonce composée en lettres gigantesques :

> Un prodige de la technique américaine !
>
> Le musée Polytechnique propose une démonstration du tout nouveau phonographe Edison. M. Repman, directeur du département de physique appliquée, procédera lui-même à une expérience d'enregistrement du son, aux fins de laquelle sera interprété un air tiré de l'opéra *Une vie pour le tsar*. Entrée : 15 kop. Billets en nombre limité.

Une boule de neige frappa le conseiller d'Etat dans le dos. Eraste Pétrovitch se retourna, surpris, et découvrit, rangé le long du trottoir, un traîneau léger attelé à deux chevaux. Sur le siège tapissé de velours, renversée contre le dossier galbé, était assise une demoiselle aux yeux noirs emmitouflée d'une pelisse de zibeline.

— Monte, dit la demoiselle. Nous partons.

— Alors, on est allée cafarder à l'autorité, m-mademoiselle Litvinova ? s'enquit Fandorine avec tout le fiel dont il était capable.

— Eraste, tu es un imbécile, déclara la jeune fille d'un ton bref et résolu. Tais-toi, ou nous allons encore nous fâcher.

— Et le conseil de Sa Très Haute Excellence ?

Esther soupira.

— Le conseil est bon. Je ne manquerai pas d'en profiter. Mais pas maintenant. Plus tard.

Devant l'entrée de la grande bâtisse du boulevard de Tver, connue de chaque Moscovite, Fandorine s'arrêta, en proie à des sentiments contradictoires. Ainsi la nomination dont on parlait depuis si longtemps et en la réalité de laquelle Eraste Pétrovitch avait cessé de croire était enfin arrivée.

Une demi-heure plus tôt, un courrier s'était présenté au pavillon de la rue Malaïa Nikitskaïa et, saluant avec respect, avait informé le conseiller d'Etat sorti en robe de chambre pour le recevoir qu'il était attendu sans délai à la résidence du grand maître de la police. Cette invitation ne pouvait avoir qu'une seule cause : la dépêche adressée la veille à Sa Majesté par le gouverneur général avait porté ses fruits, et plus rapidement encore qu'on ne l'espérait.

S'appliquant à faire le moins de bruit possible, Fandorine procéda hâtivement à sa toilette matinale, endossa un uniforme où s'étalaient toutes ses décorations, accrocha une épée à sa ceinture – l'événement réclamait qu'on observât les formes –, puis, après un dernier coup d'œil à la porte close de la chambre à coucher, gagna le vestibule sur la pointe des pieds.

Du point de vue de la carrière, cette promotion au poste de deuxième personnage, en termes d'importance, de l'ancienne capitale de l'empire équivalait presque à un envol au-dessus des nues : grade de général garanti, pouvoir immense, traitement enviable et, surtout, accès assuré dans l'avenir à des hauteurs encore plus vertigineuses. Cependant cette voie n'était pas semée seulement de roses, mais aussi d'épines, dont la pire pour

Fandorine était de devoir renoncer définitivement à toute vie privée. Le grand maître de la police était censé occuper son logement de fonction, une résidence d'apparat très inconfortable et, qui plus est, contiguë à ses bureaux ; censé aussi participer à une foule de manifestations officielles à caractère obligatoire, dont il était du reste la figure centrale (par exemple, lors de la semaine de l'Adoration de la Croix était prévue l'inauguration solennelle d'une Société de tempérance, sous le patronage du plus haut défenseur de la loi que comptât la ville) ; il devait enfin offrir aux habitants de Moscou un modèle de comportement vertueux, ce qui, compte tenu des circonstances actuelles affectant sa vie privée, paraissait à Eraste Pétrovitch une mission bien difficile à remplir.

Voilà pourquoi Fandorine avait besoin de rassembler son courage avant de franchir le seuil de son nouveau logement et de sa nouvelle existence. Comme à l'ordinaire, il trouva une consolation dans une maxime du Grand Sage : « L'honnête homme sait où réside son devoir et ne tente pas de s'y soustraire. »

S'y soustraire était impossible, temporiser était idiot, aussi Eraste Pétrovitch, non sans pousser un soupir, passa-t-il la ligne fatale à partir de laquelle commenceraient de s'égrener les premières secondes de sa nouvelle charge. Il salua d'un signe de tête un gendarme campé au garde-à-vous, la main à la visière, parcourut d'un long regard le vestibule familier au décor élégant et se débarrassa de sa pelisse dans les bras d'un suisse. La voiture du gouverneur général devait arriver d'un instant à l'autre. Vladimir Andréiévitch conduirait son protégé dans ce qui serait désormais son bureau et lui confierait solennellement un sceau, une médaille pendue à une chaîne et une clef symbolique de la ville, autrement dit les attributs du pouvoir du grand maître de la police.

— Comme c'est touchant d'être venu en uniforme et avec vos décorations ! fit une voix joyeuse retentissant derrière lui. Par conséquent, vous savez déjà ? Et moi qui voulais vous faire la surprise.

Au milieu du large et bref escalier de marbre composé de quatre marches se tenait Pojarski, vêtu, quant à lui, de manière fort peu protocolaire – jaquette et pantalon à carreaux –, mais affichant en revanche un sourire jusqu'aux oreilles.

— J'accepte vos félicitations avec reconnaissance, déclara-t-il en s'inclinant d'un air facétieux. Même si, à dire vrai, pareille solennité est totalement superflue. Allons dans mon bureau, je vous prie. J'ai quelque chose à vous montrer.

Eraste Pétrovitch n'esquissa aucun geste qui pût le trahir, mais, ayant surpris par hasard dans un miroir l'éclat aveuglant de ses décorations sur son uniforme brodé d'or, il rougit atrocement de honte à l'idée de l'erreur qu'il avait commise. « Quand le monde paraît d'une totale noirceur, l'honnête homme cherche à y déceler la moindre tache blanche », lui souffla le Grand Sage, venu encore une fois à son secours. Le conseiller d'Etat fit un effort, et la tache blanche fut aussitôt trouvée : au moins ne serait-il pas tenu de veiller à la sobriété publique.

Sans prononcer un mot, Eraste Pétrovitch suivit Pojarski dans le bureau du grand maître de la police et s'arrêta sur le seuil faute de savoir où s'asseoir : divan et fauteuils étaient tous recouverts de housses.

— Je n'ai pas encore eu le temps de bien m'installer. Tenez, prenez donc place ici. (Pojarski ôta d'une secousse le drap blanc qui protégeait le divan.) Le télégramme annonçant ma nomination est arrivé à l'aube. Mais ce n'est pas pour vous le plus important. L'important, le voici : un document expédié de Saint-Pétersbourg à l'intention des journaux et destiné à être publié le 27. Dolgoroukoï recevra pour sa part une copie du décret adressée à son nom. Lisez.

Eraste Pétrovitch prit le formulaire de télégramme estampillé de la mention « strictement confidentiel » et parcourut en diagonale la longue colonne de texte composée de bandelettes de papier étroitement collées l'une sous l'autre.

Aujourd'hui, en cette journée hautement solennelle d'anniversaire de la naissance de Sa Majesté le Souverain Empereur, la ville de Moscou s'est vue gratifiée du bonheur d'une extraordinaire et insigne faveur impériale : le Maître Absolu de la Russie a confié l'ancienne capitale de Son Empire à l'immédiate responsabilité de Son Très Auguste Frère, le Grand-Duc Siméon Alexandrovitch, en nommant Son Altesse Sérénissime gouverneur général de Moscou.

Cette nomination revêt une profonde signification historique. Moscou renoue ainsi un commerce étroit avec la Très Auguste Maison des Tsars de Russie. Le lien spirituel unissant depuis des siècles le Guide Suprême du peuple russe et l'ancienne capitale de l'Empire acquiert aujourd'hui une forme matérielle et tangible d'une importance fondamentale pour la claire conscience du peuple.

Aujourd'hui le Souverain Empereur a reconnu qu'il était bon d'élever encore plus haut le prestige de ce palladium national qu'est la ville de Moscou, en désignant pour la représenter Son Très Auguste Frère en personne.

Les Moscovites n'oublieront jamais l'extrême facilité de contact qui caractérisait le prince Vladimir Andréiévitch, l'aimable cordialité qu'il témoignait aux individus venant à lui pour requérir son aide, l'énergie avec laquelle...

— Vous avez passé « l'extrême facilité de contact » ? demanda Pojarski, visiblement impatient d'aborder au plus vite l'entretien. Vous pouvez vous abstenir de lire la suite, il y en a encore long, et uniquement des phrases creuses. Ainsi, Eraste Pétrovitch, vous l'avez compris, c'est la fin pour votre patron. Et l'heure est venue de nous expliquer, vous et moi, pour de bon. Moscou est désormais appelée à changer, elle ne sera plus jamais ce qu'elle était sous le règne de Volodia au Grand Nid. C'est un vrai pouvoir qui est en train de se mettre en place dans la ville, un pouvoir fort, qui exclut toute espèce de « facilité de contact ». Votre chef ne comprenait pas ce qu'est la vraie nature de l'autorité, ne distinguait pas ses deux fonctions, pratique et sacrée, et c'est pourquoi votre ville s'est enlisée dans le patriarcat, incapable de progresser à la rencontre du siècle à venir.

Le prince parlait avec sérieux, énergie et conviction. Peut-être était-il bien ainsi en réalité, quand il ne jouait pas la comédie et ne cherchait à mystifier personne.

— L'autorité sacrée sera représentée à Moscou par Son Altesse, mon protecteur, dont à dire vrai je défends ici depuis le début les intérêts. Je puis à présent en parler sans masque. Le grand-duc est un homme d'un naturel rêveur, qui nourrit des penchants particuliers dont la rumeur vous a déjà probablement instruit.

Eraste Pétrovitch se rappelait qu'on disait de Siméon Alexandrovitch qu'il aimait à s'entourer de jolis aides de camp, cependant il n'était pas certain que ce fût bien là ce que Pojarski avait en tête.

— Ce dernier point, d'ailleurs, n'a pas tant d'importance. Ce qui compte vraiment, c'est que Son Altesse ne se mêlera d'aucune affaire qui outrepasse son rôle officiel de représentation, autrement dit n'ira pas ternir l'auréole mystique du pouvoir par « son accessibilité et sa cordialité ». L'autorité pratique, en revanche, l'autorité véritable, à exercer sur une ville de plus d'un million d'âmes, reviendra au grand maître de la police de Moscou, lequel à compter d'aujourd'hui n'est autre que moi. Je vous sais incapable d'écrire une lettre de délation ou de moucharder, c'est pourquoi je crois possible d'être avec vous d'une totale franchise.

Gleb Gueorguievitch jeta un coup d'œil aux décorations de son interlocuteur et esquissa une légère grimace.

— Je me laisse quelquefois emporter et, sans doute, je vous ai blessé. Vous devez me pardonner. Entre vous et moi est née une sorte de rivalité aussi puérile que stupide, et je n'ai pu résister au plaisir de vous jouer un tour. Ce fut en réalité une très mauvaise farce. Encore une fois je vous présente mes excuses. J'étais au courant de la dépêche envoyée hier, dans laquelle votre patron demandait au souverain de vous confirmer dans la charge de grand maître de la police. Le secrétaire de Dolgoroukoï, le très discret Innokenti Andréiévitch, a saisi depuis longtemps de quel côté soufflait le zéphyr et est devenu pour notre parti un auxiliaire véritablement irremplaçable. Mais mon propre télégramme avait atterri sur le bureau du souverain au moins une demi-heure plus tôt. Avez-vous vraiment pensé qu'après le square Brioussov, je fusse réellement allé dormir ?

— P-pas une seconde, répondit Eraste Pétrovitch d'un ton sec, rompant pour la première fois le silence où il se cantonnait.

— Vous restez fâché malgré tout, observa Pojarski. Eh bien, pardon, pardon encore. Ah ! mais oubliez donc cette gaminerie ! C'est de votre avenir qu'il est question. J'ai eu le loisir d'apprécier vos qualités hors du commun. Vous possédez un esprit fin, vous êtes doué d'audace et de courage, et par-dessus tout j'accorde du prix à votre talent pour vous tirer du feu sans même vous brûler les ailes. Je suis moi-même un chanceux, et je sais reconnaître ceux que le sort lui-même tient sous sa protection. Tenez, vérifions qui a la meilleure veine, vous ou moi ?

Il tira soudain de sa poche un paquet de cartes à jouer qu'il montra au conseiller d'Etat.

— Devinez de quelle couleur est la carte du dessus, noire ou rouge ?

— Très bien, seulement posez d'abord le p-paquet sur la table, répondit Eraste Pétrovitch en haussant les épaules. Trop de confiance à ce jeu a un jour manqué de me coûter la vie.

Le prince ne s'offensa nullement, au contraire, il éclata d'un rire approbateur.

— Vous avez raison. La fortune a beau être la fortune, inutile de la pousser dans ses retranchements. Alors ?

— Noire, déclara Fandorine sans hésiter.

Pojarski réfléchit un peu puis dit :

— Je suis d'accord.

La carte du dessus se révéla être un sept de pique.

— La suivante est n-noire également.

— D'accord.

Sortit un valet de trèfle.

— Noire à nouveau, poursuivit Eraste Pétrovitch d'une voix patiente, comme s'il jouait avec un gosse à quelque jeu puéril et ennuyeux.

— Il est peu probable que trois fois de suite... Non, je dirais plutôt rouge, décida le prince alors même qu'il retournait une dame de trèfle. Je m'en doutais, soupira-t-il. Je serais vraiment peiné d'être privé d'un pareil allié. Vous savez, au début je vous tenais pour un type utile, certes, mais dangereux. Mais à présent je ne crois plus que vous représentiez un danger. A côté de toutes vos brillantes qualités, vous possédez en effet un énorme défaut. Vous êtes totalement dénué de souplesse, vous ne savez pas changer de couleur et de forme en fonction des circonstances, vous êtes incapable de quitter la voie tracée pour emprunter un sentier détourné. Et par conséquent vous n'irez jamais tendre une embuscade à quelqu'un et encore moins lui planter un poignard dans le dos. Cet art délicat, vous n'êtes bien entendu plus à même de le saisir un jour, ce qui fait parfaitement mon affaire. En ce qui concerne la souplesse, là en revanche je pourrais beaucoup vous apprendre. Je vous propose une alliance. Ensemble, nous pourrions déplacer des montagnes. Il n'est pas question encore d'un quelconque poste bien défini pour vous, nous nous entendrons sur ce point plus tard. J'ai pour l'instant seulement besoin de votre accord de principe.

Le conseiller d'Etat ne répondant pas, Pojarski eut un sourire désarmant :

— Très bien, ne pressons pas les choses. Contentons-nous dans un premier temps de devenir plus intimes. Je vous enseignerai la souplesse, et vous m'apprendrez à deviner la couleur des cartes. Ça vous va ?

Fandorine réfléchit un instant et hocha la tête.

— Parfait. Je vous propose de passer au tutoiement, et ce soir de cimenter cet accord par le verre de l'amitié, dit le prince, le visage rayonnant. Alors quoi ? « Toi » et « Eraste » ?

— « Toi » et « Gleb », acquiesça Eraste Pétrovitch.

— Mes amis m'appellent « Glebtchik », corrigea avec un sourire le frais émoulu grand maître de la police avant de tendre la main. Eh bien, Eraste, à ce soir. Je dois maintenant m'absenter pour régler une affaire importante.

Fandorine se leva et serra la main qu'on lui offrait, mais il ne semblait nullement pressé de s'en aller.

— Et où en sont les recherches concernant Grine ? N'allons-nous v-vraiment rien entreprendre ? Je croyais t'avoir entendu dire, Gleb, prononça non sans effort le conseiller d'Etat, que nous allions « dresser de nouveaux plans »...

— Ne t'inquiète pas pour ça, répondit Pojarski avec le sourire de Vassilissa la Très Sage s'adressant à Ivan Tsarévitch. Le rendez-vous qui m'attend m'aidera à boucler définitivement l'affaire du GC.

Terrassé par ce dernier coup, Fandorine n'ajouta rien. La mine défaite, il esquissa un vague signe de tête pour prendre congé et quitta la pièce.

Il descendit l'escalier du même pas découragé, traversa lentement le vestibule, jeta sa pelisse sur ses épaules et sortit sur le boulevard en balançant son haut-de-forme d'un air chagrin.

Cependant, à peine Eraste Pétrovitch se fut-il quelque peu éloigné du bâtiment jaune à colonnes blanches qu'il s'opéra dans son attitude une surprenante métamorphose. Il s'avança brusquement au milieu de la chaussée et agita la main pour arrêter le premier fiacre qui se présentait.

— Où désirez-vous aller, Votre Excellence ? lança d'une voix hardie le cocher à la barbe grisbleu qui venait d'entrevoir sous la pelisse ouverte l'éclat d'une décoration. Nous vous y conduirons et livrerons dans le meilleur état !

L'important monsieur ne monta point cependant, il examina d'un œil bizarre le cheval – une bête vigoureuse, bien découplée, au poil fourni – et frappa du bout du pied le patin du traîneau.

— Et combien ça vaut de nos jours un attelage pareil ?

Le collignon ne marqua aucun étonnement, car, exerçant le métier de voiturier à Moscou depuis bien des années, il avait eu l'occasion de croiser toutes sortes d'originaux. C'étaient bien ceux-ci, du reste, autant dire les toqués, qui donnaient les pourboires les plus généreux.

— Quelque chose dans les cinq cents roubles, répondit-il fièrement, en gonflant bien entendu légèrement le chiffre pour en imposer davantage.

Alors le beau monsieur s'abandonna pour de bon à son extravagance. Il tira de sa poche une montre en or accrochée à une chaîne du même métal.

— Cette Bréguet à diamants en vaut au moins le d-double. Prends-la, et le traîneau et le cheval sont à moi.

Le cocher battit des paupières, bouche bée, contemplant comme ensorcelé les vives étincelles qui dansaient sur l'or sous les rayons du soleil.

— Mais d-décide-toi vite, ajouta le général fou en élevant la voix, autrement j'en arrête un autre.

Le collignon s'empara de la Bréguet et la fourra dans sa bouche, mais la chaîne, n'y logeant pas, resta à pendouiller par-dessus sa barbe. Il descendit du traîneau, jeta son fouet, donna une claque sur la croupe de l'alezan en manière d'adieu, puis détala à toutes jambes.

— Stop ! lui cria l'excentrique personnage qui sans doute s'était ravisé. Reviens !

Résigné, le cocher retourna sur ses pas en traînant les pieds mais n'ôta pas la montre de sa bouche, gardant encore un minuscule espoir.

— Mè-ma, mo-meu, me-mè mè man-man-mi mamè, ma mé-mi-mè un mou-moi, marmonna-t-il, ce qui signifiait : « C'est mal, monsieur, de faire des plaisanteries pareilles, ça mériterait un pourboire. »

— Echangeons encore, veux-tu ? proposa le forcené. Ta pelisse et tes moufles contre ma fourrure. Et cède-moi aussi ton bonnet.

Il enfila la touloupe de peau de mouton et coiffa le bonnet à oreilles en agneau, tandis qu'il jetait au collignon son pardessus de drap doublé de castor puis lui enfonçait sur la tête son haut-de-forme en peau de daim. Sur quoi il brailla d'une voix de stentor :

— C'est tout, décampe à présent, et en vitesse !

Le cocher releva les pans du manteau un peu trop long pour lui et s'élança à travers le boulevard en martelant la neige de ses *valenki* rapiécés, si prompt à s'éloigner que la chaîne de montre, tel un fil d'or, flottait contre son oreille.

Fandorine, quant à lui, monta dans le traîneau, clappa des lèvres pour rassurer les chevaux et attendit.

Cinq minutes plus tard, environ, une voiture couverte sortit de la cour de la résidence du grand maître de la police et alla se ranger devant le perron. Pojarski apparut, un bouquet de roses thé à la main, et s'engouffra dans le véhicule qui s'ébranla aussitôt. Un autre traîneau le suivit, où étaient assis deux messieurs, ceux-là mêmes qu'Eraste Pétrovitch connaissait déjà.

Après avoir patienté quelques instants, le conseiller d'Etat émit un sifflement énergique et aboya :

— Allez, feignant ! Décarre !

L'alezan secoua sa crinière bien peignée et s'élança dans un tintement de grelots.

Leur course les conduisit à la gare de Nikolaïev.

Là, Pojarski sauta à terre, réarrangea son bouquet, puis avec agilité escalada deux à deux les marches qui menaient à la gare. Ses « angcs gardiens » lui emboîtèrent le pas en maintenant une certaine distance comme à leur habitude.

Alors le faux cocher descendit à son tour de son traîneau. Faisant mine de se dégourdir les jambes, il se rapprocha de la voiture couverte, laissa tomber une moufle par terre et se pencha. Il ne se redressa pas aussitôt, mais jeta un discret coup d'œil à la ronde puis brusquement, d'un coup de poing d'une violence extrême, porté avec une telle rapidité que le geste en fut presque imperceptible, il brisa l'attache d'un des ressorts de suspension. La caisse de la voiture eut un sursaut et s'affaissa légèrement d'un côté. Le cocher, inquiet, se pencha du haut de son siège mais il n'observa rien de suspect, car Fandorine s'était déjà redressé et regardait ailleurs.

Ensuite, tandis qu'il attendait dans son traîneau, il refusa à plusieurs reprises de prendre des voyageurs descendus du train de Saint-Pétersbourg, quand même on lui proposait un marché des plus avantageux : un rouble vingt-cinq kopecks pour aller jusqu'à Sokolniki.

Pojarski réapparut non point seul, mais accompagné d'une jeune dame fort jolie. Elle dissimulait son visage dans les roses et semblait rire de bonheur. Le prince, pour sa part, n'était nullement comme à son ordinaire : son visage était illuminé de gaieté et d'insouciance.

La belle passa son bras libre autour de ses épaules et l'embrassa sur les lèvres avec une telle passion que le bonnet de martre de Gleb Gueorguievitch glissa sur le côté.

Fandorine hocha la tête malgré lui, étonné des surprises que réservait la nature humaine. Qui aurait pu penser que l'ambitieux Pétersbourgeois, féroce autant que venimeux, fût capable d'une conduite aussi romantique ? Et puis quel rapport tout cela avait-il avec le Groupe de Combat ?

Il suffit que le prince aidât sa compagne à grimper dans la voiture pour que celle-ci basculât complètement sur la droite, se révélant du même coup inutilisable.

Eraste Pétrovitch enfonça alors son bonnet sur ses yeux, releva le col de sa touloupe et, faisant claquer son fouet avec maestria, s'approcha du lieu de l'incident.

— Et voici un traîneau léger sorti des ateliers de Vladimir ! hurla-t-il d'une voix de fausset qui n'avait rien de commun avec son timbre habituel. Monte, Votre Noblesse, je vous conduirai, toi et la demoiselle, partout où tu voudras, et je ne te prendrai pas cher : un rouble seulement, plus un demi-rouble, et encore vingt-cinq kopecks pour boire le coup !

Pojarski jeta un rapide coup d'œil à l'énergumène, puis à la voiture penchée de travers, et répondit :

— Conduis la demoiselle place Loubianskaïa. Quant à moi, ajouta-t-il à l'intention cette fois-ci de la voyageuse, je vais monter avec mes sbires et retourner rue de Tver. J'y attendrai de tes nouvelles.

Tandis qu'elle s'installait dans le traîneau et relevait sur ses genoux la couverture en peau d'ours, la belle créature déclara en français :

— Seulement je t'en supplie, mon chéri, pas de truc de policier, pas de filature. Il le flairerait tout de suite.

— Tu m'insultes, Julie, répliqua Pojarski dans la même langue. Je ne crois pas t'avoir jamais joué de mauvais tour.

Eraste Pétrovitch tira sur les rênes d'un coup sec et lança son cheval dans la rue du Beffroi, en direction de la rue Sadovo-Spasskaïa.

La demoiselle, à en juger par son attitude, était dans une excellente disposition d'esprit : d'abord elle fredonna une chansonnette sans paroles, puis elle entonna à mi-voix une romance où il était question d'un *sarafane*[1] rouge. Sa voix était belle et mélodieuse.

— La Loubianka, madame, annonça Fandorine. Et maintenant, où va-t-on ?

---

1. Longue robe sans manches, élément du costume populaire russe. La chanson en question est une romance célèbre, qui venait d'être créée à l'époque où se situe l'action.

Elle tourna la tête, à droite, à gauche, grommela d'un ton agacé : « Qu'il est pénible, à la fin, avec sa manie du secret », puis ordonna :

— Ecoute, tu n'as qu'à tourner en rond pour l'instant.

Le conseiller d'Etat émit un grognement surpris et entreprit de longer le périmètre de la place, au centre de laquelle, près de la fontaine gelée, se tenait la bourse aux fiacres.

Au quatrième tour, un homme en manteau noir prit son élan sur le trottoir et sauta lestement dans le traîneau.

— Je vais t'apprendre à grimper en marche, moi, brigand ! hurla le collignon en brandissant son fouet sur le resquilleur.

Mais le passager se révéla n'être pas un simple quidam, mais un individu bien particulier : le sieur Grine en personne, en chair et os.

— C'est mon ami, expliqua la belle demoiselle. C'est lui que j'attendais. Où allons-nous, mon petit Grine ?

— Remonte la rue du Théâtre, dit l'homme à l'intention du cocher. Je te dirai ensuite.

— Que se passe-t-il ? demanda la goualeuse. Qu'est-ce que c'est que cette « affaire urgente » ? J'ai tout plaqué aussitôt, et me voici devant toi, arrivée aussi vite que j'ai pu. Mais peut-être t'ennuyais-tu tout simplement ?

Dans sa voix perçait une pointe de malice.

— Plus tard, quand nous serons arrivés, répondit le singulier passager, visiblement peu disposé à bavarder.

Aussi bien, aucun des deux ne prononça plus un mot durant le reste du trajet.

Ils descendirent rue Pretchistenka, devant la demeure des comtes Dobrinski, mais au lieu d'en franchir le portail, ils gravirent le perron d'un pavillon attenant à l'hôtel particulier.

Eraste Pétrovitch, qui avait lui aussi mis pied à terre sous prétexte de resserrer la sous-ventrière du cheval, vit la porte s'ouvrir sur une jeune femme au visage pâle et sévère, aux cheveux lisses, tirés en chignon.

Tout ce que Fandorine entreprit à partir de ce moment, il l'accomplit avec rapidité, sans la moindre hésitation, comme s'il n'agissait pas d'instinct mais exécutait un plan précis, soigneusement élaboré à l'avance.

Il éloigna le traîneau d'une cinquantaine de pas, noua les rênes à une borne, abandonna touloupe et bonnet dans la voiture et glissa son épée sous le siège, puis il revint à pied jusqu'à la grille. Ayant attendu que la rue, déjà peu passante, fût totalement déserte, il escalada avec agilité la clôture et sauta à terre de l'autre côté.

Il traversa la cour au pas de course en direction du pavillon pour se retrouver juste sous une fenêtre au vasistas ouvert. Il attendit un instant sans bouger, l'oreille tendue. Puis, sans effort apparent, il grimpa sur le rebord de fenêtre et, s'étant rassemblé, se faufila par l'étroite ouverture rectangulaire, exercice qui, sans nul doute, réclamait une souplesse de virtuose.

Le plus difficile était de retomber sur le sol sans produire aucun bruit, cependant le fonctionnaire y parvint avec le même brio. Il vit qu'il se trouvait dans une cuisine, petite mais bien tenue et douillettement chauffée. Il lui fallut à nouveau tendre l'oreille, car du fond de la maison lui parvenaient des voix. Ayant déterminé leur origine, Eraste Pétrovitch tira le Herstal-Bayard de l'étui fixé à sa ceinture et s'engagea à pas de loup dans le couloir.

De nouveau, pour la deuxième fois de la journée, Eraste Pétrovitch se surprenait à espionner par une porte entrouverte, mais ce qu'il éprouvait à présent n'était plus sentiment de gêne ni de honte, mais plutôt fièvre de chasseur et impatience d'une victoire dont il goûtait déjà la saveur. Ce cher ami Gleb devrait déchanter un peu, et aurait l'occasion d'apprendre auprès de Fandorine d'autres tours que celui de deviner la couleur des cartes.

Il y avait trois personnes dans la pièce. La femme de tout à l'heure, celle aux cheveux lisses, était assise à une table, tournée de profil vers la porte, et s'affairait à d'étranges manipulations : armée d'une petite cuillère, elle puisait dans un bocal rempli d'une épaisse gelée grise dont elle versait quelques gouttes à l'intérieur d'une étroite boîte en fer-blanc pareille à celles qui, dans le commerce, servent à vendre la pâte d'olives ou le concentré de tomate. A côté d'elle s'alignaient d'autres boîtes de conserve de même format, mais aussi plus ordinaires, d'une demi-livre de contenance. Elle est en train de fabriquer des bombes, devina le conseiller d'Etat, et sa joie s'en trouva quelque peu altérée. Il allait devoir ranger son Herstal-Bayard, car procéder à une arrestation dans ces conditions devenait des plus aléatoire : il suffirait que la femme sursautât sous l'effet de la peur ou de la surprise, et il ne resterait plus du pavillon que des décombres. La terroriste ne participait pas à la conversation, seuls les deux autres parlaient.

— Tu es complètement fou, disait la nouvelle arrivante. La clandestinité a fait naître chez toi une véritable manie de la persécution. Autrefois tu n'étais pas ainsi. Si même moi, tu me soupçonnes maintenant...

Ces paroles étaient prononcées d'un ton si sincère et convaincant que si Eraste Pétrovitch n'avait vu, de ses yeux, la demoiselle en compagnie de Pojarski, il eût immanquablement embrassé son parti. L'homme aux cheveux bruns, dont le visage buriné restait impassible, n'avait pas assisté à leur rencontre à la gare, et néanmoins sa voix vibrait d'une certitude inébranlable.

— Je ne soupçonne pas. Je sais. C'est vous qui déposiez les messages. J'ignorais seulement s'il s'agissait d'un égarement de votre part ou bien d'une provocation délibérée. Je vois à présent qu'il s'agissait bien d'une provocation. J'ai deux questions. La première : qui ? La seconde... (Le chef des terroristes hésita.) Pourquoi, Julie ? Pourquoi ?... Bon, d'accord, vous n'êtes pas tenue de répondre à celle-ci. Mais à la première, oui, vous le devez absolument. Autrement je vous tuerai. Sur-le-champ. Si vous parlez, je vous laisse la vie. Le Parti vous jugera.

A l'évidence, ce n'était pas là une menace en l'air. Eraste Pétrovitch entrouvrit un peu plus la porte et vit la « collaboratrice » de Pojarski fixer avec terreur le poignard que Grine serrait dans sa main.

— Tu pourrais me tuer ? (La voix de l'agent double eut un tressaillement plaintif.) Après ce qui s'est passé entre nous ? Aurais-tu tout oublié ?

L'autre, qui préparait les charges explosives, heurta quelque objet de verre, et Eraste Pétrovitch, s'étant vivement retourné au bruit, constata qu'elle se mordait les lèvres et avait blêmi.

Grine, au contraire, piquait un fard, mais sa voix n'avait rien perdu de son timbre métallique.

— Qui ? demanda-t-il à nouveau. Juste la vérité... Non ? Alors...

De la main gauche, il empoigna fermement la belle demoiselle par le cou, tandis qu'il levait la droite pour frapper.

— Pojarski, dit-elle rapidement. Pojarski, le vice-directeur du Département de police, à présent grand maître de la police de Moscou. Ne me tue pas, Grine. Tu as promis !

L'homme, pour rude et sévère qu'il fût, semblait atterré par cet aveu, cependant il rangea son couteau.

— Pourquoi a-t-il eu besoin ?... fit-il. Je ne comprends pas. Hier, je comprends, mais avant ?

— Ne m'interroge pas là-dessus, répliqua Julie avec un haussement d'épaules.

Visiblement certaine de n'être plus menacée de mort dans l'immédiat, elle s'était rassurée très vite, et avait même entrepris de rectifier sa coiffure.

— Vos petits jeux de gendarmes et voleurs ne m'intéressent pas. Vous êtes comme des gamins, vous passez votre temps à vous courir l'un après l'autre, à jouer au pistolet et à jeter des bombes.

Nous, les femmes, avons d'autres préoccupations que les vôtres.

— Et qu'est-ce qui vous préoccupe ? (Grine posait sur elle un lourd regard empli de perplexité.) Quel est le plus important dans votre vie ?

Cette fois-ci, c'est elle qui se montra surprise :

— Comment ça ? Mais l'amour, bien sûr ! Il n'y a rien de plus important. Vous, les hommes, n'êtes tous que des monstres, parce que vous ne comprenez pas ça.

— Pour une histoire d'amour ? prononça d'une voix incrédule le plus dangereux terroriste de Russie. Le Bouvreuil, Emélia, et les autres... pour une histoire d'amour ?

Julie fronça le nez :

— Et pour quoi d'autre ? Mon Gleb est autant un monstre que toi, même s'il ne joue pas dans le camp des voleurs, mais dans celui des gendarmes. Tout ce qu'il m'a demandé, je l'ai fait. Nous, les femmes, quand nous aimons, c'est de tout notre cœur, et alors plus rien n'existe autour de nous. Le monde entier peut bien aller au diable !

— Je vais vérifier, déclara soudain Grine.

Et il dégaina une nouvelle fois son poignard.

— Mais que fais-tu ? ! hurla la « collaboratrice » en s'écartant d'un bond. J'ai tout avoué ! Qu'y a-t-il à vérifier encore ?

— Qui vous aimez le plus, lui ou vous.

Le terroriste marcha vers elle, tandis qu'elle reculait contre le mur, les bras levés.

— Vous allez téléphoner à votre protecteur et lui dire de venir ici. D'accord ?

— Non, cria Julie tout en se déplaçant lentement, le dos collé à la paroi. Pour rien au monde !

Elle atteignit l'angle de la pièce et s'y rencogna autant qu'elle pouvait.

Grine s'approcha sans ajouter un mot, l'arme au poing, prêt à frapper.

— Oui, souffla-t-elle. Oui, oui. D'accord... Mais range ça...

Grine alors se tourna vers la femme qui, assise, poursuivait sa dangereuse besogne à gestes toujours aussi lents et mesurés, et ordonna :

— L'Aiguille, renseigne-toi, trouve-moi le numéro de téléphone du grand maître de la police.

La détentrice de l'étrange sobriquet – le fameux agent de liaison dont avait parlé Rakhmet-Gvidon – reposa sa bombe inachevée et se leva.

Eraste Pétrovitch reprit espoir et se prépara à agir. Il suffisait que l'Aiguille s'écartât de la table meurtrière ne fût-ce que d'une dizaine de pas. Alors il pousserait la porte ; en trois, non, quatre bonds, il franchirait la distance qui le séparait de Grine ; il assommerait celui-ci d'un coup de pied à la nuque, ou bien, si l'autre avait le temps de se retourner, au menton ; puis il ferait face à l'Aiguille et lui couperait l'accès à la table. Ce plan n'était pas simple, c'est vrai, mais il était exécutable.

— Quarante-quatre vingt-deux, dit Julie dans un sanglot. Je m'en souviens, le numéro est facile à retenir.

Hélas, l'Aiguille, de la sorte, resta auprès de ses bombes.

Fandorine ne pouvait voir l'appareil téléphonique, mais il devait se trouver ici même, dans la pièce, car Grine, après avoir rengainé son poignard, indiqua de la main un point situé sur le côté :

— Appelez. Dites que c'est très urgent. Si vous tentez quoi que ce soit, je vous tue.

— « Je vous tue, je vous tue... » ricana Julie. Que tu es ennuyeux, mon pauvre Grine. Si au moins tu sortais de tes gonds, si tu criais, tapais des pieds...

Comme elle est prompte à passer de la peur et du désespoir à la plus folle insolence ! se dit le conseiller d'Etat. Un sacré personnage !

Mais la suite lui démontra qu'il avait encore sous-estimé son audace.

— Alors comme ça, moi, tu me vouvoies, et elle, tu lui dis « tu » ? s'exclama-t-elle en désignant l'Aiguille d'un haussement de menton. Parfait, parfait. Vous faites un charmant petit couple. On aimerait vous regarder vous mignoter. Sûr que ça doit produire un drôle de bruit, métal contre métal. L'amour de deux cuirassés !...

Informé de la grande liberté de mœurs qui caractérisait les milieux nihilistes, le conseiller d'Etat ne fut nullement surpris de cette nouvelle, mais l'Aiguille, elle, fut soudain saisie d'une extraordinaire indignation – encore heureux, du reste, qu'elle fût alors debout et non occupée à fabriquer ses explosifs.

— Et que savez-vous de l'amour ? lança-t-elle d'une voix vibrante. Une seconde de notre amour vaut plus que toutes vos aventures galantes réunies !

La belle demoiselle semblait avoir réponse à cette observation, mais Grine l'empoigna par l'épaule d'un geste résolu et la poussa vers l'appareil invisible.

— Allez !

Julie disparut alors du champ de vision de Fandorine, mais sa voix demeura parfaitement audible.

— Allô, mademoiselle ? Le quarante-quatre vingt-deux, s'il vous plaît, dit-elle d'un ton absolument neutre, mais un instant après elle reprenait dans un style tout différent, autoritaire et énergique : Qui est à l'appareil ? L'officier d'ordonnance Keller ? Ecoutez, Keller, j'ai besoin de parler immédiatement à Gleb Gueorguievitch. C'est très urgent... Julie, ça suffira. Il comprendra... Ah, comment ?... Oui, sans faute.

Cliquetis de l'écouteur raccroché à la potence.

— Il n'est pas encore arrivé. Son aide de camp dit qu'il devrait être là avant un quart d'heure. Qu'est-ce qu'on fait ?

— Dans un quart d'heure, vous rappellerez, déclara Grine.

Eraste Pétrovitch s'écarta sans bruit de la porte, puis tourna les talons et se hâta de quitter les lieux, par le même chemin qu'il avait emprunté pour entrer.

L'alezan stationnait toujours à la même place, mais quelqu'un avait eu le temps d'étouffer touloupe et bonnet, ce qui n'était guère étonnant, exposés comme ils l'étaient.

Le public dominical qui se promenait sur le boulevard Pretchistenski eut le loisir d'observer un spectacle des plus singuliers : un traîneau de louage filant à fond de train, avec à son bord un imposant monsieur, debout, arborant uniforme et décorations, qui sifflait comme un brigand et excitait à grands coups de fouet un vilain cheval à poils trop longs.

Il arriva juste à temps, au moment même où Pojarski passait le seuil de la résidence du grand maître de la police. Le prince paraissait très agité et visiblement pressé de partir, car au lieu de se réjouir de cette rencontre inattendue, il jeta sans s'arrêter :

— Plus tard, Eraste, plus tard. Le moment décisif approche !

Cependant le conseiller d'Etat saisit le haut fonctionnaire par la manche et, resserrant ses doigts de fer, l'attira à lui.

— Pour vous, monsieur Pojarski, le moment décisif a déjà sonné. Allons dans votre bureau, voulez-vous ?

L'attitude et le ton adoptés par Fandorine produisirent l'effet voulu. Gleb Gueorguievitch considéra son interlocuteur avec curiosité.

— Comment, nous en sommes de nouveau au vouvoiement ? Eraste, à en juger par la flamme qui brille dans tes yeux, tu as appris quelque chose de très intéressant. Fort bien, allons causer. Mais pas plus de cinq minutes. J'ai une affaire urgente à régler.

Le prince donnait à entendre, par toute son allure et sa physionomie, qu'il n'avait pas de temps à consacrer à de longues explications. Lui-même ne prit pas de siège et n'en proposa pas davantage à Fandorine, bien qu'on eût déjà déhoussé le mobilier du bureau. Eraste Pétrovitch, cela dit, n'avait aucune intention de s'asseoir, tant il était d'humeur belliqueuse.

— Vous êtes un provocateur, un agent double et un criminel d'Etat, déclara-t-il avec une rage froide, passant tout les « p », les « d » et les « c » sans le moindre accroc. Diane n'y était pour rien, c'est vous qui communiquiez avec les terroristes du Groupe de Combat par l'intermédiaire de lettres. Vous avez causé la perte de Khrapov, vous avez renseigné les terroristes sur notre rendez-vous aux bains Petrossov et m'avez indiqué exprès le mauvais tas de neige au square, dans le vœu de vous débarrasser de moi. Vous êtes un traître ! Dois-je produire des preuves ?

Gleb Gueorguievitch considérait toujours le conseiller d'Etat avec la même expression intriguée.

— Je crois que ce n'est pas nécessaire, répondit-il après un temps de réflexion. Je ne doute pas que tu possèdes de quoi étayer tes accusations, et je n'ai pas le temps de tergiverser. Bien sûr, il m'intéresserait beaucoup de savoir comment tu as découvert le pot aux roses, mais tu me le raconteras plus tard, d'une manière ou d'une autre. Enfin, soit ! je vais porter la durée de notre conversation de cinq à dix minutes, mais je ne puis t'accorder davantage. Aussi viens-en tout de suite au fait. D'accord, je suis un provocateur, un agent double et un traître. J'ai organisé le meurtre de Khrapov et toute une série d'autres coups fumants, y compris deux attentats contre moi-même. Et alors ? Que veux-tu ?

Eraste Pétrovitch resta pantois, car il s'était préparé à de longues dénégations obstinées. Tant et si bien que la question qu'il méditait de poser en tout dernier lieu sonna dans sa bouche de manière un peu pitoyable, et qui plus est bégayante :

— Mais p-pourquoi ? P-pourquoi avez-vous eu b-besoin de monter toute cette machination ?

Pojarski répondit d'un ton dur et assuré :

— Je suis l'homme qui peut sauver la Russie. Parce que je suis intelligent, audacieux et dénué de tout sentimentalisme. Mes ennemis sont nombreux et puissants : d'un côté les fanatiques de la rébellion, de l'autre de gros porcs obtus et rétrogrades en uniformes de généraux. Pendant longtemps je n'ai eu ni relations ni protections. J'aurais de toute manière taillé mon chemin jusqu'au sommet, mais trop tard, alors que le temps file et que la Russie n'en dispose plus que de très peu. Voilà pourquoi je devais faire vite. Le Groupe de Combat est mon enfant adoptif. J'ai fait prospérer cette organisation, je lui ai assuré un nom et une réputation. Elle m'a donné déjà tout ce qu'elle pouvait, ct l'heure est venue à présent de mettre un terme à son histoire. Je m'en vais aujourd'hui éliminer Grine. La gloire que j'ai permis à cet inflexible monsieur d'acquérir m'aidera à m'élever encore de quelques marches, me rapprochera du but ultime. Tel est l'essentiel, en bref et sans fioritures. Satisfait ?

— Et vous avez fait tout cela pour le salut de la Russie ? demanda Fandorine.

Mais son sarcasme n'eut aucun effet sur son interlocuteur.

— Oui. Et aussi, bien entendu, pour moi. Je me considère comme partie intégrante de la Russie. Au bout du compte, celle-ci a été fondée il y a mille ans par un de mes ancêtres, tandis qu'un autre, il y a trois cents ans, l'a aidée à renaître. (Pojarski avait glissé les mains dans les poches de son manteau et se balançait sur ses talons.) Et ne va pas imaginer, Eraste, que j'ai peur de tes accusations. Que peux-tu faire ? A Saint-Pétersbourg, tu n'as personne. Ton protecteur moscovite a été renversé. Personne ne te croira, personne même ne t'entendra. A part des preuves indirectes et quelques hypothèses, tu ne disposes certainement de rien. T'adresser aux journaux ? Ils ne publieront pas ton histoire. Grâce à Dieu, chez nous ce n'est pas l'Europe ! Sais-tu une chose ? (Gleb Gueorguievitch baissa la voix pour adopter le ton de la confidence.) J'ai dans ma poche un revolver, il est braqué sur ton ventre. Je pourrais t'abattre. Maintenant, dans ce bureau. Je n'aurais qu'à prétendre que tu étais un agent des terroristes, que tu étais en relation avec eux par le biais de ta petite Juive, et que tu as tenté de me tuer. Compte tenu de la situation actuelle, je n'aurais aucun mal à me tirer d'affaire, je me verrais même gratifié d'une récompense par-dessus le marché. Mais je suis ennemi des morts inutiles. Je n'ai nul besoin de te tuer, parce qu'en réalité tu ne représentes aucun danger pour moi. Choisis, Eraste : ou bien tu joues avec moi, selon mes règles, ou bien tu t'exposes à passer pour un imbécile. Cela dit, il existe une troisième solution qui peut-être te convient beaucoup mieux. Tu gardes le silence et tu pars tranquillement en retraite. Au moins tu conserveras cette dignité qui t'est si chère. Alors, que choisis-tu ? Tu joues, tu fais l'idiot ou bien tu te tais ?

Le conseiller d'Etat était devenu blême, il haussait et fronçait les sourcils tour à tour, tiraillait sa fine moustache. Le prince observait d'un œil un peu narquois cette lutte intérieure dont il attendait calmement l'issue.

— Alors ?

— Très bien, répondit Eraste Pétrovitch dans un souffle. Puisque tu y tiens, je me t-tairai...

— Voilà qui est merveilleux ! s'exclama Pojarski avec un sourire triomphant.

Puis, consultant sa montre :

— Nous n'avons pas eu besoin de dix minutes, cinq ont suffi. Mais réfléchis encore au jeu que je te propose. Ne va pas enterrer ton talent, n'imite pas le serviteur méchant et paresseux dont parle saint Matthieu.

Et, sur ces mots, le grand maître de la police se dirigea vers la porte.

Fandorine eut un sursaut, il voulut ouvrir la bouche pour l'arrêter, mais au lieu d'un cri, ses lèvres ne laissèrent échapper qu'un murmure, quelques paroles à peine audibles :

— « Extirpons donc le mal par le mal... »

Chapitre seizième,
où se produit une explosion

Immédiatement après l'exécution de Pojarski, ils allaient devoir décamper. Grine avait déjà décidé comment : ils se rendraient en fiacre à Bogorodskoïé ; là, ils se procureraient des skis et traverseraient la forêt de Losinoostrov, en contournant les barrières d'octroi, jusqu'à la grand-route de Iaroslav. L'important était d'abord de s'échapper de Moscou, ensuite tout serait simple.

Il regrettait le travail perdu. Force serait, encore une fois, d'abandonner les bombes sur place : le bocal de gelée fulminante restait à moitié plein, les boîtes s'alignaient, toutes équipées d'un détonateur et remplies de projectiles, mais point encore scellées d'un couvercle. De toute manière, elles représentaient un fardeau superflu.

Son sac de voyage ne contenait que le strict nécessaire : faux papiers, linge de corps, revolver de rechange.

L'Aiguille contemplait par la fenêtre le palais abandonné. Dans quelques minutes elle serait appelée à quitter la demeure dans laquelle elle avait grandi. A la quitter, très probablement, pour toujours.

Avant de téléphoner une seconde fois à la résidence du grand maître de la police, Julie demanda, en le regardant dans les yeux :

— Grine, tu me promets que tu ne me tueras pas ?

— S'il vient, oui.

Elle se signa et appela le central téléphonique.

— Allô, mademoiselle ? Le quarante-quatre vingt-deux.

Cette fois-ci Pojarski était là.

— Gleb, lui dit Julie d'une voix qui paraissait brisée par l'émotion. Mon chéri, viens vite ici, vite ! Je n'ai qu'une petite seconde, je n'ai pas le temps de t'expliquer ! Rue Pretchistenka, l'hôtel des Dobrinski, un pavillon rehaussé d'un étage, tu verras. Seulement viens seul. Seul, c'est très important. Je t'ouvrirai. Tu n'imagines pas ce que tu vas trouver ! Tu me baiseras les mains ! C'est tout, c'est tout, c'est tout, je ne peux t'en dire plus !

— Il viendra, affirma-t-elle avec assurance quand elle eut raccroché. Il va accourir au galop, forcément. Je le connais.

Elle saisit la main de Grine et demanda, suppliante :

— Mon petit Grine, tu m'as donné ta parole. Qu'allez-vous faire de moi ?

— Une parole est une parole. (Il dégagea sa main d'un air dégoûté.) Tu le verras mourir. Puis tu seras libre de t'en aller. Le Parti décidera de ton sort. Le verdict est couru d'avance : tu seras déclarée hors la loi. Quiconque te rencontrera sera tenu de t'éliminer comme une bête nuisible. Tu n'auras plus qu'à te sauver au bout du monde et à te terrer dans un coin perdu.

— Ça ne fait rien, répliqua Julie en haussant étourdiment les épaules. Il y a des hommes partout. Je survivrai. J'ai toujours rêvé de voir le Nouveau Monde.

Elle était redevenue parfaitement calme et, regardant tour à tour Grine et l'Aiguille, elle soupira d'un air désolé :

— Ah, pauvres, pauvres de vous. Laissez donc tomber toutes ces sottises. Elle t'aime, je le vois bien. Et tu l'aimes aussi. Vous feriez mieux de vivre pour vous et de vous réjouir de pareil bonheur. C'en est assez de tuer des gens. De toute manière, tu ne construiras rien de bon là-dessus.

Grine garda le silence, parce qu'il réfléchissait à l'action à mener et parce qu'il ne servait à rien de discuter. Mais l'Aiguille, qui dévisageait la jeune femme doublement traîtresse avec autant d'aversion que de perplexité, ne put se contenir :

— Seulement ne parlez plus d'amour. Car moi, n'est-ce pas, je n'ai pas donné ma parole d'honneur. Je pourrais très bien vous abattre.

Julie ne parut nullement effrayée, d'autant moins que les mains de l'Aiguille étaient vides.

— Vous me méprisez parce que je n'ai pas voulu mourir pour mon cher Gleb ? Vous avez tort. Je n'ai pas trahi mon amour : j'ai obéi à mon cœur. S'il m'avait soufflé : « Meurs », j'aurai accepté la mort. Mais il m'a dit : « Tu vivras, même sans Gleb. » Je sais jouer la comédie devant les autres, pas devant moi-même.

— Votre cœur ne pouvait rien dire d'autre, rétorqua l'Aiguille avec haine.

Mais Grine n'écouta pas la suite. Il gagna le couloir et se campa devant la fenêtre de la cuisine pour observer la rue. Pojarski devait arriver d'une minute à l'autre. Justice serait rendue, les camarades seraient vengés. Le Bouvreuil, Emélia, Bober, Marat, Nobel, Schwarz. Et aussi le Clou.

Son regard releva soudain une bizarrerie : l'empreinte d'une semelle sur le rebord de la fenêtre, juste sous le vasistas ouvert. Cet indice possédait une signification inquiétante, mais Grine n'eut pas le temps d'y réfléchir davantage : la clochette de la porte d'entrée venait de retentir.

Julie s'en fut ouvrir, tandis que Grine se postait derrière la porte, revolver au poing.

— Si jamais vous tentez quoi que ce soit... murmura-t-il.

— Ah, cesse donc ! fit-elle en agitant la main.

Elle tira le verrou et dit au visiteur, encore invisible :

— Gleb chéri, entre, je suis seule.

Dans le vestibule pénétra un homme vêtu d'un manteau gris sombre et coiffé d'un bonnet de martre. Il ne remarqua pas la présence de Grine, auquel il tournait le dos. Julie l'embrassa rapidement sur l'oreille et la joue, et adressa un clin d'œil au terroriste par-dessus son épaule.

— Allons-y, je vais te montrer.

Elle prit Pojarski par la main et l'entraîna dans la grand-pièce. Grine marchait sans bruit derrière eux.

— Qui est-ce ? demanda Pojarski en apercevant l'Aiguille. Un instant, ne vous présentez pas, je vais trouver tout seul... Ça y est, j'ai deviné ! Quelle agréable surprise ! Qu'est-ce que cela signifie, Julie ? Tu as réussi à gagner mademoiselle l'Aiguille au parti de l'ordre et de la légalité ? Bravo.

Cependant, où se trouve donc l'idole de mon cœur, le valeureux chevalier de la révolution, ce cher monsieur Grine ?

A ce moment précis, Grine lui enfonça le canon de son arme entre les omoplates.

— Je suis ici. Les bras en l'air. Avancez jusqu'au mur et retournez-vous lentement.

Pojarski écarta les mains, les gardant à hauteur des épaules, fit dix pas en avant et pivota sur ses talons. Il fronçait les sourcils, le visage tendu.

— Un piège, dit-il. C'est ma faute. Je croyais, Julie, que tu m'aimais. Je me suis trompé. Eh quoi, il n'est de si bon cheval qu'il ne bronche !

— Que veut dire « GT » ? demanda Grine, le doigt sur la détente.

— Ah, nous y voilà ! s'esclaffa le nouveau grand maître de la police. Je me demandais justement pourquoi monsieur Grine ne m'avait pas logé tout de suite une balle dans la nuque. Malgré tout, il reste un peu d'humain qui ne nous est pas étranger ? Nous sommes curieux, c'est ça ? Eh bien d'accord, au nom de notre vieille amitié, je répondrai à toutes vos questions. Par la même occasion je respirerai deux ou trois minutes de plus. Je suis heureux de faire personnellement connaissance de mon correspondant de longue date. Vous êtes exactement tel que je vous imaginais. Mais interrogez-moi sur ce que vous voulez, n'hésitez pas.

— « GT », répéta Grine.

— Une bêtise, une plaisanterie. Cela signifie : « le troisième qui se réjouit », en latin : *gaudens tertius*. Vous comprenez la blague, j'espère ? La police cherche à vous anéantir, vous, vous éliminez ceux qui me gênent, et moi, je vous regarde jouer et je m'amuse. A mon avis, c'est assez spirituel.

— Comment cela, « ceux qui vous gênent » ? Pourquoi ? Le gouverneur Bogdanov, le général Selivanov, le traître Stassov...

— Ne vous fatiguez pas, je me les rappelle tous parfaitement, coupa Pojarski. Bogdanov ? C'était un cas plus personnel que professionnel. J'avais besoin de rendre un service au vice-directeur du Département de police, mon prédécesseur à cette charge. Il entretenait depuis longtemps une liaison avec la femme du gouverneur d'Ekaterinograd et rêvait qu'elle devienne veuve. Ses rêves étaient de nature purement platonique, mais un jour il me tomba entre les mains un poulet de Son Excellence, dans lequel il avait eu l'imprudence d'écrire : « Puissent les terroristes s'en prendre bientôt à ton digne époux. Je les aiderais volontiers. » C'eût été un péché que de ne pas en profiter. Après que vous eûtes abattu Bogdanov de manière si héroïque, j'eus avec le rêveur amoureux un entretien confidentiel, et le poste de vice-directeur se trouva libéré. Le lieutenant-général Selivanov ? Oh, c'est tout autre chose. L'homme était doué d'une exceptionnelle intelligence. Il poursuivait le même but que moi mais me devançait de quelques longueurs. Il me faisait de l'ombre et représentait un risque. Pour Selivanov, je vous dois une immense reconnaissance. Après que vous l'eûtes expédié au royaume d'Hadès, il n'y eut plus de défenseur de l'ordre promis à un aussi bel avenir que votre serviteur. Ensuite, ce me semble, vient l'attentat de l'île des Apothicaires, perpétré contre le « collaborateur » Stassov et moi-même, c'est bien ça ? Ici l'objectif était double. Premièrement, hausser ma renommée professionnelle. Dès lors que le Groupe de Combat me donnait la chasse, c'était qu'il rendait justice à mes qualités de policier. Deuxièmement, Stassov avait cessé de nous être utile et demandait à reprendre sa liberté. J'aurais pu, bien sûr, accéder à sa requête, mais j'ai trouvé qu'il y aurait plus de bénéfice à ce qu'il meure. Le prestige de notre Groupe de Combat s'en trouverait encore une fois renforcé.

Le visage de Grine s'était décomposé, comme altéré par trop de douleur contenue, et Pojarski éclata d'un rire satisfait.

— Maintenant, votre plus bel exploit : l'assassinat de Khrapov. Avouez que je vous ai fourni une merveilleuse idée, sans du tout vous l'imposer. De mon côté, je dois reconnaître que vous vous êtes brillamment acquitté de la tâche. Vous avez châtié sans pitié le cruel satrape dont le pire des crimes était certainement de ne pouvoir me souffrir et de consacrer toute son énergie à entraver ma carrière... Une fois ici, à Moscou, vous m'avez causé pas mal de tracas, mais au bout du compte tout s'est arrangé pour le mieux. Il n'est pas jusqu'à la spectaculaire « expropriation » à laquelle vous avez procédé qui ne se soit révélée finalement profitable. Grâce à notre amie commune, la volage Julie, j'ai appris qui était le nouveau trésorier du Parti, et j'avais l'intention de récupérer dans le plus bref délai l'argent dérobé à l'Etat. L'effet produit eût été particulièrement sensationnel si j'avais conduit l'opération d'ici, depuis mon bureau de grand maître de la police de Moscou. Chacun aurait compris : même si je n'étais plus dans la capitale, j'étais désormais haut placé et mon regard portait loin. Dommage. Visiblement le destin ne l'a pas voulu, soupira Pojarski d'un air fataliste. Mais vous apprécierez au moins l'élégance du projet... Qu'y a-t-il eu encore ensuite ? Le colonel Svertchinski ? Une canaille doublée d'un odieux fabricateur. Vous m'avez aidé à m'acquitter envers lui d'un ignoble tour qu'il avait cru malin de me jouer. Bourliaev ? Là, c'est moi qui vous ai prêté main-forte, comme d'ailleurs dans l'affaire Rakhmet. Il n'aurait plus manqué que le GC, mon enfant chéri, fût neutralisé par le chef de la Sécurité moscovite ! C'eût été malhonnête. La moisson doit revenir à qui a semé le grain. Vous avez réglé son compte à Bourliaev, bravo ! Son service s'est retrouvé entièrement soumis à mes ordres. Avec Fandorine, cependant, vous avez manqué votre coup, or il ne cessait de se fourrer en travers de mon chemin avec une rare obstination. Mais je ne vous en tiens pas rigueur, Fandorine est un cas particulier... Voilà, l'heure est venue ensuite de clore notre épopée. Les meilleures choses, hélas, ont toujours une fin. J'avais combiné l'opération dans les moindres détails, mais le hasard s'en est mêlé. C'est vexant. Je venais juste de commencer à prendre mon élan, encore un peu, et il eût été impossible de m'arrêter... Le destin...

Julie étouffa un sanglot.

— Ce n'est rien, lui dit le prince en souriant. Je ne te garde pas rancune, je n'en veux qu'au destin. J'ai passé avec toi de bons et joyeux moments, et si tu m'as trahi, c'est sans doute que tu n'avais pas d'autre issue.

Si surprenant que ce fût, des larmes ruisselaient sur le visage de Julie. Jamais encore Grine n'avait vu cette femme frivole et pétillante de vie fondre en pleurs. Cependant il n'y avait pas de sens à prolonger la conversation. Tout était suffisamment clair ainsi. Même à l'époque du pogrom qui avait marqué sa jeunesse, jamais Grine ne s'était senti aussi malheureux qu'en cet instant qui réduisait à néant toute la valeur du combat ardu et meurtrier où il s'était engagé. Comment vivre après cela ? Voilà à quoi il convenait de réfléchir à présent, et il savait que la réponse ne serait guère facile à trouver. Un point toutefois n'offrait pas d'ambiguïté : cet homme trop souriant devait mourir.

Grine braqua le canon de son arme sur le front du manipulateur.

— Eh, très cher ! s'exclama Pojarski en levant la main. Pourquoi tant de précipitation ? Nous causions si gentiment ! Est-ce que vous ne voulez pas entendre l'histoire de Julie et de notre amour ? Je vous assure que c'est plus captivant que n'importe quel roman.

Grine secoua la tête tout en relevant le chien de son revolver :

— Je m'en moque.

— Gleb ! Noooon !

Poussant un cri perçant, Julie, telle une chatte, sauta sur Grine et se suspendit à son bras. Sa poigne se révéla étonnamment énergique, tandis que ses dents pointues s'enfonçaient dans la main qui étreignait le colt.

Grine saisit le revolver de sa sénestre, mais trop tard : Pojarski plongeait déjà la main dans sa poche et tirait directement à travers le pan de son manteau.

Je suis blessé, pensa Grine en heurtant le mur de son dos avant de glisser sur le plancher. Il voulut lever son arme, mais son bras refusa de lui obéir.

Julie, d'un coup d'escarpin, lui fit lâcher le revolver.

— Bravo, fillette ! s'exclama Pojarski. Tu es un vrai prodige. J'ai réussi à gagner beaucoup de temps, mais ce n'était pas encore suffisant. J'avais donné ordre à mes hommes d'attendre dans la rue exactement dix minutes avant de forcer la porte. Il aurait eu tout le temps de m'abattre.

Les oreilles de Grine s'emplissaient de vacarme et de cris, la pièce basculait tantôt à droite, tantôt à gauche. Il ne comprenait pas comment les deux hommes surgis du couloir pouvaient tenir sur leurs jambes.

— Vous avez entendu le coup de feu ? demanda le grand maître de la police. Bravo, les gars ! J'ai étendu celui-ci, il agonise. La femme est pour vous, il s'agit de l'Aiguille, celle-là même qu'on recherchait. Elle ne doit pas rester en vie, elle en sait trop à présent.

La lumière commençait à faiblir. Il ne fallait pas que le visage de Pojarski fût la dernière vision qu'il retînt de ce monde qui se dérobait.

Grine promena son regard près de s'éteindre à travers la pièce, à la recherche de l'Aiguille. Elle se tenait debout, les mains crispées l'une sur l'autre, et l'observait en silence, mais il ne pouvait déjà plus distinguer l'expression de ses yeux.

Quel était donc l'objet qui scintillait entre ses doigts, si fin et transparent ?

Un détonateur, c'est un détonateur ! comprit Grine.

L'Aiguille se tourna vers la masse de gelée fulminante et brisa au-dessus la mince éprouvette de verre.

La vie s'acheva comme il convenait : par un jaillissement instantané de feu.

Épilogue

Devant la tour Koutafia, il dut renvoyer le fiacre et poursuivre à pied. En ville, l'instauration du nouveau régime n'était pas encore sensible, mais ici, au Kremlin, l'atmosphère avait beaucoup changé, faite d'ordre méticuleux et d'austérité, avec partout des sentinelles en faction ; le pavé y était soigneusement raclé chaque jour pour qu'il n'y subsistât plus trace de neige ni de glace, en sorte qu'on ne pouvait circuler en traîneau. C'est ici que siégeait à présent l'autorité suprême : le nouveau maître de l'ancienne capitale avait jugé au-dessous de sa dignité de loger dans la résidence du gouverneur général et s'était installé derrière les hauts remparts de brique rouge, dans le Petit Palais Nicolas.

Eraste Pétrovitch remonta le pont de la Sainte-Trinité, serrant d'une main son épée contre lui, de l'autre retenant son tricorne. La journée était hautement solennelle : tout ce que Moscou comptait de fonctionnaires était invité à se présenter à Son Altesse impériale.

Le vieux prince Vladimir Andréiévitch était parti finir ses jours dans l'odieuse ville de Nice, et déjà dans la vie de ses anciens subordonnés s'esquissaient des bouleversements radicaux : qui serait promu, qui nommé à autre poste, qui encore démis purement et simplement. Un homme d'expérience était tout de suite attentif à l'heure à laquelle lui ou son service devait être reçu en audience. Plus cette heure était précoce, plus il y avait lieu de s'alarmer. Chacun savait qu'un balai neuf fait au début rude ménage, et montre au premier chef une implacable sévérité, l'objectif étant double : d'un côté inspirer d'emblée de la crainte aux autres, de manière qu'ils ressentent le frisson d'anxiété voulu, de l'autre commencer par châtier pour terminer par une distribution de faveurs. On savait également depuis longtemps qu'on expédiait d'ordinaire le tout-venant en premier – conseils de district, comité d'organisation agraire, assistance publique et autres départements de peu d'intérêt – et qu'on gardait les services vraiment importants pour la fin.

Au vu de ces deux indices, il ressortait que le conseiller d'Etat était un personnage de poids, jouissant d'une attention particulière. Il avait été convié à paraître en tout dernier devant les augustes yeux du grand-duc, à cinq heures et demie de l'après-midi, après le commandant de la région militaire et tous les hauts gradés de la Gendarmerie. Cette marque de distinction, par ailleurs, pouvait signifier n'importe quoi, dans un sens aussi bien flatteur qu'inquiétant, aussi Eraste Pétrovitch avait-il renoncé à se livrer à de vaines conjectures et décidé de s'en remettre entièrement au destin. Car il est dit : « L'honnête homme accueille la colère et la faveur des grands avec une égale dignité. »

Au pied des murs du monastère du Miracle, le conseiller d'Etat croisa le lieutenant Smolianinov, lui aussi en uniforme de parade, et les joues encore plus rouges que d'habitude.

— Bonjour, Eraste Pétrovitch ! lui lança le jeune homme. Vous allez vous présenter ? Eh, vous y êtes convié bien tard. Il faut croire qu'on vous réserve une promotion.

Fandorine haussa légèrement les épaules et demanda par courtoisie :

— Les vôtres sont déjà p-passés ? Alors ?

— Il y a une innovation à la Sécurité. Mylnikov est maintenu à son précédent poste, et c'est Zoubtsov qui est nommé chef de la Section. Et cela avec le titre de conseiller titulaire ! Qu'en dites-vous ? A la Gendarmerie, on nous envoie quelqu'un de Saint-Pétersbourg. Mais cela m'est égal. Je démissionne, Eraste Pétrovitch. Je demande à quitter les gendarmes pour être muté chez les dragons. J'y suis aujourd'hui définitivement résolu.

Eraste Pétrovitch n'était aucunement surpris, mais il demanda tout de même :

— Et pourquoi cela ?

— Je n'ai pas du tout aimé la manière dont Son Altesse a parlé de la mission de la police politique. « Vous devez, a-t-il dit, inspirer aux habitants la peur et le respect de l'autorité. Votre tâche est de repérer à temps l'ivraie et de l'arracher sans pitié, pour l'édification et l'enseignement des autres. » Il a ajouté que la seule vue d'un uniforme bleu devait plonger le citoyen ordinaire dans la stupeur. Qu'il fallait consolider les fondations de l'appareil d'Etat russe, qu'autrement le nihilisme et le laisser-faire finiraient par le saper.

— Peut-être est-ce vrai ? glissa prudemment Fandorine.

— C'est très possible. Seulement je n'ai aucun désir que ma seule vue plonge qui que ce soit dans la stupeur ! (Smolianinov, dans son emportement, tiraillait la dragonne de son sabre.) On m'a appris que nous devions combattre l'illégalité et défendre les faibles, que le Corps des gendarmes était le mouchoir immaculé avec lequel le pouvoir suprême essuyait les larmes des victimes !

Le conseiller d'Etat hocha la tête avec sympathie :

— Vous allez être m-malheureux à l'armée. Vous savez vous-même comment les officiers traitent les nouvelles recrues issues de la Gendarmerie.

— Peu importe, répliqua le lieutenant aux joues roses d'un air têtu. Au début, bien sûr, ils tordront le nez, mais ensuite ils verront que je ne suis pas un quelconque mouchard. Je saurai m'adapter d'une manière ou d'une autre.

— Je n'en doute pas.

Ayant pris congé de l'aide de camp réfractaire, Eraste Pétrovitch accéléra le pas, car il lui restait moins de dix minutes avant l'heure fixée.

L'audience ne se déroulait pas dans un bureau mais dans le grand salon d'apparat, dans le but évident que les individus invités à se présenter ressentissent toute la gravité de l'instant. A cinq heures et demie pile, deux majestueux laquais à perruques bouclées ouvraient la porte à deux battants, tandis qu'un majordome armé d'un bâton doré pénétrait le premier pour annoncer d'une voix de stentor :

— Sa Haute Noblesse, le conseiller d'Etat Fandorine.

Eraste Pétrovitch salua avec respect dès qu'il franchit le seuil, et attendit un moment avant de se permettre de dévisager le très auguste personnage. Rien n'était plus frappant que la dissemblance entre Siméon Alexandrovitch et son taureau de frère. Maigre et svelte, le visage long et hautain, la barbiche pointue et le cheveu pommadé, il évoquait plutôt quelque prince des Habsbourg de l'époque de Vélasquez.

— Bonjour, Fandorine, lui dit Son Altesse. Approche.

Même s'il savait fort bien que tutoyer un inférieur passait chez les membres de la famille impériale pour un signe de bienveillance, Eraste Pétrovitch ne put s'empêcher de froncer les sourcils. Il marcha jusqu'au grand-duc et serra la main blanche et soignée que celui-ci lui tendait.

— Ainsi, voilà qui tu es. (Siméon Alexandrovitch considérait le fonctionnaire à l'imposante carrure avec un intérêt approbateur.) Pojarski, dans ses rapports, te recommandait dans les termes les plus flatteurs. Quelle tragédie qu'il soit mort. C'était un homme des plus talentueux, totalement dévoué à ma personne et au trône.

Le nouveau gouverneur général de Moscou se signa, mais Fandorine ne suivit pas son exemple.

— Votre Altesse impériale, je dois vous communiquer certains d-détails concernant les agissements du prince Pojarski dans l'affaire du Groupe de Combat. J'ai rédigé un rapport à l'intention du ministre des Affaires intérieures, dans lequel j'ai exposé de la manière la plus circonstanciée tout ce que...

— Je l'ai lu, coupa Siméon Alexandrovitch. Le ministre a jugé nécessaire de me transmettre ton mémoire, compte tenu des nouvelles fonctions que j'occupe. Il y a même apposé une remarque : « Parfaitement fantaisiste, et qui plus est dangereux ». Mais je connaissais bien le défunt Pojarski, et c'est pourquoi j'ai accordé créance à chacun de tes mots. Bien sûr, tout s'est passé comme tu l'as écrit ! Tu es perspicace et habile. Pojarski ne s'était pas trompé sur ton compte, il savait merveilleusement jauger les hommes. Seulement voilà, ton rapport n'a aucune raison d'être. Il aurait encore un sens si ton adversaire était toujours en vie. Mais quel besoin d'étriller le lion quand il est crevé ?

— V-votre Altesse, ce n'est pas du tout dans ce but que j'ai rédigé ma note. Je voulais attirer l'attention de l'autorité suprême sur les méthodes de travail de sa p-police secrète... protesta Eraste Pétrovitch, passablement désemparé.

Mais le grand-duc l'arrêta d'un geste indulgent :

— Je ne suis, vois-tu, nullement fâché contre Gleb de ses quelques fredaines. Il s'y montrait même, d'un certain point de vue, plutôt ingénieux. De manière générale, je permets beaucoup à ceux qui me sont sincèrement dévoués. (Son Altesse appuya avec force sur ces derniers mots.) Tu auras encore l'occasion, toi aussi, de t'en convaincre. En ce qui concerne ton rapport, je l'ai déchiré et livré à l'oubli. Rien de tout cela ne s'est produit. Le prestige du pouvoir est plus important que tout, y compris la vérité. Cet axiome te reste encore à assimiler. Mais j'apprécie ton esprit curieux et investigateur. J'ai besoin pour me seconder d'hommes comme Pojarski et toi : intelligents, énergiques, entreprenants, ne s'arrêtant devant rien. La place auprès de moi est libre, et j'aimerais que ce soit toi qui l'occupes.

Le conseiller d'Etat, auquel le terme de « fredaines » restait en travers de la gorge, avait perdu le don de la parole. Cependant Son Altesse interpréta son silence autrement et sourit d'un air entendu :

— Tu veux savoir ce que je te propose exactement ? Tu ne feras pas un mauvais calcul, ne crains rien. Dès demain je signerai le décret t'instituant grand maître de la police de Moscou, or cela représente, si je ne me trompe, douze mille roubles d'appointements, plus quatorze mille de frais de représentation, plus équipage et résidence de fonction, sans compter les fonds spéciaux dont tu disposeras à ta guise. La charge correspond à la quatrième classe, en sorte que tu recevras dans un très bref délai le grade de général. Et je ferai le nécessaire pour que tu obtiennes le titre de chambellan quasi immédiatement, mettons pour Pâques. Alors ? Tope là, comme disent vos marchands moscovites ?

Le grand-duc étira ses lèvres en un sourire et tendit de nouveau sa petite main effilée au fonctionnaire. Toutefois la très auguste dextre demeura suspendue en l'air.

— Vous savez, Votre Altesse, j'ai décidé de quitter le service de l'Etat, déclara Eraste Pétrovitch d'une voix claire et assurée, les yeux fixés sur le visage de Son Altesse impériale, en même temps qu'il semblait regarder au travers. Je préfère me consacrer aux affaires privées.

Et, sans attendre la fin de l'audience, il se dirigea vers la porte.

Impression réalisée sur CAMERON par

BUSSIÈRE CAMEDAN IMPRIMERIES

GROUPE CPI

à Saint-Amand-Montrond (Cher)
en septembre 2003

N° d'édition : 7112. — N° d'impression : 034088/1.
Dépôt légal : septembre 2003.

Imprimé en France